UN ESPOIR AUSSI FORT

DU MÊME AUTEUR

Un espoir aussi fort :
   1. *Les Années de fer*, L'Archipel, 2009.
   2. *Les Années d'argent*, L'Archipel, 2009.
Jurassic France, L'Archipel, 2009.
Saladin, chevalier de l'islam, L'Archipel, 2008.
Padre Pio, ou les prodiges du mysticisme, Presses du Châtelet, 2008.
Le Secret de l'Auberge rouge, L'Archipel, 2007.
Jacob, l'homme qui se battit avec Dieu :
   1. *Le Gué du Yabboq*, L'Archipel, 2007.
   2. *Le Roi sans couronne*, L'Archipel, 2007.
Le tourisme va mal ? Achevons-le !, Max Milo, 2007.
40 siècles d'ésotérisme, Presses du Châtelet, 2006.
Judas le bien-aimé, Lattès, 2006.
Marie-Antoinette, la rose écrasée, L'Archipel, 2006.
Saint-Germain, l'homme qui ne voulait pas mourir :
   1. *Le Masque venu de nulle part*, L'Archipel, 2005.
   2. *Les Puissances de l'invisible*, L'Archipel, 2005.
Cargo, la religion des humiliés du Pacifique, Calmann-Lévy, 2005.
Et si c'était lui ?, L'Archipel, 2005.
Orages sur le Nil :
   1. *L'Œil de Néfertiti*, L'Archipel, 2004.
   2. *Les Masques de Toutankhamon*, L'Archipel, 2004.
   3. *Le Triomphe de Seth*, L'Archipel, 2004.
Trois mille lunes, Laffont, 2003.
Jeanne de l'Estoille :
   1. *La Rose et le Lys*, L'Archipel, 2003.
   2. *Le Jugement des loups*, L'Archipel, 2003.
   3. *La Fleur d'Amérique*, L'Archipel, 2003.
L'Affaire Marie-Madeleine, Lattès, 2002.
Mourir pour New York ?, Max Milo, 2002.
Le Mauvais Esprit, Max Milo, 2001.
Les Cinq Livres secrets dans la Bible, Lattès, 2001.
25, rue Soliman-Pacha, Lattès, 2001.
Madame Socrate, Lattès, 2000.
Histoire générale de l'antisémitisme, Lattès, 1999.
Balzac, une conscience insurgée, Édition n° 1, 1999.
David, roi, Lattès, 1999.
Moïse I. Un prince sans couronne, Lattès, 1998.
Moïse II. Le Prophète fondateur, Lattès, 1998.
Histoire générale de Dieu, Laffont, 1997.
La Fortune d'Alexandrie, Lattès, 1996.

(suite en fin de volume)

GERALD MESSADIÉ

UN ESPOIR AUSSI FORT

***

LES ANNÉES D'OR

l'Archipel

www.editionsarchipel.com

Si vous souhaitez recevoir notre catalogue et être tenu au courant de nos publications, envoyez vos nom et adresse, en citant ce livre, aux Éditions de l'Archipel, 34, rue des Bourdonnais 75001 Paris.
Et, pour le Canada,
à Édipresse Inc., 945, avenue Beaumont, Montréal, Québec, H3N 1W3.

ISBN 978-2-8098-0223-8

1

— Une millionnaire révolutionnaire, je crois que ça ne s'est jamais vu.

La voix ironique d'Arminius.

1 h 30, le 11 juin 1958. Les serveurs prêtés par Potel & Chabot venaient de replier les tréteaux, remballer plats et couverts loués pour le grand dîner donné rue Lalo. Ne restaient plus au jardin que les chaises et les tables de tôle. Philippine venait de dire : « Qu'est-ce qu'on s'est fait chier, bon Dieu, mais qu'est-ce qu'on s'est fait chier ! Ah, j'aurais voulu être communiste ! »

Il n'y avait eu là que du beau monde : trois députés, trois sommités du CNPF, deux banquiers et cinq journalistes de haut vol. Et les deuxièmes et troisièmes couteaux de service accompagnés de leurs épouses. Les compliments avaient plu. Les succès de Sunlove Cosmetics éblouissaient la haute société parisienne depuis quelques années. L'histoire de la jeune résistante, la « petite Jeanne d'Arc », était entrée dans la légende financière française. Pensez, elle ne détenait au départ, en 1948, que quelques parts d'une modeste entreprise familiale de cosmétiques américaine et à présent elle était à la tête d'un empire : non seulement elle possédait Sunlove Cosmetics, mais également les parfums Sansever, qui cartonnaient, des actions dans une grosse société américaine, Family Foods, dans des firmes allemande, anglaise, hollandaise… Une *success story*, comme on dit. Les politiques surtout avaient flairé l'odeur du fric. Ils étaient venus quémander. Une petite subvention par-ci, une autre par-là. Gilles Gantier, le frère de Philippine, était le suppléant du député Rouvilliers, qu'il avait aidé à gagner la mairie de Genvry et serait député un jour lui aussi. Avec sa fortune personnelle, confortée par celle de sa sœur, il en était qui le voyaient ministre. Ça avait croupionné à fond. Les Wennergren étaient une valeur d'avenir.

Arminius éteignit les lumières, ferma les portes-fenêtres du rez-de-chaussée et suivit Philippine dans l'escalier. Il connaissait les raisons de la colère de sa femme. Depuis le 1er juin 1958, de Gaulle était président du Conseil. Le lendemain, l'Assemblée lui avait donné les pleins pouvoirs pour sortir l'Algérie de la crise. Il avait dit aux colons le 4 à Alger : « Je vous ai compris. » Et le 6, à Mostaganem, il avait crié : « Vive l'Algérie française ! » Il avait entretenu l'espoir des colons de conserver l'Algérie comme partie intégrante du territoire national. Philippine n'avait qu'une vague idée de l'histoire de l'Algérie et aucun lien avec ce pays, mais elle grondait :

— Il se fout de notre gueule !

Comment l'homme qui avait incarné l'indépendance et la fierté d'un pays pendant la guerre avait-il pu prendre position contre le désir d'indépendance d'un autre ? Allemand, Arminius n'avait rien dit. Philippine savait que c'était par délicatesse, et il savait qu'elle le savait. L'un et l'autre savaient aussi qu'elle ne tarderait pas à lui demander de remiser sa délicatesse un moment et de dire ce qu'il pensait de tout ça.

Ça ne serait pas pour ce soir : après un tour dans la chambre de Marc et d'Anton pour s'assurer que tout allait bien, Philippine revint dans la chambre à coucher, se déshabilla et se glissa dans le grand lit commun. Elle n'avait fait chambre à part qu'une fois depuis leur mariage et leur emménagement rue Lalo, quand elle avait eu la grippe, l'an passé. « Il n'est pas dit qu'on doive partager les microbes », avait-elle expliqué.

Elle huma l'air un instant.

— Tu ne te sers jamais de nos eaux de toilette, observa-t-elle.

— Non.

— Tu ne les aimes pas ?

— Je n'aime pas les eaux de toilette en général. Dans ma jeunesse, les hommes en mettaient quelques gouttes sur un mouchoir qu'ils déployaient pour chasser une odeur importune. Maintenant, ils s'en aspergent comme les femmes. Je trouve que c'est discourtois.

— Discourtois ?

— En fait, c'est une façon de tenir les autres à l'écart, de refuser leur odeur, c'est-à-dire leur identité.

Frappée par cette observation, Philippine songea qu'elle non plus ne se servait pas des parfums qu'elle vendait aux autres femmes. *Nuit blanche* était avec *Frisson* l'un des plus prisés du monde. Toutes les femmes, ce soir, s'en étaient quasiment trempées ; mais le flacon sur l'étagère de la salle de bains était presque intact : elle n'en mettait que quelques gouttes sur son soutien-gorge.

Se parfumer était donc discourtois. C'était un aspect de la vie moderne et du monde, parmi tant d'autres, sur lequel elle se trouvait en accord avec son mari. Sur quoi elle profita du peu qui lui restait de nuit.

Au petit déjeuner, ils écoutèrent les nouvelles à la radio, en compagnie de la nourrice et de Marc, huit ans, prêt pour l'école. Résistant à ses préjugés, Philippine avait consenti à l'inscrire dans un établissement pour gosses de riches, au risque, selon elle, de lui inculquer des comportements de morveux. Mais l'opinion d'Arminius l'avait emporté : mieux valait qu'il n'eût pas à se sentir plus tard désavantagé par une éducation primaire.

— On ne peut pas feindre que les classes sociales n'existent pas, avait-il dit. Et elles existeront de plus en plus. Dans une école communale, il sera la cible des enfants de petits-bourgeois qui le traiteront de gosse de riches.

— Il apprendra comme ça à se défendre.

— Ce n'est pas la peine de lui coller un fardeau supplémentaire sur le dos.

Philippine refusait qu'on parlât d'argent devant Marc. Mais, là encore, l'opinion d'Arminius avait prévalu :

— Au contraire, en en parlant devant lui, nous pourrons mieux modeler ses idées.

Il appliquait à Marc une pédagogie toute personnelle. Ainsi, depuis que le garçon savait marcher, chaque fois que celui-ci entrait dans le salon de musique, attiré par les sonorités du piano, Arminius s'interrompait et l'accueillait par quelques notes qui ressemblaient à l'introduction d'une marche. La première fois, le garçon s'était arrêté, surpris. Puis il avait fini par identifier les notes ; il savait qu'elles lui correspondaient. Mieux : si Marc posait une question à son père, Arminius répondait par des notes. Si la réponse était positive, c'était *si, si, do* ; si elle était négative, c'était *sol, do, do*. Parfois, le père répondait par un arpège et Marc comprenait que la réponse était complexe. Il avait ainsi appris le solfège et, plus encore, l'expressivité de la musique.

Anton, lui, était salué par un autre air qui, pour des raisons obscures, le faisait sourire aux anges.

Mais la pédagogie paternelle ne se limitait pas à la musique. Exécrant les signes extérieurs de richesse, Arminius avait vendu trois ans plutôt la grosse Delahaye, jugée tape-à-l'œil, et l'avait remplacée par une Peugeot 403, non pas noire, ce qui aurait été hautain, mais bleu sombre. Philippine avait exigé que le chauffeur, qui accompagnait Marc à l'école tous les matins, déposât le gamin à cent mètres au moins de la porte du lycée. « Je ne veux pas qu'il claque la portière devant ses camarades », avait-elle dit. Le soir, Marc regagnait aussi la voiture à pied.

Philippine avait établi pour sa famille une série de consignes protectrices qui tenaient en respect les fantasmes tentateurs de la richesse, mirages diaprés qui, selon elle, répandaient les menaces de la superficialité, de l'hédonisme creux, de l'inconséquence et, à terme, de l'indigence matérielle et morale.

Telle était la raison pour laquelle la maison de la rue Lalo avait été aménagée de façon discrètement opulente : des boiseries, des tapis, des couleurs chaudes, pas de dorures. Pour les objets d'art, rien de tapageur : des paysages, principalement des siècles passés, et quelques sculptures.

« Finalement, avait observé Arminius, sans que Philippine comprît vraiment la portée de ses propos, la bourgeoisie de province est protestante. »

L'expression de Philippine après le départ de Marc était plus sereine que la veille, mais elle demeurait celle de quelqu'un qui n'en pense pas moins. Arminius leva soudain le visage, les paupières à demi baissées et un sourire imperceptible aux lèvres, ce qui était sa façon convenue de demander :

— Bon, qu'est-ce qu'il y a ?

— J'ai trouvé ta nièce bien agitée, hier, dit-elle.

Elle n'avait pas dit « Clara » mais « ta nièce ».

Arminius médita. Gilles et Clara étaient mariés depuis sept ans, période au terme de laquelle, prétendent les Anglo-Saxons, le duvet du premier amour tombe. La relation conjugale entre dans une phase critique : ou bien chacun des conjoints cherche un dérivatif à l'ennui, et le ménage devient triangulaire ou quadrangulaire, ou bien le bon sens l'emporte chez l'un et l'autre et leur fait comprendre qu'à tous les stades de la vie préside une saison et que celle des émois et des frissons ne dure pas plus que les autres. Au-delà des individus se dresse l'image monumentale et austère de la famille. L'égoïsme naturel de la jeunesse est de moins en moins toléré chez l'individu adulte, mâle ou femelle : celui-ci doit être au service de sa famille, de sa collectivité, de la nation.

Telle n'était pas l'image qu'avait donnée Clara la veille. Dans un tailleur de satin ivoire, rehaussé d'une blouse rouge qui offrait un décolleté profond comme les gorges du Verdon, elle avait brillé d'un peu trop de feux, notamment ceux des bijoux que lui avait offerts Gilles : une rivière de rubis et des boucles d'oreilles assorties, une bague de rubis et diamants au doigt. Elle s'était fait courtiser par trop d'hommes, y compris par le député Cassevert.

En guise de réponse, Arminius soupira ; puis il finit par dire :

— Moi, j'ai rêvé de toi depuis le jour où je t'ai vue jusqu'au jour où je t'ai retrouvée. Ce n'est le cas d'aucun des deux. Gilles a voulu un mariage pareil au tien. Et Clara a eu le béguin pour ce beau garçon qui était le frère d'une femme exceptionnelle.

— Tu as vu la gueule de Gilles ?

Il acquiesça d'un signe de la tête : Gilles avait paru crispé à la réception.

— Je n'en ferais pas une montagne. Dans tous les mariages, il y a des crises, plus ou moins longues.

— Tu ne pourrais pas conseiller Clara ?

— Crois-tu que j'aie autant d'influence que cela sur elle ? À vingt-huit ans, elle aborde le faîte de sa splendeur physique. Elle veut jouir de la vie. Gilles la laisse trop souvent seule, de l'aube jusqu'au soir. Elle s'ennuie.

— Elle faisait des études de musicologie.

— Ça n'emplit pas une vie. Nous sommes dans une période d'abondance. Les individus, les jeunes surtout, ne s'inquiètent plus tant des autres. Ils estiment que la protection sociale y pourvoira. Je crains que Clara n'ait été grisée par une facilité de vie dont elle n'avait jamais eu l'expérience. À la maison, nous mangions le même plat deux ou trois jours d'affilée. Les enfants portaient les vêtements retaillés de leurs parents. Tout à coup, elle est comme une gamine seule dans une pâtisserie.

— Tu veux dire que c'est ma faute ?

— Non, Philippine. Ce n'est la faute de personne. Tu n'es pas la seule personne fortunée de notre époque. Le monde s'enrichit. Les gens veulent jouir, et tout de suite.

— Et après ?

— Je veux espérer que Clara se calmera.

— Elle a deux enfants.

— Les parents d'aujourd'hui aussi ont changé. Ils sont moins disposés à se sacrifier pour leurs enfants.

Philippine s'assombrit.

— Nous sommes déjà d'un autre temps, Philippine. Oui, toi à trente-trois ans et moi à trente-huit. Nous ne pouvons pas imposer notre volonté au monde. La violence le permettait de notre temps, comme dans les sociétés anciennes. Nous nous sommes forgés dans des circonstances violentes et, toi, tu as pris les armes pour défendre ton frère et ton pays. Ce n'est plus possible.

Il se leva, il devait aller au bureau. La nourrice amena le jeune Anton. Arminius le prit dans ses bras et l'éleva comme un totem en poussant des cris qui ressemblaient à des hosannas. Anton rit aux anges. Il caressa le visage de son père et se tourna vers sa mère. Philippine hérita du cadet, l'installa sur ses genoux tandis qu'Arminius s'en allait.

Juin s'en alla aussi. La France s'égaillait dans les vacances, mot dangereusement proche de « vacuité ». Le changement d'air était un prétexte hygiénique, à l'instar de tant d'autres comportements modernes ; le sexe pour le sexe était désormais qualifié lui aussi d'hygiénique, comme les serviettes. Les loisirs étaient censés

« défouler ». Sous le prétexte de se reposer, on traînait au lit et, sous celui de bronzer, on s'avachissait au soleil, tel un œuf cru dans une poêle, sans espoir de cuire. Philippine et Arminius partaient aussi, mais pour s'éloigner des bureaux et des usines et ralentir la vie sociale, éprouvante autant que creuse. Elle avait loué, comme tous les étés, la maison de Roquebrune-Cap-Martin. Gilles et Clara devaient les y rejoindre, mais Clara avait décidé de partir avec un groupe d'étudiants qui allait inventorier des manuscrits musicaux dans une bibliothèque de Vienne. Elle irait seule, Gilles ne pouvant pas quitter la France. Elle confia à Philippine et Arminius leurs enfants, Sophie, six ans, et Georges, cinq ans, assurant qu'ils seraient contents de se retrouver avec leurs cousins. Ni Philippine ni Arminius ne commentèrent cet argument. Gilles, qui avait rejoint sa sœur et son beau-frère pour quelques jours, montra un visage stoïque. Philippine jugea ses neveux coléreux et capricieux. L'été fila.

On ne peut pas passer sa vie à faire des scènes.

Le 28 septembre 1958, un orage éclata sur Paris et la foudre trancha la main droite de la statue de la République, au fronton du Palais-Bourbon. Cinq jours plus tard, la Ve République fut proclamée.

Les républiques vieillissent, comme les vêtements. On dit d'une attitude qu'elle est « troisième république », c'est-à-dire ringarde. Personne ne se souvient plus vraiment de la IIe République, mais il faut reconnaître que son seul président, Louis-Napoléon Bonaparte, n'était pas des plus républicains…

2

Un entrefilet dans *L'Aurore*:

MYSTÉRIEUX ATTENTAT DANS LE VIIIe ARRONDISSEMENT

Dans la soirée d'hier, jeudi, un individu s'est introduit dans un appartement de la rue du Boccador, à Paris, VIIIe, et a tiré des coups de revolver sur un couple qui dormait. Puis il s'est enfui. Aucun des occupants, alertés par le bruit de l'intrusion, n'a été blessé. La police soupçonne un drame de jalousie.

Pas de quoi fouetter un chat; dans le monde entier, les quotidiens rapportent tous les jours des histoires dont ils ne savent quasiment rien et qui feraient croire que le but de l'évolution a été de peupler la planète Terre de psychopathes. Le regard d'Arminius glissa dessus comme sur une crotte de fox-terrier écrasée par les talons des passants.

C'était au petit déjeuner, rue Lalo, le 18 septembre 1959, vers 7 h 15. Marc mangeait sa tartine de confiture et Philippine interrogeait la nourrice sur les suites de la crise de diarrhée d'Anton.

Entra alors un spectre. Habillé de façon contemporaine, mais puissamment évocateur des tragédies de Shakespeare ou de Schiller. Face livide au-dessus d'un pardessus noir, ravagée, assombrie par une barbe qui en paraissait plus noire.

— Gilles!

Il s'assit dans la cuisine moderne et claire comme un revenant qui s'est trompé de décor et regarda Arminius, sa sœur, la nourrice et Marc, épouvanté.

— Je peux avoir une tasse de café ? dit-il d'une voix caverneuse, apercevant la cafetière.

Arminius s'empressa de le servir. D'un regard, Philippine signifia à la nourrice d'emmener les enfants.

Gilles posa son vieux Mauser sur la table.

— Je viens de tuer Clara.

Arminius ne broncha pas, mais Philippine poussa un cri tel que la nourrice, alarmée, revint passer la tête par la porte.

— Ce n'était plus supportable, marmonna-t-il. Toute une vie pour en arriver à être cocu. Maîtresse de ce foutu gigolo de Cassevert.

L'impassibilité d'Arminius à l'annonce de l'assassinat de sa nièce était spectaculaire.

— C'était rue du Boccador ? demanda-t-il.

— Comment sais-tu ? rugit Gilles.

— Personne n'est mort, répondit Arminius en poussant le journal sous le nez de son beau-frère.

Gilles lut l'entrefilet et fondit en larmes. Il posa la tête sur la table, sur ses bras, et sanglota, faisant tinter la tasse mal posée sur sa soucoupe. Arminius la déplaça. Philippine s'empara du journal et lut à son tour le fait divers.

Pourquoi Gilles pleurait-il ? Parce qu'il avait inutilement porté le poids de sa culpabilité toute la nuit ? Ou bien parce qu'il avait raté son coup ?

— Gilles ! s'écria Philippine, qui s'était levée pour tenter de faire réagir son frère. Gilles ! Tu me fais mal ! Arrête ! Dis-moi ce qui s'est passé.

Il redressa la tête, yeux rouges et joues noires.

— Pardon..., murmura-t-il. Pardon de venir vous jeter tout ça... Pardon.

Ses yeux fixaient le vide.

— Et je les ai ratés ! grommela-t-il.

— Dieu merci, dit Arminius.

— J'ai marché toute la nuit...

— Va prendre une douche.

Le téléphone sonna.

Comble d'horreur, c'était Clara, inquiète de ne pas avoir de nouvelles de Gilles depuis la veille.

— Il a été bloqué toute la nuit dans un ascenseur, raconta Philippine, inventive. Il est ici... Tu imagines dans quel état... Ne t'inquiète pas. Quoi ?... Depuis hier ?... Non, il t'appellera dans un moment, il est aux toilettes... Oui, je te rappelle moi-même.

Gilles avait tout entendu. Il battit des paupières.

— Depuis hier ? articula-t-il, la voix râpeuse.

— C'est ce qu'elle a dit.

— Elle ment. Elle a dit qu'elle rentrerait tard parce qu'elle assisterait à un concert à Versailles. De toute façon, je ne veux plus la voir.

— Gilles, tu ferais mieux de rentrer chez toi et de ne faire semblant de rien, dit Arminius, avec un calme menaçant.

— Tu es fou ?

— Non, c'est toi qui passes par une crise de folie. Tu ne maîtrises plus la réalité. Tu as cru avoir tué Clara et Cassevert, tu n'as tué personne. Tu as dû épouvanter un couple qui n'y était pour rien. Et Clara n'a sans doute pas été au concert. Qu'elle ait ou pas une liaison avec Cassevert, on verra ça plus tard. Tu as des enfants. Ressaisis-toi.

Gilles le regarda, visiblement désemparé.

La nuit ne lui portait décidément pas conseil, songea Philippine. Dix-huit ans plus tôt, il était parti comme ça, pris d'une soudaine frénésie, pour casser du Boche. Et bouleverser la vie de sa sœur et de sa famille*. Il ne changeait pas.

— Mais comment es-tu entré dans cet appartement ? demanda-t-elle.

— J'ai un double de la clé.

— Comment l'as-tu obtenu ?

— J'ai pris la clé dans le sac de Clara, un matin qu'elle était dans son bain. Et j'en ai fait faire un double. À midi, j'ai remis l'original dans son sac. Elle ne s'en est pas aperçue.

Philippine méditait ces aveux.

— Mais comment savais-tu quelle était la bonne clé ?

Regard terne et boueux de Gilles.

— Il y a trois mois, j'ai remarqué qu'il y avait une clé supplémentaire à son trousseau. C'était au moment où elle est devenue frigide.

Philippine n'insista pas. Le téléphone sonna de nouveau.

---

* Voir *Les Années de fer*, L'Archipel, 2009.

— C'est certainement Clara, dit-elle. Cette fois, tu dois lui parler. Fais l'idiot.

La gouvernante vint annoncer que Mme Gantier était au bout du fil.

Gilles demeura un moment figé, puis il suivit sa sœur.

— Tiens-t'en à l'histoire de l'ascenseur, conseilla Arminius. Elle est parfaite.

Arminius saisit alors le revolver et le fourra dans un tiroir, celui des couverts. Quelques instants plus tard, il entendit son beau-frère marmonner :

— Ouais... C'était infernal... Quoi ?... La salle des coffres de la banque... Je suis crevé... Non, on se verra ce soir, je vais au bureau, j'ai des rendez-vous... Mais tu m'avais dit que tu allais à Versailles ?... Quoi ? Ah bon... À ce soir.

Quand il fut monté à la salle de bains se doucher et se raser, Arminius et Philippine se firent face, muets. Arminius secoua la tête. Le chauffeur était de retour de l'école et attendait pour accompagner son employeur.

— Donne-lui une de mes chemises, dit Arminius à Philippine, nous faisons à peu près la même taille. Et essaie de savoir à quel numéro de la rue du Boccador s'est passé ce faux drame.

Un immeuble cossu. La loge de la concierge était spacieuse et claire.

Arminius s'assit devant la femme, la cinquantaine énergique, et glissa sur la table un gros billet. Le personnage d'Arminius imposait déjà la considération. Mais, à la vue de la coupure, l'expression de la femme s'adoucit nettement.

— Puis-je vous demander la liste des locataires de cet immeuble ?

— Ça a certainement à voir avec cette épouvantable histoire, dit-elle. Donc, ce qui vous intéresse, c'est l'appartement du troisième. La police est déjà venue. Le locataire est un monsieur important. Je ne sais pas qui vous êtes, monsieur, mais je ne veux pas d'histoires.

— Vous n'en aurez pas, c'est promis.

— C'est un député, dit-elle. Romain Cassevert.

— Il a un grand appartement ?

— Non, vous pensez…

Les trois mots suffisaient à comprendre que c'était une garçonnière.

— Deux pièces, dit-elle.

Arminius hocha la tête.

— Ça lui sert de pied-à-terre quand il vient à Paris.

— Vous regardez parfois les visiteurs ? demanda Arminius en tournant la tête vers la porte, face à l'entrée de l'escalier.

— La police me l'a déjà demandé. Mais, la nuit, je dors là, dit-elle en indiquant une alcôve loin de la porte.

— Vous n'avez donc pas vu l'assassin présumé ?

— Non. J'ai seulement entendu les coups de feu, mais j'ai pensé que c'était une moto qui avait des ratés. Puis j'ai entendu la porte cochère s'ouvrir et se refermer. Quelques minutes plus tard, les cris m'ont réveillée tout à fait. Des voisins avaient appelé la police et je suis donc montée voir. Il y avait plein de monde dans l'escalier. J'ai trouvé la porte de M. Cassevert ouverte et lui en robe de chambre… Le journaliste qui habite au troisième a essayé de l'interroger, mais M. Cassevert lui a claqué la porte au nez.

— C'était vers quelle heure ?

— Un peu après 23 heures.

Un journaliste habitait donc l'immeuble. Cela, ainsi que l'heure, expliquait la rapidité avec laquelle l'information avait été publiée.

— Et les visiteuses, vous les voyez parfois ?

— Parfois, répondit-elle avec un quart de sourire, quand elles ne partent pas dans la nuit. Souvent les mêmes.

Souvent les mêmes.

— Celle-là, je l'ai vue quand elle est repartie, reprit-elle. Après que la police est venue. Elle était dans un état ! Une brune.

— Une brune ?

— Typée, oui, une Espagnole ou quelque chose dans le genre. Mais je suis sûre que l'appartement sera à louer dans pas longtemps. Les autres locataires ne sont pas contents.

— Je vous remercie, dit Arminius en prenant congé.

Il se leva et remit son chapeau. Dans la rue, il secoua la tête. Aller jouer les détectives chez les concierges pour une affaire qui ressemblait dangereusement à un mélo de boulevard, vraiment !

Un point était sûr, Clara, qui était blonde, n'était pas la femme présente dans la garçonnière de Cassevert la veille. Gilles avait failli tuer une inconnue en même temps que son rival. Tirait-il donc si mal ? Ou bien était-il saoul ? Ou bien encore... Une idée lui traversa l'esprit sans qu'il pût la définir. Demeurait le fait que, dans sa tête, Gilles avait tué Clara. Était-ce au terme d'une longue préméditation, ou bien sous le coup d'un de ces désespoirs qui vous submergent soudain ? Qu'il eût fait faire un double de la clé confirmait la préméditation.

Le chauffeur lui ouvrit la portière et se mit en route pour le bureau.

Restait maintenant à savoir si Clara était au courant de l'incident. Ce ne serait certainement pas Cassevert qui l'en aurait informée, car il aurait alors dû avouer qu'il était avec une autre femme qu'elle. Elle ne pourrait avoir appris le double meurtre manqué que par le journal, mais elle n'était guère coutumière d'une lecture attentive de la presse ; elle balayait les manchettes du regard. Une fois arrivé au bureau, il téléphona à sa nièce pour la prier à dîner et lui recommanda de venir vers 19 heures.

Dès qu'elle arriva rue Lalo, il fut évident pour Philippine et Arminius que Clara n'était pas dans son assiette. Elle avait les traits tirés, le regard fuyant et le sourire forcé.

— Que se passe-t-il ? demanda son oncle.

— La nuit dernière, tu sais... Je n'ai pas dormi, j'étais folle d'inquiétude. Qu'est-ce que c'est que cette histoire d'ascenseur bloqué ?

— Gilles était allé retirer des fonds juste avant la fermeture. Une panne de secteur a bloqué l'ascenseur et quand le courant est revenu, le mécanisme ne s'est pas remis en route. Gilles n'a donc été libéré que ce matin.

— Mais tout va bien, maintenant, dit Philippine. Nous allons dîner avec lui.

— Oui, admit-elle, contrainte.

Un moment passa. Marc vint souhaiter bonne nuit à ses parents ; il embrassa Clara et demanda des nouvelles de ses cousins. Après cette diversion, Arminius reprit, consultant sa montre :

— Gilles ne va plus tarder. Tu ne veux pas nous dire ce qui ne va pas ?

Regard noir, angoissé de Clara.

— Si c'est ta liaison avec Cassevert, nous sommes au courant.

Tressaillement de biche qui a entendu les chiens, à distance.

— C'est fini avec Cassevert, répondit-elle enfin, la bouche crispée.

Mais la blessure de la trahison devait saigner encore.

— Depuis quand ?

— Avant-hier.

Pas besoin d'être grand clerc pour deviner que c'était la raison pour laquelle Clara avait renoncé au prétendu concert à Versailles.

— C'est cela qui te rend morose ?

Soupir. Regard en direction de Philippine, qui ne dit mot.

— Ce matin, il a téléphoné, fou de rage, m'accusant d'avoir essayé de le tuer.

Ébahissement non feint d'Arminius et de Philippine. Pour un sac de nœuds, c'en était un.

— Il m'a raconté une histoire de fous : quelqu'un aurait pénétré dans son appartement la nuit dernière et aurait tiré trois coups de feu sur lui, dans le noir. Je lui ai dit que je ne possédais pas de revolver et que j'étais à la maison depuis 18 heures, avec les enfants et la nourrice. Il m'a répondu que j'étais la seule à avoir un double de la clé de l'appartement et que si ce n'était pas moi qui étais entrée la nuit, ce devait être un tueur à ma solde. J'ai pensé à Gilles, mais je ne vois pas comment il se serait procuré la clé, qui n'a pas quitté mon sac et que j'ai rendue ce matin au secrétaire de Cassevert. Par-dessus le marché, Gilles était je ne sais où cette nuit. Et voilà que vous me sortez une autre histoire à coucher dehors. Je vais devenir folle !

Il y avait de quoi, en effet.

Mais Philippine s'empressa de déclarer que Gilles était hors de cause. Clara n'en parut pas convaincue.

Sur quoi, Gilles arriva, l'air dégagé, souriant sinon farceur. Il embrassa sa femme, Philippine et Arminius comme si de rien n'était. Le contraste avec l'épave lamentable qu'il avait été le matin même était confondant. Il accepta le whisky proposé par Arminius et le dégusta sans se départir de sa mystérieuse mine de contentement.

Était-ce là l'homme qui assurait, le matin même, avoir tué sa femme ?

— Nos résultats d'exploitation n'auront jamais été aussi bons, déclara-t-il. Nous avons gagné le marché anglais.

Ce ne pouvait être la cause de son étrange bonne humeur, en tout cas pas la seule. Clara et Philippine l'étudiaient du regard, chacune pour ses propres raisons, Clara s'efforçant de déceler un trait ou un détail correspondant à l'homme qui aurait tenté de les tuer, son amant et elle, et Philippine, un indice qui aurait expliqué cette exubérance cynique. Impossible d'échafauder la moindre hypothèse et encore moins une explication.

Le dîner s'acheva de la sorte et Gilles ramena Clara à la maison de bonne heure, déclarant qu'il avait besoin d'une bonne nuit de sommeil. Mais, pendant qu'il enfilait son pardessus, à la porte, et profitant d'une brève absence des deux épouses, il tendit à Arminius un journal du soir, plié, et lui indiqua du doigt un entrefilet. L'instant d'après, sa femme et lui étaient partis.

Arminius s'empressa de lire l'entrefilet, dans la rubrique « Brèves » :

> *Une algarade aux causes inconnues a éclaté ce matin dans les couloirs du Palais-Bourbon entre M. Raymond Gautier, sous-secrétaire d'État à l'Outre-mer, et M. Romain Cassevert, député RDF. L'échange a été si violent que les huissiers ont dû intervenir pour séparer les deux hommes. Ni l'un ni l'autre n'ont souhaité s'exprimer sur l'incident, que certains supposent d'ordre privé.*

— Tu crois que c'est ça qui a mis Gilles de si bonne humeur ? demanda Philippine après avoir terminé sa lecture.

— Je ne vois pas pourquoi. Mais enfin, il m'a bien indiqué cet article.

Elle s'assit devant le feu :

— Comment expliques-tu le comportement de Gilles ? Le matin, il vient nous annoncer : « J'ai tué Clara », et le soir, tout va pour le mieux dans le meilleur des mondes !

L'idée qui avait pointé le bout de son nez en sortant de chez la concierge de la rue du Boccador se dessina clairement dans la tête d'Arminius :

— Je ne suis pas du tout sûr que Gilles ait vraiment eu l'intention de tuer Clara. Il aura monté une mise en scène.

Philippine était abasourdie.

— Une mise en scène ?

— Un spectacle dans lequel il la tuait avec son amant.

Philippine se souvint des idées de son mari sur l'importance du spectacle dans le comportement humain.

— Même si l'on admet qu'il était saoul, il ne peut pas avoir été si mauvais tireur qu'il ait raté deux cibles dans un lit, à quelques mètres de distance. Pour moi, même s'il n'en est pas lui-même tout à fait conscient, il a tenté d'effrayer Cassevert et celle qu'il prenait pour Clara. Il se faisait du cinéma. Mais son désespoir était réel, poursuivit Arminius sur le ton d'un médecin qui explique le dossier d'un malade. Il avait tué Clara en lui-même.

Sombre diagnostic. Et quel était le pronostic ?

— Mais la satisfaction qu'il affichait, ce soir ?

— Il savourait sa vengeance et la déconfiture de Clara. Pense, l'incident qu'il a provoqué rue du Boccador a révélé qu'elle était trompée par son amant. Humiliée, coupable, perplexe, inquiète. Et, de surcroît, forcée d'affronter un mari triomphant. Pauvre Clara !

— Mais c'est du sadisme de la part de Gilles !

— Les faibles sont souvent des sadiques. Ils rêvent de revanche.

— Je n'aurais jamais imaginé pareille noirceur chez mon frère, murmura Philippine, accablée. Moi qui l'aimais tant...

— Ne te mets pas à le détester. Il a certainement beaucoup souffert. S'il a longuement mijoté son plan, comme le prouve l'histoire de la clé, c'est qu'il devait lui-même se sentir rejeté depuis un certain temps. Il a pensé qu'il n'était plus séduisant. Il s'est senti dévalorisé...

— Mais pense à Clara ce soir...

— Elle ne l'a pas volé, remarque. Elle paie sa frivolité.

— Tu crois que ta nièce est frivole ?

— Comme tant de femmes. Elle s'ennuie. La musicologie, ça n'emplit pas un lit. Il en est qui changent les meubles de place pour renouveler leur décor quotidien ; elle, elle a pris un amant. Elle ne veut manger que la cerise sur le gâteau. Un mari, ça devient monotone et ça a ses côtés barbants.

— Tu n'es pas barbant.

— Je fais des efforts, répondit-il en souriant. Tu le mérites.

Le compliment ne pouvait la consoler du naufrage auquel elle assistait.

— Tu crois que Gilles l'est, barbant ?

— N'importe quel être le devient au quotidien. Une personne qui ne vit qu'au jour le jour est bien à plaindre.

Sur quoi, ils montèrent se coucher.

3

Trois jours plus tard, sous le titre « Rififi au Palais-Bourbon », l'hebdomadaire satirique *Chantecler* révélait toute l'affaire à ses lecteurs :

> *Comme s'il ne suffisait pas des joyeusetés de l'affaire des Ballets roses, un sous-ministre et un député se sont livrés vendredi dernier à un numéro de duettistes fort remarqué dans les couloirs du Palais-Bourbon. Raymond Gautier et Romain Cassevert ont commencé par échanger des noms d'oiseaux qui ont attiré l'attention des députés présents, « Tordu ! », « Couille vérolée ! » et autres « Cocu ! », puis ils en sont venus aux mains et les huissiers ont eu fort à faire pour les séparer. Il apparaîtrait que l'une des causes, pudiquement celée par nos confrères, serait l'excès d'attention que M. Cassevert porterait à l'épouse de M. Gautier, grande beauté d'origine espagnole. Une autre cause serait la tentative d'assassinat dont le député Cassevert et une compagne non encore identifiée ont été l'objet la semaine dernière. Un individu est entré dans l'appartement parisien du député et a tiré trois coups de feu en direction du couple, sans atteindre personne. Troisième cause, une plainte contre X déposée par Cassevert, qui a valu à Gautier d'être interrogé par la police. Après les Ballets roses, voici donc les Ballets rouges.*

— Cassevert a donc changé son fusil d'épaule, observa Arminius. Pour lui, ce n'est plus Clara, mais Gautier qui a tenté de les tuer.

— Quelle merde Gilles a foutue ! s'écria Philippine. Enfin, l'essentiel est que ni Clara ni lui ne soient mentionnés.

— Pour le moment. Car la police doit quand même se demander comment l'assassin a obtenu la clé.

Mais ce n'était pas la vraie raison pour laquelle Philippine nourrissait une sourde inquiétude aggravée d'un mauvais goût.

« L'ex-député Cassevert est parti cultiver les bananes en Martinique », annonçait *Chantecler* la semaine suivante.

> *Cela n'est pas une figure de style. Son secrétariat assure que l'élu du peuple a quitté la politique en désapprobation de celle du gouvernement en Algérie. Mais chacun sait que ses embrouilles judiciaires, qui ont suivi son mystérieux assassinat manqué il y a quelques jours, ont fâcheusement impressionné ses électeurs et ses collègues. Ces derniers disposent en tout cas d'un nouveau fournisseur en gros de peaux de bananes.*

Si les balles de Mauser, dûment retirées du mur par la police, n'avaient pas tué Cassevert, elles avaient pulvérisé son bon sens. Le scandale qu'il avait déclenché en accusant le mari de sa maîtresse avait mis fin à sa carrière. Et quand il apparut que le galant avait distribué une dizaine de clés de sa garçonnière dans Paris, il devint la risée des chansonniers. Par acquit de conscience, la police vint bien interroger Clara, sur l'indication du secrétaire parlementaire à qui elle avait remis sa clé, mais la nourrice témoigna que Mme Gantier avait passé la fameuse soirée et la nuit à la maison, et la concierge, qu'elle n'avait pas vu sortir cette dame.

L'inquiétude de Philippine ne s'apaisa guère pour autant. Elle restait consternée autant par l'infidélité que par la légèreté de Clara. Mère de deux enfants, celle-ci s'était lancée dans cette aventure clandestine sans la moindre prudence. Pourquoi avait-elle cessé d'aimer Gilles ? Et comment avait-elle pu jeter son dévolu sur un coureur de jupons avéré ? Car tout projet d'une liaison sentimentale avec Cassevert aurait relevé de la fiction ou de la sottise. Or Clara n'était ni une évaporée ni une sotte. Mais alors ? Elle s'était probablement servi de lui comme d'un instrument sexuel, peut-être d'un bateleur capable de lui apprendre de nouveaux tours.

Toutefois, Philippine n'était pas moins meurtrie par l'impétuosité de Gilles, qui n'avait écouté que son ressentiment et sa rage. N'avait-il pas songé que, s'il avait ne fût-ce que blessé Cassevert ou Clara, il aurait fait de Philippine la sœur d'un criminel ou d'un dérangé mental ? Qu'il aurait mis en péril l'empire financier patiemment construit par Arminius ?

Le sentiment avait apparemment déserté l'un et l'autre. Plus de trace d'amour ou d'égards. Seules avaient compté leurs impulsions égoïstes. Elle ne cessait d'y songer depuis le vendredi matin où Gilles était arrivé à la maison, traînant des lambeaux de ténèbres. Juste une quinzaine de jours auparavant.

— Quelle fragilité ! murmura-t-elle un soir qu'Arminius était rentré plus tôt que d'habitude.

— Je peux deviner de qui tu parles, dit-il en prenant le jeune Anton dans ses bras. Mais il convient de se rappeler que le cœur est une machine intermittente et, d'ailleurs, qu'on donne à tort ce nom à d'autres organes.

La pointe fit sourire Philippine.

— Et la tête ?

— C'est une gouvernante au service d'un tyran.

Et il chanta d'un air faussement léger :

> *Der Mensch lebt durch den Kopf,*
> *Sein Kopf reicht ihm nicht aus**...

— Ce n'est pas du Mozart, dit Philippine.

— Non, c'est *L'Opéra de quat'sous*, livret de Bertolt Brecht, musique de Kurt Weill. Mon père le chantait quand ça n'allait pas.

Marc écoutait la conversation, abasourdi.

— Et ça ne va pas, maintenant ? demanda-t-il.

— Avec une dose d'indifférence, ça pourra aller, répondit son père, énigmatique.

Ils se mirent à table.

— J'ai eu une longue conversation avec Gilles cet après-midi, annonça Arminius. Il quitte la France.

---

* « L'homme vit par la tête /
Sa tête ne gouverne pas assez... »

La cuiller de Philippine demeura un instant immobile entre sa bouche et le bol de soupe.

— Il a pensé avec justesse que je te le répéterais et que ça atténuerait le choc.

La cuiller plongea dans le bol et y demeura.

— Où va-t-il ? demanda Marc.

— Aux États-Unis. Plus exactement en Californie.

Marc consulta le visage de sa mère et constata que la nouvelle ne lui faisait pas plaisir.

— Il demande à être nommé représentant commercial à Los Angeles.

— Il en a de la veine ! s'écria Anton, pour qui la Californie, qu'il ne connaissait que par le cinéma, représentait l'antichambre du paradis terrestre.

Quelques gestes de la tête et crispations de la bouche témoignèrent de l'exaspération de Philippine.

— Allons, maman, une dose d'indifférence, conseilla Marc.

Son père se mit à rire et Philippine ne put réprimer un sourire.

— Comme ça, poursuivit Arminius, il pourra subvenir aux frais de Clara.

— C'est-à-dire qu'il abandonne Clara.

— Mieux vaut affronter les faits que nier la réalité. Il viendra déjeuner demain.

L'architecture d'un visage est indépendante de la volonté. Un pli qui se creuse au coin de la bouche, une lourdeur imperceptible des paupières, une nuance moins fraîche dans le teint, et l'on sait que l'habitant des lieux n'est pas au faîte de son bien-être. Son énergie est en déficit, sa générosité sera comptée et les questions qu'il juge indiscrètes seront accueillies avec la même impatience qu'un démarcheur de balais mécaniques qui sonne à l'heure de la sieste.

À trente-cinq ans passés, Gilles annonçait ce jour-là le visage qu'il porterait à cinquante.

Quand il se fut assis, il déclara d'emblée pour répondre aux questions muettes qui flottaient dans l'air :

— On ne remet pas des œufs cassés dans leurs coquilles.

— Mais que s'est-il passé ? s'écria Philippine, désespérée.

— Ce qui se passe sans doute dans bien d'autres couples, répondit Gilles d'un ton terne mais posé : nous nous sommes ennuyés.

Philippine ignorait ce qu'était vraiment l'anémie du désir que l'on nomme « ennui » ; elle l'identifiait confusément à une défaillance de la volonté.

— Tu as bien divorcé, toi, dit-il.

— Ce n'était pas la même chose... Il y avait des raisons politiques. Et nous n'avions pas d'enfants.

Elle fut, sur-le-champ, consciente de ne pas dire l'exacte vérité : elle s'était déprise d'Émile Jeaubert quand il s'était changé d'amant en mari. Elle se demanda ce qu'était l'exacte vérité et pourquoi elle-même ne se l'avouait pas. Peut-être Clara avait-elle aussi changé de sentiment à l'égard d'un homme qui n'était plus le jeune et bouillant amant qu'elle avait connu à dix-neuf ans, mais ce personnage quasi administratif qu'est un mari.

— À t'entendre, reprit Gilles, la vie ne serait que sacrifice. Les enfants devraient se sacrifier pour les parents et les parents, pour les enfants. Mais tu as changé tes idées. Il me semble que nous avons déjà eu cette conversation il y a bien longtemps, quand tu as quitté Villardon pour venir à Paris. Tu m'as expliqué que tu ne voulais pas te sacrifier à papa et à Sophie.

Le coup porta. Une nouvelle fois, elle avait été insincère et elle se demanda quelle était la raison profonde de la contrariété que lui causait la rupture du ménage de son frère.

— Ce sacrifice-là aurait été inutile, argua-t-elle. Je voulais que nous construisions nos vies...

— Ce qui serait inutile et destructeur, c'est que je vive le reste de ma vie auprès d'une femme que je n'aime plus et qui ne m'aime plus. J'ai trente-cinq ans. Elle en a vingt-huit. Ce serait une double peine à perpétuité.

Elle soupira. Gilles regarda Arminius, qui ne disait rien.

Le reste du déjeuner se passa à discuter de la riposte aux révélations de la presse communiste sur le soutien financier que Gilles avait accordé au député-maire Rouvilliers, dont il était donc le suppléant. Il avait, en effet, avec l'accord de Philippine et d'Arminius, participé à ses frais de campagne.

— Le temps qu'ils puissent en produire les preuves, dit Arminius, l'affaire sera oubliée. Nous dirons qu'il s'agissait d'un prêt.

— Quand partirais-tu ? demanda Philippine à son frère.

— Samedi. J'ai pris mon billet. Paris-New York, New York-Los Angeles.

— D'une traite ?

— Oui.

Il lança à sa sœur un regard interrogateur, peut-être ironique. Avait-il deviné qu'elle eût été jalouse s'il avait séjourné à New York sans elle ?

— Et Clara ?

— Je pense qu'elle s'est fait une raison. Je ne serais pas surpris qu'elle soit contente de me voir débarrasser le plancher.

— Mais les enfants ?

— Papa va partir pour son travail, répondit Gilles d'une voix contrefaite.

— Ils ne vont pas te manquer ?

— Ça fait partie de la facture.

Elle se demanda quelle facture.

— Ça va créer une situation fausse, observa Arminius. Supposons que Clara trouve un autre homme. N'aurais-tu pas mieux fait de demander le divorce en bonne et due forme, ou bien une séparation de corps ?

Gilles secoua la tête.

— Si je demandais le divorce, il serait prononcé aux torts de Clara. Dans ce cas, j'aurais la garde des enfants. Ils seraient séparés de leur mère. Ce serait un choc pour eux. Je ne prendrai les enfants que si je trouve une nouvelle compagne.

La perspective le rendit encore plus morose.

— J'en doute, ajouta-t-il.

Philippine maîtrisa son trouble. Gilles avait beaucoup plus réfléchi aux conséquences de ses actes qu'elle ne l'avait supposé. L'avait-elle méjugé ? Se pouvait-il qu'à trente-trois ans elle ne comprît rien à l'existence ?

— Mais nous, demanda-t-elle le soir à Arminius, nous, comment tenons-nous ?

À cette question, presque pathétique, il répondit par son sourire de chat.

— Je suis le frère que tu n'as pas eu.

Elle ne comprenait pas.

— Gilles était ton aîné, mais tu étais plus mûre et, d'après ce que j'ai compris, plus volontaire que lui. Tu es devenue sa sœur aînée. Tu as donc manqué d'un frère aîné.

En chemise de nuit sur le lit, elle se caressait les chevilles, stupéfaite de s'apercevoir qu'à son âge elle continuait de découvrir des lois inconnues du comportement et des rapports entre les humains.

— Un rapport est toujours inégal, dit-il en enfilant sa veste de pyjama. Et on aime toujours la personne qui, d'une manière ou de l'autre, est plus forte que nous. Parce qu'elle nous donne des forces.

— Et alors, moi, je suis plus faible que toi ?

— Non, tu es toujours mon épée. Mais j'ai plus d'expérience que toi. C'est comme ça que j'ai pu t'aider à sortir ton or de France et à l'investir aux États-Unis, puis à prendre possession de la société. Et la suite.

Elle se glissa dans les draps.

— Je t'aime parce que tu es assez forte pour ne pas être dépendante de moi, comprends-tu ? C'est un paradoxe, je sais, mais on aime les gens forts parce qu'ils ne nous donnent pas le sentiment d'être assistés.

— Et toi, tu me donnes le tournis. Et pourquoi ça n'a pas marché entre Gilles et Clara ?

— Parce qu'aucun des deux ne soutenait l'autre. Elle avait cru trouver en lui un frère aîné et lui, une autre Philippine. Ce n'était pas le cas. S'il avait été fort, il aurait balayé son infidélité par un haussement d'épaules. Et elle serait revenue à lui, rien qu'à cause de ça. Mais la violence avec laquelle il a réagi n'a fait que mieux souligner sa faiblesse. Il s'est comporté comme un enfant qui casse un jouet auquel il attribue une faute imaginaire. Il a monté un spectacle pervers, mais infantile.

— Toujours ton idée de spectacle !

— Écoute, un philosophe espagnol moderne, Miguel de Unamuno, a écrit : « Quand on est deux, on est six, les deux qu'on est, les deux qu'on croit être et les deux qu'on paraît. » Gilles a donné le spectacle de l'homme fort qu'il n'était pas et Clara, celui de la fille supérieurement intelligente, donc forte, qu'elle voulait paraître. Mensonges ! Duperies !

— Et tu savais tout ça ? Pourquoi n'as-tu rien dit quand ils se sont mariés ?

— Je ne suis pas le maître du monde, répondit-il, levant le nez. Et parce qu'il était temps que Gilles se déprenne de toi. Ça devenait malsain. Là, il a fait son apprentissage.

— À quel prix !

— Tout se paie.

— Qu'as-tu payé, toi ?

— J'ai payé avant de t'avoir. J'ai oublié.

Saloperie de mec. Il la faisait toujours rire. Couverte des meurtrissures que lui avait infligées son frère, elle tendit la main pour toucher son épaule. Bizarrement, elle retrouvait toujours un adolescent à l'entrée de la nuit.

Philippine et Arminius accompagnèrent Gilles à Orly le jour du départ. Ni Clara ni les enfants ne seraient là, pour ne pas conférer aux adieux un caractère dramatique. D'un commun accord, il avait été décidé qu'on leur épargnerait l'épreuve des adieux qui seraient forcément douloureux. Car les enfants comprennent beaucoup plus de choses que les adultes, oublieux de leurs premières années, ne veulent l'admettre ; l'adulte occidental, surtout le mâle, considère, en effet, qu'il a été de toute éternité conçu pour dominer le monde.

Pareilles aux pythies antiques, des femmes coassaient leurs décrets dominateurs dans des haut-parleurs – comme dans tous les aéroports du monde – sans que personne y comprît grand-chose.

Dans la houle de la foule, les regards constituaient le seul moyen de communication efficace. Ceux de Gilles semblaient dire : « Tu vois, je suis sevré, mais ce n'est pas drôle. »

Ceux de Philippine : « Je sais ce que tu ressens, mais il était temps que tu te prennes en main. Courage. »

Et ceux d'Arminius : « Le sort en est jeté. Je ne suis plus qu'un témoin. »

Des avions étincelaient sur la piste, grands navires qui décuplaient le pouvoir des voiles et des rames d'antan, mais qui ne faisaient toujours que séparer les amants désunis ou rapprocher les amoureux. Gilles franchit le contrôle des billets. Les mots n'y changeraient rien : c'était la dernière scène d'un désastre, comme il y en a tant, partout, à toute heure.

C'était, pour Philippine, la première fois que son frère s'en allait vraiment ailleurs. C'est-à-dire sans elle.

La journée était décidément celle des départs.

Le soir, Robert Gantier téléphona.

— Je ne vais pas y aller par quatre chemins, déclara-t-il : ta mère est morte.

Ce furent les mots plus que leur contenu qui frappèrent Philippine. À qui donc peut-on annoncer que sa mère est morte sans lui infliger un choc ?

— Je sais que, pour toi aussi, elle était morte depuis longtemps. Mais ça blesse quand même quelque part.

Sans doute était-il, lui, blessé de perdre celle qui avait été la mère de ses enfants.

— Je l'ai appris par un employé de la mairie de Châlons. Elle n'avait plus de famille et son chevalier servant, une espèce de bellâtre, a fait main basse sur tout ce qui pouvait rester comme objets de valeur. Elle n'avait plus un sou. Elle avait dépensé tout l'héritage de Rouiller et le château d'Arches était hypothéqué jusqu'aux tuiles.

Philippine évoqua par-devers elle la dernière et pathétique apparition dans sa vie de la vicomtesse Rouiller de Laclos, à Menton, et le bellâtre en question.

— Elle buvait, reprit Robert Gantier, et elle menait la grande vie. Jamais vu un ratage pareil. Elle a vécu dans un roman de quatre sous. Bon, te voilà informée. Je n'irai pas à l'enterrement, comme tu l'imagines. Tu diras tout ça à Gilles.

— Gilles est parti.

— Parti ? Qu'est-ce que ça veut dire ?

— Mariage brisé. Il est parti pour l'Amérique.

— Encore ? Mais pourquoi le mariage est-il brisé ?

— Il n'a pas supporté d'être cocu.

Un silence.

— Bon, cette petite Allemande me paraissait un peu évaporée. Chacun mène la vie qu'il veut. Mais les enfants ?

— Ils restent avec leur mère.

— Je me demande si ça vaut mieux. Et toi, ça va ? Arminius ?

— Ça va, je te remercie. Yvette va bien ?

— Elle t'embrasse.

On ne dit jamais que la moitié de ce qu'on voudrait dire. Elle n'allait quand même pas raconter à son père au téléphone la parodie d'assassinat montée par son frère.

Quelques jours plus tard, un incident politique vint illustrer les théories d'Arminius sur le cinéma que les gens se font à eux-mêmes et aux autres. Deux ténors politiques de droite, Jean-Marie Le Pen et Jean-Louis Tixier-Vignancour, accusèrent un député socialiste, François Mitterrand, d'avoir monté un attentat contre lui-même, à l'Observatoire, pour faire parler de lui. L'affaire était, à vrai dire, fumeuse, et Philippine se défendit mal de la méfiance à l'égard de l'un des présumés comploteurs, Pesquet. Mais le hourvari suscité par ce bizarre attentat montra que le soupçon de la mise en scène était largement répandu dans le public et qu'il servait couramment à l'interprétation des événements. Les Grands Perspicaces avaient affûté leur instrument. Ah, on ne la leur faisait pas, à eux !

Et moi, est-ce que je me fais du cinéma ? Et lequel ? Et Arminius ? se demanda Philippine.

Peu après, des livreurs vinrent installer un poste de télévision et passèrent une bonne partie de la matinée à fixer une antenne sur le toit.

— Voilà, dit enfin leur chef en tournant un bouton. C'est du 819, bien sûr.

Du 819 ? Des images d'un vieux film policier défilèrent sur l'écran.

La gouvernante était émerveillée : elle avait entendu parler de la télévision, mais il n'existait que quelques centaines de postes dans tout le pays. Elle fut encore plus certaine de travailler dans une maison « bien ».

Philippine resta songeuse. Le cinéma s'invitait à domicile.

Le soir, ce fut l'enfer pour envoyer les enfants au lit. On leur consentit bien une demi-heure de grâce, mais Marc et Anton étaient tellement excités qu'on aurait eu des raisons de craindre les effets de cette boîte à images sur leur sommeil.

— Ils vont avoir du spectacle à la maison, au quotidien, constata Philippine d'un ton réprobateur.

— Mieux vaut qu'ils s'y habituent dès maintenant. Nous leur apprendrons à en faire bon usage, répondit Arminius.

Restait à établir le bon usage qu'on pouvait faire du spectacle.

La radio diffusa un programme de chansons d'avant-guerre.

C'est un mauvais garçon,
Il a des façons
Pas très catholiques !
On a peur de lui
Quand on le rencontre la nuit...

Philippine, qui traversait alors le salon, s'immobilisa. Arminius l'observa, étonné.

C'est un méchant p'tit gars
Qui fait du dégât
Sitôt qu'il s'explique !
Ça joue du poing, d'la tête et du chausson,
Un mauvais garçon...

Ses yeux se mouillèrent.

— Qu'est-ce qu'il y a ?

— C'était une chanson que chantait mon père quand j'étais petite.

— La mémoire est un dépôt d'objets perdus.

Elle devina qu'elle pleurait sur le temps où elle n'en savait pas tant. L'expérience est comme l'hiver, elle fait tomber les feuilles. Elle ne laisse plus que l'espoir d'un printemps qui, le plus souvent, tarde à venir.

4

L'année 1960 commença dans la lourdeur : celle du nouveau franc et du climat politique.

Un abcès enflait dans la conscience nationale : celui de l'Algérie, dite française, et qui, du fait même de cette appellation, suscitait une interrogation. S'il était besoin de préciser qu'elle était française, c'était donc, observa le jeune Marc, qu'elle ne l'était pas depuis toujours et qu'il en existait une autre. Laquelle ? Mais, lecteur assidu des journaux, le garçon s'avisa vite que l'Algérie française était le nom d'une faction, celle des colons d'origine étrangère qui se refusaient à abandonner le pays aux Algériens de souche et que soutenait une faction de militaires. Marc posa beaucoup de questions et certains de ses propos révélaient ceux de ses condisciples inspirés des opinions de leurs parents ; beaucoup de ceux-ci étaient apparemment favorables aux pieds-noirs, sinon farouchement partisans. Comme elle craignait qu'il répétât ses réponses à l'école et se trouvât mêlé à des querelles dont le fond lui échapperait, Philippine censura ses explications autant que possible. Arminius s'en tint également à des généralités sur les territoires conquis par l'Occident, qui demandaient à s'affranchir. Philippine et lui étaient, par-devers eux, favorables à l'indépendance algérienne, mais préféraient le taire, puisqu'ils n'étaient pas partie prenante dans le conflit, et ne pas exciter ainsi la hargne de certains amis.

Cependant, en mars, un incident vint déchirer la façade de convention tendue pour protéger le garçon.

Une pluvieuse nuit, Philippine crut, de son lit, entendre quelqu'un tousser dans le jardin. Peut-être un passant bronchitique s'était-il attardé devant la grille qui séparait le jardin de la rue ? Arminius aussi l'avait entendu ; ils tendirent tous deux l'oreille. Quelques minutes plus tard, la toux, déchirante, reprit de plus belle.

— Il faut aller voir, dit Philippine, se levant. Il y a quelqu'un de malade dans le jardin.

— Tu vas attraper la crève, objecta Arminius. Il suffit d'éclairer le jardin et on verra bien s'il y a quelqu'un. Mais comment serait-il entré ? La grille est toujours fermée.

— Marc est rentré le dernier. Peut-être est-il passé par le jardin et a-t-il mal refermé la grille. En tout cas, ce n'est pas un voleur. Voilà une dizaine de minutes qu'il tousse.

Une nouvelle quinte se fit entendre.

— Allons voir, dit Arminius, se levant à son tour et consultant le réveille-matin : 2 heures.

Ils descendirent et éclairèrent le jardin grâce à la minuterie du salon, puis scrutèrent le petit paysage par une porte-fenêtre. Au premier regard, ils ne virent personne.

— Là-bas, sous le poivrier, dit Philippine. Il y a une forme. Il nous a vus. Il sait qu'il est repéré.

Un des luminaires révélait, en effet, une silhouette pelotonnée sous le poivrier du Japon, derrière le buisson de rhododendrons.

— Attends, j'y vais, dit Arminius, saisissant un parapluie.

Philippine l'observa tandis qu'il se dirigeait vers l'intrus, puis se penchait. Elle entrouvrit la porte-fenêtre pour écouter :

— Qu'est-ce que vous faites là ? demanda Arminius.

Pas de réponse.

— Mais vous êtes en train d'attraper une pneumonie ! Venez, entrez.

L'intrus, toujours pelotonné, regardait Arminius sans bouger. Philippine remarqua qu'il tremblait.

— Allez, entrez ! ordonna Arminius, faisant un pas vers ce visiteur mystérieux.

L'autre se leva enfin, trempé. Un accès de toux le secoua. Il dévisagea Arminius qui lui indiquait de la main la porte-fenêtre de la cuisine. L'instant d'après, il était dans la cuisine, face à Philippine et Arminius, blême, le regard fou, dégouttant d'eau, frissonnant. Trente ou quarante ans. Cheveux noirs drus. Pas rasé de deux ou trois jours.

— Asseyez-vous, ordonna Arminius, indiquant une chaise.

L'autre s'exécuta, voûté, grelottant.

— Vous parlez français ?

Un hochement de tête.

— Qu'est-ce que vous faisiez là ?

— La police...

La police, la Gestapo, le Guépéou, le FBI... Une des puissances occultes qui poursuivent toujours quelqu'un.

Philippine fit chauffer un reste de soupe aux légumes, une vraie soupe, comme celle de son enfance, avec des pommes de terre, des carottes, des poireaux et des morceaux de bœuf.

— Vous êtes un malfaiteur ?

De nouveau ce regard fou. Il tourna la tête vers la casserole de soupe. À l'évidence, il était affamé.

— Je suis du FLN, dit l'inconnu d'une voix rauque, comme pour les défier.

Arminius et Philippine se consultèrent du regard.

— FLN ou pas, vous avez une sacrée bronchite, dit Arminius. Comment vous appelez-vous ?

— Hilmi.

— Enlevez votre veston, il doit être glacé.

— Vous allez appeler la police ?

— Non, répondit Philippine, tirant d'un placard un bol et d'un tiroir, une cuiller. Nous sommes des chrétiens.

L'Algérien les regarda, médusé ou saisi par la fièvre. Sans doute ne disposait-il pas des facultés nécessaires pour comprendre la réponse de cette femme.

— Enlevez votre veston, répéta Arminius.

L'autre s'exécuta et suivit du regard Arminius qui mit le vêtement à sécher devant un radiateur. La chemise qu'il portait sous son veston était tout aussi trempée, mais on n'allait pas lui demander de se mettre torse nu. Ses chaussures, ou plutôt ses godasses, étaient lamentables. L'ensemble du personnage était crasseux. La soupe avait chauffé et Philippine en remplit le bol, qu'elle poussa devant Hilmi. Arminius s'absenta. Hilmi regarda la soupe, puis Philippine. Elle posa la corbeille de pain devant lui, s'assit et le regarda vider le bol. Il n'avait probablement pas mangé depuis deux ou trois jours.

— Vous en voulez encore ?

Il hocha la tête. Elle versa le reste de soupe dans le bol.

La seule présence de l'Algérien annulait le monde alentour, Paris, l'agitation politique, les luttes pour le pouvoir et l'argent, les discours de toutes couleurs, l'écume bouillonnante d'une société. Il représentait la condition la plus élémentaire de l'humanité : la peur, la faim, la maladie, la solitude. Les gesticulations frénétiques des chefs de l'OAS, Pierre Lagaillarde et Joseph Ortiz, à Alger, les éructations des politiciens en France, tout cela, en face de la détresse d'un Algérien poursuivi par la police à Paris et miné par la bronchite, avait autant d'importance qu'une conférence de souris dans le sous-sol d'un fromager.

Des souvenirs de ses années de guerre déferlèrent dans la mémoire de Philippine. La vie avait alors été cela : le dénuement devant des monstres inconnus qui ne pardonneraient pas le moindre faux pas.

Arminius revint avec un tube d'antibiotiques. Il en préleva deux cachets qu'il tendit à l'Algérien, avec un verre d'eau.

— Tenez.

L'autre avala les cachets et l'eau.

— Pourquoi vous faites ça ?

Arminius haussa les épaules.

— Ce n'est pas le moment de discuter. Allez prendre une douche chaude et couchez-vous.

— Où ? s'écria Hilmi d'un ton désespéré.

— Il y a une chambre à côté de la salle de bains. Personne ne viendra vous y chercher.

— Vous avez encore faim ? demanda Philippine.

Toujours ce regard.

Elle tira du réfrigérateur une assiette de fromage. Il coupa une tranche d'emmental et la mâcha lentement, alternant une bouchée de fromage et une de pain. Son univers avait probablement été détruit. Quand il eut fini, Arminius le conduisit à la chambre d'amis, lui indiqua la salle de bains, lui tendit une robe de chambre en laine et lui souhaita bonne nuit.

Philippine éteignit les lumières de la cuisine, puis celles du jardin et remonta se coucher. Arminius la rejoignit peu après. Ils ne firent aucun commentaire. Chacun savait ce que l'autre pensait.

— Comment vous sentez-vous ?

9 heures. Marc et Anton étaient partis pour l'école. La nourrice et la bonne prenaient leur petit déjeuner dans la cuisine.

Un masque hirsute posé sur l'oreiller. Une vision d'épouvante : qui donc avait posé cette tête de décapité, noircie par une barbe de pirate, sur un oreiller de percale bleu ciel ? Et comme dans un cauchemar hugolien, les paupières se soulevèrent et le regard terrifié se posa sur les visiteurs. Plusieurs secondes s'écoulèrent avant qu'il se rassérénât et comprît que ce n'était pas la police française qui venait d'entrer. Il émergeait d'un domaine ténébreux, habité par la fièvre et les démons ordinaires qui courent le monde depuis la Création. Il s'assit et une quinte de toux le secoua. Il courut à la salle de bains cracher, puis revint, titubant, en robe de chambre et les pieds nus.

— Ça va mieux, il me semble.

La phrase elle-même détonnait par son incongruité autant que si elle avait été prononcée par un rescapé du *Titanic* ou d'Hiroshima. Arminius tenait dans ses mains un pantalon, une chemise, un rasoir, un blaireau et un bol de savon à barbe et Philippine, le tube d'antibiotiques, des chaussettes et des chaussures oubliées par Gilles, ainsi que le veston dépenaillé de Hilmi, maintenant sec. Et un thermomètre.

— Asseyez-vous. Mettez ça sous la langue. Dessous. Ne mordez pas.

— Vous faites peur, dit Arminius avec un demi-sourire. Quand vous en aurez la force, rasez-vous. Ne quittez pas cette chambre.

Thermomètre au bec, Hilmi hocha la tête.

Philippine retira le thermomètre :

— Trente-huit deux.

Elle tendit à Hilmi deux cachets, sortit un moment, rapporta une tasse de café et des biscuits et les posa sur un guéridon.

— Combien de temps vais-je rester ici ?

— Je ne sais pas. Le temps de guérir. Vous avez mieux comme refuge ?

Il secoua la tête, avec un sourire amer.

— Restez calme. Rasez-vous. Je reviendrai tout à l'heure.

Elle alla prévenir la gouvernante et la bonne qu'un ami malade occupait la chambre du rez-de-chaussée et qu'il fallait éviter de faire du bruit et de le déranger. Arminius partit pour le bureau.

Philippine demeura seule avec ses pensées qui se résumaient à cette question : et après ? Que feraient-ils de cet Algérien chu comme un extraterrestre dans le microcosme de la rue Lalo ? Jamais la vie ne lui avait paru plus encombrée de questions insolubles : que devenait Gilles à Los Angeles ? Que deviendrait Clara ? Et les enfants ? Elle était riche, et cela ne résolvait pas plus ses problèmes que si elle était la crémière du coin.

À midi, elle fit préparer par la bonne un plateau avec une portion de poulet, du pain, de la salade et une tartelette aux fraises, qu'elle porta elle-même au malade.

Il s'était rasé, même la moustache. Sans doute pour ne pas être reconnu trop vite. La trentaine comme ça, des mâchoires carrées, des yeux qui semblaient fardés, une bouche enfantine, trop rouge.

— Comment vous appelez-vous ?

— Hilmi Boudjelali.

— Comment êtes-vous arrivé ici ?

— La police est venue avant-hier dans la maison où j'habitais avec des amis, dans le XVIIIe. Ils ont commencé par le premier étage. J'étais au troisième. J'ai sauté sur le toit de la maison d'à côté et je me suis enfui. Je les ai vus de loin. Ils emmenaient tout le monde, les femmes aussi. Ils me cherchaient. J'ai marché dans Paris. Je suis arrivé chez vous. J'ai vu que la porte du jardin n'était pas fermée…

— Vous avez marché pendant deux jours ?

— Presque…

— Pourquoi la police vous recherche-t-elle ?

— Parce que je suis chef de réseau…

Une quinte de toux. De nouveau les souvenirs assaillirent Philippine. Et dire que, dix-huit ans plus tard, un clandestin logeait dans la même chambre qu'elle avait jadis occupée avec Marty ! Le hasard n'était-il qu'un vieux farceur sadique ? Les théories d'Arminius sur les lignes mystérieuses qui unissaient les destins, et peut-être aussi les lieux, ressurgirent avec force.

— Que voulez-vous faire ?

Il prit son temps pour répondre :

— Tout ce que je peux faire, maintenant, c'est quitter la France. Mais comment ?

— Bien, mangez. Nous y réfléchirons, dit Philippine en se levant.

— Pourquoi vous faites ça ?

Toujours cette question.

— Si vous ne le comprenez pas, ce n'est pas la peine de vous l'expliquer.

— Vous êtes pour l'indépendance ?

— Ça n'a rien à voir avec la politique. Un être humain est un être humain.

— Pourquoi vous ne le dites pas à vos amis français ?

— Ils ne veulent parler que de politique.

— Ils ne savent pas ce qu'est un être humain ?

— Quelques-uns, si.

Elle n'était pas disposée à parler politique. Les massacres de colons l'horrifiaient autant que les massacres des indigènes par l'armée française. Mais elle aussi avait tiré sur des Allemands. Non, elle n'avait pas envie de remuer tout ça. On finissait par se servir d'idées, et celles-ci ressemblaient à des couteaux à deux manches ou des fusils à canon coudé.

— Vous savez lire ? demanda-t-elle.

— Oui, répondit-il avec un sourire narquois.

— Que voudriez-vous lire ?

— Les journaux.

Le soir, Marc et Anton demandèrent qui était le monsieur malade dans la chambre du rez-de-chaussée. « Un ami », répondirent Arminius et Philippine d'un ton dégagé. Il avait besoin de calme et de silence. Les expressions de la gouvernante et de la bonne montraient qu'elles aussi étaient intriguées par ce mystérieux égrotant. La situation ne pourrait se prolonger indéfiniment.

Paris grouillait de policiers.

5

— Trente-sept deux. Vous allez décidément mieux, annonça Philippine.

— Il faut que je parte, répondit Hilmi.

Depuis la veille, il commençait à s'agiter et Philippine avait dû insister pour qu'il n'allât pas dans le jardin. Une escouade de police passant par là pourrait, qui sait, le reconnaître, et seule la gratitude à l'égard de ses sauveteurs le retint de sortir pendant la journée. Un bref tour du jardin, la nuit, évoqua la promenade des prisonniers.

— Pour aller où ? répliqua Philippine. Sortez d'ici et vous êtes immédiatement en danger.

— Mais je ne peux pas rester ici éternellement !

— Je le comprends. Attendez qu'on trouve une solution.

Il ne paraissait pas convaincu. Arminius non plus. Quelle issue pourrait-on bien imaginer à ce cul-de-sac ?

— Nous sommes prisonniers de la charité, déclara Arminius.

Philippine se résolut à appeler Émile Jeaubert. C'était sa seule cartouche.

— Émile, dit-elle, simplement.

— Salut. T'as besoin de moi ?

— Oui.

Un silence. Il savait qu'elle savait que son téléphone était écouté. Et elle savait qu'il savait que son seul appel signifiait l'urgence de la situation.

— Bon, dit-il, je t'envoie Claude.

La solidarité entre anciens résistants, jadis mariés, avait donc survécu.

*

Elle n'avait jamais vu Claude. Un quadra avec ce type de visages, glabres et secs, qui devenaient rares ces derniers temps. La bonne chère et la mode les avaient remplacés par des faces un peu trop joufflues, coiffées comme des têtes de cinéma.

Claude Landrieu s'assit en face de Philippine et croisa les doigts.

— Je vous écoute.

— Il me faut des papiers d'identité.

— Pour vous ? s'étonna-t-il, levant les sourcils.

— Non, un fugitif.

— Droit commun ?

— Non, FLN.

Il s'adossa au fauteuil. Vu l'intérieur rupin et le niveau social de la demandeuse, la requête était évidemment inattendue. Landrieu ne put retenir un sourire.

— Où est-il ?

— Ici.

— Comment est-il arrivé chez vous ?

— Nous l'avons trouvé au fond du jardin, mon mari et moi, il y a quatre jours, malade comme un chien. Nous l'avons soigné. Mais on ne peut pas le garder plus longtemps.

— Où veut-il aller ?

— En Algérie.

— Il faudra qu'il passe par la Tunisie.

— Vous en parlerez avec lui.

— Je peux le voir ?

— Oui.

Elle conduisit Landrieu à la porte de la chambre d'amis et, pour bien annoncer que ce n'était pas une irruption, elle toqua à la porte. L'inquiétude envahit le visage de Hilmi quand il la vit entrer avec un inconnu.

— Bonjour, dit Landrieu. Je suis Claude.

— Claude est un ami qui peut vous aider à obtenir des papiers, expliqua Philippine.

— Je peux voir les vôtres ? demanda Claude.

Hilmi hésita un moment, puis tira de la poche intérieure de son veston un portefeuille délabré d'où il sortit le document demandé. Landrieu l'examina un moment.

— Il faudra laisser pousser la moustache de nouveau, dit-il.

— Pourquoi ?

— Parce qu'on va se servir de la même photo.

— Mais on va me reconnaître ?

— L'identification se fait d'abord par le nom. Ce n'est que si vous êtes arrêté qu'on procédera à une vérification par la photo. À ce moment-là, ce sera trop tard de toute manière. On commence par changer votre nom pour éviter l'arrestation. D'accord ?

— On ne peut pas changer la photo ?

— Si vous êtes pressé, on n'a pas le temps.

Hilmi hocha la tête. Landrieu empocha la carte de résident. Philippine l'accompagna à la porte.

— Si vous aviez un peu de graisse, dit-il.

De graisse. Elle acquiesça et courut à sa chambre chercher trois gros billets.

— Ça ira ? demanda-t-elle.

— Deux suffiront, répondit-il en lui rendant une coupure. Faut quand même pas casser le marché. Il y a des gens qui n'ont pas les moyens, ajouta-t-il avec un sourire en coin.

— Quand ?

— Demain ou après-demain. Je fais au mieux.

C'était un autre monde. Celui des réseaux souterrains, des circuits parallèles, des complicités occultes, chargé de compenser les rigidités, les inhumanités et les injustices de l'autre. « Au Moyen Âge, avait expliqué Arminius, des tribunaux secrets, la Sainte-Vehme, rendaient ainsi la justice dans mon pays. »

Hilmi ne tenait plus en place et, quand les enfants, la gouvernante et la bonne furent couchés, Arminius l'invita à sortir de sa chambre pour achever une soirée qui avait été, pour lui, morose.

— Voulez-vous un cognac ?

— Je ne bois pas d'alcool.

— Considérez cela comme un médicament.

Hilmi répondit par un demi-sourire et accepta un petit verre de Rémy Martin.

Il s'apprêtait à discourir quand Arminius l'arrêta d'un geste de la main.

— Hilmi, tous les gens qui tiennent un discours politique sont sûrs d'avoir raison. Sachez que nul n'a jamais entièrement raison. Seul le sens humain l'a. Épargnez-nous vos diatribes.

— Si vous me sortez de là, dit l'autre en allant se coucher, je prierai pour vous tous les jours.

Deux jours plus tard, Landrieu revint. Philippine l'interrogea du regard.

— C'est bon, répondit-il en tirant le nouveau document de sa poche.

La même photo était fixée sur un document de couleur crème, convenablement patiné, au nom d'Abbas ben Idrissi.

Quand Landrieu le remit à Hilmi, celui-ci se mit à trembler.

— Ce n'est pas possible…, murmura-t-il. Grâce à vous…

— À midi, coupa Landrieu, vous partirez en voiture pour Marseille avec un camarade. Vous arriverez vers 22 heures. Il vous conduira à un cargo en partance pour Tunis. À partir de là, vous vous débrouillerez. Vous êtes prêt ? Je vous emmène.

Hilmi parut désemparé. Il bredouilla.

— Attendez un instant, dit Philippine.

Elle courut rassembler quelques effets qui avaient appartenu à Gilles, un veston, des pantalons, deux chemises, les fourra dans un sac et redescendit.

— Tenez, voici quelques effets pour vous changer. Et acceptez ceci pour vos frais de voyage, lui dit-elle en tendant deux billets. Bonne chance.

Les yeux de Hilmi se mouillèrent. Il s'inclina et baisa passionnément la main de Philippine.

Un quart d'heure plus tard, Landrieu et lui sortirent par le jardin. La chambre était vide. Philippine pria la bonne d'y faire le ménage et de changer les draps.

En France et en Algérie, l'agitation se poursuivait. Elle ne s'arrêterait pas de sitôt. Mais pour Philippine, cela faisait partie du spectacle. Elle avait assimilé les idées de son mari. Pour certains, pour beaucoup, le spectacle est leur raison de vivre. La réalité est ailleurs.

Elle ne croyait pas si bien penser.

À peine remis du choc que leur avait valu l'épisode du fugitif, Arminius et Philippine en subirent un autre.

Il advint dans l'un de leurs théâtres intérieurs, car toute personne en a plusieurs : celui du couple brisé de Gilles et de Clara. Le décor en était désormais constitué de ruines. De Gilles ils ne savaient quasiment rien ; un coup de téléphone de temps à autre les informait qu'il allait bien : il s'était installé dans une villa de Long Beach et s'y plaisait. De sa vraie vie, ses émois, ses rencontres, ses humeurs, ses pensées, ils ignoraient tout. Les rapports d'exploitation mensuels témoignaient qu'il dirigeait efficacement la branche californienne de Sunlove Cosmetics.

Du fait qu'elle habitait la même ville que son oncle et sa belle-sœur, Clara se manifestait plus régulièrement, mais c'était surtout pour organiser des sorties communes avec les enfants, notamment des goûters, soit chez elle, soit chez les Wennergren. Elle s'y montrait enjouée, mais peu communicative. Les conversations tournaient autour de l'éducation des enfants ou de sujets indifférents de l'actualité. Les éclats de sa brève liaison avec Cassevert lui avaient appris la discrétion, et ni Philippine ni Arminius n'avaient recueilli la moindre miette sur sa vie privée. Quant à évoquer sa séparation d'avec Gilles, il n'en était évidemment pas question.

Marc, qui téléphonait de temps à autre à ses cousins, avait sans doute levé un lièvre, car il avait ainsi appris que Clara s'absentait souvent de la maison, et il l'avait rapporté à sa mère. Partie de bon matin, elle ne rentrait que le soir, apparemment fourbue. Où allait-elle ? Elle ne le disait pas, et bien que les enfants fussent d'excellents espions, ils ignoraient le motif de ces absences.

Aussi le choc fut-il brutal quand Philippine, passant un matin de mai devant un kiosque à journaux, avenue de Suffren, aperçut le visage de Clara en couverture de l'hebdomadaire *Atout-France*, au-dessous de la manchette : « Clara Majus, révélation du cinéma français. » Avait-elle la berlue ? Elle se pencha et détailla la photo : nul doute, c'était bien Clara. Le nom de Majus était emprunté, mais le prénom était inchangé. Alors qu'elle tendait la main pour acheter l'hebdomadaire, une autre photo de Clara lui sauta aux yeux, en couverture de *Ciné-France*, ainsi légendée : « Qui est Clara Majus ? » Elle en resta stupide. Elle acheta donc les deux magazines et s'assit à la terrasse du café le plus proche pour lire les articles.

L'abasourdissement s'accrut. Clara avait donc crevé l'écran et enthousiasmé la critique dans un film comique intitulé *Le Trophée*. Et le metteur en scène n'était autre que Robert Colombe. Elle tenta d'en démêler l'intrigue au travers du premier article : une riche héritière se faisait enlever par une bande de gangsters, mais l'énormité de la rançon excitait une bande rivale qui l'enlevait à son tour et demandait une rançon encore plus élevée. Une troisième bande se préparait à enlever à son tour ce trophée sans prix, mais là, coup de théâtre : l'otage s'éprenait de l'un de ses ravisseurs et l'épousait.

Philippine cligna des yeux et, pendant quelques instants, l'avenue, les autos, les passants lui parurent irréels. Un sentiment confus l'agita : en tournant avec le même metteur en scène que Philippine avait rejeté quelques années auparavant, Clara lui avait volé un moment de sa vie. La coïncidence était troublante. Clara n'avait certes pas été quérir Colombe et, de toute façon, elle ne ressentait aucune jalousie à l'égard de sa belle-sœur, mais le hasard avait trop bien fait les choses et, une fois de plus, elle repensa aux lignes du destin.

Elle commanda un pastis. Puis entama la lecture du second article.

Les photos étaient bien plus suggestives que celles d'*Atout-France*, qui se présentait comme un journal familial : l'une d'elles, prise pendant le tournage, montrait Clara nue, au lit avec son amant gangster, interprété par le jeune premier Bob Vallin. « Fofolle, mais affriolante », disait la légende. Quant au texte, il décrivait Clara Majus comme l'épouse séparée d'un grand industriel des cosmétiques, mais ne citait heureusement pas de nom. Attirée par les arts, la nouvelle star possédait un diplôme de musicologue et n'était certes pas l'écervelée du film.

Philippine se reprocha d'abord son indifférence, sinon son dédain à l'égard de la chronique parisienne et de ses chatoiements pailletés. Mais même si elle avait été informée du tournage de ce film, qu'aurait-elle pu faire ? Rien. Quelles objections aurait-elle pu opposer et de quel droit ? La famille ? Clara n'en faisait plus partie que virtuellement et, d'ailleurs, en quoi le fait d'être actrice offensait-il la famille ? Les enfants ? Mais d'innombrables acteurs et actrices avaient des enfants et menaient une vie de famille respectable. Philippine aurait donné d'elle-même l'image d'une vieille bourgeoise ronchonne et jalouse. Le fait qu'elle eût refusé de faire un film avec Colombe aurait renforcé les soupçons de jalousie. À la fin, Philippine se félicita de n'avoir rien su de la carrière de sa belle-sœur. Elle aurait certainement dit quelque chose de trop.

Mais le séisme intérieur n'en demeurait pas moins violent.

J'appartiens à un autre monde, se dit-elle. Mais lequel ? Elle éprouva le besoin d'être réconfortée et acheta un jeton à la caisse pour descendre téléphoner à Arminius.

— Tu es au courant ?

— Non, de quoi ?

— Clara est actrice de cinéma.

Un silence.

— Qu'est-ce que tu racontes ?

— Fais-toi acheter *Atout-France* et *Ciné-France*. Elle s'appelle maintenant Clara Majus.

— Tu es sûre ?

— Armin ! Tu ne veux pas aller voir ce film avec moi cet après-midi ?

— Impossible. La séance de 21 heures, si tu veux.

Elle marcha un moment, égarée. Puis se dit qu'elle se faisait une montagne d'une taupinière. Et, enfin, elle ne se dit plus rien. Elle fit ses emplettes mécaniquement.

Le film était réussi et vraiment comique. Arminius et Philippine ne purent s'empêcher de rire. Ils ne reconnaissaient pas Clara : ils ne lui avaient jamais prêté autant de talent dans l'invention d'un personnage, celui d'une fille de riches godiche et futée. La scène de séduction du beau gangster, Bob Vallin, était hilarante par son mélange de vérité et de parodie. Mais un gros plan de Clara pâmée dans les bras de Vallin et les gestes érotiques des amants giflèrent Arminius autant que Philippine.

— Si Gilles voit ça, il sera malade, murmura Philippine.

À la sortie, dans la foule des spectateurs s'esclaffant encore, ils se sentirent perdus. Ils eurent besoin d'une transition avec le monde clos de la maison.

— Allons manger quelques huîtres, proposa Arminius.

Pendant plusieurs longues minutes, au début du souper, ils ne dirent mot, sirotant leur champagne.

— Eh bien, voilà, maintenant, elle existe, dit enfin Arminius.

— Le spectacle.

— Le spectacle, en effet. Elle ne pouvait pas jouer la comédie à Gilles ou, du moins, elle ne le pouvait plus. Elle la joue désormais devant des milliers de spectateurs.

— Quelle comédie ? s'écria Philippine, indignée. Mais quelle comédie faut-il donc jouer ?

Arminius fit un geste vague, comme pour chasser une mouche.

— La comédie de la femme exceptionnelle, sexy, intelligente, irremplaçable. La vie quotidienne use les héroïnes comme les héros. Certains jours, on est terne, on n'a rien à dire, il faut s'occuper des enfants, de la maison, de la cuisine. On s'aperçoit qu'on est une ménagère comme les autres. On a mal aux pieds, au ventre ou à la tête. La performance sexuelle du mari la veille a été quelconque. Il a cessé d'être un beau jeune homme. De spectateur extatique, il est tombé au rang de mari bougon, qui trouve que ses chemises sont mal repassées. On n'est plus à la hauteur. On cesse d'être héroïque, on ne s'admire plus, on se croit au bord de la déchéance… On aspire à un spectacle extraordinaire qui rehaussera nos couleurs. Actrice de cinéma, de télévision, personnage politique… Que sais-je !

Philippine retint un rire.

— On croirait que tu as été marié plusieurs fois. Mais nous ? Nous n'avons pas subi tout ça ?

— Nous, nous avons commencé à exister avant. Sans spectateurs.

— On ne peut plus exister que devant des spectateurs ?

— Ne t'inquiète pas, il y aura encore des guerres et des gens qui agiront sans besoin de spectacle.

— On n'existe que dans la guerre, selon toi ?

— On peut faire autrement. Mais dans les périodes de prospérité, les gens s'ennuient. Ils n'agissent plus. Ils deviennent des acteurs et ils ont besoin de spectateurs. Les gens sont assoiffés de fiction.

Elle goba la dernière huître.

— Si Gilles voit ce film…, dit-elle.

Il ne releva pas cette hypothèse, demanda l'addition et partagea le reste de champagne entre Philippine et lui.

Ils avaient vraiment besoin de sommeil.

6

Les retombées, comme on disait désormais au lieu de « conséquences », terme sans doute trop menaçant, furent aussi diverses qu'éprouvantes pour les nerfs de Philippine.

Cela commença dès le lendemain à 17 heures, au retour de l'école. Sophie téléphona pour crier, presque hystérique :

— Tu as vu ? Maman est une star !

— Oui, ma chérie, répondit Philippine. C'est une actrice. Veux-tu me la passer, s'il te plaît ?

— Elle est avec une journaliste. Elle a dit qu'on ne la dérange pas. Je lui dirai qu'elle te rappelle. Tu peux me passer Marc ?

Celui-ci, éberlué, dut subir le torrent d'enthousiasme de Sophie. Anton, intrigué, tournait autour du téléphone, essayant de saisir des bribes de la conversation.

— Qu'est-ce qui se passe ?

— Rien d'extraordinaire. Tante Clara joue dans un film et ça a mis Sophie dans tous ses états.

— On ira voir le film ?

— Je l'ai vu, il y a quelques moments drôles, mais ça ne mérite pas le déplacement, répondit Philippine, alarmée à l'idée que ses fils fussent exposés aux images de Clara nue dans un lit avec un homme qui lui pelotait les seins.

Marc, qui venait de raccrocher, faisait une drôle de mine.

— Mais elle a pété un plomb !

Philippine n'appréciait pas tellement cette nouvelle expression.

— Elle se calmera, dit-elle.

La gouvernante, qui avait trouvé le numéro de *Ciné-France* au salon et l'avait dûment parcouru, interrogea Philippine d'un regard goguenard.

— Vous croyez que les enfants vont aller voir le film? demanda-t-elle. J'ai l'impression qu'il y a des scènes piquantes.

— J'espère qu'il est interdit aux moins de seize ans.

— Je les plains en tout cas. Qu'est-ce qu'ils ne vont pas entendre à l'école!

Clara ne rappela évidemment pas Philippine. Sans doute était-elle trop occupée avec sa journaliste. Le lendemain ne fut pas plus paisible.

Chez le coiffeur, la shampouineuse accueillit Philippine avec un grand sourire.

— Ce n'est pas votre belle-sœur, Clara Majus, la dame qui venait avec vous l'année dernière?

Les clientes sous le casque tournèrent la tête:

— Vous êtes la belle-sœur de Clara Majus? Quelle jolie fille!

Au retour de l'école, Marc rapporta que Georges, qui fréquentait le même établissement qu'Anton et lui, s'était fait traiter de « fils de cocotte » et qu'une bagarre s'était ensuivie. Marc avait dû intervenir pour tirer son cousin d'affaire. Le soir, Clara téléphona enfin : elle invitait Arminius et Philippine à la soirée de gala organisée par le producteur du film à L'Orée du Bois, quelques jours plus tard. Philippine accepta d'un ton enjoué.

— Tu as vu le film?

— Oui, nous y sommes allés, Arminius et moi. Quelle cachottière tu fais!

— Tu sais, je ne voulais pas en parler avant que ça soit achevé. On ne sait jamais comment tournent ces entreprises ou si on ira au bout du tournage. Qu'en avez-vous pensé?

— Très drôle, répondit Philippine. Nous avons beaucoup ri.

— N'est-ce pas? Je suis contente que vous ayez aimé... Je serai ravie de vous voir à la soirée. Je vous fais envoyer le carton.

Conversation fausse d'un bout à l'autre. *Je vous fais envoyer le carton!* Philippine haussa les épaules avec impatience.

Quand le carton arriva, elle le parcourut d'un œil morne:

Patrice Le Fardier,
PDG de Fly Productions,
le réalisateur, Robert Colombe,
Clara Majus, Bob Vallin
et toute l'équipe
vous invitent à célébrer avec eux la sortie du film
Le Trophée

Un ministre, deux secrétaires ou sous-secrétaires d'État, trois députés, un ou deux banquiers, une vingtaine de journalistes et assimilés, les acteurs, l'équipe du film, deux ou trois douzaines de notabilités de l'industrie du cinéma, autant de femmes, épouses ou maîtresses, dans leurs plus beaux atours, à qui s'ajoutait le petit monde qui gravite ordinairement autour de l'argent comme les abeilles autour du miel. Trois groupes s'étaient formés autour des centres d'attraction de la soirée, dont l'un était évidemment Clara Majus. Une robe de cocktail bleu nacré de bon faiseur relevait son teint pâle, un décolleté vertigineux révélait sa poitrine autant que la décence le tolérait. La coiffure était savante pour n'en avoir justement pas l'air. À trente ans, Clara ne paraissait guère en avoir dix de plus que lorsqu'elle avait conquis un certain jeune homme nommé Gilles pendant un trajet en auto vers Munich. Dès qu'elle aperçut son oncle et sa belle-sœur, elle se composa la mine de l'enchantement et tendit les bras. Un bracelet de diamants scintillait à son poignet.

— Philippine ! Arminius !

Seuls quelques demeurés ignoraient que les nouveaux arrivants étaient les propriétaires de Sunlove Cosmetics. Les têtes pivotèrent. Les photographes immortalisèrent les baisers et les accolades, ponctués de rires et de hoquets de joie.

— Je vous présente Robert Colombe, dit Clara.

Un comble. L'œil fardé d'indifférence, Philippine serra la main de l'amant d'un soir, jadis*. Son allure d'étourneau qui s'est posé sur la mauvaise branche n'avait pas changé et sa couenne était

* Voir *Les Années d'argent*, L'Archipel, 2009.

toujours hirsute. Son visage s'était flapi. Voilà donc ce à quoi j'ai échappé, songea-t-elle.

Arminius s'était composé un masque. On était loin de la fête qui avait suivi le mariage, là-bas, dans les montagnes de Bavière, une décennie auparavant.

Un député vint entreprendre Arminius. Colombe tendit une coupe de champagne à Philippine.

— Je suis heureuse que vous ayez trouvé votre grand succès, dit-elle.

— Cela ne remplace pas les pages arrachées.

— De quel livre ?

— Celui de ma vie.

— Peut-être étaient-elles blanches, répondit-elle. En tout cas, vous avez vendu les illustrations du mien.

— Ah, les *rushes*..., fit-il hypocritement. Vous étiez la madone des mystères... Tout le monde voulait des photos de vous... Je vous l'expliquerai si vous m'accordez un entretien...

Il avait tout à la fois les yeux et les lèvres humides, et des souvenirs importuns guettaient au tournant. Même au goulag elle n'aurait pas accepté un baiser de plus de cet homme.

— L'entretien s'achève, monsieur Colombe, dit-elle gracieusement en s'écartant de lui. Et je n'ai jamais détenu vos pages blanches.

On ne peut dire une seconde fois à un homme qu'on le refuse sans éprouver de l'exaspération. Une fois devrait suffire. La seconde inspire la cruauté et laisse un goût amer. De toute façon, l'allusion au « livre de sa vie » montrait que Colombe ne se souciait que du sien. Était-il l'amant de Clara ?

Après tout, je m'en fiche ! conclut-elle mentalement. Ils se méritent.

Le Fardier, le producteur, approcha le couple. Après quelques propos insignifiants, il demanda sur un ton plaisant si Philippine et Arminius regrettaient de ne pas avoir investi dans la production d'un film qui s'annonçait aussi profitable que *Le Trophée*.

— Nous n'étions pas informés, répondit Arminius.

— Eh bien, maintenant je vous informe que j'envisage de produire le prochain film de Clara Majus.

— Ni ma femme ni moi n'avons, vous savez, d'expérience dans le domaine de la production cinématographique.

— Oh, dit l'autre, avantageux, avec une actrice comme elle, vous jouez sur du velours.

— J'y songerai, repartit Arminius d'un ton évasif.

Mais il se résigna à échanger des cartes de visite avec Le Fardier.

— Pire qu'un marchand de balais, pesta Philippine.

Un serveur algérien, à moins qu'il fût tunisien ou marocain, lui présenta un plateau de coupes. Il ressemblait au fugitif recueilli quelques jours plus tôt. L'épisode, qui commençait à s'estomper dans la mémoire de Philippine, rejaillit brusquement. Le contraste avec cette réception incitait à se demander lequel des deux était réel. Un rire tonitruant éclata au-dessus du brouhaha. Philippine se retourna : c'était celui de l'autre acteur principal, Bob Vallin. Le fat triomphant, hilare parmi des admirateurs qui diraient le lendemain à leur *vulgum pecus* : « J'étais hier avec Bob Vallin… »

— On se taille dans pas longtemps, murmura Arminius, conscient de l'impatience de Philippine.

Un personnage qui détonnait par sa mise et son attitude vint alors considérer Philippine, d'un œil amusé, un peu goguenard. Quadra ou quinquagénaire, chemise fripée, veston de velours fatigué, cravate réduite à l'état de corde, il ne frimait ni ne plastronnait.

— Vous gardez votre flingue dans votre sac à main ? lança-t-il.

Philippine, interdite, le toisa, tandis qu'Arminius observait la scène.

— Permettez-moi de me présenter : Yves Galabert, le scénariste. Et vous, vous êtes Jeanne d'Arc. Qu'est-ce que vous faites dans ce congrès d'emplâtrés ?

L'insolence du propos fit rire Philippine.

— Je vais répondre pour vous, reprit-il : vous avez revêtu l'uniforme ennemi pour les faire sauter tous ensemble. Je voulais vous dire que je suis des vôtres.

Arminius commençait à s'amuser.

— Qu'est-ce qui vous fait penser tout ça ? demanda Philippine.

— Je n'ai qu'à voir votre expression. Et je connais votre histoire, Alexandrine Dumas.

Elle le fixa du regard : comment connaissait-il son pseudonyme dans la Résistance ?

— Je suis un ami d'Émile Jeaubert. Il m'a tout raconté. Vous n'avez jamais demandé aucune médaille ni aucun titre. Il m'a donné envie d'écrire un roman sur votre vie.

— Et vous avez écrit le scénario du *Trophée*?

— Oui, je sais, ça ne pisse pas bien loin. Mais faut bien faire bouillir la marmite. Et c'était dans les cordes de Colombe.

La façon dont il l'avait dit reflétait sans doute la médiocre estime qu'il portait au metteur en scène.

Ce fut alors que Clara vint vers eux, l'enjouement encore plus affecté qu'à leur arrivée.

— Patrice, Colombe, Bob et moi, ainsi que deux ou trois amis, allons dîner tout à l'heure au Pavillon. Vous vous joignez à nous, bien sûr? dit-elle sans se préoccuper de Galabert.

Ce dernier lui adressa un regard tellement chargé d'ironie qu'il aurait pu le faire breveter.

— Nous avons déjà un engagement, s'empressa de répondre Philippine.

— Oh, quel dommage! Nous aurions pu parler un peu. Ce sera pour une prochaine fois, j'espère. J'ai été ravie de vous voir. Vraiment. Bonne soirée.

L'occasion fut bonne pour s'esquiver.

— Et vous, vous avez un engagement? demanda Philippine à Galabert.

— J'en cherchais un, justement.

— Eh bien, venez.

C'était le seul être humain de cette réception qui pourrait peut-être la réconcilier avec la société. Une fois à l'extérieur, elle souffla comme un dragon.

— Mais je rêve! Cette pécore a complètement perdu le sens des réalités! Elle disparaît pendant six mois et nous invite tout à coup à dîner pour « parler un peu »! Parler de quoi? Elle croit que nous allons participer à sa mascarade? Ah, Gilles a bien fait de la quitter.

Arminius n'avait jamais entendu Philippine user d'un pareil langage. Il ne cacha pas son amusement.

— Bon, une victime de plus.

— Elle est de vos connaissances? demanda Galabert.

— Elle était ma belle-sœur!

— La femme de Gilles? Pas possible!

Jeaubert lui avait vraiment tout raconté.

— Le divorce ne saurait tarder, annonça Arminius en se mettant au volant.

— Dis-moi, Armin, dis-moi que nous n'appartiendrons jamais à ce monde ?

— Je ne m'appelle pas Armin, madame, mais moi, je peux vous le garantir, intervint Galabert.

— Où veux-tu dîner ? demanda Arminius.

— Où tu veux. Est-ce que nous sommes devenus fous ?

— Probablement, puisque nous ne voulons pas nous donner en spectacle.

— Ce qu'ils voulaient tous, Le Fardier, Colombe, Clara, c'est uniquement que nous crachions à leur bassinet.

— Il faut de l'argent pour monter un spectacle.

Galabert, assis à l'arrière, s'esclaffait.

Mais Philippine demeurait sous le coup de la déplorable pantomime à laquelle elle venait d'assister. Elle posa la main sur le bras d'Arminius, quémandant un réconfort. Il répondit par une caresse sur le genou. Deux millionnaires en auto, dans la nuit occidentale, pareils à des vagabonds dans un film de Charlie Chaplin, suivis par un clochard. Dévastés par l'exhibitionnisme de celle qui avait été une nièce et une belle-sœur, l'épouse d'un garçon charmant et mal adapté. Et la perte de leurs illusions.

Aux Invalides, Arminius s'engagea vers Montparnasse. Il se gara dans une petite rue et ils allèrent à pied à La Coupole. Les bains de foule nettoient parfois la tête, à défaut du cœur.

— Vous travaillez souvent avec Colombe ? demanda Philippine.

— Non, parce qu'il ne travaille pas beaucoup. Mais il est venu me voir il y a quelques mois pour me demander d'écrire un scénario sur un kidnapping. Je ne sais pourquoi il était obsédé par ce thème.

Philippine fut intriguée. L'obsession de Colombe était-elle liée à sa propre aventure ? Était-il vraiment hanté par ce qu'il appelait « les pages arrachées » ?

— Je lui ai répondu que j'étais meilleur dans le comique que dans la « Série noire ». Il n'avait jamais fait que des films sérieux, intellos, mais il avait besoin d'un succès populaire. Son producteur a fortement pesé sur sa décision. Et ça a donné ce que vous avez vu.

— C'est drôle, dit Arminius. Nous avons ri.

— De toute façon, ni le producteur ni moi ne voyions Clara Majus dans un rôle dramatique.

— Mais comment est-il tombé sur elle ? demanda Philippine quand ils furent assis.

— Dans un night-club, Chez Régine, je crois. Elle gigotait sur la piste quand Le Fardier et lui l'ont remarquée. Elle devait être beurrée parce qu'elle a accepté sur-le-champ.

Philippine se représenta aisément la scène. Clara à moitié saoule se voyant offrir la célébrité, comme dans les rêves de midinette. Et parfois ces rêves se réalisaient.

Mais elle se défaisait mal de l'obsession du kidnapping chez Colombe. Se pouvait-il qu'il eût pensé à elle pendant toutes ces années ? Dans ce cas, comble d'ironie, Clara avait servi de succédané à Philippine.

— Clara Majus représente l'un des nouveaux objets de production de la société d'abondance, déclara Galabert. Les êtres humains conditionnés. Elle, c'est la starlette qui servira un certain nombre de fois, avant qu'on s'en lasse. Ça n'existait pas avant guerre. Ni Arletty, ni Michèle Morgan, ni Mireille Balin, ni Edwige Feuillère, par exemple, n'ont été des starlettes. Elles étaient de jeunes actrices avant de devenir des actrices tout court. Même quand elles étaient sur le retour, des actrices comme Yvonne Printemps et Suzy Prim étaient plus réelles à la ville qu'à la scène.

L'hypothèse d'êtres humains conditionnés comme des produits industriels captiva Philippine et amusa Arminius.

— Dans ma jeunesse, reprit Galabert, il existait encore des cocottes, du nom qu'on donnait à des femmes entretenues, généralement les maîtresses d'hommes riches, qui vivaient sur un grand pied et flattaient de la sorte la vanité de leur protecteur. Dumas en a fait l'héroïne de sa *Dame aux camélias.* Ces aventurières amusaient la société par leurs excentricités et, à leur manière, elles étaient aussi des actrices. Elles incarnaient le vice triomphant et quand elles réussissaient à se marier, elles symbolisaient la victoire de la décence sur la débauche.

— Mais leur vrai métier n'était pas le théâtre, observa Arminius.

— Exact. Je crois qu'avec des starlettes telles que Clara Majus on ressuscite le personnage de la cocotte, mais sous une forme moderne. On ne sera pas de sitôt à court de matière première, parce qu'il y a pléthore de jeunes filles dont la tête est aussi vide que le cœur et qui ne rêvent que de briller et de mener une vie tapageuse. Elles n'ont rien d'autre à dire et penser, et les metteurs en scène n'ont aucune difficulté à leur imposer non seulement des rôles, ceux qu'elles tiennent à l'écran, mais encore des personnages qu'elles continueront de jouer dans la vie réelle. J'ai regardé Clara Majus sur le plateau : elle continue d'être, après le tournage, la ravissante idiote qu'elle joue à l'écran. Étant donné que la famille est en train de se disloquer, personne ne peut empêcher ce genre d'écervelées de se jeter dans les abîmes de la machinerie qui va les conditionner. Elles sont la nouvelle chair à canon. Dans cinq ans, personne ne se souviendra plus de Clara Majus.

Il savoura le vin, acheva son sauté d'agneau et reprit :

— Si je comprends bien, dit-il à Philippine, elle a été abandonnée par votre frère Gilles ?

— Il avait d'abord été abandonné par elle d'une certaine façon, s'entendit-elle répondre et s'étonnant de confier ainsi des secrets de famille à un inconnu.

— C'est-à-dire qu'elle l'avait trompé ?

— Elle avait fait un bout d'essai.

— C'est ma nièce aussi, je vous rappelle, observa Arminius. Et j'interprète vos réflexions comme un reproche.

— Qu'auriez-vous fait ? Elle a une trentaine d'années. À cet âge-là, personne ne peut retenir une jeune femme de faire ce qu'elle a envie de faire. Vos discours ? Elle s'en fout, elle ne les entend pas. Les jeunes de notre temps en ont assez de la génération précédente. Nous qui avons fait la queue devant les boulangeries pour acheter du pain avec des tickets de rationnement, qui faisions consciencieusement ressemeler nos chaussures ; nous qui, lorsque nous étions jeunes, portions les costumes de papa retaillés, qui reprisions nos chaussettes et remplacions nos cols de chemises, nous qui allions à pied pour économiser un ticket de métro et qui ne faisions l'amour que le samedi, parce que le lundi il fallait être d'aplomb au boulot, nous, nous passons à leurs yeux pour des miséreux archaïques. Non, eux, ils veulent jouir tout de suite.

Il regarda Philippine :

— Vous êtes dix fois plus jolie qu'elle. Vous êtes belle. Est-ce que vous avez jamais eu envie d'être actrice ?

— Non, répondit-elle avec un petit sourire. C'est tout le contraire.

— Le contraire ?

— Colombe m'a forcée à faire des essais, jadis, et il me les a montrés. Ça m'a paru totalement sans intérêt.

Arminius ignorait ce détail ; il haussa les sourcils.

— Elle est la maîtresse de Colombe ? demanda Philippine, se jugeant au bord de l'impudeur.

Le trio entamait la seconde bouteille de pomerol. Une confiance s'était installée, et ce n'était certes pas des acteurs ni des faiseurs qui la partageaient. Galabert réfléchit.

— Je ne sais pas. C'est plus compliqué que ça. Je pense que Colombe a eu envie d'être amoureux de Clara. Mais il ne le pouvait pas.

— Pourquoi ?

— Je pense qu'il est tordu. À mon avis, il se déteste.

Des portes claquèrent dans la tête de Philippine. Mais elle était décidée à ce qu'elle seule les entendît.

— Il ne peut réussir que des films de dérision, comme *Le Trophée*, parce qu'il ne s'aime pas, reprit Galabert. Les films sérieux qu'il a tournés avant n'ont pas marché. Ils étaient intelligents, astucieux, mais ils ne marchaient pas. Je ne sais pas si Clara Majus s'en est aperçue, mais elle est représentée comme une crétine. C'est un film macho, comme on dit en Espagne. Un film de mecs qui tiennent les femmes pour des poupées interchangeables.

— Vous avez des enfants ? demanda Arminius.

— Trois. Deux filles et un garçon. Ils gagnent trop bien leur vie. Ils ont tous les trois divorcé.

Un sourire amer.

— Vous me donnez l'impression de gens qui viennent de débarquer ?

— D'une certaine manière, oui, on vient de débarquer, avoua Philippine. On a été protégés. On n'est pas mondains. Tout à coup, avec cette histoire de film, on s'est retrouvés dans un monde qui ne nous plaît pas.

— Vous, l'argent vous a protégés, dit Galabert. C'est rare.

— Vous êtes communiste ? demanda Philippine.

— Oui, mais c'est par nostalgie.

La déclaration était tellement paradoxale qu'elle fit sourire Arminius, et Galabert aussi, par ricochet.

— Le fric, on ne pense plus qu'à ça depuis la fin de la guerre. Il s'est confondu avec l'instinct de vie. Il est en train de créer une nouvelle race d'êtres humains. Le communisme a triomphé en Russie quand les gens étaient réellement pauvres. En France, maintenant, les pauvres sont une minorité. Les gens rêvent d'avoir une bagnole, une télévision, de prendre l'hiver des vacances au soleil. Ils veulent être américains, quoi... Si on est pauvre, c'est qu'on est nul... Bon, faut que j'y aille, dit-il en consultant sa montre. Je ne veux pas rater mon métro.

— Je vous raccompagne, proposa Arminius, bien qu'il fût modérément disposé à écouter les vaticinations de Galabert encouragées par le bordeaux, bien que le scénariste lui fût sympathique.

— C'est loin, vous n'êtes jamais allé dans ce quartier.

Le défi. Un vestige de la lutte des classes, sans doute.

— Lequel ? demanda Arminius, amusé.

— Le XVe.

— Allons-y.

— Ah ! là, là ! Le luxe ! Vous êtes en train de me corrompre, vous aussi.

Mais, enfin, Galabert était rendu.

— Dois-je dire à bientôt ? demanda-t-il, à la portière, après s'être confondu en remerciements.

— Je le dis pour vous : à bientôt, répondit Philippine.

Retour rue Lalo.

— Est-ce que je deviendrais acariâtre ? Asociale ? Arrogante ? s'écria Philippine, quand ils furent dans leur chambre. Je ne supporte plus rien de ce qu'on appelle la vie parisienne... Ce n'est pas normal. Peut-être que je deviens folle...

— Tu ne deviens pas folle, tu es tout à fait normale, répondit Arminius. Si c'est ça, la vie parisienne, je ne la supporte pas non plus. Nous avons assisté à un festival de fausseté. Galabert était rond, mais il a bien analysé la situation. Clara est devenue une pute, dit-il en enfilant sa robe de chambre. Nous vivons dans un vaste bordel. Vendre ses charmes pour un spectacle, c'est se transformer en marchandise. C'est de la puterie.

— Putasserie, corrigea Philippine.
— Moi, je dis puterie.
— On réinvitera Galabert, non ?
— Un peu d'intelligence, ça donne du goût à la vie.
La phrase la laissa rêveuse. Il était vrai que l'intelligence était devenue chez Arminius un caractère sexuel secondaire.

7

Les répercussions du cocktail et de la sortie du *Trophée* ne s'arrêtèrent pas là.

— C'est pas bien d'être acteur ? demanda Marc au dîner du lendemain.

— Pourquoi demandes-tu ça ? s'étonna son père.

— Parce que je vois bien ce que vous pensez de tante Clara.

— Non, acteur, c'est un très beau métier. Ça s'apprend dans des écoles spéciales. C'est difficile.

— Et elle n'est pas actrice ?

— Pas vraiment. Elle n'est devenue actrice que parce qu'elle est jolie. Ce n'est pas la même chose que si elle avait déjà été actrice et jolie. De plus, elle est devenue actrice pour exister.

— Comment ça ?

— Elle s'ennuyait dans la vie. Personne ne faisait vraiment attention à elle. Elle voulait briller aux yeux du public.

— Et c'est mal ?

— Cela prouve qu'on n'a pas de personnalité.

Anton, sept ans, écoutait chaque mot de la conversation.

— Le professeur nous dit sans cesse que, dans la vie, il faut avoir de l'ambition. Peut-être que tante Clara a de l'ambition.

— L'ambition, répondit Philippine, consiste à vouloir faire des choses utiles pour les autres, pour son pays, pour l'humanité. Pas à vouloir briller pour être flatté. Ça, ce n'est pas de l'ambition, c'est de l'arrivisme. Quand il a trouvé le vaccin contre la rage, Pasteur ne s'est pas dit : je vais avoir ma photo dans les journaux, je deviendrai riche et tout le monde me fera des compliments.

Vouloir briller, ça démontre qu'on n'a pas de but sérieux dans la vie, mais qu'on est dévoré par la vanité. Cela veut dire qu'on a une personnalité faible.

Les deux garçons paraissaient frappés par ces propos autant que par le fait que ceux-ci condamnaient un membre de la famille.

— Et toi, tu n'avais pas d'ambition ? demanda Marc à son père.

— Non, pas celle de briller.

— Mais laquelle, alors ?

— Défendre mon pays contre ses ennemis intérieurs et extérieurs.

— Il y avait des ennemis à l'intérieur ?

— Oui, les nazis.

— Ils étaient ennemis de l'Allemagne ? Mais on raconte qu'ils voulaient en faire un grand pays…

— Par des moyens détestables.

— Tu t'es battu contre eux ? insista Marc, incrédule.

— Oui. J'étais résistant. Je te raconterai tout ça, un jour.

Premier impératif : il fallait protéger les enfants des illusions de la frivolité qu'ils venaient d'affronter. À les laisser trop longtemps dans l'ignorance du monde, on les rendrait fragiles, autant qu'on risquait de les choquer en leur dévoilant trop brusquement sa brutalité.

Mais ce n'étaient pas les seuls dangers qui les menaçaient.

Un vendredi du début du mois de juin, Sophie téléphona à son cousin Marc pour savoir si son frère Georges et elle pourraient venir déjeuner dimanche. La requête enchanta Marc et Anton, mais déconcerta Philippine. Clara n'avait pas donné signe de vie depuis le sinistre cocktail et il était étrange que les enfants prissent l'initiative de demander l'hospitalité pour un dimanche.

— Mais bien sûr, s'écria Philippine à la demande de son fils. Veut-elle qu'on leur envoie le chauffeur ?

Consultée là-dessus, Sophie accepta la proposition, « parce que Maman prendra la voiture ». Marc se dévoua même pour aller chercher ses cousins.

— Dans ce cas, décida Arminius, soucieux lui aussi, nous irons déjeuner dehors, au jardin du Luxembourg, par exemple. Et puis nous les emmènerons au cinéma.

Il éplucha la presse en quête d'un film qui conviendrait à ce jeune public et trouva enfin un cinéma du Quartier latin qui proposait *Fanfan la Tulipe.*

— Ils l'ont peut-être déjà vu, observa Philippine.

— Eh bien, ils le reverront. On ne va quand même pas les emmener voir *La Dolce Vita* !

Par acquit de conscience, elle téléphona à Clara ; la gouvernante, visiblement non informée de l'absence des enfants, lui répondit :

— Oh, je vous les confie volontiers, comme ça, ils ne s'ennuieront pas comme tous les dimanches. À quelle heure me les ramènerez-vous ?

— Après le cinéma, vers 18 heures.

— C'est parfait. Bon après-midi.

L'arrivée de leurs neveux confirma les appréhensions de Philippine et d'Arminius. Sophie paraissait contrainte et Georges, absent ; il ne se dérida que lorsque Anton lui fit une démonstration de son auto miniature télécommandée.

La perspective d'une sortie ravit tout le monde. Philippine ravala sa contrariété, qui aurait sans doute ruiné la petite fête. Le temps était splendide, un marchand vendait des ballons aux formes extravagantes et Arminius en acheta pour tout le monde. Au restaurant du Luxembourg, plein d'enfants, Marc, Anton, Sophie et Georges commandèrent ce qui leur plaisait.

— Maman ne pouvait pas déjeuner avec vous ? demanda Philippine, d'un ton dégagé.

Sophie lui répondit, le regard morne :

— Elle est allée à la campagne avec le monsieur.

Georges piqua du couteau son ballon, qui explosa, faisant sursauter les voisins.

Le monsieur. Philippine demanda :

— Quel monsieur ?

— Jean-Noël.

Il eût été indiscret d'insister.

La proposition du cinéma ranima l'enthousiasme. Aucun des enfants n'avait vu *Fanfan la Tulipe.* Arminius et Philippine non plus ; ils s'emballèrent pour Gérard Philipe.

À la sortie, l'humeur de Sophie et de son frère s'était considérablement améliorée.

— On aurait bien passé le reste de la soirée avec vous, dit Sophie alors que la voiture s'arrêtait devant leur domicile, avenue de Suffren.

— On recommence bientôt, dit Philippine.

Baisers, bisous.

Marc et Anton, à l'arrière de la voiture, n'avaient pas perdu le fil de l'épisode.

— Ils avaient l'air tristes de rentrer chez eux, dit Marc. Pourquoi ils ne sont pas venus dormir à la maison ?

— Ce ne sont pas des vagabonds. Ils ont leur maison.

Il ne fut plus question de l'après-midi pendant le dîner. Marc et Anton eurent droit à une demi-heure de télé avant de se coucher.

Et puis Philippine se retrouva seule avec Arminius.

— Je pense que tu es d'accord.

Arminius tirait une longue mine.

— C'est un naufrage et il fait deux victimes, dit-elle.

Un silence.

— Qu'est-ce que tu veux faire ?

— Lui enlever la garde des enfants, dit Philippine.

— Et qui les prendra ? Gilles est en Amérique.

— On l'en fera revenir.

Elle n'avait pas souvent vu Arminius découragé. Mais il l'était.

— Et comment lui enlèverais-tu la garde des enfants ?

— J'ai mon idée.

Regard sceptique.

Ils allèrent se coucher.

De l'ancien flic qu'il était, Jean-François Costaing n'avait gardé que l'habitude des Gauloises sans filtre. Le cendrier était plein de mégots. Il dévisagea Philippine d'un œil de pie. Dehors, les Champs-Élysées retentissaient du potin ordinaire des voitures qui emmenaient les gens dans des endroits où ils n'étaient pas vraiment utiles. Elle avait vu la petite plaque à la porte et avait pris rendez-vous.

— Je vous connais, non ? dit-il après l'avoir invitée à s'asseoir.

— Si c'est le cas, vous avez dû fouiller dans les sommiers.

Petit rire.

— Vous tirez toujours aussi bien ?

— Je n'en sais rien. Pourquoi avez-vous quitté la police ?

— Vous êtes ma cliente ou mon employeur ?

— C'est exactement la même chose.

Nouveau petit rire.

— Excès de cœur. J'ai laissé filer un indic pourri. Il m'a fait pitié. Foutre les gens à l'ombre pour cinq ans, c'est bon pour les adjudants. Ça ne sert à rien. Ni aux malfrats ni aux caves. C'est de la vengeance. C'est pas de la justice. Qu'est-ce que je peux faire pour vous ?

— Pister une idiote.

Ils se toisèrent : une jolie femme riche, la trentaine, usant d'un langage de truand, un flic barré reconverti en détective privé, agence Judex Filatures, dans une pièce et quart sur les Champs-Élysées. Elle, d'une humeur de vieille carne, lui, d'un vieux routier en mal de fric.

— Pourquoi ?

— Il y a deux gosses en jeu, répondit-elle. Il faut lui retirer son droit de garde.

— Il y a eu un jugement ?

— Non, d'un tacite accord, il ne voulait pas enlever les gosses à sa femme.

— Où il est ?

— Aux États-Unis.

— Quel est votre intérêt dans cette affaire ?

— Ce n'est pas mon intérêt, mais celui des gosses, rétorqua-t-elle avec force. Le père est mon frère. Il n'est pas au courant.

— C'est la Clara Majus ? demanda-t-il, finaud.

Même barrés de la police, ces gens se tenaient au courant.

— C'est elle.

— Et alors ? demanda-t-il en allumant une de ses satanées Gauloises.

— Il y a un mec nommé Jean-Noël. L'amant de la bonne femme.

— Que voulez-vous au juste ?

— Un scandale.

Un silence. Assez long.

— Qu'avez-vous en tête ?

— Je ne sais pas… Ils pourraient être bloqués dans un ascenseur à une heure indue, par exemple, assez longtemps pour que les pompiers interviennent.

Elle s'avisa que c'était un peu simplet.

— Ou bien on pourrait les photographier dans un hôtel, en situation compromettante. Je ne sais pas, moi ! Vous devez avoir l'expérience, non ?

— En général, dit-il d'un ton blasé, on se planque devant la maison de l'amant et au moment où il prend la voiture pour raccompagner sa maîtresse, généralement au petit matin, on s'arrange pour qu'il y ait un petit accident et, comme de bien entendu, un photographe dans les parages. C'est un peu usé, mais ça marche encore. Ça peut servir dans les procédures de divorce.

— L'essentiel, c'est d'abord de savoir qui est ce type, dit-elle.

Il la jaugea du regard.

— C'est entre vous et moi, cette mission ?

Façon de dire : je veux bien faire le sale boulot, mais vous la bouclez.

— Je sais ce que je fais, M. Costaing.

Il baissa les yeux.

— Faut que je sache d'abord qui est ce Jean-Noël. Vous ne savez pas à quoi il ressemble ?

— Non.

— Filature et tout le toutim ?

— Ça ne peut pas faire de mal.

Il sourit.

— Vous êtes fidèle à vous-même. Le coup de Clichy, chapeau.

Il avait appris sa fiche des RG par cœur.

— Il me faudrait un acompte. Quinze mille. En liquide.

— Vous ne vous mouchez pas du pied.

— Vous me prenez comme collaborateur. Il faudra compromettre le mec et la bonne femme ensemble. J'ai besoin d'au moins un mec pour les pister. C'est du créatif, ça.

Du créatif. Elle se retint de rire.

— Dix mille pour commencer, dit-elle, ouvrant son sac.

— Je n'ouvre pas de dossier.

— Moi j'en ouvre un sur vous.

Ça signifiait : j'ai la main longue, Jo. Il rit de bon cœur et alluma sa troisième Gauloise.

— Est-ce que je peux vous demander quel est vraiment votre intérêt dans tout ça ?

— La famille.

Ça figea le sourire de Costaing. La famille est un des rares sujets qui ne fassent pas ricaner les gens, même les flics barrés. Elle posa la liasse sur le bureau.

— Je ne compte pas.

Elle haussa les épaules.

— Vous avez une adresse, au moins ?

— Elle : 14, avenue de Suffren.

Il ouvrit le tiroir devant lui et y laissa tomber l'argent.

— Comment dois-je vous tenir informée ?

Elle saisit un papier qui traînait sur le bureau et inscrivit son numéro de téléphone.

— À 10 heures, le matin. Ni avant, ni après, ni le dimanche, compris ?

— Compris. Au téléphone, je m'appelle Jean et on se tutoie.

Elle parut surprise.

— On vous écoute de temps en temps. Vous ne saviez pas ?

— Non. Qui ? Pourquoi ?

— Je vous le dirai quand je le saurai.

Elle se leva et gagna la porte. Il l'ouvrit pour elle.

Trois jours plus tard, à 10 heures, le téléphone sonna :

— Salut, Flippo, c'est Jean.

Elle se raidit : Flippo, c'était Carrèze qui parfois la surnommait ainsi.

— Salut, ça fait une paye !

— Ouais. Et j'ai soif.

— T'as toujours soif. Bon, je t'offre un pot. À 11 heures au Deauville.

— Au Deauville ? Chic. Bon, à tout à l'heure.

Ce n'était pas du cinéma, ça ?

Assis à une table isolée, il sirotait un pastis. Elle en commanda un. Il plongea la main dans sa poche et en sortit deux photos. L'une représentait un homme de trente-cinq ou quarante ans, élégant, sombre et vêtu de sombre, traversant un trottoir ; l'autre, le même homme, cette fois souriant, en compagnie de Clara, attendant apparemment une voiture devant la brasserie Lipp, à Saint-Germain-des-Prés.

Elle les glissa dans son sac.

— Jean-Noël Stévenin, récita Costaing, quarante et un ans, fondé de pouvoir à la banque Bordes & Schaeffelin. A fait une petite fortune dans le trafic des piastres en 1951. A été inquiété, puis blanchi. Marié à l'une des deux filles Bordes.

Une clochette sonnailla dans la tête de Philippine, mais elle ne savait pas pourquoi.

— C'est quoi, le trafic des piastres ?

— On échangeait en France des piastres indochinoises dont le cours avait été garanti par l'État et qui ne valaient plus rien là-bas. On en a rapporté de pleines valises. Ce n'est pas tout.

Comme il s'était interrompu, Philippine l'interrogea du regard.

— C'est très confidentiel.

— Je ne vois pas à qui j'irais le répéter.

— Il est sous surveillance de la DST. Il fait du trafic d'armes avec le FLN et pas mal d'autres insurgés dans le monde. Un joli faisan, ajouta Costaing.

— Ça ne m'éclaire pas sur la manière de les compromettre, sa maîtresse et lui.

— C'est pressé ?

— Si je suis venue vous voir...

Le détective prit son temps pour répondre.

— Si j'étais vous, j'économiserais mes sous et mes efforts.

— Comment ça ? demanda-t-elle, soudain irritée.

— À mon avis, ce mec a mauvaise mine.

Elle devina le sens de l'expression. Les jours de Stévenin étaient comptés. Mais ça ne résolvait rien : il fallait un scandale pour enlever à Clara la garde des enfants.

— Stévenin est un gros gibier. Il y a trop de monde qui s'intéresse à lui. Si nous lui tendions un piège et qu'il tournait mal, car il peut toujours y avoir un pépin, ceux qu'on soupçonnerait en premier lieu seraient les proches de sa maîtresse. C'est-à-dire son mari, puis vous et votre mari. Vous voulez tirer les marrons du feu pour la Main rouge ?

— Qu'est-ce que c'est que ça encore ?

— Une organisation terroriste qui fait la chasse aux alliés du FLN. Mais Stévenin a d'autres ennemis. Vous ne trouvez pas que le coup de Cassevert a suffi ?

Elle sentit le sang lui monter au visage. Le regard du détective se fit insistant ; il était donc informé de la folle tentative d'assassinat montée par Gilles rue du Boccador. Ce qui signifiait que la police l'était aussi. Qu'avait-elle cru ? Ces gens bénéficiaient de complicités durables dans leur ancienne administration. Il était probable qu'ils servaient même d'indics, le cas échéant. Une gorgée de pastis lui permit de se ressaisir.

— Il vaut mieux pour le moment que votre frère reste en Amérique. Et que vous, vous restiez tranquille. Les renseignements que je vous ai donnés valent beaucoup plus que l'acompte que vous m'avez versé, mais je vous tiens quitte.

Les glaçons étaient tout ce qui restait des pastis ; Philippine en commanda deux autres. Elle avait besoin de rassembler ses idées. Les informations, les hypothèses et les craintes du détective lui paraissaient plausibles. Elle était donc impuissante.

— J'en vois de toutes les couleurs avec mes clients, reprit Costaing. Des maris jaloux, des femmes jalouses, des parents inquiets, des hommes d'affaires véreux, des créanciers grugés, soupçonneux, et j'en passe ! Mais vous, vous êtes la première à faire appel à mes services pour sauver des gosses. Vous m'êtes donc sympathique, si je peux le dire.

Elle soupira.

— Et la femme de Stévenin ? demanda-t-elle, en dernier rccours.

— Elle s'en fout. Elle a ses amants.

Bon, le paysage général était foireux.

8

Le bon Dieu devait s'ennuyer. Ou bien il avait, sur un coup de sang, décidé de faire le ménage dans les affaires du monde. Tout se précipita.

Une dizaine de jours avant les vacances d'été, une lettre de Clara arriva, rédigée en français.

Chère Philippine, cher Arminius,

J'espère que vous allez bien.

Comme vous l'apprendrez sans doute par Gilles, je demande le divorce pour abandon du domicile conjugal. Voilà plus de six mois qu'il est parti et je ne sais pas où il est, même s'il continue de me faire parvenir l'argent pour le ménage.

Par ailleurs, les vacances approchent et je n'ai pas le cœur d'envoyer Sophie et Georges en colonie ni dans la famille, en Allemagne, où je crains qu'ils ne soient dépaysés. Est-ce que vous les prendriez avec vous là où vous allez ? Je sais qu'ils adorent la compagnie de leurs cousins.

So geht Leben. Je vous embrasse,

Clara.

Ils en étaient pantois. Arminius consulta sa montre : 9 heures.

— Minuit à Los Angeles. Il est peut-être couché. Nous l'appellerons ce soir, quand je serai rentré. Il faut qu'il revienne à Paris.

— Et les enfants ?

— On les emmène, bien sûr. Appelle Clara pour lui dire que c'est d'accord.

L'instant d'après, il était parti. Philippine s'assit pour réfléchir. La mauvaise foi de Clara était éclatante : elle avait accepté le départ de Gilles. Si elle obtenait le divorce pour abandon du domicile conjugal, elle aurait la garde des enfants.

Il n'en est pas question ! décida Philippine.

Elle enragea de l'échec de sa tentative de déclencher un scandale, puis se rappela les mots de Costaing : « Il vaut mieux pour le moment que votre frère reste en Amérique. » Mais jusqu'à quand ? Que savait ce flic déchu ? Il ne le dirait sans doute jamais. En tout cas, elle devrait dissuader Arminius de plaider pour un retour rapide de Gilles à Paris. Mais dans ce cas…

Elle téléphona à Clara ; la gouvernante répondit qu'elle allait prévenir Madame. Ce genre !

— À propos des enfants, déclara Philippine de but en blanc, je voulais te dire qu'ils sont les bienvenus. Nous serons très heureux de les accueillir.

— Ah, merci beaucoup ! Eux aussi seront très contents d'être avec vous. Tu me pardonnes, une voiture m'attend en bas. Je t'embrasse.

À peine croyable. Elle avait sans doute prévu des vacances intimes avec Stévenin. Philippine se figea. Stévenin… La clochette qui avait déjà tinté dans sa tête, lors de sa rencontre avec le détective, sonna de nouveau et la voix de Carrèze retentit dans sa mémoire : « Adalbert Stévenin, détaché du Commissariat général aux questions juives auprès de la préfecture de la Seine. » C'était le petit bonhomme qui était venu invectiver le groupe de résistants, une torche électrique à la main, après le déraillement du train qui transportait les Juifs, et que Carrèze avait abattu*. Si Jean-Noël était son fils, il avait pris sa revanche contre la République : trafic de piastres, trafic d'armes…

Philippine considéra le salon et le jardin d'un œil froid, comme du petit bout d'une lorgnette. Le propriétaire avait décidé de construire un immeuble moderne à la place de la maison. Arminius avait suggéré de racheter la maison, mais Philippine préférait déménager. À trente-cinq ans, elle avait déjà trop de souvenirs, et cette maison en regorgeait. Françoise de Gazan, Marty, puis Jeaubert…

---

* Voir *Les Années de fer.*

— Non, déménageons. J'ai envie d'un nouveau départ, avait-elle déclaré d'autorité.

Ils avaient déjà réservé une maison de ville à La Muette, également avec un jardin, et des ouvriers s'attelaient à la réfection de l'électricité, de la plomberie, de la toiture, des murs...

Ce serait donc le dernier été qu'elle et sa famille passeraient rue Lalo.

— L'avocat n'a pas besoin de ma présence pour plaider. Et Arminius peut fournir une attestation de mon emploi aux États-Unis.

La voix de Gilles semblait étrangement détachée.

— Et les enfants ? demanda Philippine.

— Je n'ai pas encore réfléchi. Je les ferai peut-être venir ici. Je suis sûr qu'ils seront au moins aussi contents qu'à Paris. Ils apprendront l'anglais. C'est la langue de l'avenir.

— Tu vas rester aux États-Unis ?

— Ce n'est pas décidé, mais ce n'est pas exclu.

Passablement perplexes, Arminius et Philippine raccrochèrent. Gilles semblait avoir abandonné la France aussi bien que l'Europe. Ce changement était-il lié à sa vie privée ? Il n'en avait rien dit en tout cas. Depuis qu'il était parti, d'ailleurs, il ne parlait plus de rien.

Cela devenait intrigant.

Cinq jours avant leur départ pour Roquebrune-Cap-Martin, où Philippine avait loué la même maison que chaque année, elle annonça à Arminius qu'elle ferait un saut à Los Angeles pour voir Gilles.

— Il y a quelque chose qui cloche, expliqua-t-elle, et je ne le saurai que lorsque je le verrai, les yeux dans les yeux.

— Veux-tu que je t'accompagne ?

— Pas la peine. Il sera plus lent au déballage devant toi. Je pars demain et reviendrai lundi matin à l'aube. Nous partirons, nous, comme prévu, sur le coup de 9 heures.

À New York, où elle fit une escale, Philippine téléphona à Gilles de l'aéroport pour le prévenir de son arrivée.

— J'arrive à 17 heures.

Un silence de quelques secondes. Il était pris au dépourvu.

— Tu as décidé ça à la dernière minute ?

— Oui.

— Je viens te chercher.

— Pas la peine de te déranger, je prendrai un taxi.

— Il n'y a pas de taxis à Los Angeles.

— Comment ça ?

— Tu verras.

— Je prendrai le bus, alors.

— Il n'y a pas de bus non plus, répliqua-t-il en riant.

— Mais qu'est-ce que c'est que cette ville ?

— Tu verras.

N'ayant emporté qu'un sac de voyage pour tout bagage, et l'ayant conservé en cabine, elle esquiva la livraison et le lancinant carrousel des valises. Elle sortit donc rapidement. Un jeune homme hâlé, en chemise jaune vif, portant des lunettes de soleil, agitait les bras. Pas vrai, Gilles ! Ils s'embrassèrent. De vrais baisers de joie. Il entraîna sa sœur vers le parking, lui ouvrit la portière d'une voiture rouge feu, décapotable et décapotée, et prit le volant.

— Qu'est-ce que c'est ?

— Une Ford Galaxie.

Il tourna le bouton de la radio. Une voix chaude et mielleuse en sortit.

— Frank Sinatra, annonça Gilles.

— C'est la radio ?

— Non, une cassette.

Elle ignorait jusqu'à l'existence de tels accessoires. Gilles avait dit vrai : depuis qu'ils avaient quitté l'aéroport, elle n'avait pas vu un seul taxi. Et les piétons étaient rares. La population entière était montée sur pneumatiques.

— Mais les gens ne marchent donc pas dans cette ville ?

— Pas beaucoup. Il y a un type qui s'est fait arrêter soixante-cinq fois par la police parce qu'il allait à pied. C'est louche de marcher, ici.

Elle qui croyait connaître l'Amérique !

— Quel bon vent t'amène ?

— Je suis venue te voir.

Il lui lança un petit regard à travers ses verres fumés.

Ils longèrent des avenues sans fin, bordées de maisons basses, au-delà de rangées d'arbres et de pelouses, et s'engagèrent sur Sunset Boulevard. Là, il vira à gauche et s'engagea dans une rue montante.

— Villa Goldfinch, La Collina Drive, annonça-t-il.

Il appuya sur un bouton et la porte d'un garage s'actionna ; il avança la voiture, la porte se referma et une autre s'ouvrit en face d'eux. Philippine découvrit un jardin entouré de frondaisons, au centre duquel scintillait une piscine. Une jeune femme et deux jeunes gens affalés sur des chaises longues buvaient des juleps. Une scène de film. On comprenait aisément que l'occupant de ce petit paradis ne fût pas pressé de regagner l'appartement de l'avenue de Suffren.

Il agita un bras et les jeunes gens se levèrent pour accueillir l'arrivante. Oh bonheur, elle parlait anglais ! Et elle était jolie !

— Tu n'as évidemment pas emporté de maillot, dit Gilles. Pas d'importance, Sheila t'en prêtera un. Combien de temps restes-tu ?

— Je repars dimanche matin.

— C'est tout ? Bon, on en reparlera. Je te conduis à ta chambre.

Une vaste pièce éclairée par une baie embrassant, au-delà du jardin, l'horizon argenté de Los Angeles. Mobilier moderne. Elle fouilla dans son sac et ce qu'elle trouva de plus idoine fut une jupe de lin clair et une blouse de soie assortie. La salle de bains était garnie de tous les produits Sunlove Cosmetics, plus quelques autres, concurrents. Philippine prit une douche rapide et redescendit.

Consultant son image dans une glace, elle eut l'intuition qu'elle ressemblait à une institutrice en vacances, mais ravala ses inhibitions.

— Vous ne voulez pas vous mettre en maillot ? demanda Sheila.

— Demain, je vous remercie. Pour le moment, je m'acclimate.

— Je te sers quelque chose à boire ? Un gin tonic ? demanda Gilles, devant un petit bar sous un arbre.

Elle accepta le gin tonic et entreprit d'identifier les autres hôtes de la maison. Les deux jeunes hommes, entre vingt-cinq et trente ans, qui s'éclaboussaient dans la piscine comme des gamins, s'appelaient Steve et Don. Que faisaient-ils là ? Probablement des connaissances d'occasion qui profitaient de la piscine. Elle reporta son attention sur Sheila, essayant de détecter tout indice sur le rapport de celle-ci avec Gilles. Vingt-trois ou vingt-quatre ans, fraîche, svelte, rieuse. Rien à voir avec les charmes acidulés et madrés de Clara. Il suffisait de la voir et on s'imaginait rouler dans l'herbe en riant. Si elle devait être une future belle-sœur, elle serait certainement plus chaleureuse que l'autre.

Cependant, Philippine surprit deux ou trois regards attentifs, qui lui donnèrent à penser que Sheila possédait aussi son appareil de détection.

Gilles s'assit près de sa sœur.

— C'est quoi, ce coup de tête ? Te taper douze heures de voyage rien que pour me voir ?

— Tu devenais mystérieux. On ne sait plus rien de toi.

— Qu'est-ce qu'il y a à savoir ?

— Tu es mon frère. Arminius t'aime beaucoup... Il y a les gosses.

— Comment vont-ils ?

— Physiquement, ils vont. Mentalement, je ne le crois pas. J'ai l'impression que Clara les laisse seuls trop souvent, aux soins de la gouvernante. Elle nous a demandé de les emmener avec nous en vacances. Je suppose que tu as appris la sortie du film ?

— Oui.

Petit rire.

— C'était une comédienne née.

C'était.

— Tu as vu le film ?

— Non. De la camelote, m'a-t-on dit. Et elle, vous la voyez ?

— Une seule fois, au cocktail pour le lancement du film. Fausse de A à Z. Je ne comprends pas comment elle a pu changer autant...

— Et papa ?

— Il va. Gilles, il faut s'occuper des enfants. Tu ne peux pas lui en laisser la garde.

— Non. Bien sûr.

— Tu veux vraiment les faire venir aux États-Unis ?

— J'y pense. Il n'y a pas le feu.

— Il leur faudra quand même une... une présence maternelle ?

Regard de Gilles, imperceptiblement teinté d'ironie.

— Une belle-mère ne sera jamais une mère, Philippine. Déjà les mères...

Les garçons étaient sortis de l'eau. Deux corps bronzés, ruisselants.

— Pardon de vous interrompre. Gilles, tu as réservé à L'Orangerie ?

— Oui.

— Parce qu'on va être neuf. Il nous faut une grande table.

— C'est vu.

— Bon, je vais me préparer.

Steve, à moins que ce fût Don, regagna la maison. Il habitait donc là. L'autre le suivit.

— C'est ta copine, Sheila ?

— C'est une copine, répondit Gilles d'un ton évasif.

— On attend du monde ?

— Oui, des amis. On va à L'Orangerie, comme tu auras compris. C'est le restaurant à la mode. Tu permets, je vais m'habiller. Tu sors comme ça ? demanda-t-il, l'air de considérer une cousine de province.

Il appela Sheila et la pria de s'occuper de Philippine. L'idée de fringuer une Française sembla enthousiasmer l'Américaine. Elle l'emmena dans sa chambre, car elle habitait là, elle aussi.

— Vous êtes encore plus jolie que Gilles me l'avait dit, déclara-t-elle, observant Philippine, désarmée.

Elle ouvrit un placard, en tira une blouse en lamé nacré et une paire de chaussures assortie.

— La jupe, ça peut aller, mais les chaussures, vraiment pas.

Elle avait plein de vêtements dans ses placards. Elle habitait donc là depuis un moment. C'était une copine, avait dit Gilles. Quel genre de copine ?

— Il vous faut un bijou, dit Sheila.

Elle ouvrit une cassette et y choisit un collier fantaisie, en grosses pierres de lune.

— Voilà ! Ça, c'est parfait ! s'écria-t-elle comme si elle habillait une poupée.

Philippine se laissa faire, amusée. Une fois équipée, elle se regarda dans la glace et ne se reconnut pas. Elle avait... un genre. Un genre moderne.

— Je cours m'habiller, dit Sheila en fonçant à la salle de bains.

Elle ne ferma même pas la porte et Philippine la vit toute nue.

— Je vous attends dehors, lança Philippine, gagnant le palier.

Le jardin était maintenant éclairé, et savamment. Des projecteurs immergés avaient transformé l'eau de la piscine en un bloc d'aigue-marine liquide. Un bourdonnement. Gilles répondit :

— Je vous ouvre.

Deux couples arrivèrent. Deux sexagénaires, hâlés, visiblement ravis d'être là, elle, petite, les cheveux mauves laqués, lui, imposant, en costume rose, cravate fluorescente rouge. L'autre couple devait avoir la trentaine ; la femme était consciente d'être belle et avança comme la *Victoire de Samothrace* soudain dotée de bras, l'homme était d'une beauté sculpturale, altier. Philippine avait l'impression de connaître son visage... Ciel ! Tarzan !

Un brouhaha monta, ponctué de rires, comme une salade de cervelas l'est de câpres. Sheila et les deux garçons, Steve et Don, s'activaient au bar pour servir les invités. On dévisagea Philippine.

— Je vous présente ma sœur, dit Gilles.

— *Oh my God !* s'écria la dame aux cheveux mauves. *She's too beautiful to be true !*

Tarzan mata Philippine comme si elle était la prochaine Jane. On l'embrassa, on l'admira, elle était tellement confondue qu'elle souriait, par courtoisie. On s'émerveilla qu'elle parlât anglais.

— *With a slight New York accent*, précisa affectueusement la victoire de Samothrace.

— Voilà donc mon *boss*, déclara Gilles. Je vous l'ai déjà dit, je le redis ce soir : ma sœur est la vraie fondatrice de Sunlove Cosmetics.

Ce qui signifiait qu'elle n'était pas seulement jolie, elle était riche à crever.

Les regards se firent encore plus admiratifs.

À 21 heures, tout le monde embarqua dans trois voitures en direction de L'Orangerie. Outre la Galaxie de Gilles, on compta une Cadillac blanche et une Pontiac Ventura noire avec un aigle rouge peint sur le capot.

Le restaurant était probablement l'un des plus chers de Los Angeles. Et le « maître d' », comme on dit en Amérique, était familier de la clientèle. Philippine était assise entre Tarzan et l'un des jeunes hommes, Steve ou Don. L'un et l'autre représentaient la quintessence de la virilité américaine ; ils étaient prévenants et parlaient d'une voix de violoncelle, surtout Tarzan. Ils étaient drôles par moments, et leur sexualité envahissait leur espace vital. Pas à dire, ceux-là étaient vrais.

Philippine dégusta ses huîtres gratinées, puis ses spaghettis au caviar comme dans un rêve. Le vin était un pouilly-fuissé. De temps à autre, Gilles, assis entre la dame aux cheveux mauves et la femme de Tarzan, lui adressait un regard interrogateur, affectueux, qui signifiait, en gros : « Tout va bien ? » Que pouvait-elle dire ? Elle était sur la planète Mars. Ou bien Uranus.

L'homme en costume rose demanda à Philippine si elle avait l'intention d'acheter une propriété à Los Angeles, car, si c'était le cas, il en avait deux magnifiques à lui proposer. Elle hocha la tête comme si elle était intéressée.

Les soirées chez les Tillmore, c'était une tisane froide en comparaison.

Gilles dut s'occuper de l'addition. De toute façon, il n'y avait pas d'addition dans un lieu pareil. Les clients de cet édénique établissement ne pouvaient être soumis à l'indignité d'une facture. Les convives partirent finir la soirée à la Starbarn. Un dancing vaste comme un terrain de football. Des douzaines de jeunes gens tournoyaient sur une sono de Jugement dernier, dont les basses faisaient vibrer chaque cellule de leur corps. Un des jeunes hommes invita Philippine à danser.

Le seul contact de son corps éveilla dans celui de sa cavalière une fluidité qu'elle ne se connaissait pas.

Quand ils s'interrompirent, il l'entraîna à l'extérieur. Une ou deux douzaines de clients déambulaient sur une terrasse, devant le parking. Ils fumaient. Steve ou Don, elle n'avait réussi de la soirée à les distinguer, roula une cigarette entre ses doigts et regarda Philippine d'un œil gourmand. Il l'alluma et tira une bouffée extatique, puis tendit le pétard à Philippine. Elle ignorait ce qu'était ce tortillon mal ficelé mais, par politesse, en tira une bouffée. Sa tête chavira un peu. Quand la clochette tinta dans sa tête, c'était trop tard, elle sut qu'elle avait inhalé une bouffée de hasch. Elle rit. Steve, ou bien Don, rit aussi. Ils rirent tous les deux, comme d'autres clients dans la nuit.

— *Your first reefer ?* demanda le jeune homme.

Elle hocha la tête. Il lui plaqua un baiser sur la joue. Quelle était sa température corporelle ? Quarante degrés ? Cinquante ? Ses lèvres avaient chauffé la joue de Philippine. Ils retournèrent danser, un slow. Cette fois, le jeune homme l'embrassa sur la bouche. Voilà six cent quatre-vingt-dix-sept ans que Philippine n'avait pas embrassé un autre homme qu'Arminius. Elle fut surprise par le goût. C'était peut-être un geste sexuel. Pour le moment, c'était comme une friandise. Elle rendit le *French kiss.* Ce qui fit que le garçon redoubla d'ardeur.

Ils allèrent au bar. Il raconta quelque chose à propos d'un rôle qu'il aurait tenu au cinéma ou à la télévision et cette fois, dans le fil de ses propos, à moitié indéchiffrables, Philippine comprit qu'il était Don. Diminutif de Donald.

À 3 heures, Gilles, qui avait disparu on ne savait où, rejoignit sa sœur.

— Tu n'es pas fatiguée ? On rentre.

Ils remontèrent dans la Galaxie, Philippine contre Don à l'arrière. Il étendit son bras sur les épaules de sa voisine. On ne savait pas où était Sheila, elle était peut-être allée finir la nuit ailleurs, elle trouverait quelqu'un pour la raccompagner.

9

Un rêve érotique. Vraiment X. Elle se comportait d'une façon ! Elle ! En tout cas, elle avait eu un orgasme phénoménal. Une inquiétude la saisit et prit soudain des proportions alarmantes : était-ce un rêve ? Elle venait de percevoir une respiration près d'elle et se redressa soudain. Pas possible : un homme ? Elle ravala sa salive. Don. Nu. Comme elle. Elle consulta sa montre-bracelet : 9 h 35. Elle alla à la salle de bains, égarée. Une douche. Elle enfila sa robe de chambre et réveilla Don.

— *Yeah, honey...*

— Don, s'il te plaît, retourne dans ta chambre discrètement.

— *Sure, honey*, dit-il en souriant, un brin moqueur.

Il l'attira vers elle et lui donna un baiser, puis se leva, se rhabilla sommairement et sortit les pieds nus, tenant ses chaussures dans une main et lui adressant de l'autre un grand baiser ailé. Elle alla à la fenêtre : personne dans le jardin. Elle tendit l'oreille : pas un bruit. Elle s'habilla, comme la veille, arrangea les draps de façon à effacer toute trace d'un autre corps que le sien et se prépara à ouvrir la porte quand elle aperçut un objet sur la table de nuit : la montre de Don. Une grosse montre avec plein de boutons. Elle la glissa dans la poche de sa jupe.

Il lui faudrait, comme disait Arminius, un an et le secours de tous les elfes de la Forêt-Noire pour remettre de l'ordre dans ses idées.

Sur le palier, elle se remit à l'écoute. Pas un son. Ils dormaient tous. C'était samedi. Elle eût donné un empire pour une tasse de café. Elle finit par trouver la cuisine, au rez-de-chaussée. Un boy asiatique l'accueillit avec un grand sourire.

— *Breakfast, ma'am ?*

— *Coffee, please.*

Don entra par la porte-fenêtre, une tasse de café à la main ; il faisait les cent pas sur la terrasse. À la vue de Philippine, son visage s'éclaira de nouveau. Au nom de quoi lui eût-elle opposé un visage de bois ? Il irradiait d'une joie de vivre innocente. Il ne pouvait soupçonner la tempête, non, le cyclone qui se préparait à souffler dans la tête de Philippine. Elle lui tendit sa montre à la faveur d'un moment d'inattention du boy. Il s'attabla, se pencha et la regarda, amoureux. Il ressemblait à un grand jouet. Derrière lui, la télévision, son baissé, projetait un dessin animé ; Tom était aux prises avec Jerry.

— Gilles n'est pas levé ? demanda-t-elle.

— Non. Après la nuit dernière… Et c'est samedi. À Los Angeles, aujourd'hui, personne n'est levé avant midi, sauf Chang.

Chang, le boy, sourit. Il posa sur la table des toasts, du beurre et de la confiture. Don également était prévenant : pas un geste qui aurait suggéré leur intimité d'il y avait quelques heures.

— Et quand on veut se promener, demanda Philippine, où va-t-on ?

— On prend la voiture et on va à la plage, du côté de Malibu. Ou dans les collines. Tu veux faire un tour ? Prends une serviette et un maillot.

— Mais quelle voiture prendras-tu ?

— La Galaxie. Les clés sont dessus, comme d'habitude. Et Gilles n'en aura certainement pas besoin ce matin.

Cette villa était donc comme une commune. Philippine accepta la proposition ; elle préférait aller faire un tour que de rester enfermée dans cette bulle. Elle remonta dans sa chambre prendre le maillot que lui avait prêté Sheila et une serviette dans la salle de bains.

Alors que Don faisait une marche arrière, une voiture s'arrêta devant la maison. Sheila en sortit, agitant le bras.

— *Hi, where you guys going ?*

— *To the beach*, répondit Don.

— *See you for lunch, no ?*

Don acquiesça. Philippine regarda le conducteur de la Jaguar qui venait de déposer Sheila : c'était une jolie femme d'un certain âge, qui lui adressa un grand sourire.

D'où revenait Sheila ? Et la question ressurgit : quels étaient ses rapports avec Gilles ? Pendant le trajet, Don faisait la conversation : était-ce la première visite de Philippine à Los Angeles ? Envisageait-elle de s'y établir un jour ? Elle se jeta à l'eau : Sheila était-elle la maîtresse de Gilles ? La réponse fut indirecte :

— Elle a fait un mauvais mariage. Elle s'en remet chez Gilles. Ils s'apprécient beaucoup, c'est pour ça que Gilles lui a offert l'hospitalité.

Le choix des termes aiguisa les soupçons de Philippine. « *They like each other a lot* », pas « *They love each other a lot* ». Deux rescapés de mariages ratés qui s'étaient associés pour un temps, sans liens sentimentaux ou sexuels apparents et durables.

Comme Philippine restait songeuse, Don ajouta d'un ton détaché :

— Pour le moment, Sheila n'est pas très intéressée par les hommes.

Cela signifiait-il qu'elle n'avait pas d'aventures ? Ou bien qu'elle était lesbienne ? Pour le moment ? Avec quelle femme vivait donc Gilles ? Menait-il une vie de moine ? Et que faisaient ces deux garçons dans la maison ?

Don gara la voiture : ils étaient arrivés à Malibu Beach, immense plage grisâtre piquée de quelques parasols à côté desquels des couples et des silhouettes esseulées bronzaient.

— Il n'y a pas grand monde le samedi matin, les gens viennent surtout l'après-midi ou le dimanche, expliqua Don.

C'était la première fois que Philippine voyait le Pacifique. Don se déshabilla en un tournemain et fut en slip de bain, révélant un corps sportif, glabre et bronzé. Des souvenirs assiégèrent Philippine comme un essaim d'abeilles. Elle s'enveloppa dans sa serviette et se défit de sa jupe pour enfiler le bas du deux-pièces prêté par Sheila.

— Pour le haut, tu peux laisser tomber la serviette, suggéra Don. Ici, on a l'habitude.

Elle laissa donc tomber la serviette et se défit de sa blouse. Don agrafa lui-même le soutien-gorge du maillot.

— Tu as vraiment un joli corps, dit-il en lui caressant les jambes.

Elle était dans une autre vie, elle se laissa faire. Courage : elle devait affronter le souvenir de ce qu'elle avait fait la nuit dernière. Il lui tendit un flacon de Sunkiss ; elle se retint de rire.

— Je sais que tu es mariée et que tu as des enfants, reprit-il, tandis qu'elle s'allongeait sur sa serviette. Mais je sais que les mariages ont une date de péremption. Tu veux mes lunettes de soleil ?

Il les lui offrit et tandis qu'elle les chaussait, il lui baisa les pieds. Elle était au pays du cinéma, mais là, ni elle ni lui n'en faisaient. Et pourtant, elle avait cru comprendre que c'était un acteur d'occasion.

Une date de péremption. Son mariage avec Arminius en avait-il une ? Il y avait plusieurs jours qu'elle n'avait pas fait l'amour...

Un peu plus tard, ils s'avancèrent vers la mer. Elle y trempa un pied et le retira rapidement ; même en plein été, le Pacifique était glacé. Au fond, il servait de décor. Don fit quelques brasses et ressortit en frissonnant.

Il consulta sa montre : bientôt 13 heures ; il était temps de rentrer déjeuner. Philippine entreprit de remettre sa blouse et sa jupe par-dessus le deux-pièces, mais Don l'en dissuada : à la maison, elle se remettrait en maillot. Serviette autour du cou et culotte en main, elle remonta dans la Galaxie.

À l'entrée dans le garage, avant d'ouvrir la porte qui donnait sur le jardin, Don se pencha vers Philippine, glissa une main derrière sa nuque et l'embrassa longuement, l'autre main sur la poitrine. La main crispée sur la serviette, elle lui rendit son baiser. Ils sortirent de la voiture et l'autre porte révéla le jardin et ses hôtes.

— *Hi, guys !* lança Sheila.

Gilles se leva de sa chaise longue pour accueillir sa sœur. À la serviette, il devina d'où ils venaient.

— C'était bien, Malibu ?

— L'eau était glacée.

Steve sortit de la piscine et lança un regard curieux au couple qui venait d'arriver. Entra alors en scène un inconnu pittoresque, que tout le monde accueillit à grands cris enthousiastes :

— Ah ! voilà Arnie !

Grand, bedonnant, barbu, en sandales et coiffé d'une casquette de base-ball, il s'approcha du bord de la piscine d'une démarche de plantigrade.

— Je te présente le meilleur photographe de mode de la Californie, dit Gilles.

— D'Amérique, corrigea Arnie qui dévisageait Philippine.

Et au bout d'un temps :

— C'est ta sœur ? Je n'ai pas besoin de l'habiller, celle-là.

Rire général.

Philippine fut soudain pétrifiée : elle se retrouvait dans la même situation que Clara. C'était certainement comme cela que le mariage de Gilles était parti à vau-l'eau. Cela lui causa presque un malaise. Elle prit des mains de Gilles le verre qu'il lui tendait : un Bloody Mary.

— C'est bon contre le mal de cheveux.

Elle s'avisa qu'il ne lui restait plus que quelques heures pour débroussailler la situation et savoir quand et comment Gilles se disposait à accueillir ses enfants. Demain matin, en effet, elle repartirait pour Paris. Vingt-quatre heures avaient suffi à lui embrouiller les idées et même la vie. Le désarroi s'empara d'elle. Un déclic tout proche la fit sursauter : Arnie, tout près d'elle, était en train de la photographier.

Des salades et un plat de viande froide attendaient sur une table dressée à l'ombre. Chang fit griller des homards sur un barbecue. Des bouteilles de vin blanc avaient été mises à rafraîchir. Philippine adressa un regard de détresse à Gilles. Il ne le saisit pas ou ne voulut pas le saisir. Philippine se maîtrisa : elle ne devait pas donner d'elle un spectacle d'hyperémotivité. Mais elle se sentait ridicule dans ce deux-pièces trop révélateur. Seul Don, qui avait perçu un flottement dans le comportement de sa maîtresse d'une nuit, vint à son secours. Sans un geste de trop, il s'assit près d'elle et tourna vers elle ses yeux de berger des Flandres.

— Le décalage horaire ? suggéra-t-il.

C'était peut-être ça, oui ; à cette heure-là, il était 5 heures en France. Elle ne pouvait même pas téléphoner à Arminius.

— Et le dépaysement, ajouta-t-elle.

— Je ne peux pas t'offrir un joint tout de suite.

Il réussit à la faire sourire et lui versa un verre de vin blanc. L'appétit revint lentement.

Après déjeuner, elle monta faire une sieste dans sa chambre. Don avait eu le tact de ne pas quitter les convives. Il ne toqua à la porte que peu avant 18 heures, pour savoir si tout allait bien.

— Ce soir, dîner tranquille, annonça-t-il avant de se retirer.

Elle fut surprise par la délicatesse de ce garçon, autant que par l'absence évidente de Gilles, qui n'avait pas jugé utile de ménager un tête-à-tête avec sa sœur. Sans doute lui tenait-il rigueur de cette intrusion soudaine dans sa vie. Elle descendit rendre la blouse, les escarpins et le collier à Sheila. Celle-ci la remercia, la regarda un instant comme si elle s'apprêtait à parler, puis ravala ses mots.

Mais quel était donc le secret de la villa Goldfinch ?

Après un verre à la maison, tout le monde descendit à pied vers un restaurant sur Sunset Boulevard. La terrasse était ouverte sur le trottoir. Philippine raconta les débuts de Sunlove Cosmetics, Gilles ajouta de temps en temps un détail et fit des descriptions colorées d'Owen Tillmore et d'Anna Veriaguine. Sheila, Steve et Don posèrent des questions. Le récit de l'enlèvement dans un taxi truqué suscita des cris d'horreur. Un enregistrement débitait de la musique d'ambiance. Du cinéma, songea Philippine. Mais elle était devenue indulgente.

Après le dîner, les convives prirent un *nightcap* en regardant les passants.

— Je ne vais pas tarder à aller me coucher, annonça discrètement Philippine. Je prends l'avion demain matin à 10 heures. Et je dois donc être à l'aéroport deux heures avant le départ. Est-ce que tu pourras m'accompagner ? demanda-t-elle à Gilles.

— C'est comme si c'était fait. Réveil à 7 heures.

Ni Sheila, ni Steve, ni Don ne semblant disposés à passer une autre nuit blanche, on décida vers minuit de lever le camp. Philippine paya l'addition.

Elle était à peine au lit qu'on toqua discrètement à la porte.

— *Come in*, dit-elle d'une voix à peine audible.

Don entra.

— Je ne pouvais pas te laisser partir sans venir te dire au revoir.

Il s'assit sur le lit.

— N'aie pas peur, je ne vais pas faire de discours. Je sais plus de choses que tu ne penses. Ta vie est une forteresse. Je ne vais pas en faire le siège. J'ai été pour toi un fruit volé au passage. Mais je veux que tu saches que je penserai longtemps à toi.

Avait-elle besoin de tant de délicatesse ? Cela ne fit qu'ajouter au trouble éprouvé depuis ses premières heures à la villa Goldfinch.

— L'ennui, répondit-elle, c'est que moi aussi je vais longtemps penser à toi.

Il se pencha vers elle et lui donna un bécot, puis se leva.

— Don, dit-elle.

Il attendit. Un vrai berger des Flandres.

— Assieds-toi. Que se passe-t-il ici ?

— Philippine, ce n'est pas à moi de te le dire. Je vois que tu aimes Gilles intensément. Je sais que tu es venue pour qu'il s'occupe de ses enfants. Il nous l'a dit avant ton arrivée. Mais Gilles est en ce moment quelqu'un de très malheureux. Tout ce que j'ai à te dire est ceci : ne le rends pas plus malheureux. Moi aussi, je l'aime beaucoup.

Elle était de plus en plus égarée.

— Mais que se passe-t-il ?

Il secoua la tête. Puis il se releva.

— Dors bien.

— Je ne vais pas dormir.

— Tu veux que je reste ? Ça ne changera pas grand-chose, c'est vrai.

— Comment ça ?

— Ce que nous avons fait est fait, répondit-il en souriant. Ce n'est pas en m'en allant que nous l'annulerons, voilà ce que je veux dire. Mais je ne le dirai jamais à Gilles.

— Pourquoi ?

— Je te l'expliquerai un jour.

Il enleva ses chaussures de tennis et, l'instant d'après, son polo, son jean et son caleçon gisaient au sol. Il était dans le lit. Un orage ou un python, les images importaient peu. Il incarnait la rencontre avec un phénomène dangereux que les humains mettent un soin considérable à tenir à distance.

Une heure plus tard, Philippine dormait enfin.

Quand elle se réveilla, Don n'était plus là. Elle consulta sa montre : 6 h 30.

— Voilà, tu as voulu voir, tu as vu.

Le ton était celui du reproche. La Galaxie filait le long des avenues dans le premier Soleil de la Californie en été.

— Qu'est-ce que j'ai vu ?

— L'état de ma vie.

— Tu as l'air heureux. Tu es entouré d'amis. Mais tu me parais un peu seul. Je n'ai pas l'impression que tu sois très lié à Sheila.

Prévenue par Don, elle ménagea son frère autant que possible.

— Je ne suis pas lié à Sheila, en effet. Elle a pris congé des hommes pour le moment. Je suis lié à Steve.

Elle resta sans voix, se refusant à comprendre.

— Lié ?

— C'est mon amant.

Là, plus de voix surtout.

— Il est plus fidèle que Clara. Et, de toute façon, l'infidélité d'un homme, on s'en fout.

Ils arrivèrent en vue de l'aéroport.

— Mais les enfants ? articula-t-elle.

— Peut-être seront-ils plus heureux avec nous deux qu'ils le sont en ce moment, si j'en juge par ce que tu m'as dit.

— Avec deux pères ?

— Ne sois donc pas si vieille France. Les enfants, de nos jours, sont plus intelligents et plus éveillés que de notre temps. Et nous étions déjà pas mal, nous. Il faut cesser de considérer les enfants comme des animaux domestiques.

Il s'arrêta devant le terminal des départs. Elle se retourna pour prendre son sac et son imper sur le siège arrière.

— Gilles…, dit-elle.

Il la regarda et elle comprit ce qu'avait dit Don : « Gilles est en ce moment quelqu'un de très malheureux. Ne le rends pas plus malheureux. »

— Gilles, quoi qu'il en soit, je t'aime. Et je te souhaite le bonheur.

Quand l'hôtesse lui indiqua son siège, Philippine avait franchi cent ou mille fuseaux horaires. Elle était partie pour Los Angeles comme jadis en mission. Elle avait pénétré dans un monde beaucoup plus étranger qu'elle l'aurait jamais imaginé. La Californie était une province de la Lune. C'était un état d'esprit. Elle avait été vaincue : la preuve en était son aventure avec Don. Gilles aussi avait été vaincu. Arminius n'avait pas tout compris : ce qui était plus fort que le cinéma, c'était la réalité.

La réalité avait infligé à Gilles sa plus formidable défaite : il ne croyait plus à la possibilité d'être heureux avec une femme.

Comment lui confier ses enfants, bon Dieu, s'il était dans cet état d'esprit ? Maqué avec un mec ? Que penseraient les enfants, Sophie et Georges ?

Puis elle s'interrogea sur sa propre défaite : comment avait-elle pu faire l'amour avec autant d'élan à un parfait inconnu ? Et lui conserver autant de tendresse ? Elle ? Elle, qui aimait Arminius plus que tout au monde…

Mais que voulait dire aimer ?

Elle erra dans l'aéroport de New York en attendant le départ du vol pour Paris. Peut-être que la France n'existait plus. Le sarcasme de Gilles lui revint en tête : « Ne sois donc pas si vieille France. » Elle, vieille France ?

10

Orly, 7 heures. L'atroce café de bord. Police, douane. Arminius. Son beau visage blond, son regard ironique et tendre.

Étreinte éperdue.

— Tu n'es pas trop fatiguée ? On part tout à l'heure.

Elle était à bout de forces, mais elle sourit.

— Alors ?

— Je te raconterai.

La maison, les valises, les instructions à la gouvernante, Mme Brice, qui devait rejoindre la famille par le train du lendemain. Le chauffeur était parti chercher Sophie et Georges. Arminius avait fait équiper la 403 Peugeot d'une galerie pour charger les bagages, parce qu'il n'y aurait pas assez de place dans le coffre. Les quatre gamins à l'arrière, Arminius et Philippine devant. Une vraie voiture de romanichels. Les gamins faisaient un chahut infernal. Outre Lyon, Vintimille et Montélimar, il fallut faire quatre haltes de plus, pour pipi. L'étape à Montélimar fut interminable, parce qu'il n'était pas question de passer par cette ville sans acheter des nougats. Prévoyante, Philippine y fit également confectionner dans un bar-tabac des sandwichs jambon-fromage. L'arrivée à Roquebrune-Cap-Martin fut si tardive que les gardiens se préparaient à se coucher, supposant que les locataires n'arriveraient que le lendemain. Voyant les provisions de sandwichs, la gardienne y ajouta une bouteille de rosé de Corse, parce qu'on ne saurait manger tant de pain sans « le mouiller un peu », et un panier de pêches. On cassa donc la croûte sur le pouce. *« Alle zu Bett ! »*, avait ordonné Arminius et tout le monde s'était mis au lit.

Philippine et Arminius s'éveillèrent de trop bonne heure au son d'une voix d'adolescent résolu qui bramait :

Une p'tite MG, trois compères,
Assis dans la bagnole sous un réverbère,
Une jambe ou deux par-dessus la portière...

Ils se dévisagèrent l'un l'autre, ahuris. Partie à la recherche de ce chant incongru, qui revêtait les accents provocateurs de *L'Internationale*, Philippine le localisa dans la chambre de Sophie et de Georges : il émanait d'un Teppaz sur lequel tournait un 45 tours.

Moi j'veux la grande blonde,
Moi j'prends la petite ronde
Eh ! les gars, n'oubliez pas...

Philippine ordonna d'arrêter ce chahut sur-le-champ. Sophie la toisa avec effronterie.

Nouvelle vague...
Nouvelle vague !

Philippine se pencha pour soulever le bras du phonographe.

— Mais c'est Richard Anthony !

— Peut-être, mais tu as réveillé tout le monde.

Le dépit de Sophie était évident.

— Tu n'es pas seule au monde, la tança Philippine.

— On est en vacances...

— Tu n'es pas la seule en vacances. Les autres ont droit au repos.

Les vacances s'annonçaient difficiles.

Au petit déjeuner, Sophie faisait la tête. Plus tard, elle refusa d'aller à la plage et traîna dans le jardin d'un air morose, sous l'œil soucieux d'Arminius et de Philippine.

— Raconte-moi donc, dit Arminius, installé sur une chaise longue au bord de l'eau.

Philippine lui décrivit le petit monde de la villa Goldfinch, à Beverly Hills. Et la situation dans laquelle Gilles s'était réfugié.

— C'est la position de moindre souffrance, commenta Arminius. Pas d'autre responsabilité que sa liaison avec ce garçon...

— Steve.

— Steve donc, le confort sexuel, sans aucun problème. Il s'est replié sur lui-même. Son sens paternel est en sommeil.

Il n'est apparemment pas convaincu que les enfants soient si mal lotis avec Clara.

— Je me fiche qu'il soit homosexuel, mais je ne vois pas les enfants dans ce décor.

— Moi non plus.

Georges s'ébattait dans l'eau, installé dans une bouée jaune et rouge qu'Anton traînait le long du rivage, réinventant le travail des haleurs d'antan. Philippine se retourna pour chercher Sophie du regard, mais ne la vit pas. Excédée, elle se leva pour aller à sa recherche. Elle la trouva enfin perchée dans un arbre, la jupe au vent. Et sans culotte.

— Va mettre ta culotte, ordonna-t-elle. C'est indécent.

— On est en vacances.

— Va mettre ta culotte.

— Non.

Philippine saisit un pied de Sophie, qui se débattit. Mais n'étant pas de taille à résister à sa tante, elle finit par sauter à terre.

— Sophie, tu es ici sous ma responsabilité et tu dois obéir, compris ?

La fillette, visage buté, s'en alla vers la maison. Philippine retourna s'asseoir près de son mari. Celui-ci, qui avait suivi la scène du regard, commenta :

— Son caractère semble s'être gâté ces derniers temps. Évidemment, elle manque d'autorité. Georges semble plus calme. Mais tout ça ne résout pas notre problème.

Arminius partit chercher la gouvernante à la gare de Menton et, à leur retour, Philippine et lui l'aidèrent à s'installer dans sa chambre, près de celles des enfants, au premier étage.

Pour le déjeuner et suivant les instructions de Philippine, les gardiens servirent sur la terrasse une salade niçoise, un plat de charcuterie, un autre de fromage, du pain et une grande coupe de fruits. Pour les enfants, de l'eau, pour les adultes, une bouteille de rosé de Corse. Sophie se distingua par sa mine boudeuse ; elle ne mangea quasiment pas.

— Mange donc, conseilla la gouvernante.

— J'ai pas faim. Je veux rentrer à Paris.

— Il n'y a personne à Paris.

— Justement, ça sera très bien.

— Sophie, mange et ne fais pas de cirque, gronda Philippine.

Les trois garçons suivaient la scène d'un œil inquiet. Arminius s'empara de l'assiette de Sophie, la garnit et la posa devant elle.

— Allez, mange, ça te donnera des forces.

Sophie prit l'assiette et la jeta au sol ; elle éclata sur les tomettes, dispersant la salade et la charcuterie. Tout le monde s'arrêta de manger.

— Sophie, ordonna Arminius, va prendre une balayette et une pelle à la cuisine et ramasse tout ça, puis viens t'excuser.

— Non, répondit-elle.

Arminius se leva et lui décocha une gifle sonore. Elle hurla.

— Sale nazi !

La colère saisit Philippine :

— Ose répéter ce que tu as dit ?

— Sale nazi !

Sophie reçut une autre gifle, expédiée à toute volée. Elle hurla de plus belle, sanglota et fit une crise de nerfs.

— Va dans ta chambre !

Mais elle ne voulait rien entendre ; elle se leva et trépigna de rage. La gouvernante et les gardiens regardaient la scène, consternés. Arminius l'empoigna par le bras ; elle se débattit ; il l'entraîna à l'intérieur tandis qu'elle répétait : « Je veux rentrer à Paris ! » Un moment plus tard, Arminius revint s'asseoir, crispé. Le déjeuner se poursuivit sans joie.

— Elle est pas bien, marmonna Georges. Elle dit qu'elle veut être une star comme sa mère.

Les mots résonnèrent dans la tête de Philippine : « Comme sa mère. » Pourquoi ces mots ? Georges ne considérait-il plus Clara comme sa mère ?

— Elle veut chanter, ajouta Georges.

L'instant d'après, une chaise vola par la fenêtre de la chambre où Sophie était enfermée et s'écrasa sur la terrasse, à trois pas de la table.

— Mais elle va nous tuer ! s'écria la gouvernante, affolée.

Tout le monde se rua vers l'escalier. Arminius prit une autre direction et rejoignit le groupe quelques instants plus tard. Philippine était arrivée au moment où Sophie s'apprêtait à lancer une autre chaise. Elle saisit la forcenée, qui s'agita furieusement. Maîtrisée par la gouvernante et Philippine, Sophie, échevelée, fut contrainte de s'asseoir sur le lit.

— Tu es une folle ! lui cracha son frère au visage. Une sale folle !

Arminius tenait dans sa main un verre d'eau et un cachet.

— Avale ceci, ordonna-t-il.

— Non !

Il l'immobilisa et lui fourra le cachet dans la bouche, puis la força à boire le verre d'eau en entier. Elle s'étouffa, cracha, mais finit par déglutir. Elle haletait et regardait les gens autour d'elle avec des yeux de bête traquée.

Au bout d'un moment, la force qui la possédait semblait s'être affaiblie. Elle devint torpide. Georges quitta la pièce en larmes, suivi par Marc et Anton, qui le consolèrent. Il pleura à chaudes larmes dans les bras de Marc.

— Qu'est-ce qu'il y a ? s'enquit Marc. Arrête…

— C'est tout le temps comme ça, hoqueta Georges. Elle est folle…

— Que lui as-tu donné ?

— Un somnifère. La petite dose.

— On ne peut pas continuer comme ça, murmura Philippine, tandis qu'Arminius ramassait les débris de la chaise et que la gardienne balayait les restes de l'assiette. Elle va bousiller nos vacances et celles des garçons.

— Que veux-tu faire ? C'est la première confrontation de Sophie avec une autorité quelconque depuis des mois. Elle devait être inévitablement violente. Il y en aura d'autres, mais elle comprendra à la fin qu'elle n'est pas la maîtresse du monde et ne peut pas imposer ses caprices. Ce sera déjà ça. Mais elle a besoin d'une rééducation à long terme. Et surtout d'une autorité parentale.

— Elle dort, dit la gouvernante navrée, qui redescendait de la chambre de Sophie. Vous avez bien fait de lui donner ce cachet.

Marc et Anton avaient emmené Georges au jardin.

Peu à peu, un certain calme revint. Vers 17 heures, on entendit les garçons rire à la plage.

À 19 heures, Sophie dormait toujours.

— Il faut la réveiller, déclara Arminius, qu'elle fasse sa toilette et dîne avec nous. Sinon, elle va se réveiller dans la nuit.

Mme Brice parvint à grand-peine à arracher Sophie de son lit, la poussa sous la douche et l'aida à faire sa toilette. Quand la jeune fille apparut au rez-de-chaussée, où tout le monde était rassemblé devant la télé, elle semblait amorphe.

— Bonsoir, dit-elle d'une voix sans timbre en s'asseyant sous les regards atterrés. Je m'excuse pour ce que j'ai fait...

— Bon, je suis content de l'entendre, dit Arminius. On n'en parle plus.

Mme Brice soupira. Comme les autres, sans doute, elle espérait que ce n'était qu'un orage et que les vacances se poursuivraient mieux qu'elles n'avaient commencé. Les regards se tournèrent de nouveau vers l'écran de la télé : on attendait les nouvelles du soir.

Catherine Langeais annonça que, dans le domaine international, Fidel Castro, nouveau maître de Cuba, avait décidé de nationaliser les raffineries de pétrole et avait décrété la saisie des biens américains. Suivirent les commentaires des hommes politiques, que les enfants n'écoutèrent que d'une oreille. Arminius et Philippine échangèrent leurs réflexions.

> *... Cet après-midi, à Hambourg, non loin du port, un attentat a fait exploser la voiture dans laquelle se trouvaient le banquier Jean-Noël Stévenin et sa compagne, l'actrice Clara Majus. Les deux passagers ont été tués sur le coup. La police allemande attribue cet attentat à une organisation terroriste qui, selon la police française, menaçait M. Stévenin depuis plusieurs mois. Deux policiers français sont partis pour l'Allemagne...*

Tout le monde resta figé dans le salon néo-mauresque de la villa de Roquebrune-Cap-Martin. Arminius finit par se lever pour éteindre le poste.

Philippine dissimula sa frayeur. Elle avait tenté de déclencher un scandale pour enlever les enfants à Clara, et c'était une catastrophe qui avait exécuté son plan. Elle se défendit mal de l'idée qu'elle avait d'avoir tenté le destin. Le conseil de Costaing lui revint à la mémoire. L'homme avait été bien inspiré. Ce flic savait quelque chose...

Bouche ouverte, regard fixe, Georges semblait frappé de catatonie. Sophie, blême, regard vitreux, était effondrée sur son siège.

Mme Brice s'élança vers elle. Marc et Anton regardèrent leurs parents. Le menton sur la poitrine, Arminius ne bougea pas. Philippine se leva enfin et alla poser la main sur la tête de Sophie. Puis elle appela Georges et l'enlaça. Il ne pleurait pas. Le choc était trop récent. Le garçon serra seulement la main de sa tante.

— Où est papa ? demanda enfin Sophie.

— Il faut manger quelque chose, décida enfin Arminius, sans quoi nous allons tomber.

Les gardiens, conscients de la situation sans trop la comprendre, servirent les plats comme s'ils servaient la messe. Chacun grignota en silence. Ce semblant de repas n'était pas achevé que Philippine, après avoir consulté sa montre, alla au salon, où se trouvait le téléphone. Elle connaissait le numéro par cœur, mais elle dut s'y reprendre à trois fois pour le composer : 00.1.213... Ce mardi, il était midi à Los Angeles et Gilles devait être au bureau.

Rien qu'au son de la voix de sa sœur, il s'avisa d'un drame. De la pièce voisine, tout le monde entendit la voix cassée de Philippine, mais ne perçut que la moitié du dialogue :

— Une nouvelle très grave... Clara est morte.

Un silence.

— Dans un attentat en Allemagne. Peu importent les détails maintenant. Il faut que tu viennes tout de suite. Oui... Non, viens d'abord ici, nous sommes à Roquebrune-Cap-Martin, avec les enfants. On verra plus tard pour Paris. Nous irons te chercher à l'aéroport de Nice. Oui, j'attends.

Un autre silence.

— Midi ? Bien, bon voyage.

Elle revint à table et annonça :

— Il prend tout de suite l'avion pour New York et, de là, un New York-Paris, puis le Paris-Nice.

Le visage de Sophie s'éclaira à cette nouvelle.

— Il vient ? demanda-t-elle, incrédule.

— Il déjeunera avec nous demain.

La seule perspective de l'arrivée de Gilles avait un peu dissipé l'accablement qui pesait sur le groupe.

— Et dire que tout ça a été causé par la frivolité de cette pauvre Clara, murmura plus tard Philippine à l'adresse de son mari.
— Toutes les tragédies sont causées par la frivolité ou l'inconséquence, observa Arminius.

11

Bien des années plus tard, Philippine ne pourrait regarder sans un pincement au cœur les photos de ces vacances de l'été 1960.

Gilles était resté une longue semaine avec ses enfants et il avait, par sa seule présence et ses preuves d'affection, comblé le trou béant laissé dans leur vie par son exil, puis l'attitude de Clara et sa mort. Le comportement de Sophie s'était lentement normalisé et Georges s'était épanoui. Même après son départ pour l'Amérique, ils avaient vécu dans la certitude qu'ils étaient des enfants aimés et non plus des importuns. La preuve en était faite : leur place était auprès de leur père et la perspective de le rejoindre bientôt en Californie leur avait rendu la joie de vivre. Il dépendrait de Gilles de leur ménager un cadre affectif qui ne risquerait pas de les déséquilibrer une fois de plus.

L'explosion n'ayant rien laissé du corps de Clara, non plus que de celui de Stévenin, Gilles était convenu avec sa belle-famille qu'un simple office funèbre fût célébré à Munich. La maison de Roquebrune-Cap-Martin avait donc été abandonnée trois jours, le temps d'un bref séjour dans la capitale bavaroise. Gilles, lui, s'était envolé de Munich pour Los Angeles. Arminius, Philippine et les quatre enfants étaient retournés achever des vacances décidément mouvementées.

Le sermon du prêtre avait frisé les limites du bon ton : Clara Wennergren, épouse Gantier, avait cédé aux séductions de ce monde, mais celles-ci n'étaient que les papillotements d'une chandelle pour enfants et la seule consolation ici-bas résidait dans la foi. « C'est ici, dans ces murs, que nous tous réunis perpétuons la mémoire de Clara, en priant pour le repos de son âme. » Autrement dit, il n'était de vie que dans la religion. Mais, pour Philippine, l'histoire de Clara était celle d'un esprit faible, détruit par le choc avec un monde mercantile, après avoir été transformé en hochet à trois sous, une star. Elle n'avait pas oublié l'indifférence de Georges à la messe funèbre célébrée en l'église Saint-Martin : pas une larme. Elle n'avait pas oublié non plus sa question à la sortie de l'église : « Alors maman n'aura pas de tombeau ? », répétée en allemand à l'intention de son grand-père, déconcerté : *« So Mutti wird kein Graben haben ? »*

Karl-Georg Wennergren, le père de Clara, en était resté muet. La présence des morts dans le cœur des vivants est attachée à quelques mots gravés sur une pierre, un nom, un éloge et deux dates. Mais là, nulle stèle ne serait dressée et nul mot n'y serait gravé. Clara s'était comme évaporée et son souvenir même s'était dépersonnalisé : de Clara Gantier, elle était devenue pour les autres Clara Majus. Non, elle n'avait même pas de tombeau dans le cœur des siens.

C'était avant la naissance de Marion.

Quand il était revenu en France, en septembre, pour les formalités administratives, la liquidation de l'appartement de l'avenue de Suffren, le congé de la gouvernante et les démarches auprès de l'ambassade des États-Unis pour le séjour de ses enfants en Amérique, Gilles avait emmené avec lui Steve, Don et Sheila, qui n'étaient jamais venus à Paris ni en France, ni même en Europe. Ils avaient tous séjourné avenue de Suffren. Arminius avait émis des réserves, mais Philippine avait jugé que ce n'était peut-être pas une si mauvaise idée, parce que cela permettrait aux enfants de se familiariser avec les autres occupants de la villa Goldfinch. Tout ce monde avait dîné presque tous les soirs ensemble. Il convenait de le reconnaître : la disparition de Clara avait suscité une série de quasi-fêtes.

Philippine en était alors à sa huitième semaine de grossesse, encore invisible, mais dont l'annonce avait enthousiasmé Arminius autant qu'elle l'avait surpris. Huit ans après la naissance de leur puîné. Avait-il fait un lien entre le voyage éclair de Philippine à Los Angeles et la conception de cet enfant ? Peut-être. Il était trop fin pour ne pas l'avoir fait. Mais rien dans son attitude n'avait révélé le moindre soupçon.

« Ce sera peut-être une fille, avait dit Philippine. Deux garçons, c'est bien. Pour le troisième, une fille, ce serait mieux. »

Elle avait fait le calcul : l'enfant était celui de Don, mais elle se serait fait hacher menu plutôt que de l'avouer à quiconque. Elle ne parvenait toujours pas à s'expliquer son inadvertance. Plus tard, elle l'attribuerait à son insoumission innée.

Le troisième jour après l'arrivée de ceux qu'on appelait « les Américains », elle avait vu Don en tête à tête dans un salon de thé de la rue de Rivoli, W.H. Smith, au-dessus d'une librairie anglaise du même nom.

— Don, je sais maintenant que Gilles vit en ménage avec Steve, il m'a dit ce que tu ne voulais pas me dire. Je sais aussi que Sheila sert de paravent. Mais je voudrais savoir quel rôle, toi, tu joues dans cette configuration.

Tête de Don, mis au pied du mur, partagé entre l'embarras et le rire.

— Phil, ton frère a décidé, quand il nous a rencontrés, Steve et moi, que la possessivité est ce qu'il y a de pire dans les rapports amoureux. « Personne n'est propriétaire de personne et l'amour n'est pas un prétexte à l'esclavage. » On n'avait jamais entendu ça. Ce n'était pas faux, mais ça nous a fait rire. Gilles peut être drôle à pisser, et tu le sais. Bon, on est allés vivre avec lui à la villa Goldfinch. On ne couchait pas tous les jours, c'était au hasard Balthazar, tantôt l'un, tantôt l'autre. Mais une chose était certaine, il avait banni la jalousie de notre trio. Puis, tu es arrivée. Gilles m'a pris à part et j'ai cru qu'il était devenu fou : « Don, il n'y a qu'une personne que j'aimerai jusqu'à ma mort et que je n'ai jamais pu aimer comme on aime, et c'est elle. »

Philippine avait eu la sensation que son souffle était devenu comme des vapeurs d'essence : il risquait de s'enflammer à tout instant et de faire exploser le salon de thé et le monde entier avec.

— Il m'a dit : « Occupe-toi d'elle. » J'ai compris plus tard qu'il voulait que je fasse l'amour avec toi, parce que, à travers moi, il le faisait avec toi, par procuration. Tu piges ?

Elle avait pigé.

— Je n'ai eu aucun mal à tomber amoureux de toi. Je le suis toujours. J'ai même été malhonnête : je n'étais qu'un employé et je me permettais de tomber amoureux de toi ! Je comprends Gilles. Si tu me disais un jour que tu veux vivre avec moi, je laisserais tout tomber. Depuis que je t'ai rencontrée, j'aime Gilles à travers toi. Tu comprends ?

Elle avait mis un temps à répondre à cette description sommaire d'une furieuse confusion de sentiments.

— Tu as fait l'amour avec moi à sa place et maintenant, c'est moi que tu aimes, c'est ça ?

— Je ne continue à vivre avec lui que parce qu'il est amoureux de toi. J'ai eu peur que notre liaison le rende jaloux. Notre liaison d'une nuit et demie.

Il avait bu son thé.

— On aurait fait un beau trio, dit-il. Mais je pense que j'aurais été éjecté.

— Et maintenant ?

— Maintenant, on va vivre avec les gosses. On va essayer de les rendre heureux.

On part dans la vie avec des idées claires, et elles deviennent si compliquées qu'elles en sont impénétrables, avait-elle songé. Et on se dit que les idées claires sont peut-être des idées fausses, justement parce qu'elles sont claires. Résultat des courses : l'enfant qu'elle avait porté était en fait celui de Gilles, conçu avec un géniteur de substitution, Don. Inceste par procuration, ça, c'était une nouveauté.

— Fais attention aux gosses, Don, lui avait-elle recommandé. Ils ont été secoués. Par le départ de Gilles, par la folie de leur mère, puis par sa mort. Je ne veux pas qu'ils deviennent des extraterrestres. La fille, Sophie, est parfois *borderline.*

— Je m'en occupe. Je vais être la nounou pendant que Gilles est au travail.

— Il les a inscrits dans une école ?

— Il en a discuté avec des amis. Phil, tu n'as pas remarqué que les hommes deviennent plus fragiles au fur et à mesure que les années passent ? Gilles a trente-huit ans, mais il y a des jours où j'ai l'impression qu'il en a vingt de moins. Tu l'as vu le week-end. Mais la semaine, quand il rentre du boulot, il est vidé. Les gosses auront besoin d'une présence.

Vingt ans de moins. L'âge qu'il avait quand il était parti comme un fou dans la nuit, pendant la guerre, casser du Boche. Peut-être n'avait-il pas mûri.

Un être humain, c'est vraiment un puits obscur.

Les photos qu'avait jadis prises le gros Arnie, au bord de la piscine, occupaient plusieurs pages de l'album ; des gros plans d'une jeune femme égarée par trop d'événements en trop peu de temps. Philippine ne les regardait plus vraiment. Elle songea à une réflexion de Gilles : « J'ai parfois l'impression que tu as pris la succession de tante Sophie. La gardienne du foyer. »

Marion se pencha aussi sur l'album et indiqua du doigt un cliché de Gilles et de Sophie sur la terrasse, à Roquebrune-Cap-Martin, quelques jours après le drame.

— C'est qui ça ?

— Ta cousine Sophie et ton oncle Gilles.

— Où elle est ? Je ne l'ai jamais vue.

— Elle est en Amérique.

— Quand est-ce qu'on va en Amérique ?

Un jour. Philippine n'en éprouvait pas grand désir pour le moment.

10 mai 1968. La Muette était isolée des gaz lacrymogènes, mais c'était bien le seul lieu qui en fût épargné. Les étudiants, la fleur de la jeunesse française, étaient en guerre contre ce qu'ils appelaient « le régime ». Les transports étaient devenus aléatoires, les pompes à essence étaient vides, le ravitaillement chaotique, les grandes industries paralysées, les commerces somnolaient ou étaient moribonds, les écoles désertées ; Paris traversait une crise sans précédent depuis la Commune. La France observait ce spectacle, incrédule, sans en comprendre les causes ni les enjeux. À Genvry, l'usine de Sunlove Cosmetics avait cessé le travail, faute de fournitures. De toute façon, la distribution étant également interrompue, c'était aussi bien. Sur l'insistance de Philippine, le directeur avait garanti aux

ouvriers que les journées de chômage technique seraient payées, ce qui avait réduit les syndicalistes au silence. Tout ce qu'on savait des événements était ce qu'en rapportaient les reporters à moto des radios périphériques, les radios et chaînes nationales de télévision observant sur le sujet un silence déconcertant, qui ressemblait à une censure d'État.

À l'adresse des Wennergren, rue du Conseiller-Collignon, Marion, sept ans, jouait dans le jardin avec une voisine du même âge, sous la surveillance de la gouvernante. Marc, dix-huit ans, et son frère Anton, quinze ans, étaient partis à vélo pour le Quartier latin, théâtre des affrontements entre les étudiants et la police. Ils étaient avides de savoir ce qui se passait vraiment. Philippine et Arminius avaient multiplié les consignes de prudence et obtenu des deux garçons la promesse formelle d'être de retour avant le dîner. L'un et l'autre avaient passé quelques nuits hors de la maison, mais la violence des réactions policières avait mis fin à la tolérance d'Arminius. « Ça ne vous servira à rien de vous faire casser la gueule, d'être gazés et de finir au poste ou à l'hôpital. Vous serez ensuite fichés et ça ne vaudra pas mieux. Je vous demande désormais de passer vos nuits à la maison », avait-il dit.

Ils s'étaient rendus à son raisonnement sans trop de mauvaise grâce.

À leurs âges, leurs silhouettes de futurs adultes étaient déjà campées. Marc, grand, mince et réfléchi, était celui des deux qui ressemblait le plus à son père ; la mèche blonde qui barrait son front était sans doute la « signature Wennergren », comme disait Arminius. Mais c'était surtout dans son esprit critique précoce et méthodique que la ressemblance s'affirmait. Plus sportif d'allure, châtain, Anton était plus émotif et fonceur ; il rappelait son oncle Gilles. Yves Galabert, le scénariste du *Trophée*, devenu un familier de la maison, avait déclaré sur le mode plaisant que, dans le catalogue des étudiants types, Marc était Sciences Po et Anton, Centrale. De fait, Marc s'était inscrit à l'école de la rue Saint-Guillaume. Anton était indécis. De toute manière, son choix n'était pas pressé.

Dès que le ravitaillement en essence était devenu capricieux, Arminius avait fait le plein de la DS Citroën et rempli deux jerrycans remisés à la cave.

— Nous avons de quoi atteindre la frontière belge ou la frontière allemande, au choix, annonça-t-il. De là, nous verrons comment tournent les événements, parce que je crains que la situation ne s'envenime. De Gaulle est décidé à résister par la force alors qu'il y faudrait la souplesse. Ce qui aggravera les conflits.

Philippine écouta sans se prononcer. L'idée de quitter la France au moment où celle-ci était en proie à un désordre majeur ne la réjouissait pas. Arminius lui avait dit que leur fortune leur permettait de s'installer sans difficulté n'importe où dans le monde, mais elle lui avait répondu qu'elle ne cesserait pas d'être française parce qu'elle était riche. Cela avait fait sourire Arminius :

— C'est bien ce que j'avais imaginé, observa-t-il. Une épée.

À 20 heures, Marc et Anton n'étaient pas rentrés. Europe n° 1 annonça que des combats violents avaient éclaté de nouveau rue Gay-Lussac et dans les rues adjacentes. L'inquiétude gagna la rue du Conseiller-Collignon. Philippine retarda l'heure du dîner et fit seulement manger Marion. À l'approche de 21 heures, l'inquiétude s'était muée en anxiété. Arminius guettait ses fils à la fenêtre. À 21 h 10, il cria :

— Les voilà !

Marc et Anton entrèrent dans le jardin, rangèrent leurs vélos et se dirigèrent vers la maison. Ils apparurent enfin à la porte du salon : las, les yeux rouges, décoiffés.

— Navrés, on est partis à 18 heures, mais on a dû faire un tour gigantesque par les quais. Y a des flics partout. C'est la guerre, dit Marc en se laissant tomber sur un siège.

Ils allèrent se doucher et se changer, puis revinrent s'asseoir à la salle à manger.

— Les flics sont enragés, dit Anton. Ils tapent sur tout le monde comme des sourds... Je me demande s'il n'y aura pas des morts. Qu'est-ce qu'il cherche, de Gaulle ? La guerre civile ?

— Il ne veut pas de désordre, observa Arminius.

— Le désordre, c'est lui.

Pour Philippine, dont le combat pendant la guerre avait fini par s'incarner en la personne du Général, opposé au Maréchal, ces quatre mots résonnèrent comme un défi.

— Comment ça ?

— C'est un vieux militaire qui ne comprend rien au monde moderne. Il croit qu'on gouverne par l'autorité, avec d'autres vieux comme lui. Ce n'est pas une république démocratique, c'est une dictature. Il est devenu Pétain.

Anton était conscient de la provocation de ce discours. Mais sa conviction était éclatante. Philippine se tourna vers Marc.

— Je suis entièrement de l'avis d'Anton, dit-il. Ce que nous avons vu au Quartier latin est impensable : les flics qui tapent sur les étudiants ? Qui les arrêtent ? Ils nous prennent pour des Algériens ?

— Mais que voulez-vous ?

— Des professeurs, des locaux, du respect. Nous sommes dix fois plus d'étudiants qu'avant-guerre. On nous dit : « Si vous voulez préparer votre avenir, faites des études », mais nous manquons de locaux et de professeurs. Et nous sommes traités comme des troufions, puis des ennemis. Y en a marre de tous ces vieux, Franco, Brejnev, Johnson, de Gaulle ! Au trou !

Philippine était consternée. Elle interrogea Arminius du regard :

— Même les héros vieillissent, déclara-t-il. Et les militaires peut-être plus mal que les autres. Je pense qu'en effet la manière forte n'était pas le meilleur moyen de régler ce conflit.

— Si de Gaulle ne change pas son fusil d'épaule, dit Marc, il est foutu, et le pays avec lui.

Philippine était troublée. Puis le conseil de Gilles lui revint à la mémoire : « Ne sois donc pas si vieille France. »

Le lendemain matin, les radios annonçaient les dégâts des heures qui venaient de s'écouler et qu'on appelait déjà la « nuit des Barricades » : plus de quatre cents blessés, près de deux cents autos incendiées, les pavés de plusieurs rues arrachés. Pompidou, qui venait de rentrer d'Iran, fit libérer les étudiants arrêtés. Geste d'apaisement qui irrita de Gaulle.

Quand elle alla faire des courses dans le quartier, Philippine mesura l'indignation qu'avait suscitée la brutalité de la police.

Marc et Anton rongeaient leur frein. Mais, le 13, prévenus par des condisciples, ils participèrent au défilé formidable qui alla de la République à Denfert-Rochereau. Ils en revinrent en début de soirée, chauffés à bloc.

— Il y avait au moins trois cent mille personnes, annonça Marc fièrement.

La fibre politique était-elle héréditaire ?

Était-ce une nouvelle révolution de 1789 qui s'amorçait ? Philippine sentait en tout cas son vieux monde s'écrouler. À quarante-trois ans, maintenant c'était plus dur qu'à dix-sept. Si ses fils avaient raison, elle ne voulait pas tomber dans la sénilité.

L'après-midi, Galabert téléphona pour savoir comment ça allait.

— On vous inviterait bien à dîner, répondit Philippine, mais ça serait cruel, parce que ça vous obligerait à faire des kilomètres à pied.

— Les kilomètres ne me font pas peur à l'aller. Ce serait plutôt au retour.

— On peut vous garder pour la nuit dans la chambre d'amis.

— Comme sous l'Occupation. Dans ce cas, c'est pas de refus. J'emporte mon pyjama.

— Eh bien, c'est d'accord, à ce soir. On mettra les petits plats dans les grands.

Marc et Anton appréciaient Galabert pour son art d'allier le naturel, souvent gouailleur, et la culture ; il les changeait du ton compassé de tant de vieux. Il pouvait réciter par cœur « Le Bateau ivre » comme si c'était une chanson de Léo Ferré ; il leur avait d'ailleurs fait découvrir Apollinaire :

Un soir de demi-brume à Londres,
Un voyou qui ressemblait à
Mon amour vint à ma rencontre,
Et le regard qu'il me jeta
Me fit baisser les yeux de honte
Je suivis ce mauvais garçon
Qui sifflotait mains dans les poches...

Philippine avait mis la main sur un rosbif et Arminius avait sorti trois bouteilles de château-l'évangile de la cave. En guise d'entrée, une salade de pommes de terre au thon fut servie et, pour le dessert, Mme Brice avait retrouvé ses talents de pâtissière : elle avait confectionné un vaste gâteau aux noix et aux amandes. C'était comme une soirée d'assiégés dans un château du Moyen Âge.

— Bon, déclara Galabert, ça fout le camp une fois de plus. Nous sommes le pays le plus magnifique du monde et ça n'arrête pas de foutre le camp. Nous nous ennuyons vite. Onze ans après avoir décapité Louis XVI, nous acclamons un caporal corse, qui sera le pire tyran de l'histoire de France moderne. De Gaulle était notre totem depuis 1945. Un quart de siècle plus tard, il est devenu emmerdant. On dirait Jules Berry ou Saturnin Fabre dans un vieux film. Changement de programme.

Marc et Anton étaient aux anges.

— Pour vous de Gaulle est foutu ? demanda Marc, n'en croyant pas ses oreilles.

— C'est un formidable acteur. Ses conférences de presse, on dirait qu'elles ont été mises en scène par René Clair ou Marcel Carné. Les mimiques, l'élocution, le sens de la repartie… Il a compris que la vie politique est un spectacle. L'ennui est qu'il s'est entouré de vieux birbes, Pompidou, un banquier, Malraux, un autre acteur formidable, qui a joué le rôle de l'aventurier magnifique, Michel Debré, Gaston Monnerville… Une superproduction. Bon, on voudrait voir autre chose. Et son hostilité aux étudiants, c'est du pur style scrogneugneu.

Arminius souriait dans sa barbe : il avait été le premier à dénoncer le rôle du spectacle dans le comportement privé et public. Galabert remarqua son air satisfait :

— Oui, Arminius, je sais que tu sais tout ça. Je me demande cependant si tu as songé à notre responsabilité, à nous, spectateurs. Quand nous demandons un changement de programme, nous participons au fonctionnement du système. Car que demandons-nous ? Un autre acteur. Nous devrions demander une suspension du système du spectacle. Mais ça, c'est impossible.

— Pourquoi ? demanda Marc.

— Parce que nous sommes nous-mêmes des acteurs en puissance. Qu'est-ce que demandent vos chefs ? De monter sur la scène et de remplacer les vedettes. À partir du moment où ils ont capté l'intérêt du public, vos chefs rêvent de brûler les planches. Je les ai bien observés, Cohn-Bendit, Sauvageot, Geismar et les autres : c'est le concours d'entrée à la Comédie-Française. Je ne les soupçonne pas d'être insincères, car ils sont même passionnément sincères, non, je constate que leur volonté de vaincre, c'est-à-dire leur soif de pouvoir, dépend du succès de leur performance.

— Vous ne croyez donc à rien ? demanda Anton.

— *Croire*? s'indigna Galabert. *Croire ?* Tu crois donc qu'on ne vit qu'en croyant ? Ne me dis pas qu'à ton âge tu es déjà un curé ? Tu vas peut-être prêcher bientôt l'immanence de la foi ? Quelle misère !

Anton leva les sourcils, battu en brèche, désarmé.

— Non, je ne *crois* en rien, reprit Galabert. J'observe. Je vois que nous sommes tous des cabots ou des jobards. Je recherche des hommes et des femmes qui ne se soucient pas du spectacle qu'ils donnent.

— Vous en avez rencontré ? demanda Marc, sarcastique.

— Oui, votre mère, par exemple.

Un silence respectueux suivit l'hommage.

— Je n'ai jamais rencontré une femme, et je connais son histoire, qui se soucie aussi peu de l'image qu'elle projette. Elle a trouvé son égal, votre père, et je comprends le couple qu'ils forment.

Marc et Anton regardèrent leurs parents, fiers du compliment qui retombait forcément sur eux.

— On est tous des acteurs ? demanda Anton.

— Fatalement. Quand tu as rendez-vous avec une fille, tu te coiffes, tu mets une chemise propre, tu te fais un joli museau et une voix douce. Et tu choisis tes mots, tu modèles tes expressions, tu contrôles tes gestes, bref, t'es un cabot.

Anton se tordit. Philippine pensa à sa rencontre avec Arminius dans le métro, il y avait bien des lunes. Il ne s'était pas façonné un personnage, il avait été tel qu'il était aujourd'hui. Se jouait-il la comédie à lui-même ?

— Mais quand tu vas voir un mec avec qui tu as un compte à régler, tu te fais une autre gueule. Tu serres les mâchoires, tu prends un regard dur et des attitudes agressives. Toujours un cabot. Nous avons tous un répertoire. De Gaulle encore plus que les autres. Ce qui est redoutable est que nous vieillissons dans nos rôles. Nous en sommes prisonniers. Nous ne pourrions même pas en changer si nous le voulions. Nous sommes tenus à la fidélité envers nous-mêmes. Imaginez que Charles Trenet ait envie de chanter du Mozart, par exemple. Moi, je le vois très bien dans le rôle de Papageno, dans *La Flûte enchantée*, et même chantant en allemand : *« Der Vogelfänger bin ich ja, setzt lustig heissa hopsasa... »*

Galabert chanta l'air et Arminius se gondola.

— Il ferait peut-être un tabac, mais il ne peut pas changer de rôle. On dirait qu'il est devenu fou. De Gaulle idem, il est contraint de jouer de Gaulle. Je le plains.

Marc consulta sa montre et alluma son transistor. La police venait d'évacuer les étudiants qui occupaient la Sorbonne. Et de Gaulle partait le lendemain pour la Roumanie.

— L'ennui, reprit Galabert, c'est que cette révolte va dégénérer. Tout le monde est allé trop loin.

12

Yves Galabert avait exprimé une intuition partagée par beaucoup de monde et vérifiée le lendemain même : le monde ouvrier se mit en branle. Il ne laisserait pas aux étudiants le privilège d'occuper la grande scène de Paris, théâtre international. Le 14 mai, jour où de Gaulle partit pour sa visite d'État en Roumanie, les ouvriers de Sud-Aviation à Saint-Nazaire cessèrent le travail. Décision contagieuse. Le 15, l'absence du chef de l'État sembla encourager la rébellion et, coup de tonnerre, les usines Renault à Cléon furent également occupées. Comme pour illustrer les idées d'Arminius, de Galabert et de quelques penseurs dissidents, dont Guy Debord, les étudiants, eux, occupèrent le Théâtre de l'Odéon. Ce qui amusa énormément Marc et Anton, évidemment frappés par le symbole.

Philippine et Arminius observaient cette Commune tiède avec désarroi ; ils étaient impuissants. Pendant la guerre, ils avaient pu agir et là, ils ne sauraient même pas quel parti prendre. D'une part, les dommages formidables que la grève interminable et massive causait au pays les consternaient. Des millions de gens avaient cessé le travail et, d'un point de vue économique, le mois de mai avait été biffé. D'autre part, ils étaient convaincus que le pays avait besoin d'un rajeunissement, comme leurs propres fils le clamaient avec force et comme le reconnaissait même un sexagénaire tel que Galabert. Mais la raison avait été congédiée du conflit, et l'esprit de mesure avec elle. Une épreuve de force avait été engagée et elle était aveugle. Seule la force mettrait fin aux convulsions ; le seul parti à prendre était de se résigner et d'en attendre la dernière.

Arminius passa le plus clair de son temps au piano, écouté par deux auditrices privilégiées, Philippine et Marion. Son répertoire avait beaucoup évolué : de Bach et Beethoven, il était passé à des compositeurs dont Philippine ne soupçonnait même pas l'existence, tels que Scriabine et Prokofiev, et dont le caractère tourmenté prolongeait l'anxiété sépulcrale des *Études symphoniques* de Schumann, qui l'avaient troublée à la première audition.

Marc et son frère étaient plus sombres que leurs parents : dans leurs errances au Quartier latin, ils glanaient des rumeurs et des informations au gré des rencontres et des conversations.

— Ils vont tenter un coup de force, dit Marc, le soir du 22, apprenant l'expulsion de Cohn-Bendit.

— Qui ? demanda Philippine.

— Les syndicats.

— Peut-être, dit Arminius. Mais ce ne sera qu'un coup de force. Je ne crois pas que l'armée les laissera faire.

— Si l'armée intervient, le conflit durcira encore plus.

Philippine était frappée par la maturité politique de ses fils. Ils lisaient tous les journaux qu'ils trouvaient, écoutaient la radio, regardaient la télé. Elle compara mentalement leur situation à la sienne, jadis à Villardon, où elle n'était quasiment pas informée des événements politiques. Peut-être cette génération était-elle, en effet, plus apte que l'avait été la sienne à prendre le pays en main.

Si l'on sortait de là.

La situation semblait s'éterniser.

— Encore quelques jours de grève et l'économie va tomber malade, prédit Arminius.

Peut-être saisi par l'urgence de démontrer son sens théâtral, de Gaulle disparut mystérieusement le 29 et reparut le 30 pour annoncer la dissolution de la Chambre. Le lendemain, les pompes à essence furent remises en service et une reprise du travail s'amorça, mais bien lentement. Arminius alla au bureau, faire redémarrer l'entreprise. Le téléphone sonna :

— Philippine ?

— Oui, dit-elle, hésitant à reconnaître la voix.

— Émile. Je suis à Paris. J'ai appelé ton ancien numéro, en vain. Tu as oublié de me communiquer le nouveau. J'ai appelé Claude…

L'épisode de l'Algérien Hilmi qu'elle avait recueilli et à qui Claude Landrieu avait donné de faux papiers lui revint soudain à la mémoire, avec le sentiment de sa dette à l'égard d'Émile.

— … Il l'a évidemment trouvé pour moi.

— Claude trouve tout.

Petit rire.

— Ouais. On a le temps de prendre un café ?

— Certainement. Où es-tu ?

— À Saint-Lazare.

Une demi-heure plus tard, il sonnait à la porte. Marion y courut avec sa mère.

— C'est la dernière ?

Il la prit dans ses bras et elle gloussa.

— Allons au bistrot, dit Philippine.

Il paraissait défait. La cinquantaine lui argentait les tempes et lui flétrissait les joues. Et sa montée en grade dans l'organigramme du PCF avait dû demander bien des efforts. Comme jadis, son regard devint plus bleu lorsqu'il la regarda.

— Tu changes pas.

— Achète des lunettes.

Qu'est-ce qui le ramenait ?

— Tout va comme tu veux ?

Il touilla le sucre dans sa tasse pour la troisième fois, leva le visagc ct dit :

— Non.

— Tu n'es pas malade ?

— Non. Mais ça ne va pas quand même.

— Des ennuis d'argent ?

Un rictus.

— Non. On s'est fait avoir.

— Qui ? Et par qui ?

— Le Parti. Par Moscou.

— Le Parti s'est fait avoir par Moscou ? répéta-t-elle, abasourdie.

— C'est entre nous. Le vieux a téléphoné au Kremlin. Il a pour consigne de Kossyguine que nous arrêtions les syndicats. Nous aurions pu emporter le pays. C'est raté.

Philippine se rappela les rumeurs rapportées par Marc.

— La politique internationale a vaincu la politique nationale, reprit Jeaubert. Maintenant, je sais que nous sommes vraiment les domestiques de Moscou.

Le ton était amer et rageur.

— Émile, ça vaut mieux comme ça. Je ne crois pas que vous auriez emporté le pays et je suis sûre que ça aurait déclenché une guerre civile, qu'on a évitée de justesse.

— Ça se discute. De Gaulle est devenu le nouveau Pétain.

Comment ne pas être frappé d'entendre dans la bouche d'Émile les mêmes mots qu'avait proférés Anton quelques jours plus tôt?

— Nous aurions pu gagner beaucoup plus de points que nous n'en gagnerons maintenant. Nous aurions étendu notre influence. Ce qui me blesse le plus, c'est qu'on se soit fait scier les pattes par Moscou. Ça, c'est le comble!

— Je comprends.

Elle consulta sa montre et se demanda si elle l'invitait ou non à déjeuner.

— Je suis dégoûté. Et je ne peux en parler avec personne. Tous des godillots ou des faux culs. C'est pour ça que je suis venu te voir.

Les vieux liens restaient vivants.

— Tu as le temps de déjeuner?

— Oui. Toujours pour toi.

Un grand sourire.

— Au fond, quand j'y pense objectivement, tu as bien fait de me lâcher. Tu te serais retrouvée aujourd'hui avec un bilan globalement négatif.

— Émile, arrête de parler comme Marchais.

Il se marra.

— Aujourd'hui, je suis un homme mort. Je reste communiste, mais je ne peux plus faire partie du Parti.

— D'abord, laisse passer un peu de temps. Avec de la distance, on voit les choses plus clairement.

La carte du bistrot était réduite. Philippine commanda une salade de légumes et lui, une assiette de charcuterie. Puis un dos de saumon pour elle et un steak bleu pour lui.

— Tu es heureuse avec ton Boche?

— Cesse d'appeler Arminius un Boche.

— À propos, je me suis renseigné, c'est vrai qu'il y a eu une résistance allemande. Ils ont même essayé de tuer Hitler. Et ton mari, il en était vraiment ?

— Oui.

— C'est quand même inouï, deux résistants de deux pays en guerre qui finissent par se marier. Et Gilles ?

— Il est en Amérique avec ses gosses.

— Il a réussi à se remettre du choc de la mort de sa femme ?

— Ils étaient déjà séparés quand elle est morte.

— Il s'est remarié ?

— Oui, avec une Américaine.

Gilles avait, en effet, épousé Sheila peu après que ses enfants l'eurent rejoint à Los Angeles ; Philippine s'interdit de commenter ce qui était, à l'évidence, un mariage de convenance. Elle n'éprouvait pas le désir de parler de son frère avec Émile ; pour elle, la vie privée de Gilles était un échec. Au terme d'un silence, Jeaubert reprit :

— Si tu as de l'argent en trop, un jour, pense à moi. Je voudrais acheter un atelier à Orléans. J'en ai marre de Villardon et les fils de Sophie ne me soutiennent pas.

— L'atelier existe ?

— Oui, il fabrique des meubles pour une grande marque.

— Combien ?

— Six cent cinquante mille.

Philippine se retint de répondre sur-le-champ, pour ne paraître ni impulsive ni trop riche. Le paradoxe de la situation lui parut aussi aberrant qu'un éléphant qui miaule : c'était Jeaubert qui l'avait mise involontairement sur la piste des lingots qui étaient à l'origine de sa prospérité actuelle, et voilà qu'il quémandait une somme en proportion dérisoire.

— Ça me paraît possible, dit-elle, mais je vais en parler avec Arminius.

Elle quitta son ex-mari avec un sentiment de tristesse diffus ; la vie d'Émile Jeaubert ressemblait dangereusement à un ratage, à l'image de celle de Gilles. Ni l'ardeur politique ni la prospérité ne leur avaient apporté la plénitude. « Je suis un homme mort », avait dit Jeaubert. Au bord de sa piscine, avec ses amis dorés sur tranche, Gilles ne paraissait pas beaucoup plus vivant.

Que pourrait-elle leur donner pour les ranimer ?

Pour Émile Jeaubert, elle obtint le soir même le consentement spontané d'Arminius au prêt demandé ; la somme en question ne lui apporterait certes pas le bonheur, juste la possibilité d'une évasion hors de la Marne.

En ce qui touchait à Gilles, elle n'avait aucune idée.

Elle téléphona à Jeaubert et lui suggéra de venir à Paris pour les formalités d'établissement du prêt ; elle voulait en fait qu'Arminius et lui se rencontrassent. Elle n'en savait pas elle-même la raison, mais la jugeait bénéfique.

Les consignes de Moscou avaient certes stimulé la colère des tribuns du parti communiste à l'égard des indisciplinés, qu'ils appelaient les « gauchistes », plaie pire, à les entendre, que les déviationnistes et les capitalistes, mais l'effet n'en était pas aussi radical qu'un Georges Marchais, dans sa morgue péremptoire, aurait aimé le croire. Les rebelles qui avaient espéré le Grand Soir se résolvaient mal à reprendre le collier du quotidien, qui n'était pour eux que le joug du Capital avec un grand C. De surcroît, ils se faisaient traiter de tire-au-flanc. Dans la nuit du 6 au 7 juin, les CRS entourèrent l'usine Renault de Flins. Étrange destin, observa Galabert, que celui des usines de cet industriel inspiré, Louis Renault, qui popularisa l'auto en France, dans sa rivalité féroce avec André Citroën : pour ne pas priver ses ouvriers de travail, il avait, en effet, continué à travailler sous l'Occupation, ce qui lui avait valu la hargne des communistes et une mort suspecte en prison sous l'étiquette de collaborateur.

— Les usines, en France, ne sont pas des usines, dit Galabert, un soir qu'il avait le vin plus caustique que d'habitude : ce sont des chapelles du marxisme.

Galabert déchantait. Et comme il avait rencontré Jeaubert lors de son passage à Paris, il savait que ce dernier aussi déchantait.

— Nous sommes comme des prêtres défroqués, ajouta-t-il en fixant du regard Marc et Anton. Ne vous laissez jamais embrigader, vous deux, sous la bannière d'une idéologie, quelle qu'elle soit. Toutes les théories ont une date de péremption, sans exception. Elles commencent par être des armures, elles finissent par être des prisons !

— Il ne faut donc pas avoir d'idées ? s'étonna Anton, narquois.

— Même si on le veut, on ne peut pas s'empêcher d'en avoir, répondit Galabert. Elles peuvent être utiles. Il est nécessaire de savoir qu'il ne faut pas fourrer ses doigts dans une prise électrique et qu'il faut regarder à droite et à gauche avant de traverser une rue. Mais il faut également savoir que l'idée la plus géniale du monde ne reflète jamais qu'une partie de la réalité.

Arminius approuva cette leçon. Peut-être les désenchantés faisaient-ils les meilleurs pédagogues.

13

La grogne rôda en France tout au long du mois de juin. Ouvriers ou étudiants, tous avaient le sentiment d'une besogne inachevée, voire d'un ratage, et cela d'autant plus que de Gaulle s'était raidi. Le renvoi du Premier ministre Pompidou, le 10 juillet, était un désaveu flagrant de la politique de conciliation. On n'avait jamais tant entendu le mot « contestation », et on sentait bien que le principe d'autorité était l'une des grandes victimes de la crise ; même à l'usine de Genvry, rapporta le directeur, les chefs d'atelier naviguaient au plus près pour éviter les conflits ; seule la généreuse politique des salaires appliquée par Philippine empêchait les esprits de s'enflammer.

Ce contexte morose engendra un obscur désir de fuite. Marc et Anton évoquaient un peu trop souvent les vacances prochaines et il devenait évident qu'ils n'envisageaient pas de gaieté de cœur de les passer avec leurs parents, comme ils l'avaient fait jusqu'ici. Marc mentionna des projets de voyage en Inde, au Mexique, dans le Pacifique. Anton, pour sa part, paraissait de plus en plus soucieux.

Un soir du début du mois de juillet, Marc s'approcha de sa mère qui surveillait les devoirs de Marion.

— Je peux te voir un moment ?

À son ton, elle devina que le motif n'était pas gai. Il l'emmena au jardin.

— Nous avons un problème, dit-il.

— Quoi ?

— Anton.

— Il n'a pas l'air dans son assiette ces jours-ci.

— Non. Il a mis sa copine enceinte.

— Marie-France ? s'écria Philippine, alarmée.

Marc hocha la tête.

— Elle arrive à la septième semaine.

Elle s'assit.

— Elle veut avorter. Il faut prendre une décision rapidement.

Marie-France Le Fouël était une jolie fille d'une famille d'industriels bon ton. Les deux jeunes gens s'étaient connus l'automne dernier lors d'un rallye, terme qui énervait Philippine. Marie-France était venue dîner à la maison quelques fois : Philippine l'avait jugée un peu évaporée, mais elle l'avait trouvée tendre et éprise d'Anton. On ne pouvait espérer de la jeunesse qu'elle possédât la maturité, comme disait Arminius, sarcastique, sans quoi elle ne serait plus la jeunesse. Philippine préférait secrètement Virginie, la petite amie de Marc, une brune un peu piquante, vendeuse dans une boutique de luxe à Auteuil, et lectrice passionnée ; elle dévorait tout ce qui lui tombait sous la main, Artaud et Zola, Simenon et Balzac : un bon signe.

— Les parents sont au courant ? demanda-t-elle.

— Non, mais ils ne vont pas tarder à l'être si on ne fait rien.

— C'est pénible, l'avortement, Marc. Pour la fille, le garçon, tout le monde. Tu me connais, je ne suis pas bigote, mais c'est une décision qu'on ne prend pas de gaieté de cœur. Qu'est-ce que tu en penses, toi ?

Marc parut indécis.

— Il n'est pas question qu'ils se marient. Ça ferait encore plus jaser. Mariage en coup de vent, polichinelle dans le tiroir. D'ailleurs, la famille s'y opposerait, c'est vu. Anton perdra Marie-France à jamais. Il l'aime. Donc ça lui ferait très mal. Et elle aussi l'aime. De toute façon, je ne vois pas Anton père de famille à son âge. Tu imagines, il n'a pas encore le bac ! Conclusion : il n'y a que l'avortement. Pas en France.

— Que veux-tu que je fasse ?

— Organise un truc en Suisse qui serve de prétexte. Par exemple, une inauguration de quelque chose, je ne sais pas, à Genève ou à Lausanne.

— Il faut que j'en parle à ton père.

— Mais vite.

— Ce soir.

Elle regarda le rhododendron qu'elle avait planté ; lui au moins, il ne ferait pas de conneries. Son destin était-il de servir de déesse tutélaire à tous les hommes qui lui étaient proches ? Gilles ? Émile ? Et maintenant Anton ? Faudrait-il toujours courir à leur secours ?

— Qu'est-ce qui t'a donné l'idée de faire cette fête en Suisse ? Pourquoi pas l'Allemagne ? Ou l'Italie ?

— Parce que l'Allemagne ou l'Italie, ça aurait paru trop exotique à ses parents. Ils vont s'émouvoir du voyage de leur petit trésor chéri et vont téléphoner dix fois plutôt qu'une pour savoir si elle est bien arrivée, demander à lui parler et patin et couffin.

Elle reconnut l'esprit logique et pratique de Marc.

Marion, dans la maison, chantait d'une voix suraiguë : « Un jour, mon prince viendra... »

Arminius arriva sur ces entrefaites et, rien qu'à la tête de sa femme et de son fils, il comprit que la situation était peu réjouissante. Philippine la lui exposa. Anton, au salon, aperçut le trio et flaira le vent ; il arriva d'un pas incertain, de plus en plus sûr, à chaque seconde, que c'était de son affaire qu'on débattait. Si un quelconque doute subsistait, les regards qui l'accueillirent le levèrent.

— C'est pas fameux, dit Arminius d'entrée de jeu.

Silence.

— Tu l'aimes ? demanda encore Arminius, porté aux raccourcis.

— Oui.

— Et vous allez traîner ce début lamentable tout le reste de vos vies.

Avec une cruauté que ni Philippine ni ses fils n'avaient soupçonnée, Arminius reprit :

— Ç'aurait été un ravissant bébé, né de deux personnes saines qui s'aiment. Comment l'appellera-t-on ? On verra. De toute façon, il s'en fichera pendant longtemps, c'est plus tard qu'un enfant réfléchit à son prénom. Mais il n'existera pas. Parce qu'il compromettrait l'avenir social de ses parents.

Un léger tremblement agita Anton.

— Comment est-ce arrivé ?

— La capote a dû claquer.

La trivialité de l'explication avait touché le plancher du réalisme. Garçons et parents restèrent muets pendant quelques instants.

— Tu crois vraiment que c'est une réponse ? reprit Arminius.

— On avait un peu bu...

— Où ?

— Y avait un *bash* chez Laurent d'Erblay...

Les regards des deux frères se croisèrent et des informations express voyagèrent sur ce fil invisible.

— On avait un peu fumé, ajouta Anton.

« Fumé », c'est-à-dire du hasch. Philippine reconnut le mot d'ordre à la mode, « Jouir sans entraves ». Mais qui était-elle pour s'indigner ? Elle avait fait la même sottise que son fils. Sa contrariété se distendit en elle comme un gaz.

— Il y a longtemps que vous faites l'amour ?

— Pas très longtemps...

Personne n'avait envie de connaître l'intimité sexuelle d'Anton. Arminius, Philippine et Marc recoururent à cette ponctuation subliminale qui signifie qu'on s'arrête là : un reniflement, une moue, un geste de la tête.

— Tu crois qu'elle t'aime ?

— Oui.

— J'aurais souhaité que tu découvres dans d'autres circonstances que nul n'est maître du monde. Il existe d'autres puissances que l'autorité paternelle. La société, la vie elle-même.

— Alors nous sommes tous des vaincus et des esclaves.

Chacun discernait bien dans l'attitude d'Anton l'écho du slogan tagué sur les murs de la ville depuis des semaines, « Il est interdit d'interdire ».

— Ce n'est pas le moment de faire de la philosophie, répliqua Arminius avec impatience, mais je répondrai ceci : non, nous ne sommes pas esclaves, nous sommes des gens responsables, et quand on fait un enfant, on doit pouvoir nourrir sa famille. Et tu n'as même pas ton bac ! Conclusion, cette fille et toi, vous vous êtes comportés comme des imbéciles.

— Bon, intervint Marc, qu'est-ce qu'on fait ?

— On va faire semblant d'inaugurer une villa à Genève. Ça ne va pas se faire d'un jour à l'autre. Il faut y aller tout de suite et tâcher de louer cette villa pour quelques jours. Annonce immédiatement le programme à ta copine.

— Je peux partir demain matin, dit Philippine. Ce n'est pas la peine d'y aller tous ensemble. Je trouverai bien quelque chose. Le plus compliqué sera de trouver une clinique où l'on puisse faire admettre Marie-France en urgence.

— Tu veux que je t'accompagne ? demanda Marc.

— Oui, viens.

La Suisse est un pays contrariant pour le monde moderne : sans jamais endosser le costume d'un professeur de sagesse, de philosophie, d'histoire ou d'économie politique ni se coiffer d'un bonnet pointu et de bésicles dorées, elle lui donne une leçon d'autant plus éclatante qu'elle est donc muette. Tandis qu'autour d'elle, pareils au fabuleux catoblépas qui se mange les pattes dans sa folie carnivore, des pays se déchiraient et s'entredéchiraient dans le fracas des armes et les tonitruantes vaticinations des stratèges et théoriciens, tandis que tombaient sur le monde des pluies de sang, de boue et de salive, elle cultivait son jardin alpestre, mangeait ses légumes ronds et ses fruits dorés. Mieux : elle accueillait les victimes qui lui paraissaient mériter la compassion, pourvu qu'elles ne vinssent pas susciter le tumulte chez elle. L'eussent-ils d'ailleurs tenté que ces exilés auraient été promptement enrobés d'un mystérieux cocon étouffant leurs invectives et leurs appels au carnage : Lénine, Mussolini et Tristan Tzara avaient eu beau vociférer au café Zurich, le bolchevisme, le fascisme et le dadaïsme, trois folies qui avaient dévasté le XXe siècle, n'avaient guère pris pied dans le pays.

Ni Philippine ni Marc n'y avaient jamais été. Comme par enchantement, dès que le train les eut déposés en gare de Genève, ils se retrouvèrent tous deux étrangement sereins. Ce caprice de l'humeur s'expliquait mal et pourtant, après s'être rafraîchis, chacun dans sa chambre, à l'Hôtel des Bergues, ils s'avisèrent qu'ils étaient encore plus dispos et souriants pour le déjeuner au restaurant de l'hôtel, L'Amphitryon.

— On aurait dû emmener Anton, dit Marc, ça lui aurait calmé les nerfs.

— Ça ne lui fera pas de mal de mijoter un peu dans son jus, répliqua Philippine. Je ne vais pas jouer souvent à la fée Praline.

L'attention aiguisée par un appréciable billet, un employé de la réception s'employa à chercher l'objet requis : une demeure confortable, sinon opulente, qui serait à louer pour quatre ou cinq jours. La quête s'étendit sur tout l'après-midi, et Philippine craignit l'échec quand, à 18 heures, l'employé lui annonça qu'il avait trouvé des particuliers qui consentiraient à une location de quelques jours. Il inscrivit le nom et le numéro de téléphone sur un papier qu'il tendit à sa cliente. Elle demeura sans voix.

— Qu'est-ce qu'il y a, maman ? demanda Marc en regardant le nom. Tu le connais ?

Elle hocha la tête et alla s'asseoir, tenant toujours le papier dans une main. Elle relut le nom et fut prise d'un rire nerveux.

— Mais explique-moi...

— Owen Tillmore Jr. est le fils d'un homme qui a essayé de nous assassiner et dont nous avons causé la ruine, ton père et moi*.

Marc en resta bouche bée.

— Armin dit qu'il y a des fils invisibles dans la vie. Enfin, on verra bien.

Elle alla téléphoner au jeune Tillmore. Apparemment, le nom Wennergren ne lui disait rien, car il convint de se rendre à l'hôtel et ils se donnèrent rendez-vous au bar.

Le jeune Tillmore était aussi grand mais sensiblement plus mince que son père, et son visage était plus fin. Il s'exprima dans un français assez lourd, accepta un scotch soda et aborda d'emblée la question de la location, qu'il consentit pour une somme modique. Il alla même à la réception demander du papier et écrivit un consentement de location pour une semaine à l'amiable. Philippine tira de son sac un chéquier, inscrivit la somme et lui tendit le chèque. Ni un mot ni un regard ne témoignèrent davantage du souvenir qu'Owen Tillmore Jr. aurait eu de Philippine. Marc et elle en étaient médusés.

— Ma femme et moi repartons demain pour New York, de toute façon, et ça ne me dérange pas du tout de vous louer la maison. Vous pouvez en disposer dès demain soir.

— Je vous remercie. Comment va votre sœur Amanda ?

Il se pétrifia.

---

* Voir *Les Années d'argent.*

— Vous connaissez Amanda ? demanda-t-il après un moment, se penchant et tendant le cou vers Philippine. Votre visage me dit quelque chose...

— Vous avez manqué d'être mon beau-frère et Amanda, ma belle-sœur.

— *Oh my God...*, murmura-t-il. *Philippine Gantier !*

Son corps s'affaissa imperceptiblement et il posa sur Philippine un regard fixe.

— C'était il y a vingt ans, dit-il. Je devrais avoir honte...

— Vous n'y étiez pour rien.

— Non, j'étais au lycée, je crois que nous ne sommes vus que deux fois, à cette fête d'anniversaire, puis aux fiançailles... Je ne savais rien des activités de mon père...

Il éprouvait soudain de la peine à achever ses phrases. Il mit la main dans sa poche, en retira le chèque et le rendit à Philippine.

— Non, je vous prie. Je ne pourrais pas l'accepter. La maison est à vous autant de temps que vous le voudrez. Le personnel est à votre disposition.

Philippine craignit de le voir pleurer.

— Laissez-moi vous offrir un autre verre, dit-elle.

— Quand j'y pense... C'est affreux... Vous tuer au gaz... J'avais essayé d'oublier...

— Owen, nous ne sommes pas responsables des actes de nos parents. Dites-moi plutôt ce que vous êtes devenus, vous, Amanda et Caneel. Et votre mère.

Il se ressaisit.

Marc suivait la conversation, de plus en plus confondu.

— La Tillmore Shipping est sortie presque indemne du désastre. Ma mère a prétendu en prendre la direction, mais elle a fait n'importe quoi et a été rapidement démise de son poste de présidente. Elle a montré des signes d'Alzheimer il y a quatre ou cinq ans, et maintenant, elle est internée à Xanadu, qui est devenu une maison de retraite. Elle continue de donner des ordres à tout le monde, comme si elle était toujours chez elle. Quand j'ai quitté la Harvard Business School, je suis évidemment entré à la Tillmore Shipping et, maintenant, j'en suis le CEO. Je suis marié et j'ai trois enfants. Amanda s'est mariée et a divorcé deux ans plus tard, s'est remariée, a divorcé de nouveau. Elle vit à Los Angeles.

Philippine imagina une rencontre entre Gilles et Amanda et frémit.

— Elle est immariable, reprit Tillmore. Elle se prend pour ma mère. Caneel s'est mariée et vit tranquillement à Dallas, avec ses deux enfants. Et voilà.

Il était donc le seul survivant d'une variante du naufrage du *Titanic*. Aussi, il avait été le plus éloigné de sa famille, foyer de mégalomanie et de paranoïa politique engendrées par la fortune et le fanatisme politique.

— Et vous, vous étiez fiancée à un organiste, un Allemand qui avait installé des orgues à Xanadu ?

— Le mariage a suivi les fiançailles, Marc que voici est l'un de nos deux fils. Et j'ai également une fille.

Tillmore regarda sa montre.

— Pardonnez-moi, mais ma femme m'attend...

Il détacha le bracelet-montre et se pencha vers Marc :

— Je vous prie, laissez-moi vous faire un cadeau, dit-il. Si, si, ayez la générosité de l'accepter, vous me ferez un grand plaisir.

Puis il leva, considéra Philippine, se pencha vers elle, lui serra les bras, l'embrassa sur la joue et, tendant sa carte de visite, déclara :

— Si vous avez jamais besoin de moi, n'hésitez pas. *Thank you.*

L'instant suivant, il était parti.

Marc et Philippine se regardèrent, abasourdis.

Quand ils se furent remis de leur surprise, Philippine décida que s'ils pouvaient disposer de la villa dès le lendemain soir, ce n'était pas la peine de rentrer à Paris.

Elle prévint donc Arminius et lui conseilla de prendre le train dès le lendemain après-midi avec Anton et Marie-France.

Marc admira sa montre un moment avant de se décider à l'attacher à son poignet. Il n'aurait jamais rêvé de posséder pareil objet.

— Il y a une part énorme de ta vie que je ne connais pas, dit Marc au dîner. Pourquoi tu ne me la racontes pas...

— C'est difficile. Quand on raconte, on déforme. Je ne pourrais pas te raconter, par exemple, ma rencontre avec ton père dans le métro, il y a bien des années. J'étais à la fois horrifiée et fascinée. Horrifiée parce que je le prenais pour un ennemi, fascinée parce qu'il était radieux. C'est la rencontre la plus importante de ma vie, mais je ne peux pas t'en dire plus.

— Et cette tentative d'assassinat au gaz ?

Elle la raconta, à contrecœur. Se rappeler l'horreur est malsain, tout comme se rappeler les moments heureux engendre la nostalgie et le sentiment pernicieux que le meilleur de la vie a été vécu.

Le propre de l'espoir est de voiler la mémoire. Et l'espoir restait en elle plus fort que le passé.

14

Un autre billet, aussi généreux que le premier, capta une nouvelle fois l'attention de l'employé, mais la demande suscita un regard plus inquisiteur.

— Ce n'est pas pour moi, finit par préciser Philippine.

Il avait probablement fourni ce renseignement plus souvent que le premier, car il indiqua promptement la clinique et même le nom du gynécologue qui donnerait la première consultation. Philippine s'empressa d'y téléphoner et de prendre rendez-vous pour le lendemain.

— Quel nom dois-je inscrire ? demanda la secrétaire de la clinique.

— Gantier, répondit Philippine après une brève hésitation.

Arminius, Anton et Marie-France arrivèrent en début d'après-midi, ces deux derniers avec des airs de chiens battus. À 18 heures, ils partirent pour la villa Célestine, à Ouchy, dans une limousine louée à l'hôtel. La demeure était somptueuse, avec une terrasse donnant sur le lac et une piscine ; un Xanadu en miniature. Comme prévu, les parents de Marie-France téléphonèrent pour s'assurer que le voyage s'était bien passé.

— Et, ce soir, il y aura un orchestre, raconta-t-elle, suscitant les grimaces de Marc.

Philippine attribua les quartiers et plaça Marie-France aussi loin que possible des garçons, qui partageraient une grande chambre à deux lits. Puis elle raconta son entrevue avec Owen Tillmore Jr. Arminius écouta, abasourdi. Marc montra à son père la montre que lui avait offerte le fils de l'assassin : une Rolex en or. Au dîner, Philippine observa l'attitude du petit couple prématuré. À la lumière de petits riens, de mines fugitives, de points de suspension qui flottaient dans l'air, elle comprit que Marie-France tenait Anton pour responsable. Peut-être se considérait-elle comme une vierge innocente et violée. Philippine jugea donc utile de mettre les points sur les i :

— Anton vous aime, et puisqu'il en est ainsi, nous vous aimons aussi, déclara-t-elle, abordant pour la première fois l'objet du voyage. C'est pour sauver votre amour mutuel que mon mari et moi avons monté cette expédition et nous en assumons entièrement les frais. Car vous avez dû voir…

— C'est sa faute ! pleurnicha Marie-France.

— Vous êtes dans l'erreur totale si vous vous considérez comme une victime, répliqua fermement Philippine. Et vous rendez nos efforts inutiles. Vous n'avez pas été violée, que je sache. Et vous devez savoir que l'acte sexuel comporte toujours un risque de grossesse, surtout certains jours du mois. Vous connaissez les vôtres, j'en suis certaine. Donc, je vous demande d'assumer votre part de responsabilité et de cesser de tenir Anton pour le seul coupable. Cela ferait de lui une victime également.

Marie-France renifla. La mention des « efforts inutiles » avait sans doute agité une menace : Philippine et Arminius pouvaient renoncer à payer l'intervention. Et la semonce publique signifiait que le front des parents d'Anton était parfaitement uni. Elle parcourut la table du regard et ne rencontra que des mines sévères. Si elle avait imaginé qu'elle exercerait un chantage sentimental sur Anton et les Wennergren, elle en était pour ses frais.

— Vous n'imaginez pas ce que j'endure…, geignit-elle.

— Et nous, nous endurons la douleur de mettre fin à une vie à cause de votre sottise à tous les deux, répondit Arminius.

Toute réplique eût été risquée.

Ils rentrèrent regarder un film à la télévision et se couchèrent tôt.

Philippine accompagna donc Marie-France à la clinique, essuyant ces regards obliques qui collent à tous ceux qui fréquentent les lieux où l'on guérit les accidents de l'amour, services de vénérologie ou de gynécologie. Les yeux cherchent le stigmate de la Faute, qui doit forcément se nicher quelque part dans l'aspect des pécheresses, dans la teinte du rouge à lèvres ou la coloration des cheveux, un regard effronté ou au contraire fuyant, donc coupable. Une avortée se situe en dehors de la Loi, et il n'est coucheuse frénétique ou débauché chevronné qui ne s'érigent en justiciers solennels dès qu'ils croient en avoir débusqué une.

Philippine attendit une petite éternité que tous les examens eussent été effectués. Dans la salle, une ample Orientale poussait des soupirs tonitruants à intervalles plus ou moins réguliers. Un jeune homme mal mis, lui, se tordait les mains.

Étaient-ce des drames d'honneur familial ou bien les exigences de l'égoïsme qui les avaient menés dans ce lieu, pour accompagner une femme, fille, sœur, épouse, maîtresse, inconséquente ? Philippine ne se sentait aucune inclination à juger ; elle n'éprouvait qu'une tristesse lourde et froide. Elle eût aimé ce bébé qui ne naîtrait donc pas et sa rigueur ne portait que sur les sentiments dévoyés que leur mésaventure avait inspirés aux deux jouvenceaux : une culpabilité muée chez Marie-France en l'illusion qu'elle avait été victime d'un mâle bestial et, chez Anton, en celle non moins déplorable qu'il était pour sa part victime d'interdits d'un autre temps.

Peut-être en était-il de même en Arabie ou bien à Pétaouchnock. Les femmes se tenaient pour des victimes éternelles et les hommes, pour des seigneurs de naissance. Comment avaient-ils donc échappé, Arminius et elle, à ces ornières de l'âme ?

Elle n'était donc pas d'humeur compatissante quand Marie-France sortit enfin du pavillon des examens et que le gynécologue, personnage massif et pâle comme un chartreux qui émerge de ses grimoires, lui annonça :

— Ce sera pour demain.

Marie-France, elle, était éplorée et hagarde. Ah, ce n'était certes pas celle-là qui serait jadis sortie dans la nuit à la recherche de son frère parti casser du Boche ! Philippine ravala non seulement l'expression de son mépris, mais aussi ce sentiment lui-même. Au moment où elles gagnaient la porte de la clinique, elle s'avisa toutefois que même l'indifférence feinte était une forme de mépris. Marie-France fondit en larmes. Peut-être était-ce la première fois de sa vie qu'un spéculum forçait sa plus secrète intimité, ou peut-être l'imminence d'une intervention sur sa précieuse personne lui avait-elle enfin imposé la réalité de la situation. Elle s'abandonna aux sanglots dans la limousine qui les ramenait à la villa Célestine. Il était possible qu'elle fût blessée par la dureté de Philippine, plus avare que jamais de consolations creuses et commodes.

Les trois hommes buvaient des sodas sur la terrasse.

— Alors ? demanda Anton, ce qui ne signifiait strictement rien.

Le scénario était écrit et il n'y avait aucune raison d'espérer l'ombre d'un changement : l'embryon de sept semaines et demie serait arraché de l'utérus de Marie-France Le Fouël. Un énervement sauvage s'empara de Philippine :

— Quoi, alors ? C'est pour demain et c'est tout.

Seul Marc mesura la révolte de sa mère. Il lui lança un regard goguenard :

— Ouais, quoi, alors, t'es pas encore grand-mère, maman !

— Conard ! répliqua-t-elle en riant tout à coup et en lui caressant la joue.

Mais elle mesura sur-le-champ l'accablement d'Anton et de Marie-France : ils étaient écrasés par le monde des adultes. Car Marc se rangeait instantanément dans ce monde-là : il ne participait pas à leur *pathos*, donc c'était un vieux. Il était uni aux vieux par la complicité et le crime impardonnable de la distance : l'humour.

— Allons déjeuner, dit Arminius.

— J'ai pas faim, dit Marie-France.

— Eh bien, peut-être que ça te donnera faim de nous voir manger, lui lança Marc.

Au restaurant, Anton s'assit près de Marie-France et se campa dans le rôle du protecteur. Ils s'aimaient donc encore. Il parvint à la convaincre de commander au moins un plat de viande des Grisons, et elle finit par se nourrir un peu.

De retour à la villa Célestine, Anton s'installa au salon avec Marie-France. La radio était censée couvrir le bruit de leur conversation. Philippine, Arminius et Marc s'installèrent sur la terrasse.

— Les jeunes d'aujourd'hui sont vraiment en retard sur notre génération, dit Philippine.

— La prospérité ! soupira Arminius. Au Moyen Âge, où l'on mangeait peu et où il n'y avait pas de chauffage central, les filles avaient leurs premières règles à quinze ans et les garçons ne devenaient pubères qu'à quatorze. Entre-temps, leur cervelle avait mûri. Maintenant, les corps sont mûrs avant les esprits.

La radio bramait au salon :

Dis, quand reviendras-tu ?
Dis, au moins le sais-tu,
Que tout le temps qui passe,
Ne se rattrape guère,
Que tout le temps perdu,
Ne se rattrape plus ?

La sonnerie du téléphone interrompit le lamento de Barbara : Maman Le Fouël voulait savoir si tout allait bien. On entendit les réponses convenues de sa fille.

Marc se tapa sur les cuisses, saisi d'hilarité.

— C'est pas vrai, pas vrai ! clama-t-il. Et demain, on exécute le polichinelle !

C'en fut presque déplaisant.

— Et c'est dans ce monde que je vais vivre ? lança-t-il à la tête de son père.

L'avortement couronna ces tribulations.

Marie-France fut mise en salle de réanimation pendant plusieurs heures ; elle était éveillée, mais se déclarait incapable de se tenir debout. Arminius, Marc, Anton et Philippine attendirent, désemparés. Le chirurgien vint leur déclarer que tout s'était très bien passé et que l'appareil génital restait intact, mais que la patiente était psychologiquement éprouvée, ce qui advenait parfois.

— Ça dure longtemps ? demanda Philippine.

— Parfois plusieurs semaines.

L'initiative du voyage en Suisse risquait donc de tourner au désastre : que dirait la famille de Marie-France si elle revenait prostrée d'un voyage qui avait été présenté comme une fête ? L'inquiétude des Wennergren s'alourdit de minute en minute.

— Tout dépend des premiers moments qui suivent la sortie de la salle d'opération, dit le chirurgien. En général, les proches prennent un air navré qui entretient le sentiment d'échec. Je ne suis pas psychologue professionnel, mais je suggérerais d'essayer un petit choc.

Oui, mais lequel ? Marc prit alors l'initiative ; il alla en salle de réanimation et, devant les infirmières consternées, déclara froidement à Marie-France :

— La terre ne s'est pas arrêtée de tourner. C'est grâce à moi et à mes parents que tu as pu te sortir de ce pétrin. Maintenant un peu de courage, lève-toi et cesse de faire du cinéma.

Arminius, Philippine et Anton avaient, de la porte, assisté à cette mise en demeure passablement brutale. Au bout d'un moment, décontenancée, penaude, Marie-France mit un pied par terre. Marc l'aida à se relever, une infirmière accourut et lança au jeune homme un regard indigné ; peut-être pensait-elle qu'il était le coupable. L'opérée chancela un peu quand elle se releva entièrement. L'infirmière l'aida à se défaire de sa tunique et à se rhabiller. Cela prit un temps infini. Quand elle retrouva les autres, elle adressa à Anton un regard de détresse ; il l'aida simplement à gagner la sortie. Comprit-elle qu'elle avait épuisé son capital de compassion ? Elle se ressaisit lentement.

— Maintenant, Marie-France, dit Philippine, il faudrait vous composer une attitude un peu plus gaie. Après tout, vous venez de vous tirer d'un mauvais pas et vous devriez être soulagée. Sinon, vous allez éveiller les soupçons de votre mère.

La jeune fille, car elle en était virtuellement une, répondit :

— Vous êtes tous tellement sévères !

— Nous le serions moins si vous n'étiez pas si complaisante à votre propre égard. Vous n'êtes ni la première ni la dernière à passer par là.

Quand ils regagnèrent la villa Célestine, Marie-France avait cependant retrouvé un comportement à peu près normal. Anton l'emmena sur la terrasse et s'assit près d'elle ; on les laissa seuls.

Le téléphone sonna : de nouveau Mme Le Fouël.

— ... Non, je viens de me réveiller, c'était très bien. Nous avons dansé... Demain, je crois. Oui, je te préviendrai... Au revoir.

Au déjeuner, Arminius tira un écrin de sa poche, l'ouvrit et le présenta à Marie-France. Un collier de turquoises et de petits diamants intercalés scintillait sur le velours noir.

— Ma chère Marie-France, déclara-t-il d'un ton faussement solennel, veuillez accepter ce petit cadeau du Père et de la Mère Fouettard pour célébrer votre convalescence.

Les éclats de rire de Marc et d'Anton saluèrent le petit discours. Le visage de Marie-France s'éclaira et se métamorphosa. La frivolité l'avait ranimée. Le plaisir effaça le souvenir. Anton aida Marie-France à attacher le collier et en profita pour l'embrasser sur la joue. Le miroir brisé avait été recollé.

Et le retour à Paris fut décidé pour le lendemain.

La fin d'un monde n'advient pas toujours dans le vacarme des trompettes de l'Apocalypse ni dans le panorama d'un ciel déchiré par le tonnerre et les éclairs. Elle est parfois si discrète que seules les sensibilités aiguisées en perçoivent les signes. Ce qui fut le cas de Philippine et d'Arminius.

L'un des signes généraux fut le malaise perceptible dans le pays quand les débris de Mai 68 furent entassés dans des sacs à destination de décharges publiques. Les finances allaient mal, l'année scolaire avait été mutilée. De-ci de-là, des provocateurs, un peu vite qualifiés de trublions, tenaient des propos sentencieux sur la « mutation nécessaire », le « conflit des générations » et la « contestation salutaire ». Il est ainsi des discours qu'il faut savoir tenir pour se conférer un rang social. Un citoyen n'acquiert le respect que par la notoriété, et celle-ci consiste à clamer le contre quand tout le monde est pour, et l'inverse, parce que la dissension, c'est l'avenir.

Autant dire que les Français ne remettaient pas leurs charentaises ; ils les avaient même remisées. Ils étaient contre, sans même savoir pourquoi.

Quelques indices particuliers, perceptibles dans le petit monde de Philippine, accusèrent le changement. D'abord, Anton afficha une mélancolie que sa mère n'eut guère de mal à lui faire avouer :

— Elle me dit que rien ne sera plus jamais comme avant et que même si elle a perdu son enfant, chaque fois que je la toucherai, elle se rappellera qu'elle est une mère. Elle ne veut donc plus que je la touche.

Si l'épreuve de l'avortement avait mûri Marie-France, on pouvait, en effet, imaginer une accession plus gaie à la maturité. Philippine se refusa à interroger son fils sur la manière dont il « touchait » la jeune fille, tout en songeant par-devers elle que le corps tenait une bien grande place dans l'esprit de la jeunesse ; certaines publicités pour les produits mêmes de Sunlove Cosmetics l'avaient surprise, mais elle s'était défendue d'exprimer ses réserves de crainte de passer pour une mère la pudeur. Elle se borna donc à conseiller la patience, mais cette notion paraissait étrangère à la nouvelle génération ; elle ressemblait trop à l'épargne des vieux, voire au renoncement monacal. De toute façon, Anton était meurtri. Il évoqua de nouveau son désir de partir seul pour une destination lointaine et, quelques jours plus tard, annonça qu'il se joignait à un petit groupe qui parcourrait la Colombie-Britannique, dans l'ouest du Canada. Arminius et Philippine supposèrent qu'un éloignement de quelques semaines aurait peut-être un effet bénéfique sur les rapports des deux jeunes gens.

— Ou bien ils se manqueront l'un à l'autre et vérifieront leur amour réciproque, spécula Arminius, ou bien ils concluront que ce n'était qu'une foucade et s'abandonneront.

En d'autres termes, ce serait l'épreuve du feu.

Sans les deux frères et même avec Marion, la maison de Roquebrune-Cap-Martin paraîtrait déserte ; trop de souvenirs la hanteraient. Aussi Philippine et Arminius décidèrent-ils à leur tour de prendre le large ; ils partageraient leurs vacances entre une croisière dans les fjords de Norvège et deux semaines à la Martinique.

— On n'a d'enfants que jusqu'à quinze ans, constata Arminius. Ensuite, ils deviennent lentement des étrangers.

En dépit des appréhensions tacites de Philippine, Marc décida de partir avec Virginie et de profiter de l'hospitalité de son oncle à Los Angeles ; il découvrirait ainsi cet oncle mystérieux et la Californie.

C'en était fait des vacances familiales.

La désinvolture avec laquelle les années tournaient les pages laissait rêveur. Des images et des personnages qu'on avait adoptés et crus durables étaient passés dans un froissement de papier, parfois taché de larmes. Clara n'existait plus que sur de rares photos, comme si la bombe qui les avait pulvérisés, elle et son amant, avait détruit son identité même. Gilles n'était plus qu'une voix au téléphone, Sophie et Georges, leurs enfants, avaient disparu de l'autre côté de l'Atlantique. Du premier appartement qu'elle avait eu à Paris, rue Saint-Ferdinand, et de celui de la rue Lalo, qui lui avait jadis semblé un phare dans la tempête, ne restaient plus que des souvenirs flous. Point final : passant un jour rue Lalo, Philippine vit que son ancienne maison avait succombé aux démolisseurs. Le jardin était plein de gravats.

Mais les photos semblaient se rapetisser au fur et à mesure que l'album de souvenirs faisait défiler ses images, et leur qualité déclinait, comme ces nouvelles photos instantanées qui devenaient floues avec le temps. La silhouhette en noir et blanc de l'agent Rosa en tenue de combat à Farnborough semblait bizarrement plus réelle que celle, en couleurs, de Philippine Wennergren sur la terrasse de la villa Célestine à Genève.

Aussi Philippine fut-elle touchée quand le téléphone lui apporta un matin la voix de Helen Stratwaite, l'auteur de romans policiers qui l'avait, un soir à New York, invitée à sa table. Elle venait de remporter un grand prix de la littérature policière anglo-saxonne, sous son pseudonyme de Dolly Dagwood, qui lui assurerait une certaine aisance pour ses vieux jours. De passage à Paris, elle souhaitait inviter Philippine à déjeuner.

— Ce que vous avez fait pour moi, déclara-t-elle, je ne l'oublierai jamais. Vous m'avez permis de quitter les États-Unis, où je serais sans doute morte de faim, persécutée par les maccarthystes. Comment le pourrais-je, d'ailleurs, ajouta-t-elle d'un ton espiègle, je me suis servie de votre histoire pour le livre qui m'a valu mon prix.

Et elle sortit de son vaste sac un exemplaire de l'ouvrage, *A Trap for the Devil*, dûment dédicacé.

Philippine le lut, non sans amusement, et se reconnut vaguement sous les traits d'une certaine Pat, Américaine bon teint poursuivie par des criminels au service de politiciens hantés par la possibilité qu'elle dénonce leurs crimes et surtout celui qu'ils avaient tenté de perpétrer contre elle. C'était un bon roman.

15

Marc revint au début septembre. Au premier regard, à son expression sarcastique, cet air de dire : « Après ce que j'ai vu, j'en sais long ! », on devinait que son séjour en Californie avait été instructif, quel que fût le contenu de ce mot.

— Dites donc, il est riche, oncle Gilles ! s'écria-t-il à l'adresse de ses parents. Deux voitures de sport ! Et un train de vie ! Il a fait doubler sa piscine. Et il a ajouté un étage à la maison.

Arminius et Philippine ouvrirent de grands yeux : les émoluments de Gilles étaient certes plus que confortables, mais n'autorisaient pas des frais démesurés. Ils échangèrent un regard furtif.

— Et les enfants, tes cousins ? Sophie ? Georges ?

— Je n'ai pas vu Georges. Il fait son apprentissage de grand manieur d'argent à New York, chez un agent de change. J'ai aperçu Sophie. Ravissante. Encore plus jolie que sa mère. Aussi, elle est un des mannequins les mieux payés du pays.

Le ton ironique de Marc était agaçant, parce qu'il frisait le mépris, mais il rehaussait la description.

— On dirait, d'ailleurs, que la maison de Gilles est devenue elle-même une agence de mannequins. Rien que des jolies filles et des jolis garçons.

— Et Sheila ?

— Ah oui, Sheila. Eh bien, elle est là. Au bord de la piscine.

Arminius se retint de pouffer.

— Et les amis de Gilles ? Il y avait deux Américains, Steve et Don, je crois.

— Pas vu, pas pris. Non, il y avait un Portoricain qui faisait office de factotum, un certain Pedrito, avec des cils de vache.

Steve et Don avaient donc pris le large ou avaient été largués. Ils étaient pareils à ces mannequins de vitrine qu'on rhabille périodiquement, au gré de la mode.

— Bon, vous avez quand même passé de bonnes vacances ? demanda Philippine.

— Moi, à peu près. Virginie, je ne sais pas.

— Comment ça ?

— Elle a fait une bonne rencontre et elle est partie avec lui. Un chanteur de rock, un peu déjanté, il m'a semblé. Je lui ai fait cadeau de son billet de retour. Elle paiera le supplément. Si elle revient.

— Vous vous êtes séparés ? insista Philippine, incrédule.

— C'est le moins qu'on pouvait faire, non ? Elle a perdu la boule, entre les piscines et les night-clubs, le hasch et la coke. Elle m'a expliqué que je ne savais pas m'amuser.

— Je suis navrée.

— Pas moi. La Californie a servi de révélateur. Heureusement que je n'avais pas poussé notre relation plus avant. Comme j'en avais un peu assez de la villa Goldfinch, je suis allé jusqu'à San Francisco en faisant un crochet par le National Park Sequoia. Superbe ! Il y a là-bas des arbres énormes, inimaginables, de trente ou quarante mètres de haut. L'un d'eux a plus de mille ans !

Marion s'extasia.

— Et il y en a un autre entre les racines duquel une auto peut passer ! J'ai pris des photos.

Philippine restait consternée.

— J'ai fait des rencontres amusantes, reprit Marc.

Philippine et Arminius craignirent des détails indiscrets en présence de Marion.

— Une nuit, j'entends du bruit à l'extérieur de la cabane que j'avais louée. Je sors et qu'est-ce que je vois ? Un ours en train de fouiller les poubelles !

Marion s'extasia de nouveau.

— Un ours ? Un vrai ours ?

— Un vrai, un gros, woouuh !

— Et San Francisco ? demanda Arminius.

— Superbe. Les bars ouvrent à 10 heures. Surtout les bars d'un certain genre. Les habitants donnent l'impression de vivre perpétuellement au bord du désastre. Ça leur confère une légèreté charmante.

Il ne se départait pas de son ton goguenard et, à la fin, Philippine s'en amusa. L'ironie servait d'armure à Marc. Elle tenta d'imaginer la blessure causée par la désertion de Virginie et se représenta son fils, froid, stoïque et sans doute cinglant. Il ressemblait de plus en plus à son père, ne fût-ce que par le détachement.

— Je me suis beaucoup baladé dans la région, ajouta-t-il.

— Tu aurais pu rejoindre ton frère en Colombie-Britannique.

— J'y ai pensé. Mais je devais rentrer pour reprendre mon avion à Los Angeles.

Arminius apprécia la frugalité de Marc : bien que ce fût sa secrétaire qui avait pris les billets d'avion, au compte de la famille, le garçon avait voyagé en classe touriste et avait pris soin de ne pas manquer ses vols. Fils de millionnaires, il se comportait instinctivement de façon économe, comptant ses sous.

Après le dîner, Philippine le prit à part et lui posa les bras sur les épaules, puis sonda ses yeux. Il soutint son regard.

— C'est dur ? demanda-t-elle.

— Ce qui est dur, maman, c'est l'insignifiance. Papa et toi, vous m'avez donné un mauvais exemple. Vous ne m'avez pas préparé à l'insignifiance.

— Nous ne la connaissions pas. Nous la découvrons avec toi.

Il la prit dans ses bras et l'embrassa, puis lui souhaita bonne nuit. Il reprenait les cours le lendemain.

Deux jours plus tard, Arminius rentra du bureau en tirant une longue mine.

— Ce que nous a rapporté Marc m'a mis la puce à l'oreille. J'ai appelé notre sous-directeur à Los Angeles en le priant de garder le secret de la conversation. Je lui ai demandé de s'enquérir de la situation financière de Gilles. Il la connaissait déjà. Ton frère a emprunté cinq cent mille dollars à la banque qui gère nos comptes.

— Cinq cent mille dollars ! s'écria Philippine horrifiée. Un demi-million de dollars ?

— Et il n'en reste plus grand-chose. D'après la description sommaire de Marc, l'autre soir, Gilles vit très au-dessus de ses moyens.

— Un demi-million de dollars pour faire le con ? Mais il avait touché plus d'un million et demi d'indemnités lors du procès Tillmore. Je croyais qu'il en avait placé une partie ?

— C'était il y a longtemps. Il n'en reste rien.

Elle s'assit, sous le choc.

— Il faut le faire revenir en France, dit Arminius. Sans quoi il va au désastre.

— Et qu'est-ce qu'il va faire ici ?

— Nous lui trouverons un poste.

— Et sa vie privée ? Nous allons encore prendre la responsabilité d'un gamin ? Un gamin de quarante-sept ans ?

Arminius faisait les cent pas dans le salon.

— Loin de Los Angeles, ce sera plus facile.

— Je ne suis pas la rédemptrice des péchés du monde, Armin. J'en ai marre.

— Je suis aussi scandalisé que toi par son comportement, mais je suis également alarmé. Il est autodestructeur. Tu aimes Gilles. Tu l'as sauvé deux fois. Jamais deux sans trois. Tu te reprocherais tout le restant de ta vie de ne pas l'avoir sauvé une troisième.

— Mais les gens n'ont donc plus d'instinct de survie ? s'écria-t-elle, à bout de nerfs. Plus le sens de leurs responsabilités ? Plus de boussole ?

Il lui caressa la tête.

— Nous sommes des privilégiés, Philippine. Nous avons échappé à l'épidémie. Marc aussi, semble-t-il. Nous ne pouvons pas laisser sombrer nos proches.

— Tu te rends compte de tout le travail qu'il y aura à faire quand il sera rentré en France ?

— Je pense que le seul fait d'être de retour sonnera pour lui l'heure du réveil.

— Il a bousillé toute sa vie, son mariage, ses enfants... Et maintenant, il fait le pacha avec ses gigolos à la gomme... Et nous devons nous décarcasser pour le sortir de là. Tu le vois bien, c'est nous qui allons devoir rembourser à la banque un demi-million de dollars !

— Philippine, objecta doucement Arminius, tu possèdes près de cinquante et un millions de dollars. Ne me dis pas que tu en marchanderais le centième à ton frère.

— Cinquante et un ? demanda-t-elle, incrédule.

— C'est le résultat de notre mode de vie économe. Nous ne dépensons pas le dixième de nos bénéfices.

Elle demeura songeuse.

— Cette imbécillité..., grommela-t-elle.

— En fait, tu lui reproches de ne pas avoir été à la hauteur de l'idée que tu te faisais de lui. Tu lui reproches d'être une victime. Ton attitude est celle des vainqueurs, mais tu ne t'en rends pas compte. Il ne faut pas mépriser les victimes.

— Si, rétorqua-t-elle. Je méprise les victimes qui ne se sont pas battues !

— Je te reconnais bien là, dit-il en souriant. L'épée. C'est pour cela que je t'ai aimée et que je t'aime. Mais les épées doivent également servir à trancher les liens.

Émile Jeaubert vint pour signer les papiers du prêt qu'Arminius et Philippine lui consentaient à titre privé. Il en eut à un moment les yeux humides. On eût dit qu'ils lui ouvraient l'accès aux grottes de Golconde. Le contraste avec le gaspillage frénétique de Gilles en devint cruel.

— Parfois c'est pas mal, le capital, dit-il quand sa gouaille eut repris le dessus. Et pour les intérêts ?

— Nous ne sommes pas une banque, répondit Arminius. Il n'y en aura pas.

— C'est parce que je suis ton ancien mari ? demanda Jeaubert, se tournant vers Philippine.

— Ça tombe sous le sens. Si tu ne m'avais pas connue, tu ne m'aurais pas demandé cet argent. Et comme je te connais, je sais l'usage que tu vas en faire. De plus, quand je repense à ce que nous avons vécu pendant la guerre, je trouverais indécent de te demander des intérêts.

Il médita un moment cette réponse. Puis Arminius l'invita à déjeuner.

Une phrase de Jeaubert se détacha de la conversation pour se fixer dans l'esprit de Philippine et d'Arminius :

— Ce que je mettrai longtemps à comprendre, c'est que vous, un Allemand, et moi, un Français, nous nous soyons battus pour la même cause sans même le soupçonner.

— Il y a partout dans le monde des gens qui se croient ennemis et qui se battent pour la même cause, répondit Arminius.

Avec un peu de chance, ils finissent un jour par se rencontrer, à la condition qu'ils soient encore vivants.

Plus de trois mois furent nécessaires pour faire assimiler à Gilles que son temps en Amérique était révolu et le faire décrocher de Los Angeles. Lettres et communications téléphoniques tendues émaillèrent ce qu'il tenait pour un oukase injuste et Philippine et son mari, pour un traitement chirurgical.

Lors de sa principale et longue conversation avec Philippine, il tenta de faire valoir que Sheila ne le suivrait pas en France ; elle lui objecta qu'elle ne se faisait pas d'illusions sur ce mariage de façade. Il excipa de la nécessité de veiller sur les enfants ; elle lui répondit qu'ils avaient déjà quitté le nid et ne semblaient pas avoir besoin de sa paternelle sollicitude. Il prétexta que le mode de vie qu'Arminius et elle lui reprochaient constituait une publicité sans égale pour Sunlove Cosmetics et que ses dépenses d'apparat devraient lui être remboursés ; elle rétorqua, non sans impatience, qu'il confondait sa propre publicité et celle de la firme qu'il représentait. Comme il continuait d'ergoter, elle lui déclara froidement qu'elle ne comptait pas payer ses dettes à perpétuité et qu'un demi-million de dollars lui paraissait dépasser les limites du raisonnable. Il ignorait qu'Arminius s'était renseigné sur sa situation financière ; le constat lui cloua le bec. Elle conclut en exprimant le regret qu'il lui imposât un rôle aussi détestable que celui qu'elle tenait.

— Une arapède sur son rocher, commenta Arminius, qui avait appris l'image récemment et l'avait appréciée. Je trouve quand même extraordinaire qu'il identifie sa vie à cette villa et à un groupe de parasites. On dirait qu'il s'est vidé de sa substance.

La contrariété de Philippine se persillait de sentiments inavouables : elle aussi avait goûté à la griserie dont son frère avait fait sa drogue. Elle aussi avait perdu le contrôle d'elle-même, un certain soir, près de dix ans auparavant. Un enfant en était même né. Mais elle avait un point d'ancrage dans la vie, Arminius. Elle s'était donc efforcée de penser qu'elle n'avait fait qu'une excursion en territoire interdit. Gilles, lui, n'avait plus cette base ; l'infidélité et la mort de Clara avaient mis fin à ses espoirs de bonheur conjugal. Au nom de quoi le condamnerait-elle ? Elle inversa la question : n'était-ce pas au nom de l'amour qu'elle tentait de le sauver malgré lui ?

Sa propre attitude lui devint ainsi plus supportable.

Les discussions sur le sujet, qui se multipliaient depuis plusieurs jours, enrichirent son propre plaidoyer par-devers elle.

Déjà au courant de la situation, car il s'était souvent enquis du destin de Gilles, veuf de l'éphémère Clara Majus, Galabert déclara un soir qu'il était venu dîner :

— L'exercice de l'esprit critique est probablement le plus fatigant et le plus dangereux du monde. L'être humain préfère cent fois le confort des idées et des attitudes toutes faites. L'évolution des espèces, par exemple, est très compliquée, beaucoup de gens ne la comprennent pas, alors ils préfèrent croire que Dieu a créé le monde en six jours. Et pourquoi pas, puisqu'Il est Dieu ! D'ailleurs, c'est écrit dans la Bible, ajouta-t-il avec un petit rire.

— Pourquoi dites-vous que l'esprit critique est dangereux ? demanda Marc.

— Parce que nous sommes souvent pareils à des funambules sur un fil et que si nous nous apercevons soudain du péril, nous risquons de perdre l'équilibre.

— Et l'instinct de conservation ? observa Marc.

— S'il avait existé, je doute que les Allemands se seraient lancés dans les deux dernières guerres.

Arminius fit alors observer que le sens du spectacle lui paraissait beaucoup plus puissant que l'instinct de conservation.

— Je ne vois pas comment ça s'applique à Gilles ? objecta Marc.

— Simplement ainsi : il donne à sa petite cour et à quelques autres l'illusion qu'il est fortuné, magnifique et triomphant.

Anton, lui, était largué.

— En quoi est-ce que j'aurais, moi, le sens du spectacle ?

— Le jour où Marie-France a donné de toi l'image d'un garçon irresponsable, répondit Philippine, tu as été humilié et tu lui en as voulu. Et, de son côté, elle a tenté d'en jouer et de se présenter comme victime, et quand elle a vu que ça ne marchait pas et que nous la considérions, elle aussi, comme une écervelée, elle a boudé et a trouvé un prétexte pour mettre fin à votre relation.

— Mais personne n'est donc sincère à vos yeux ? s'écria Anton, indigné.

— Là, maintenant, tu es sincère, intervint Galabert. Parce que ton ego est vexé. Mais analyse-toi plus souvent et tu verras que tes comportements ne sont pas toujours ceux que tu crois.

— Et toi aussi tu es comédien ? demanda Anton d'un ton provocateur, se tournant vers Marc.

— Oui, mais moi j'en suis conscient. Quand Virginie m'a plaqué, j'ai eu envie de la gifler. Mais j'ai préféré me protéger en jouant la comédie du détachement souriant. C'était blessant, puisque cela signifiait que je ne lui attribuais donc pas plus d'importance que cela.

— Ce n'est d'ailleurs pas toujours négatif, la comédie, dit Galabert. Ça peut être utile. Conserver son flegme quand quelqu'un vous insulte, par exemple, ça vexe l'insulteur parce que ça lui montre que son agression est inefficace. De plus, la comédie finit par influencer le comportement. À force de feindre l'indifférence, on finit par la ressentir vraiment.

— Vous devriez écrire un scénario là-dessus, suggéra Philippine.

— C'est fait. Ce sera une pièce de théâtre.

16

Gilles revint à Paris sans crier gare, un lundi de début mars. Il téléphona de l'aéroport pour s'annoncer. Philippine lui offrit l'hospitalité de la chambre d'amis ; il répondit qu'il irait à l'hôtel. Elle l'invita alors à dîner et lui demanda avec circonspection s'il viendrait seul. La réponse affirmative la soulagea ; elle ne souhaitait pas la présence d'un sigisbée, connu ou inconnu, à ces retrouvailles, d'autant plus que Galabert serait là, sans parler des enfants. Elle n'était pas prude, mais redoutait les explications de singularités auxquelles elle ne comprenait, à vrai dire, pas grand-chose.

Elle n'avait revu son frère que deux fois en dix ans, lors de brefs passages à Paris, en route pour Londres ou Milan. Cette arrivée inattendue la troubla plus que de raison. Elle devrait assembler les morceaux disparates d'une même image étalée sur quarante-cinq ans. Le Gilles de Villardon et de la Résistance. Celui du Paris d'après la Libération et du voyage en Amérique. Le jeune mari d'une fille ravissante, mais inconséquente. Et celui de Los Angeles. Autant reconstituer un animal entier avec des morceaux de dauphin, de girafe et de raton laveur.

Tout le monde était au salon, buvant chacun ce que bon lui semblait, quand Gilles fit son entrée.

Magnifique, chaleureux, bronzé, presque un acteur de cinéma. Il fit valser Marion dans ses bras, aux gloussements extatiques de celle-ci.

Anton béa de stupeur. Aussi Gilles était-il, à ses yeux, l'Oncle d'Amérique. Il portait au poignet une montre inestimable. Gilles, qui ne l'avait presque jamais vu, lui fit l'honneur d'un tête-à-tête de quelques secondes. Cela fouetta la fierté du jeune homme.

Seul Marc mesura son enthousiasme.

Galabert observait le cinéma.

Le dîner fut un festival de non-dits, habillés de platitudes.

— Alors, comment va cette vieille France? demanda ainsi Gilles.

Arminius répondit qu'elle faisait une cure forcée de jouvence. Le dénigrement implicite dans la formule de son frère, que Philippine avait déjà entendue lors de l'une de leurs conversations, l'énerva.

— Je pense que nous gagnerions à être gouvernés quelque temps par les Américains, répliqua Gilles. Ça nous secouerait un peu les puces.

— Excellente idée, opina Galabert, comme ça nous leur refilerions nos puces.

Gilles lui lança un regard ironique et désapprobateur, mais ne releva pas la réplique.

— Nous avons, ces cinq dernières années, augmenté de 101 % notre chiffre d'exploitation aux États-Unis, du jamais-vu! Notre meilleur territoire commercial! reprit-il.

— Pas étonnant, intervint Marc, les Américains passent leur temps à poil.

Autre regard dédaigneux de Gilles. Philippine ravala son impatience jusqu'au coucher de Marion et des garçons, et au départ de Galabert. Ils se retrouvèrent alors tous les trois, elle, son frère et Arminius. Le silence qui tomba avait changé de qualité.

— Je voudrais savoir quel poste vous me réserveriez dans ce beau pays, demanda Gilles, narquois.

Le conditionnel les intrigua : *réserveriez*. Gilles croyait-il donc avoir encore une carte à jouer?

— La direction du marketing, répondit Arminius.

— C'est grisant. Vous me feriez donc revenir de Californie pour prendre un poste subalterne et terne. Je suppose que ce serait dans l'intérêt de la société?

— Et le tien, dit Philippine.

— Je suis seul juge de mon intérêt, répliqua Gilles d'un ton cinglant. Et je ne permettrai à personne de se mêler de ma vie privée. Que cela soit bien entendu, lança-t-il, fusillant sa sœur et son beau-frère du regard.

Ils furent saisis. Il but une gorgée de scotch et reprit :

— J'ai prié mon avocat d'étudier mon contrat de directeur de la branche américaine à Los Angeles. Je ne l'avais jamais lu, puisque la confiance règne entre nous. Mais il m'a fait découvrir deux clauses auxquelles je n'avais pas prêté attention. Les primes qui me sont attribuées pour extension de notre chiffre d'affaires et de nos bénéfices sont largement supérieures à celles que vous m'avez versées. Elles s'élèvent à plus de trois millions de dollars. Elles couvrent donc largement l'emprunt bancaire dont vous vous êtes informés sans m'en prévenir, lâcha-t-il d'un ton coupant.

Arminius et Philippine en furent estomaqués.

— Je vous donnerai donc le nom de mon avocat, et j'ose espérer que nous n'en arriverons pas à un litige, dit-il froidement.

Arminius et Philippine demeuraient sous le choc : non seulement le personnage n'était pas celui qu'ils avaient imaginé, mais encore il revenait armé d'un argument massue contre lequel ils étaient sans recours.

— Je ne vois pas comment vous justifieriez devant le conseil d'administration le remplacement d'un directeur qui a si bien implanté Sunlove Cosmetics sur la côte Ouest. Car je suis actionnaire, moi aussi, j'espère que vous ne l'avez pas oublié. En attendant, je refuse mon déplacement et j'exige le paiement des primes qui me sont dues. Je suis à l'hôtel Prince de Galles et je rentre après-demain à Los Angeles.

La sécheresse et l'agressivité de sa repartie ne reflétaient que trop bien la frustration probablement ressentie quand il avait été mis en demeure de quitter son paradis californien. Il se leva, embrassa Philippine, puis Arminius, enfila son pardessus et partit.

Ils mirent un temps à surmonter leur stupeur.

— Tu n'étais pas au courant de cette clause ? demanda Philippine à son mari.

— Le contrat a été établi par le cabinet d'avocats qui rédige tous nos documents juridiques. J'avais demandé, en effet, le paiement d'une prime exceptionnelle au-dessus d'un accroissement des résultats de 10 %. Mais je ne m'attendais pas du tout à une telle somme. Et je croyais que ses primes lui étaient régulièrement payées. J'ai manqué de vigilance… Mais, apparemment, il n'y avait pas prêté attention lui non plus.

— Nous avons tout faux, dit Philippine. Nous nous sommes pris pour des maîtres tout-puissants… Pour des juges… Pour des précepteurs.

Arminius éteignit les lumières et ils montèrent se coucher.

— Il a en tout cas acquis le sens des affaires aux États-Unis, dit Arminius en se déshabillant. Je comprends qu'il ait si bien réussi.

Philippine eut du mal à s'endormir. L'argent lui avait donc enlevé son frère. Enfin, le frère qu'elle avait cru avoir. S'examinant le matin dans le miroir, elle se trouva une sale tête. Elle n'avait jamais entendu Gilles user d'un ton aussi glacial ; elle avait dû s'enrhumer l'âme.

Dans la journée, elle écouta d'une oreille un peu distraite un air de *Porgy and Bess* diffusé à la radio :

Summertime, and the livin' is easy,
Fish are jumpin', and the cotton is high…

Peut-être ne comprenait-elle rien au monde moderne, en effet. Et le reproche de Gilles lui revint à la mémoire, lancinant : « Ne sois donc pas si vieille France. »

Ne pouvant supporter plus longtemps de quitter Gilles sur une scène aussi rude que celle de la veille, elle lui téléphona.

— Je ne voudrais pas que tu restes sur une impression fausse, commença-t-elle.

— Philippine, j'ai supporté pendant des semaines vos coups de téléphone acariâtres. Ne crois pas que je n'en ai pas deviné la raison. Donc mon impression n'est pas fausse. Si je ne vous avais pas opposé la clause de mes primes, vous m'auriez fait rapatrier ici *manu militari*. Vous avez cédé, non à des raisons de cœur, mais à des arguments juridiques et financiers.

— Je regrette…

— Je te pardonne parce que tes intentions étaient sans doute bonnes, mais elles ne l'étaient que pour toi. Nous avons changé d'époque. Chacun vit sa vie et a droit au respect.

— C'est parce que je t'aime, murmura-t-elle, au bord des larmes.

— Raison de plus pour te méfier de l'amour.

Elle resta sans voix. Que pouvait-elle objecter ? Qu'il sombrait dans l'insignifiance ? Discours philosophique qui n'était pas de mise. Il répliquerait qu'il avait le droit le plus absolu à l'insignifiance, si telle était sa volonté.

— Embrasse Marion pour moi, conclut-il avant de raccrocher.

C'était la flèche du Parthe. Pourquoi mentionnait-il Marion ? Que savait-il du secret de sa naissance ?

Elle raccrocha, dévastée. Elle s'était comportée comme une hypocrite. Mais comment peut-on être inconsciemment hypocrite ? Ce n'était pas à Arminius qu'elle poserait la question.

Des cadavres en vie, les yeux exorbités, hantés par le frôlement de la mort imminente. Des enfants squelettiques dans des huttes délabrées. Un reportage sur l'Afrique de l'Ouest, dévastée par la sécheresse et la famine.

Puis une femme quasi nue, qui se caressait un corps luisant de reflets d'or. La publicité pour la nouvelle huile solaire *Sunkiss* : « Elle ne laisse filtrer que le plus doux baiser du soleil. »

Philippine tendit le bras vers la télécommande et, sous l'œil amusé d'Yves Galabert, éteignit la télévision d'un geste sec. Arminius, Marc et Marion, ainsi que Jeaubert, présent ce soir-là, se tournèrent aussi vers elle, intrigués.

— C'est indigne ! s'écria-t-elle. Je ne veux plus que notre publicité passe après les nouvelles du soir.

— C'est l'heure de la plus grande audience, expliqua Arminius, et celle à laquelle la minute de publicité est la plus chère.

— Je n'en ai rien à faire. Je trouve la succession de ces images insoutenable.

— Consolez-vous, dit Galabert, vous serez sans doute l'une des rares personnes à l'avoir relevé. Nous sommes à l'ère du nivellement général de l'information. Un cadavre, une pin-up, un bébé affamé, une voiture de luxe. Un nouveau catalogue de Prévert.

Marc éclata de rire.

— Ça ne te scandalise pas ? demanda Philippine à son mari.

— C'est ce qu'on peut appeler un incident de parcours. Mais la régie qui gère notre publicité serait, elle, scandalisée que nous refusions de passer au 20 heures. On ne peut pas modifier les règles de la publicité en y introduisant une clause de contexte moral.

Elle sirota son verre de vin blanc.

— De toute façon, reprit-elle, cette publicité est en elle-même indécente. Cette bonne femme toute nue qui se caresse ! Et puis quoi encore ?

Ce fut au tour de Jeaubert d'intervenir :

— Tu ne vas pas refaire le monde, j'espère ? Une fois a suffi. Il est maintenant admis que n'importe qui montre son cul si on le paie. Le *merchandising*, comme on dit, s'est étendu à l'être humain.

Le cynisme est parfois le refuge des tendres. La conversation se poursuivit à table.

— J'ai eu hier une longue conversation avec les assureurs de l'entreprise de bois que je dirige maintenant, expliqua Jeaubert, au sujet des accidents du travail. C'est merveilleux : tout est tarifé ! L'invalidité à 20 %, à 30 %, à 100 % : tant la semaine. Une jambe cassée coûte tant, une vertèbre, tant, un bras, tant. J'ai demandé si c'était pour les ouvriers seulement ou pour tout le monde, on m'a répondu que c'est le régime général. Y a qu'un truc qu'ils ont oublié, c'est les couilles. C'est pas tarifé.

L'hilarité gagna les convives, y compris Philippine.

— Y a pas à dire, continua Jeaubert, c'est beau, le capitalisme. C'est organisé, y a qu'à demander le catalogue.

Chacun, et peut-être Jeaubert lui-même, goûtait le paradoxe d'entendre de tels propos dans la maison d'industriels millionnaires appartenant au Comité national du patronat français.

— Alors, poursuivit-il, Philippine peut se plaindre tant qu'elle veut de l'indécence de la bonne femme qui se passe de l'huile solaire entre les seins, moi je constate : comme nous sommes tous devenus commerçants, si on veut vendre, rien de tel que le cul. Pour les bagnoles, les frigos, les téléviseurs, les frites... À croire qu'on va faire l'amour avec son frigo. Je leur ai proposé, au Parti, de faire une campagne de cul pour attirer de nouveaux adhérents. « Venez au Parti, y a des filles »...

— Et les filles, demanda Anton, comment tu les attirerais ?

— Ça, c'est plus compliqué. Il y en a qui aiment les jeunes, d'autres, les hommes mûrs... Mais remarque que les hommes commencent aussi à se mettre à poil.

— Et tu te résignes ? demanda Philippine.

— Non, je ne me résigne pas. Tant que je reste conscient, c'est l'essentiel. Mais si je proteste trop, je passe pour un père la pudeur ou une grenouille de bénitier. Je ne peux rien changer. Ça changera tout seul. Les gens se lassent. Regardez, quand les Hollandais ont mis leurs filles de rue en vitrine, pour éviter qu'elles attrapent la crève, l'Europe entière s'est ruée pour les reluquer. L'autre jour, je suis passé à Amsterdam, voir le fameux quartier. Eh bien, il y avait tout juste quelques libidineux et quelques matelots à la diète depuis des mois qui regardaient.

— Entre-temps, conclut Marc, on s'installe dans l'insignifiance. Comment rêver à une fille, si elle ne vaut que dix florins ?

Refaire le monde, non, elle ne le pourrait pas. Mais l'image des Africains affamés s'était gravée dans son esprit. Elle se représenta sa vie comme celle d'un poisson rouge qui tourne dans un bocal sans jamais en voir plus que les parois. Une sourde indignation l'étreignait, comme une colique de cerveau. Après tout, il y avait d'autres gens que Gilles et Jeaubert à qui elle pouvait être utile.

Elle obtint un rendez-vous avec le journaliste qui avait réalisé le reportage. Il lui apprit que quelques images ne pouvaient rendre compte de la misère qu'il avait vue. Lors de l'une de ses visites dans un village frappé par la sécheresse, une vieille femme était morte sous ses yeux.

— Notre reportage a d'ailleurs été interrompu par la police qui a confisqué nos bobines les plus récentes, et si nous n'avions pas confié les premières à un confrère qui était déjà parti pour Paris, il ne serait jamais parvenu à la télévision.

— Pourquoi ?

— Ils considèrent de tels reportages comme une offense à leur dignité nationale.

Elle avait renoncé à modifier les heures de passage de la publicité de *Sunkiss*, mais sa révulsion demeurait.

Elle évoqua le sujet à la fin d'une réunion au patronat ; elle fut non seulement écoutée, mais applaudie et félicitée. Elle proposait de créer un fonds de secours aux populations en détresse du

Sahel, afin de leur apporter un approvisionnement en eau potable, des vivres et des médicaments. Les promesses de souscription fusèrent. Arminius calcula sommairement qu'elles dépassaient trois millions de dollars. Il mit un projet rapidement sur pied. Une unité de désalinisation de l'eau de mer serait installée dans l'un des pays riverains de l'Atlantique, une équipe de médecins volontaires serait envoyée sur place, des vivres, dont des aliments pour bébés, seraient acheminés par avion…

Un communiqué fut adressé à la presse, des entrefilets suivirent. Les quatre pays les plus touchés par la disette furent choisis. Il convenait d'établir avec leurs gouvernements les modalités de la coopération technique et financière. Tout cela était bel et beau sur le papier, mais la réalisation se révéla étrangement laborieuse. Un rendez-vous fut obtenu, non sans peine, avec l'ambassadeur du premier des quatre pays, le Wasutoland, dans une luxueuse résidence du XVIe arrondissement. Le diplomate se montra mécontent.

— La médiatisation inconsidérée donnée aux conséquences d'intempéries passagères, déclara-t-il dans un français ampoulé, est de nature à nuire à l'image de mon pays à l'étranger. Le président Bakémé l'a déplorée et je ne peux que me joindre à lui dans cette condamnation. Que diriez-vous si la télévision de mon pays montrait des images de Français affectés par les récentes inondations et proposait de leur envoyer des vivres et des médicaments ?

Arminius et Philippine en furent ahuris.

— Je viens d'adresser une protestation au Quai d'Orsay, poursuivit le diplomate, guindé et suffisant. J'entends, sur instructions de mon gouvernement, mettre un terme à ce qui ne peut être considéré que comme une campagne de dénigrement. Je vous remercie de votre attention, conclut-il avant de se lever et de quitter son bureau.

Un planton les raccompagna à la porte.

Dans l'après-midi, un fonctionnaire du Quai d'Orsay appela Arminius pour le prier de bien vouloir lui rendre visite le lendemain. Philippine, prévenue, se joignit à son mari.

— Votre initiative est généreuse, mais intempestive, déclara le fonctionnaire, moins hautain, mais non moins critique à l'égard du projet de Philippine. Vous ne pouvez ignorer que des accords de coopération nous lient à plusieurs pays d'Afrique, dont le Wasutoland.

— Ils ne semblent pas être efficaces, rétorqua Philippine.

— Connaissez-vous le Wasutoland, madame ? C'est un des pays les plus prospères de l'Afrique. Quelques images prises pour le pittoresque par un reporter en goguette ne peuvent rendre compte de la réalité d'un territoire aussi vaste que la France. N'importe qui pourrait trouver dans la Creuse ou en Bretagne, voire dans nos banlieues de grandes villes, des images de détresse émouvantes. Cela ne serait pas la France. Votre projet a suscité une vive réaction du gouvernement de ce pays. Ces gens sont très sensibles à leur prestige, et nous avons frôlé l'incident diplomatique.

Rien de moins. Mieux vaut entendre ça que d'être sourd, songea Philippine.

— Donc, il faut laisser ces gens mourir de faim et de soif ? demanda-t-elle.

Le fonctionnaire prit son temps pour répondre.

— Si la philanthropie en Afrique est votre objectif, madame, dit-il d'un ton détaché d'où pointait le sarcasme, je vous conseille, mais à titre privé, de consulter, par exemple, M. Bertrand Leferrier qui connaît bien la question et qui est le maître d'œuvre de la coopération franco-africaine.

C'était lâché comme un défi.

Un autre planton raccompagna les visiteurs au bout du couloir.

— C'est hallucinant ! s'écria Philippine dans la voiture. On monte un projet humanitaire en leur faveur et on est traités comme des galapiats !

Arminius jugea plus sage de remettre les visites aux autres ambassadeurs jusqu'à plus ample informé. Avant même de consulter Leferrier, il conviendrait de se renseigner sur le personnage.

— Nous allons de déconvenue en déconvenue, dit Philippine. D'abord, la bévue avec Gilles et, maintenant, on se fait rembarrer avec ce projet. Sommes-nous des naïfs ? Sommes-nous devenus cons ?

— Les gens ont changé, répondit Arminius, et pas nous.

À leur retour, la maison retentissait d'une chanson des Beatles :

It's been a hard day's night,
And I've been working like a dog,
It's been a hard day's night,
I should be sleeping like a log.
But when I get home to you,
I'll find the things that you do…

À la vue de ses parents, Anton comprit que la partition ne convenait pas à la situation ; il arrêta l'électrophone.

17

— Je pensais que vous aviez consulté Leferrier au préalable, dit un industriel qui possédait une grande entreprise déjà implantée en Afrique et qui avait souscrit d'emblée au projet de Philippine : Henri Favre-Denfert. Rien ne se fait en Afrique sans son assentiment, voire sans être modifié selon ses instructions.

Son œil scintilla de malice. Il fit tourner le verre de cristal taillé entre ses doigts et des étincelles se dispersèrent dans le décor pailleté du restaurant de l'Hôtel de Crillon.

— Il est le père Joseph de la Françafrique, reprit-il. Il aura déjà été informé de votre mésaventure, soyez-en sûrs. Il attend que vous sollicitiez un entretien et que vous arriviez pieds nus et la hart au col.

Sa propre description le fit sourire. Pas Philippine.

— Il n'est pas d'argent qui entre en Afrique ou en sorte sans son visa. Car cet argent sert toujours à consolider l'influence française dans notre ancien empire. Ne l'invitez pas dans un restaurant tel que celui-ci, mais préférez un bistrot où vous pourrez avoir une table isolée ou un cabinet particulier. Je conseillerais Lapérouse. Il n'aime pas être vu.

Favre-Denfert s'aperçut de l'étonnement de ses interlocuteurs.

— Il faut, dit-il, ménager les chefs de ces nouvelles républiques riches en matières premières de plus en plus prisées, comme le pétrole, la bauxite ou l'uranium. Afin de s'assurer leur fidélité, on leur consent donc une prime sur les capitaux qui leur sont concédés. C'est ainsi que M. Ouali Bakémé, président du Wasutoland, a pu s'acheter un magnifique château dans le Périgord, entièrement garni de boiseries et de meubles d'époque. Il y organise des chasses quand il est de passage en France. Leferrier est l'homme qui veille à ce que l'argent soit bien employé.

— Pendant que ses citoyens meurent de faim, il vient chasser le perdreau ? s'écria Philippine. Et Leferrier le maintient au pouvoir ? Mais c'est de la corruption caractérisée ! s'écria-t-elle.

L'expression scandalisée de Philippine fit sourire derechef Favre-Denfert.

— Voyons, madame, n'employons donc pas des mots malséants. Et, surtout, n'en usez pas devant Leferrier. L'effet serait déplorable. Si vous vous mêlez de philanthropie internationale, vous entrez dans le domaine de la diplomatie et même de la politique. Il y faut du doigté. N'offensez jamais vos interlocuteurs par des prises de position morales, pour ne pas dire moralisatrices.

— Mais le président sait-il tout cela ?

— Leferrier a longtemps été l'homme du Général et il s'est acquis des intelligences exceptionnelles dans les milieux politiques et industriels. Ses réseaux sont puissants. Personne ne touchera à lui, parce qu'il est beaucoup plus précieux que dangereux, répondit Favre-Denfert en vidant son verre.

S'était-elle battue dans la Résistance pour en arriver là ? Elle éprouva soudain le sentiment révulsif d'être une Bécassine lâchée dans un milieu ténébreux et dangereux.

Favre-Denfert la considéra un moment, consulta Arminius du regard et son ton devint plus franc :

— Vous ne pouvez ignorer que vous êtes une des femmes les plus riches de France, sinon d'Europe. Vous êtes d'une beauté réputée. Vous avez un passé glorieux que vous n'avez jamais voulu exploiter, mais que tout le monde connaît. Tous les gens qui doivent le savoir sont au fait du passé également héroïque de votre époux, M. Wennergren. Vous avez, l'un et l'autre, pratiqué une discrétion exemplaire et même provocatrice. Vous n'avez jamais donné suite, par exemple, aux offres de figurer dans le *Who's Who.* Vous ne répondez jamais non plus aux invitations des grands couturiers pour leurs défilés de mode. Cela n'a fait qu'attiser les curiosités à votre égard et, à la fin, les malveillances. Chacun se demande qui vous êtes et vous cherche la petite bête. Vous créez un projet admirable, celui de venir en aide aux déshérités de l'Afrique. Si vous ne vous pliez pas aux mœurs de ce monde-là, vous n'y arriverez pas.

— Et si elle y arrive ? demanda Arminius.

— Un quart de l'argent recueilli ira dans la poche de Bakémé, un autre quart servira à engraisser les intermédiaires qui achèteront les vivres et assureront leur distribution, un quart sera absorbé par les opérations de change, mais ne sera pas perdu pour tout le monde, et le reste sera dévolu aux miséreux, dont une partie aura crevé entre-temps.

— Vous exagérez ? demanda Philippine.

— Non, je suis optimiste.

L'élan étant pris, Philippine et Arminius tentèrent les jours suivants d'approcher le redoutable Leferrier. Deux appels téléphoniques à son bureau n'aboutirent à rien ; une secrétaire prit le nom de Philippine et annonça qu'elle transmettrait l'appel. Philippine s'apprêtait à renoncer à son projet quand, dix jours plus tard, la même secrétaire téléphona :

— Veuillez ne pas quitter, M. Leferrier va vous parler.

Plusieurs minutes s'écoulèrent et Philippine trouva le procédé cavalier. Mais ce ne fut pas Leferrier qui prit ensuite l'écouteur :

— M. Leferrier vient d'être appelé en urgence et vous prie de l'excuser, dit la secrétaire. Il vous prie également de lui faire savoir si vous voulez bien vous rendre à son bureau demain à 15 heures.

Ces manières devenaient offensantes, mais Philippine était décidée à aller jusqu'au terme de ses efforts.

— J'y serai demain avec mon mari.

— Je vous demande un instant, s'il vous plaît.

Sans doute l'annonce de la présence d'Arminius n'était-elle pas inscrite au programme, et Leferrier avait-il espéré tancer Philippine toute seule.

— Eh bien, c'est entendu. À demain, madame.

Crâne rasé, nez massif et couperosé, mâchoires carrées et lèvres minces, la tête de Bertrand Leferrier évoquait ces bustes romains qui ne semblent, même vingt siècles plus tard, n'exprimer que le commandement. Des fanons mûrissants et des joues affaissées trahissaient cependant un effondrement intérieur, sans doute causé par l'humiliation et les compromissions trop souvent endurées. Pendant les quelques secondes que durèrent son entrée dans le bureau et les présentations, Philippine se dépeignit la vie de cet homme de pouvoir, grand maître de l'ombre ; elle ne vit que la misère. Elle se représenta une épouse flétrie et désormais sans autre espoir qu'une fin de vie sans trop de convulsions et le glissement dans une mort paisible. Elle devina une existence sans autre vérité que celle de la puissance des armes et de l'argent, sans plaisirs, maudite sans qu'il en fût conscient. Leferrier était un fanatique de l'obédience militaire ; il incarnait la servitude d'une discipline qui le retranchait du reste de la race humaine. Un damné de l'enfer de Dante, certain jusqu'au néant d'être un juste sans reproche. Elle le méprisa d'emblée.

— Vous avez demandé à me voir, déclara-t-il tout de go sur un ton d'adjudant.

— On nous a, en effet, recommandé de vous demander conseil pour un projet d'aide humanitaire.

Il connaissait à coup sûr l'affaire, mais feignit de l'ignorer.

— À qui ?

— Aux pays de l'Afrique de l'Ouest affectés par la disette.

— Ces pays ont-ils demandé de l'aide ?

— Non. Mais ils en ont visiblement besoin.

— Visiblement ? Qu'entendez-vous par là ?

— Les médias ont abondamment décrit leur détresse.

Leferrier considéra ses interlocuteurs d'un œil impérieux.

— Les médias ne font pas autorité en la matière.

— Qui désigneriez-vous comme autorité ? demanda Arminius.

— Les Nations unies et les organismes qui en dépendent. Ce sont eux que les pays en question sollicitent en cas de besoin. Ils ne l'ont pas fait. La sécheresse est un phénomène climatique récurrent en Afrique équatoriale. Les profanes et les journalistes tendent à en exagérer les effets. Le sensationnalisme dans ce domaine est encore plus coupable que dans les autres.

Leferrier s'adossa à son fauteuil et poursuivit, aussi froid :

— Nous avons des ambassades dans ces pays et leurs informations sont traitées par les ministères compétents. Toute mission d'aide doit être soumise à l'expertise des structures chargées de la coopération franco-africaine. On ne peut ni ne doit s'immiscer dans leur fonctionnement, sous peine de tomber dans les erreurs de l'amateurisme et les dangers d'une infiltration d'intérêts étrangers. Qui de vous deux est à l'origine de cette initiative ?

— Nous deux, répondit Philippine.

— Quelle en est l'inspiration ?

— Celle des faits.

Il haussa les épaules. Les faits n'existaient sans doute pour lui que s'ils avaient reçu son approbation.

— Ceux que je connais ne justifient pas l'opportunité d'une telle mission.

Le temps de l'impatience était passé pour Philippine. Elle hocha la tête avec une componction affichée.

— Je vous remercie de vos observations, M. Leferrier. En tant qu'ancienne résistante, je ne peux m'empêcher de penser que la Résistance était, en effet, une entreprise d'amateurs infiltrée par des intérêts étrangers.

— Je ne vois pas le rapport, dit Leferrier, fronçant les sourcils.

— L'ancien agent Rosa, dite aussi Alexandrine Dumas, du réseau Tulipe, le voit, elle.

Leferrier se congestionna.

— C'était un réseau communiste…

— … qui s'est battu pour la France libre, comme je me bats, moi, pour secourir des miséreux et des mourants qui se porteraient, selon vous, comme un charme. Permettez-moi de prendre congé.

Elle se leva et Arminius suivit son exemple.

— Madame…

Elle le toisa.

— Vous avez des fonds ?

— Trois millions de dollars et des compétences. Mais je le regrette, ils ne sont plus disponibles. Au revoir, monsieur. Nous avons été très sensibles à votre attention.

— Madame…, dit Leferrier, impérieux.

Ils étaient déjà à la porte. Ils ne se retournèrent pas.

— Bon, dit Arminius, quand ils furent assis dans la voiture, voilà une affaire qui tombe à l'eau.

— Peut-être pas.

Il lui lança un regard sceptique.

De retour à la maison, Philippine fouilla dans ses petits papiers et retrouva la carte de visite d'Owen Tillmore Jr. Elle consulta sa montre : 10 heures de l'autre côté de l'Atlantique. Elle composa donc le numéro indiqué, à New York, car le jeune Tillmore semblait s'être exilé de Boston.

— Quel honneur et quel plaisir ! s'écria-t-il.

— Mr Tillmore…

— Owen pour vous.

— Owen, j'ai besoin de votre avis sur un projet bien plus grand que vous et moi.

— Je dois venir en Europe dans trois jours. Cela peut-il attendre jusque-là ?

— Oui. Dans ce cas, je vous attends à dîner avec votre épouse vendredi.

— *Delighted !* s'écria-t-il.

Le printemps était frais, ce soir-là, et de grandes bûches flambaient dans la cheminée.

À la vue d'Arminius, Owen Tillmore Jr. écarta les bras, saisi par les souvenirs.

— Mon Dieu, l'organiste ! s'écria-t-il, visiblement ému.

Carol, sa femme, était aussi différente de sa belle-mère qu'une photo de Marilyn Monroe l'était de la *Vénus de Milo.*

Arminius et Philippine expliquèrent leur projet, racontèrent les camouflets subis et demandèrent à Tillmore Jr. s'il pouvait leur venir en aide. Quelques secondes s'écoulèrent, puis Carol déclara :

— Mon père est le sénateur démocrate Gary Wyndham. Je suis sûre qu'il aura des idées là-dessus.

— Moi, dit Tillmore Jr., je vous donnerai des fonds. Et je consulterai des amis.

Deux semaines plus tard, Philippine reçut un appel de Carol Tillmore : le sénateur Wyndham avait déjà rallié onze collègues républicains et démocrates à la cause du fonds d'aide humanitaire à l'Afrique occidentale et demandait à Philippine si elle était d'accord pour le nom « HH », comme *« Help Hunger »*, pour cette mission ; elle déclara qu'elle l'était. Suivit un autre appel, du premier secrétaire de l'ambassade des États-Unis à Paris, demandant à Mrs Wennergren si elle voulait bien prendre la parole à un dîner organisé pour le fonds humanitaire HH. Elle accepta évidemment.

— Le projet nous échappe, observa Arminius.

— Peu importe, dit-elle. Pourvu que les affamés et les assoiffés soient secourus.

Dix jours plus tard, une commission sénatoriale américaine s'était constituée pour l'aide à l'Afrique occidentale. Les dons affluaient et le secret de cette générosité apparut bientôt au grand jour : des sociétés américaines s'intéressaient à cette porte ouverte sur les richesses d'une zone du monde jusqu'alors sous la coupe française. Émus par cette manne mirifique, les États qui s'étaient montrés si chatouilleux quant à leur image dans le monde se déclarèrent soudain sensibles à la compassion internationale.

Ce qui n'empêcha pas des journalistes évidemment malintentionnés de publier des articles d'un goût tout aussi déplorable : l'un d'eux étalait ainsi côte à côte une photo du somptueux palais présidentiel à Port-Saint-Ignace, capitale de l'État du Haut-Tawélé, et des masures où des gens mouraient de faim, à une centaine de kilomètres de là ; l'article était assorti de révélations sur la réalité des filières du pétrole et du cacao.

Les répercussions de l'initiative de Philippine et d'Arminius se révélaient décidément fâcheuses ; l'organisme non gouvernemental HH avait ouvert une brèche dans le secret de la coopération sur laquelle Leferrier veillait jalousement. Henri Favre-Denfert demanda un entretien aux Wennergren :

— Vous vous êtes fait un redoutable ennemi en Bertrand Leferrier, prévint-il. Essayez de limiter les dégâts.

— Je pense que la réalité est différente, répliqua Arminius : Leferrier s'est fait de redoutables ennemis en les personnes des époux Wennergren.

Favre-Denfert fit la grimace ; ce ne serait certes pas Leferrier qui tenterait de limiter les dégâts. Le prévisible advint : une feuille de chou mal inspirée tenta de se moquer du titre de résistant que s'octroyaient des ralliés de la dernière heure, telle une certaine Philippine Gantier, épouse Wennergren, qui tentait d'acquérir d'autres titres dans la philanthropie. Mauvaise pioche : l'avocat de Philippine n'eut pas de peine à recueillir les témoignages des fils Gazan et d'Henri Viançay sur l'entraînement de l'intéressée à Londres et ses missions en France ; le procès s'acheva sur la condamnation du polémiste à verser, en dommages, une lourde somme à la diffamée ; la feuille de chou ferma boutique. Il n'était pas difficile de deviner la source de cette malveillance.

Philippine et Arminius furent nommés coprésidents de HH France. Lors de la réception organisée à cette occasion, Philippine vit un homme s'incliner devant elle : c'était l'ambassadeur du Wasutoland, qui l'avait si rudement congédiée :

— Mes hommages, madame.

L'échange de regards ne dura que quelques secondes, mais convenablement déchiffré, il eût donné matière à une pièce en trois actes. Acte I : « Vous êtes venue me demander une faveur que je n'avais pas licence de vous accorder. — Je n'avais qu'un motif, la compassion. Vous n'avez pas eu un mot pour le reconnaître. » Acte II : « Vous avez fait appel à une puissance rivale de votre pays et vous avez donc gagné. Bravo. — Ceux qui ont gagné, ce sont les miséreux de votre pays. » Acte III : « Je suis contraint de m'incliner publiquement puisque mon président me l'ordonne. — Vous m'avez enseigné que les ambassadeurs ne sont que des domestiques. »

Point besoin de gloser là-dessus. Depuis le début de l'affaire, des milliers d'Africains étaient morts de faim, de soif et de maladie pendant que leurs maîtres tergiversaient dans leurs palais et que leurs ambassadeurs attendaient au pied. Mais enfin, les efforts que cette réception couronnait n'auraient pas été vains : à la prochaine disette, on sauverait quelques autres milliers.

L'ambassadeur s'éloigna. D'autres notabilités, des diplomates, des patrons, des faiseurs d'images, des journalistes et cette cohorte de maîtres Jacques qu'on trouve dans tous les cercles du pouvoir et de l'argent, à Moscou ou à Washington, se succédèrent auprès de Philippine. Ils papillonnaient en quête du miel, non, de la gelée royale de l'information qui leur assurerait plus de pouvoir et plus d'argent.

Philippine se raccrocha au regard affectueux et ironique d'Arminius. Vingt ans qu'ils étaient ensemble, au plein sens de ces mots. Elle avait fait la moitié du chemin avec lui et elle songea qu'elle ne l'aurait pas faite sans lui.

— Comment va mon épée ? lui murmura-t-il à l'oreille.

— Elle se retient d'en embrocher deux ou trois, répondit-elle.

Favre-Denfert était présent ; il vint saluer Arminius et Philippine.

— Je sais que vous avez invité Leferrier, dit-il, et je sais aussi qu'il ne viendra pas.

— Non ? repartit Philippine. Quel dommage !

— Il pense que vous l'avez trahi et que vous avez trahi la cause de votre pays. Vous avez ouvert la porte de notre pré carré aux Américains.

Il était difficile de départager dans l'accusation les termes de Leferrier des opinions de Favre-Denfert, industriel implanté en Afrique.

— Quand vous le verrez, répliqua Philippine, dites-lui, je vous prie, que la Résistance ne s'est pas arrêtée à la Libération.

Favre-Denfert fit une mine étonnée.

— Le devoir moral ne fait jamais relâche, reprit Philippine. Si nous étions intervenus plus tôt, nous aurions sauvé des milliers de vies !

— Je ne pense pas que cela l'ébranle. Les hommes de pouvoir ont le cœur scellé.

Et l'ennui avec les femmes de pouvoir, songea Philippine, c'est qu'elles changent le plus souvent de sexe.

18

Une bande de singes traversait la route, en file indienne, chacun tenant la queue de l'autre, le chef, en tête, regardant à droite et à gauche. Sans doute une famille.

Le coup de frein avait tiré Philippine de sa torpeur. Assise à droite du chauffeur, elle avait cédé à la somnolence, sous l'effet d'un ciel uniformément bleu, d'un paysage de savane monotone, du ronronnement puissant du moteur et du confort de la climatisation. À l'arrière, Arminius, Owen Tillmore Jr. et le conseiller de l'ambassade des États-Unis s'esclaffèrent. La Jeep redémarra. Dans le rétroviseur extérieur, Philippine vit les trois autres véhicules de la petite expédition s'ébranler aussi ; ils transportaient le gouverneur adjoint de la région, deux militaires, des ingénieurs américains délégués par HH et deux boys. Elle était la seule femme du groupe.

— *Very civilized chaps*, dit le chauffeur, amusé par le spectacle impromptu.

C'était un Africain d'une quarantaine d'années, connaissant la région. Philippine regarda ses avant-bras, songeant que la lotion *Sunkiss* n'aurait aucun succès dans la région. À la vérité, elle n'avait pas cessé d'admirer la peau des gens du pays, le premier d'Afrique où elle mettait les pieds. Le décolleté de la femme de ménage, qui était venue l'aider à s'installer dans le *rest-house*, l'avait fascinée par la finesse satinée de son grain. Cette peau-là était tellement gorgée de lumière qu'elle la réverbérait.

Ils longèrent une rivière maigrelette, sur les rives de laquelle s'élevait un village. Des enfants coururent après le cortège et disparurent dans les nuages de poussière que le véhicule laissa derrière lui. Puis la mer apparut. Peu après, la Jeep s'arrêta près d'une palissade sommaire piquée de deux mâts ; un drapeau bleu roi portant les lettres HH en blanc et un autre inconnu, sans doute le pavillon national, claquaient au sommet. Une cabane jaune en préfabriqué se dressait à brève distance. Trois militaires approchèrent du convoi. Tout le monde mit pied à terre.

— J'ai l'impression d'être sur la Lune, dit Philippine.

C'était là, expliqua Tillmore, que serait implantée l'unité de désalinisation de l'eau de mer ; elle desservirait une région de cinq mille kilomètres carrés la première année de son fonctionnement et sa capacité irait croissant jusqu'à réduire de moitié l'utilisation des puits artésiens, car le niveau de la nappe phréatique baissait considérablement durant les périodes de sécheresse. Carte en main, le gouverneur adjoint et les ingénieurs arpentaient le terrain.

— Tout ça, observa Arminius, parce que tu as été choquée par des images de détresse à la télé.

Elle se retourna vers lui, saisie par le rapprochement.

— Tu vois, reprit-il en riant, cela fait parfois du bien d'être choqué. Et cela permet parfois de faire du bien aux autres.

Les boys tirèrent les paniers de provisions et les cantines de la dernière voiture. Une table fut dressée sur des tréteaux, au milieu de nulle part, garnie de plats et de couverts, de bouteilles de vin d'Afrique du Sud, de canettes de bière et d'eau minérale. Poulet, poisson, œufs durs, riz, manioc. Le gouverneur adjoint se fit expliquer de vive voix le mémoire qu'il avait reçu et l'on parla de la main-d'œuvre à embaucher. Ç'aurait vraiment été trop facile de dire qu'on était loin de Villardon.

Sur le chemin du retour, Philippine demanda à s'arrêter dans le village qu'ils avaient déjà traversé.

— Je ne pense pas que le gouverneur adjoint descendra, observa discrètement le chauffeur.

— Je n'ai pas besoin de lui, répondit Philippine.

Elle descendit donc, suivie d'Arminius et de Tillmore Jr. Un attroupement se coagula rapidement autour des trois Blancs, accompagnés du chauffeur. Des regards curieux, souriants, quelques-uns inquiets, d'autres intrigués. Une conversation s'engagea entre les villageois et le chauffeur.

— Ils demandent qui vous êtes. Je leur ai dit que vous êtes les gens qui vont leur apporter de l'eau propre.

Une jeune villageoise tendit son bébé à bout de bras et Philippine s'avisa que c'était à elle qu'elle le tendait. Elle prit l'enfant dans ses bras et regarda la bouille sérieuse, pas effarouchée du tout.

— Sa mère dit qu'elle vous le donne parce qu'il sera plus heureux avec vous.

L'émotion étreignit Philippine. Elle embrassa l'enfant.

— Non, dit-elle. C'est ici qu'il sera le plus heureux.

Elle demanda à Arminius de donner de l'argent, autant qu'il en avait sur lui à la mère qui s'était faufilée près d'elle. Il compta cent vingt dollars, une fortune.

— Dis-lui, commanda-t-elle au chauffeur, de bien nourrir l'enfant et tous les enfants autour d'elle. Je reviendrai.

Elle embrassa de nouveau le marmot et le rendit à sa mère, tandis que le chauffeur traduisait. Une clameur s'éleva dans la foule, des mains pathétiques se tendirent vers elle, une fillette lui enlaça la taille, elle eut de la peine à regagner la voiture à dix pas de là.

— Ils disent qu'ils vont prier les dieux de vous protéger jusqu'aux étoiles, expliqua le chauffeur.

Le gouverneur adjoint avait observé la scène de sa voiture, probablement mécontent. Des villageois escortèrent la Jeep au pas de course jusqu'à ce qu'elle eût disparu sur la route. La dernière image que Philippine eut de la visite fut une forêt de mains tendues vers le ciel.

Un mois plus tard, le 21 juillet 1969, la télévision de la maison, rue du Conseiller-Collignon, retransmettait les images des astronautes américains Armstrong et Aldrin sur la Lune. Marc, Anton et Marion se perdaient en exclamations. Philippine demeurait impassible. À la fin, son attitude étonna sa famille.

— Ça ne t'épate pas ? s'enquit Marc.

— C'est fait pour m'épater, donc ça ne m'épate pas.

— C'est fait pour t'épater ?

— Moi et quelques dizaines de millions d'autres. Il n'y a rien sur la Lune.

Stupeur.

— Comment le sais-tu ?

— Parce qu'ils le savent déjà. Même s'il y avait des diamants à la pelle, ça coûterait trop cher de les rapporter.

Marc et Arminius rirent de cette sagesse paysanne qui resurgissait sporadiquement en Philippine et qui les épatait, elle.

— Tout ça, poursuivit-elle, a coûté des milliards. Ils auraient été mieux employés à soulager les malades qui n'ont pas de médicaments, les gens qui n'ont pas d'eau potable et ceux qui meurent de malaria parce qu'ils n'ont pas d'insecticide.

Ses fils et Marion la regardaient, de plus en plus déconcertés.

— Votre père m'a appris à me méfier du spectacle. Je m'y suis intéressée, j'ai lu des livres. À l'extrême, la volonté de donner du spectacle ou de se donner en spectacle ressortit à la ruse, à l'instinct de conquête ou à la maladie.

— La maladie ? s'écria Anton.

— Le propre de l'hystérie est de se donner en spectacle. Les hystériques prennent des poses théâtrales, ils exposent leur souffrance comme de vieux cabots. Leur maladie est qu'ils ne s'estiment ni ne s'aiment.

Arminius sourit, intéressé par l'approfondissement de ses propres idées.

— Et la ruse ? demanda Anton.

— Elle a été très bien décrite dans une fable de Florian : c'est l'histoire du renard qui s'introduit dans une basse-cour et se met à danser devant les dindons, épatés, comme vous dites. Là-dessus, il les mange tous. Cette expédition sur la Lune est faite pour dire au monde : « Voyez comme je suis fort. » Dans vingt ans, on n'en parlera plus : ce seront de vieilles lunes. La vraie lune, elle, est sur terre. Je l'ai vue en Afrique.

Mais ces idées-là étaient décidément trop surprenantes pour la jeunesse.

19

Le temps fila, comme un furet.

Deux jours avant le 11 novembre 1970, Charles de Gaulle déserta un siècle qui n'était décidément plus le sien, après avoir abandonné un monde politique trop petit pour lui et affronté le « vide effroyable du renoncement ».

Philippine évoqua le Général qu'elle avait croisé à Carlton Gardens, dans une autre ère, une autre vie, et la question qu'il avait posée à Edmond de Gazan : « Est-ce par la jeunesse, lieutenant, ou par les exploits que Mlle Dumas brille le plus* ? »

Puis Robert Gantier s'envola.

Philippine l'apprit par un coup de téléphone d'Yvette, accablée. Celle-ci avait toujours su que Robert mourrait avant elle, mais cela n'y changeait rien. Elle appartenait à un monde où un mari n'était pas un géniteur, mais le partenaire d'une vie, le chef d'une aventure qui durait le temps du passage sur terre, le seul dont on sache quelque chose. Il n'était pas un objet interchangeable, mais l'extension de soi-même. Il était bon. Elle l'avait aimé, quel que soit le sens de ce mot. Philippine l'avait perçu dans les quelques paroles ternes de l'ancienne bonne. Car les mots ont toujours un autre sens que celui qu'on croit déchiffrer.

Elle et sa famille partirent pour Villardon, soutenir Yvette et assister aux funérailles. Émile Jeaubert décida de se joindre à eux. François Dewez était mort. Son fils Hans avait vendu les fermes et était parti s'installer à Châlons-sur-Marne, comme charcutier.

---

* Voir *Les Années de fer.*

Germain Lamoulette s'était tué dans un accident d'auto. L'instituteur Duplan était gâteux. Le maire était un inconnu. Les fils de Sophie étaient repartis pour l'Afrique. Il n'y avait plus que le père Thibier pour reconnaître les visiteurs.

— J'ai soixante et onze ans. On ne m'a pas encore trouvé de successeur, expliqua-t-il comme pour demander pardon d'être encore là.

Philippine lui présenta les siens. Il dévisagea longuement Arminius.

— J'ai entendu parler de vos actions durant la guerre, dit-il. Le destin peut sembler pittoresque, mais la main du Seigneur trace des lignes droites. Elle a uni deux justes et vous avez tous deux ma bénédiction.

Son regard qui s'arrêta sur Jeaubert et Arminius côte à côte révéla sa surprise de voir deux maris de la même femme en bons termes, mais sa science ne l'avait pas instruit dans ce domaine.

Ils emmenèrent Yvette dîner à Châlons et la raccompagnèrent dans la maison déserte, où la bonne l'attendait à la cuisine. Philippine lui assura que la maison et les terrains avoisinants lui appartiendraient en totalité et que ni son frère ni elle n'en revendiqueraient aucune part. De plus, elle paierait les frais de succession et, avant de la quitter, elle lui remit un chèque pour couvrir ceux des obsèques.

— Vous êtes bonne, dit Yvette. Vous êtes vraiment sa fille... Ah ! mon Dieu, j'allais oublier... Robert m'avait demandé de vous donner quelque chose après sa mort...

Elle monta à l'étage et, un moment plus tard, redescendit, tenant une enveloppe dans la main.

— C'est une photo. Je ne sais pas ce que ça représente, mais il m'a dit que ça vous intéresserait et que vous sauriez ce que c'est.

Philippine examina la photo, grande comme la main et elle se figea.

C'était la grotte de la montagne de Reims, où elle avait trouvé les lingots de Carrèze. Elle retourna la photo : elle ne portait qu'une inscription au crayon, « 17 juin 1966 – un mégot ». Tous les regards avaient convergé vers elle ; elle maîtrisa donc son trouble et le cacha sous un petit sourire triste.

— Qu'est-ce que c'est ? demanda Marion.

— Un endroit où nous allions pique-niquer autrefois.

— C'est ce que je me suis dit, renchérit Yvette. Il a ramené ça d'une de ses excursions en forêt.

On n'en parla plus. Tout le monde s'embrassa et les Wennergren repartirent dans la nuit pour l'hôtel de Châlons où ils avaient réservé leurs chambres, Philippine ayant décidé qu'elle ne souhaitait pas dormir dans la maison de Villardon, lieu de trop de souvenirs.

Ce ne fut qu'une fois retirée dans sa chambre, à l'hôtel de la Gare, qu'elle reprit le cours de ses pensées sur la photo. Son père avait donc deviné les derniers détails du secret de sa fortune. Accolant les histoires de lingots disparus, la curiosité des journalistes, le kidnapping dont elle avait été victime et la mort de Carrèze, il avait mené sa propre enquête. Il s'était fait raconter par Jeaubert l'exécution de ce dernier et il avait repris la piste, vingt ans après sa fille. La grotte existait toujours. Il y avait même retrouvé le mégot de Lucky Strike. Il n'en avait jamais soufflé mot. Mais il avait voulu signifier à sa fille qu'il n'avait pas été dupe des fables qu'elle lui avait alors débitées. L'affection l'avait retenu d'en parler. Le legs de la photo était une façon de dire : « J'avais compris, mais je ne voulais pas te tourmenter. »

Arminius non plus ne ranima pas le sujet ; peut-être avait-il compris le message. Cette photo d'un trou dans une montagne était un héritage bien trop incongru pour ne pas éveiller la curiosité. Peut-être avait-il compris bien d'autres choses. La tendresse commande souvent de se taire. Elle se tourna vers lui, dans l'obscurité ; il dormait comme à l'accoutumée, sur le dos, les mains sur l'estomac. Un mystère en forme d'homme. Un gisant dans une immense cathédrale inconnue.

Un joli garçon au regard introuvable et qui, de temps à autre, tournait vers ses interlocuteurs des yeux de chien abandonné. Dimanche après-midi, en ce début de juin 1973.

— Vous allez toujours dans la villa du Midi, où j'ai passé des vacances avec vous ? demanda-t-il dans un français bizarrement hésitant.

Georges Gantier, vingt ans, le fils de Gilles et de Clara. Arrivé la veille à Paris, après avoir annoncé son arrivée deux jours auparavant. Installé dans la chambre d'amis. Naturalisé américain. Mobilisé, parti pour le Viêtnam. Avait fait partie des derniers contingents rapatriés. Blessé à la cuisse gauche, un morceau de muscle arraché. Marchait avec une canne. Sorti de l'hôpital, deux mois auparavant, n'avait pas supporté l'atmosphère de la villa Goldfinch, à Los Angeles, chez son père. Plus de famille de fait. Avait demandé à rejoindre la tante qui l'avait si généreusement accueilli, après la mort de sa mère et peu avant son départ pour les États-Unis.

— Non, répondit Philippine. Il y a des choses qui n'ont qu'un temps.

Puis, s'avisant du caractère sinistre de la phrase, elle se reprit :

— Les garçons avaient grandi, nous n'avions plus besoin d'une maison de vacances aussi grande.

De toute façon, après les quelques souvenirs de guerre que Georges avait racontés, d'une voix sourde, la question n'avait pas d'intérêt. Des cinq mois passés au Viêtnam, il n'avait été en première ligne que quatre semaines, obsédé par les sols qui s'écroulaient sous ses pieds pour le faire choir dans des pièges hérissés de bambous aiguisés en lames de couteau et enduits de poison, les attaques surprises, la puanteur sans nom et les cadavres qui lui tombaient soudain sur l'épaule.

Les garçons en question l'étudiaient. Flattés d'avoir un cousin GI, intrigués par la différence qui s'était creusée entre eux et lui depuis les fameuses vacances, incertains quant à l'attitude qu'ils devraient avoir à son égard, outre la compassion naturellement due à un blessé de guerre, un jeune de surcroît.

Il était évident que ce n'était pas une simple visite de courtoisie. Que venait-il demander ? Pas de l'argent, car son père s'était remis à flot. Un soutien psychologique, sans doute. Ils interrogèrent leur mère du regard.

— Combien de temps comptes-tu rester à Paris ? demanda Marc.

Ce regard gris-vert, brumeux. Et l'esquisse d'un sourire.

— Je ne sais pas. Je n'ai plus de famille. Je peux retourner à New York, je retrouverais mon emploi, mais...

Il laissa la phrase inachevée.

— Ce n'est pas vrai que tu n'as plus de famille, Georges, repartit Philippine. Tu nous as tous, Arminius, Marc, Anton et moi. Et Marion, ajouta-t-elle.

— Tu n'avais pas une copine, à New York ? demanda encore Marc.

— Si, Angie... Elle a trouvé mieux.

Ce fut dit d'une façon détachée, un peu triste. Un temps passa, puis il ajouta :

— Je suis citoyen américain, mais j'ai la double nationalité. Je n'ai pas renoncé à la France... Je n'ai pas voulu. Mais je n'ai pas de racines américaines, ce n'est pas vraiment mon pays. Je n'en connais que deux ou trois grandes villes... Si je vais dans l'Ohio, par exemple, je suis largué. Je n'ai pas de port d'attache là-bas. Mon père...

Au terme d'un long silence, il reprit :

— Mon père, j'ai l'impression de l'emmerder, parce que je lui rappelle qu'il a un fils. Peut-être que je lui rappelle aussi ma mère... Il devine ce que je pense de sa vie à Los Angeles. Ce n'est pas qu'il aime les mecs, je m'en fiche, je crois d'ailleurs qu'il ne leur accorde pas beaucoup d'importance. Non, c'est que sa vie est vide. Il n'en est pas conscient, il m'a déclaré qu'il la trouvait excitante, la plus excitante du monde... Il m'a dit : « L'Europe, les Français, c'est du bavardage sans fin, mais ici, c'est du réel ! L'argent, c'est la réalité ! Ça représente tout, la vie au soleil, le sexe, l'art, tout ! » Même quand il rentre du boulot, il ne parle que de fric. Je crois qu'il a fait de bonnes affaires en Bourse, il est riche, mais il veut être encore plus riche... La dernière fois, il parlait de se lancer dans la production de films...

Philippine fit un effort pour mesurer la métamorphose du frère qu'elle était partie sauver dans la nuit près d'un demi-siècle auparavant. Elle avait longtemps cru que seuls les forts étaient maîtres de l'argent, mais elle se demanda si l'obsession de l'argent n'était pas au contraire un signe de faiblesse. Effort inutile : elle ne voyait pour le moment que le résultat de son comportement erratique et du désespoir qui l'avait détruit ; désormais, Gilles ne trouvait plus de refuge que dans l'argent et le matérialisme le plus obstiné. Il avait rejeté son fils.

— À la fin, il m'a dégoûté de l'argent. Qu'en a-t-il fait ? Encore plus d'argent ?

Arminius écoutait sans dire un mot.

— Je pense, finit-il par dire, que tu as subi un triple choc dans ta vie. Tu as perdu ta mère, puis votre foyer s'est volatilisé et, enfin, tu as fait l'expérience de la guerre. Ton esprit est comme un flacon de liquide qu'on a violemment agité. Il faut le laisser se reposer un peu et te réacclimater au monde. Tu as bien fait de venir ici. Nous t'aimons et tu es le bienvenu. Je pense qu'au bout de quelque temps tu verras plus clair et que tu sauras quelle direction tu veux prendre.

De nouveau ce regard vague. Peut-être la peur de devenir dépendant de Philippine et d'Arminius. Ou des interrogations sur les raisons de leur obligeance.

— Je crois que Philippine et moi pourrons te donner les conseils dont tu auras besoin, reprit Arminius. Écoute, on peut toujours reconstruire sa vie.

— Et Sophie ? demanda Anton. Tu n'en as pas parlé ?

— Je ne l'ai vue que trois fois pendant que j'étais à Los Angeles. C'est la vraie fille de papa, répondit Georges avec un accent ironique. Elle était mannequin et, maintenant, elle a suivi les traces de maman. Elle est devenue starlette et papa l'y encourage.

— Elle habite à la villa Goldfinch ? demanda Philippine.

— Non, elle a son propre appartement. Elle s'est acoquinée avec Jebb Lynch…

— L'acteur ? demanda Anton.

— Oui.

On comprenait que, sorti des horreurs de la guerre, Georges eût eu envie de voir d'autres gens.

Marc et Anton emmenèrent leur cousin au cinéma. Ils iraient ensuite à une soirée chez des amis. Marion, elle, était invitée à un anniversaire. Arminius et Philippine dîneraient seuls.

— Nous avons donc un fils de plus, dit Arminius. Je ne suis pas étonné que ce soit celui de ton frère.

— Gilles a donc tout raté, dit Philippine.

— Il n'est pas le seul. Ce n'est pas une époque favorable aux paternités prolongées. Les hommes d'aujourd'hui frémissent quand ils tiennent leur nouveau-né dans leurs bras, mais l'émotion leur passe dès que l'enfant pleure la nuit et fait ses premières dents. Les enfants, eux, ne demeurent pas longtemps des fils ou des filles non plus. Je voulais faire un clan, te rappelles-tu ? Je vois maintenant que c'était une idée démodée.

— Mais, moi, je me comporte toujours comme une mère.

— Tu ne peux pas faire autrement. Les rôles sont distribués très tôt.

Le lendemain, un incident en apparence négligeable vint s'ajouter au fil plutôt gris des heures. Gilles téléphona. Il tomba sur Philippine.

— Salut, sœurette, tu vas bien ? Il paraît que Georges est chez vous ?

— Oui.

Un silence.

— Comment il va ?

— Gilles, tu ne trouves pas indécent de demander ça ?

— Non, pourquoi ? Dis donc, tu deviens acariâtre ?

— Et toi, ton psy, il est content ?

— Oh ! là, là ! Mais c'est que vous tournez au vinaigre, en France ! Je téléphone pour demander comment va Georges et je tombe sur une gorgone...

Georges accourut de la pièce voisine, faisant des yeux ronds. Il demanda en chuchotant si c'était son père, elle hocha la tête ; il ne parut pas pressé de prendre le combiné.

— Je ne vais pas répondre pour Georges, dit Philippine. Mais tout ce que tu as su dire à un garçon qui a risqué sa peau pour défendre ton pays d'adoption, c'est qu'il n'y a que le fric qui compte ?

— Il faut savoir être réaliste dans la vie. Bon, on va pas reprendre des discussions du XIXe siècle. Il va bien ?

— Il va. On s'en occupe.

— Dis-lui que je lui enverrai des sous par ton intermédiaire, parce que je ne pense pas qu'il ait ouvert un compte à Paris. Arminius va bien ?

— Oui.

— Et les gosses ?

— Aussi.

— Il se peut que je fasse un tour à Paris pour la prochaine assemblée générale.

— Je te réserve un plat de soupe.

— Bon, salut sœurette, je t'embrasse. Embrasse Georges pour moi.

Clic. Philippine et Georges se regardèrent. *No comment.*

20

Les sinistres prévisions de Favre-Denfert s'avérèrent. Dans les premiers jours de juillet 1973, Owen Tillmore Jr. vint à Paris en qualité de président international de HH et les confirma lors de l'assemblée de HH France. Les expéditions de vivres, notamment d'aliments pour enfants, de blé, de farine et de riz, étaient régulièrement pillées dans les heures qui suivaient leur débarquement à l'aéroport de Port-Saint-Ignace. Selon la rumeur publique, les pillards étaient des militaires qui revendaient ensuite les denrées. Mais, interrogé par l'ambassadeur des États-Unis, le président du Haut-Tawélé, Jean-Albert N'Ganga, avait répondu que les pillards étaient des bandits, de mèche avec les rebelles wagatos du Nord, qui ne bénéficiaient évidemment pas de l'aide de HH. Il avait assuré qu'il avait renvoyé le directeur de l'aéroport pour négligence.

Georges Gantier assistait à l'assemblée, par simple curiosité. L'affaire l'énerva. Au cours du déjeuner qui suivit, il déclara que s'il avait été sur place, les coupables auraient été démasqués et qu'en tout cas ils n'auraient pas volé ces vivres. En sa qualité de vétéran, il attira l'attention de Tillmore Jr.

— Que feriez-vous ? demanda ce dernier.

— J'ai mes pièges en tête, répondit Georges.

Tillmore Jr. parut songeur.

— Voulez-vous y aller en mission pour nous ? demanda-t-il.

— Oui.

Arminius et Philippine, stupéfaits, se gardèrent d'intervenir. La spontanéité de la réaction de Georges, la plus vive qu'ils lui eussent vue depuis son arrivée en France, témoignait de son engagement dans l'affaire.

— Vous connaissez l'Afrique ? reprit Tillmore Jr.

— Non. Mais les êtres humains sont les mêmes partout.

La repartie fit sourire l'Américain.

— Je vais étudier comment on pourrait vous confier une mission.

Dans la voiture qui les ramenait à la maison, Arminius releva l'enthousiasme de Georges.

— C'est tellement plus intéressant que de faire de l'argent. Je vous remercie de m'avoir emmené à cette assemblée, dit celui-ci.

Tillmore Jr. n'avait pas lambiné : une semaine plus tard, il informa Arminius que Georges Gantier était désigné pour une mission spéciale à Port-Saint-Ignace, en tant que conseiller technique de HH International. Quand il l'apprit de la bouche d'Arminius, le visage du jeune homme rayonna. Deux jours plus tard, au terme de journées mystérieusement affairées, il était parti.

Philippine et Arminius se réjouissaient de le voir enfin content, mais s'interrogeaient sur la façon dont il pourrait mettre fin aux pillages de l'armée tawélaise. Ils craignaient même le pire, les inévitables rumeurs de cannibalisme leur revenant à l'esprit.

Dix jours plus tard, un coup de téléphone excité d'Owen Tillmore Jr. les mit sur les dents :

— Ce garçon ! Mais il est formidable ! Il a déclenché là-bas un scandale de première grandeur. Il a filmé les militaires en flagrant délit de pillage. Il a foutu le commandant en chef de l'armée et même le président N'Ganga dans un merdier sans nom !

— Il les a *filmés*? répéta Philippine, incrédule.

— Il a réussi à faire porter le film à l'ambassade américaine, qui nous l'a évidemment adressé, ici. Le département d'État nous en a demandé une copie.

Il exultait. Philippine, elle, fut saisie d'appréhension ; le président et son armée ne se vengeraient-ils pas ? *Le Monde* de ce jour-là rapportait l'affaire : « La corruption de l'armée en Haut-Tawélé met le pouvoir en péril. » Des manifestations avaient eu lieu à Port-Saint-Ignace exigeant la destitution du commandant en chef, principal soutien de N'Ganga. Le département d'État s'en était mêlé.

Et tout ça à cause de Georges Gantier ?

Tillmore Jr. annonça que la vice-présidente de HH International partait sur-le-champ pour Port-Saint-Ignace. Philippine appela Arminius pour le mettre au fait des événements.

— Il s'agit de notre neveu, dit-il. Je crois que nous devrions également y aller. C'est vraiment notre digne neveu, ajouta-t-il.

Elle évoqua le petit garçon qui, au sortir de la messe funèbre en mémoire de Clara Gantier, avait demandé : « Alors, maman n'aura pas de tombeau ? »

Le QG de HH International, sis dans une villa de la banlieue de Port-Saint-Ignace, était gardé par un détachement de marines ; cela signifiait que l'ambassade américaine avait estimé la vie de ses ressortissants en danger. La tension dans la capitale avait d'ailleurs été perceptible dès leur arrivée à l'aéroport. Des détachements armés entouraient certains édifices et jalonnaient les avenues, parcourues par des véhicules blindés. En chemin, Arminius et Philippine avaient été reconnus par des villageois qui les avaient acclamés et avaient forcé la voiture à ralentir pour leur souhaiter la bienvenue. Ils furent accueillis par la vice-présidente de l'association, Barbara McGaith, cheveux blancs mais poigne de tenniswoman, suivie du chef de la station et de Georges. Regard énergique, expression rayonnante : en quelques jours, ce dernier était devenu un autre homme. Son ego avait pris des couleurs.

Ils s'installèrent dans le bureau du chef de la station, un quadragénaire au physique de moine boucané, Hank Galindez. Barbara McGaith tendit aux visiteurs des photos extraites du film : des visages de militaires, dont des gradés, inondés de lumière et médusés. À l'arrière-plan, on distinguait des camions militaires et des groupes de gens également saisis par la panique. Sur d'autres photos, on voyait les militaires refluer en désordre vers les véhicules.

Mais d'où provenait la lumière qui avait révélé les identités des voleurs ?

— La première livraison devait avoir lieu deux jours après mon arrivée, expliqua Georges. J'ai accompagné Barbara pour signer la réception des conteneurs. J'ai observé l'endroit où ils étaient entreposés : c'était le terrain le plus éloigné de la zone de fret, quasiment dans la brousse, presque pas protégé et entouré d'un grillage que n'importe qui pouvait forcer. À la tombée de la nuit, je me suis tapi dans la brousse et j'ai attendu. Vers 23 heures, l'aéroport était évidemment désert et j'ai vu arriver quatre camions militaires qui sont entrés dans la zone de fret. Des militaires ont ouvert trois des cinq conteneurs et les ont quasiment vidés, puis ont chargé leur butin et sont repartis. Je suis rentré prévenir Hank et Barbara, qui étaient évidemment consternés.

— Je voyais bien que c'était un énorme scandale, commenta Galindez, et que si nous évoquions le témoignage de Georges auprès des autorités, non seulement personne ne nous croirait, mais encore on nous accuserait de calomnie et nous serions certainement persécutés par les militaires coupables. Mais Georges a eu alors une idée de génie…

Il se tourna vers ce dernier pour la suite du récit :

— J'ai demandé à Hank de nous faire expédier des conteneurs vides, reprit Georges, mais tous équipés de projecteurs et de caméras qui seraient actionnés par l'ouverture des portes. Ce n'était pas compliqué à monter. Comme ça, nous disposerions de preuves irréfutables.

Il en riait encore.

— Tout de suite après la panique des militaires, nous avons dû décharger les films des caméras pour les porter en urgence à l'ambassade, parce que nous nous doutions bien que des gradés reviendraient pour essayer de s'en emparer.

— Le lendemain matin, reprit Galindez, N'Ganga a commis une grosse bévue : il nous a fait savoir par son secrétaire que les pillards étaient passés et avaient vidé plusieurs conteneurs. Je lui ai répondu que ça n'avait pas d'importance parce que les conteneurs étaient vides. Ça leur a visiblement fichu un coup, parce qu'ils ont compris que nous leur avions tendu un piège. Une heure plus tard, un émissaire de N'Ganga est venu ici pour nous demander si nous savions que des caméras auraient filmé la scène. Je lui ai répondu que les films étaient à cette heure-là en route pour les États-Unis. Il a paniqué et s'est mis en colère, accusant HH d'être une entreprise de subversion. Il nous a tous menacés d'arrestation. Georges a entendu la conversation de la pièce à côté et a téléphoné à l'ambassade, qui nous a envoyé un camion de marines et une voiture diplomatique pour nous escorter en cas de besoin. L'émissaire a vu arriver les marines et a compris qu'il était dans la merde. Un autre émissaire est venu un peu plus tard le prier de regagner immédiatement la présidence. En effet, l'ambassadeur avait téléphoné à N'Ganga pour lui dire qu'il le tenait responsable de notre sécurité. À midi, les deux émissaires étaient partis.

— Je ne sais pas ce qui s'est passé entre-temps, dit Georges, mais je crois que les boys ont compris l'affaire. Ils sont sortis d'ici et ont répandu les nouvelles dans la population. À 15 heures, la ville était en état d'émeute. Des militaires ont été pris à partie par des manifestants et leurs voitures ont été arrêtées. La foule les en a tirés et les a traités de voleurs. Elle les a probablement malmenés. J'ai entendu des coups de feu, il y a sans doute eu des blessés. Plusieurs véhicules militaires ont été incendiés et la foule est allée manifester devant la présidence en demandant le renvoi des voleurs.

Philippine et Arminius avaient écouté ces récits, partagés entre une certaine fierté et l'inquiétude. Le piège de Georges avait trop bien fonctionné. Si l'armée apprenait que c'était lui qui l'avait mise en danger, il courrait de grands risques.

— Ça ne s'est pas arrêté là, dit alors Barbara McGaith. Le film est à peine arrivé à Washington par le courrier diplomatique qu'Owen a été alerté. Il est parti le récupérer, il a immédiatement fait faire des copies qu'il a envoyées aux chaînes de télévision, lesquelles se sont empressées d'en diffuser des extraits. Le film n'est pas très long, d'ailleurs. Je suppose que l'ambassadeur du Haut-Tawélé à Washington en a vu des extraits à la télé et a eu la colique. Il a dû téléphoner à N'Ganga pour le prévenir.

— Comment expliquez-vous que le département d'État se soit montré si coopératif avec nous ? demanda Arminius.

— Je n'ai aucune d'information là-dessus, répondit Barbara McGaith, mais je crois savoir que le régime de N'Ganga commençait à se montrer excessivement gourmand avec les entreprises américaines qui venaient de s'implanter ici.

Un silence tomba.

— Et maintenant ? demanda Philippine.

— Je pense qu'il faut obtenir de N'Ganga des garanties de sécurité pour les prochains envois de vivres et de médicaments, répondit Galindez. Ce sera à vous et à Barbara de les obtenir. Mais le terrain aura été défriché par l'ambassadeur. Il a été voir N'Ganga cet après-midi. Je ne pense pas que l'entretien ait été particulièrement gracieux.

Ils en étaient là quand ils aperçurent une Mercedes noire se garer devant la villa du QG de HH International. Quelques instants plus tard, un personnage au visage morne en costume gris sombre pénétra dans la pièce.

— Mrs McGaith ? dit-il en anglais d'un ton arrogant.

— C'est moi.

— Mr Wennergren ?

— C'est moi.

— Mrs Wennergren ?

— C'est moi.

— Mr Galindez ?

— C'est moi.

— Le président N'Ganga souhaite vous voir.

— Maintenant ? demanda Barbara McGaith.

— Oui.

— Je ne suis pas une fonctionnaire que l'on convoque de cette manière. Dites au président que je suis une citoyenne américaine en mission dans son pays selon des accords officiels et que je ne me rendrai à son invitation que dûment prévenue à l'avance.

Le fonctionnaire parut déconcerté. Il parcourut l'assemblée du regard ; Arminius, Philippine, McGaith, Galindez et Georges, particulièrement narquois, l'observaient, impassibles. Au bout d'un long moment, il demanda :

— Vous ne voulez pas venir ?

— Nous sommes sûrs que l'entretien avec le président sera fructueux, repartit Arminius, mais nous pensons que si vous y mettiez les formes, l'invitation qu'il vous a chargé de nous transmettre aurait plus de chances d'aboutir.

Le messager se raidit, mais comprit sa maladresse.

— Nous allons donc prévenir nos ambassades respectives que nous voulons bien nous rendre à l'invitation de M. N'Ganga, prévint Arminius. Après quoi, nous prendrons la voiture que l'ambassade des États-Unis voudra bien nous prêter pour le trajet d'aller et de retour.

Était-il parent d'un gradé compromis dans le scandale ? Le messager ravala son humiliation et hocha la tête ; il avait sans doute envisagé d'emmener ses passagers dans une voiture présidentielle, en otages virtuels. Philippine le considéra : ses ancêtres avaient été de ces esclaves sur le trafic desquels Voltaire, apôtre de la liberté, avait bâti sa fortune. Pour lui, les Blancs étaient, par définition, des esclavagistes. Son pays n'existait même pas depuis un demi-siècle. Quel était le fond de l'affaire ? Le détournement de quelques tonnes de ces denrées dont l'Occident était si riche ? Et alors ? Ces richesses étaient données et il était juste que les chefs s'en appropriassent une partie. Il ne connaissait pas, lui, les bonnes manières occidentales. Et comme ses ancêtres, il subissait et appliquait la loi du plus fort. Elle ne le détesta pas ; elle aurait voulu lui expliquer qu'il se comportait comme un ancien vaincu. La situation ne s'y prêtait pas.

Une bonne demi-heure s'écoula avant que les ambassades eussent été prévenues. Une voiture de l'ambassade américaine, battant pavillon, se rangea dans la cour. Puis une autre, de l'ambassade de France. Barbara McGaith et Galindez prirent place dans la première, Arminius et Philippine dans la seconde. L'émissaire, lui, remonta dans la sienne et les deux voitures prirent le chemin de la présidence, dont la presse occidentale avait insolemment publié les photos côte à côte avec celles des masures où des populations mouraient de faim, de soif et de maladie. Georges demeurerait à la mission, attendant leur retour.

Ils longèrent la fameuse corniche du boulevard Frantz-Fanon, vitrine présumée des affranchis : une succession de villas opulentes, entourées de jardins fleuris, repaires des favoris du régime, premiers et seconds couteaux de tous ordres, vautrés dans une prospérité toute fraîche, à l'ombre du pouvoir présidentiel.

Un Los Angeles de second choix, pacotille imitant la pacotille.

Jean-Albert N'Ganga, au prénom sans doute composé par des missionnaires catholiques, était un petit homme râblé, au visage prématurément durci par les épreuves affrontées dans une mascarade démocratique au terme d'un coup d'État, un de plus. Nul n'ignorait qu'il était l'homme de l'armée. Il reçut ses visiteurs debout, leur serra hâtivement la main et alla s'asseoir derrière un bureau de style Empire, probablement fabriqué dans les ateliers du faubourg Saint-Antoine, à Paris, grand fournisseur des présidences et ambassades africaines.

— J'ai demandé à vous voir, déclara-t-il en anglais, parce que j'entends que vous m'aidiez à passer l'éponge sur les événements de ces deux derniers jours. Vous avez tendu un piège indigne à mes forces armées. Cela a servi de prétexte à des émeutes. L'armée, qui m'est fidèle, est humiliée. Elle demande réparation. Vous devez déclarer que le film et les photos n'ont rien à voir avec ce qui a été raconté dans vos journaux. Les militaires ont été surpris et aveuglés par des projecteurs auxquels ils ne s'attendaient pas.

Le cynisme de l'exigence était confondant.

— Rien de tel n'aura lieu, répliqua Barbara McGaith. Votre seule requête entendrait que la présidence est complice des pillages de l'armée.

N'Ganga parut pris de court par la fermeté de la riposte. Barbara McGaith n'était pas vulnérable à l'intimidation.

— Vous avez formulé les mêmes exigences à notre ambassadeur, reprit-elle, et il vous a opposé une fin de non-recevoir formelle. M. N'Ganga, nous avons déjà été convoqués ici dans des circonstances inadmissibles. Si c'est tout ce que vous avez à nous dire, nous allons nous retirer.

— Votre mission sera alors terminée, répondit N'Ganga, rageur.

— Si nous partons, votre peuple se révoltera. Les dommages seront alors pour vous incalculables.

— C'est du chantage. Un chantage insupportable ! Comment osez-vous ?

— C'est le résultat de votre requête, monsieur le Président.

N'Ganga jouait visiblement son va-tout.

— Vous êtes président de votre peuple, monsieur le Président, et pas de l'armée seulement, intervint Philippine. C'est à vous de choisir.

— Si notre mission est terminée, renchérit Barbara McGaith, votre armée ne pourra même plus se montrer dans les provinces.

Et vos contrats avec les compagnies minières américaines seront compromis. Elles se refuseront à employer une main-d'œuvre sous-alimentée et brimée.

La perspective parut assombrir N'Ganga. S'il avait cru que l'organisation charitable était une congrégation de brebis sans importance, il déchantait : celle-ci avait moralement partie liée avec les grosses compagnies américaines, qui représentaient des profits juteux pour lui, son clan et, sans nul doute, nombre de gradés.

— Mon armée a droit à des compensations.

— Pas à des pillages, rétorqua Philippine.

— Je n'ai pas à discuter avec vous ! Vous ne représentez rien ! Leferrier m'avait bien prévenu que vous étiez une emmerdeuse… Vous…

La tirade présidentielle s'arrêta sur ces grossièretés, preuve du fait qu'il perdait le contrôle de ses nerfs : une rumeur montait de la place de la République, devant le palais ; elle s'enflait, scandée de mots d'ordre furieux qu'on entendait mal derrière les fenêtres fermées. Quelques instants plus tard, des bruits de verre cassé furent suivis de coups de feu. Les regards se tournèrent vers les fenêtres. N'Ganga se leva pour aller à l'une d'elles, ses visiteurs aux autres : une foule de plusieurs milliers de personnes assiégeait le palais. N'Ganga courut à la porte, elle s'ouvrit, des aides affolés entrèrent :

— Monsieur le Président…

— Tout ça, c'est à cause de vous ! cria N'Ganga, les yeux agrandis par la peur, le visage crispé par la rage, à l'adresse de ses visiteurs. Je devrais…

Le téléphone sonna. Un aide s'empressa de décrocher. N'Ganga lui prit le combiné des mains :

— Oui, dit-il en anglais… Oui, monsieur l'ambassadeur, c'est inadmissible…

Des hélicoptères bourdonnaient au-dessus du palais.

— Comment allons-nous sortir d'ici ? demanda Barbara McGaith.

N'Ganga écoutait visiblement des propos déplaisants au téléphone et l'identité de son correspondant n'était pas un mystère : c'était l'ambassadeur américain.

— … Je suis le maître chez moi !

Des cris retentirent à l'extérieur. Philippine, Arminius et Galindez, à la fenêtre, s'exclamèrent. Les grilles du palais pliaient et menaçaient de céder. Des gardes à l'intérieur tirèrent des coups de feu en l'air. La foule intimidée recula, mais à peine.

Simultanément, le téléphone sonna de nouveau et un militaire chamarré et corpulent, visage gonflé d'arrogance, masqué de lunettes noires, entra dans le bureau. Un général. Sans doute le chef de l'armée.

— Oui… Comment ? Comment ? cria N'Ganga au téléphone.

Il s'exprimait en français. Cette fois-ci, c'était l'ambassadeur de France.

— Ces gens sont venus semer le désordre dans mon pays, monsieur l'ambassadeur, et vous me dites… Comment ? Mais notre traité d'assistance… Quoi ? Mais ce n'est pas possible, surtout avec l'insurrection qui…

Philippine et ses compagnons s'étaient rassis. Elle serrait son sac d'une main.

Un bruit assourdissant couvrit le reste de la conversation : un hélicoptère venait probablement de se poser sur le toit du palais.

N'Ganga, convulsé, raccrocha le combiné et regarda le haut gradé qui lui faisait face.

— Un hélicoptère vous attend, monsieur le Président, dit le gradé.

N'Ganga ne détachait pas les yeux de lui.

— Général Bwolo, dit-il enfin, vous êtes démis.

— Quoi ?

— Vous êtes démis de vos fonctions de commandant en chef de l'armée. Je vais l'annoncer dans quelques minutes.

— Mais comment allez-vous vous défendre ? aboya l'autre.

— Nous verrons. Ce n'est plus votre affaire.

Le général pinça ses grosses lèvres.

Philippine défit le fermoir de son sac.

— Vous me démettez à cause de ces gens-là ? dit-il en indiquant les visiteurs.

— Je vous démets à cause de votre complicité dans les rapines de vos subordonnés.

— C'est à cause de ces gens-là ! cria le général d'une voix suraiguë. Ce sont des terroristes ! Ils sont venus nous piéger ! Ce sont des agents de l'ennemi…

Un rictus de rage découvrit une rangée de dents qui semblèrent plus nombreuses d'être étincelantes. Elles révélèrent une nature de carnassier. En une fraction de seconde, le militaire dégaina son revolver et le braqua sur Barbara McGaith. Mais il n'avait pas été assez rapide. Pendant la même fraction de seconde, Philippine avait sorti son Bulldog de son sac et la balle qui en jaillit atteignit sa cible avec précision : elle fracassa la main du général Bwolo et fit voler le revolver dans la pièce. Le masque impassible de la tireuse laissa cependant percer une expression de contentement : elle n'avait pas, elle, perdu la main.

Le général hurla. Un cri plus animal qu'humain, un barrissement de rage et de douleur mélangées qui perça le vacarme de l'hélicoptère sur le toit. Ses lunettes noires avaient volé aussi et de petits yeux rouge et noir apparurent au-dessus de ses pommettes mafflues. N'Ganga roula des yeux horrifiés. Les deux secrétaires présents dans le bureau semblaient pétrifiés. À la fin, l'un d'eux ramassa le revolver et le posa sur le bureau présidentiel. Le sang dégouttait de la main abîmée du général Bwolo sur le tapis d'Aubusson. Le haut gradé ne s'en servirait probablement plus avant longtemps.

— Emmenez-le à l'infirmerie, ordonna N'Ganga. Ensuite, je veux qu'il soit mis aux arrêts. Et vous deux, installez un micro sur le balcon et faites partir l'hélicoptère.

Il quitta son bureau pour aller se planter devant Philippine ; elle n'avait cure de lui : elle soutenait l'Américaine, secouée de tremblements. Elle repéra un guéridon sur lequel étaient posés une carafe et des verres et, sous l'œil des secrétaires désemparés, versa un verre d'eau qu'elle porta à Barbara McGaith. Finalement, elle tourna la tête vers N'Ganga :

— Vous êtes encore plus redoutable qu'on m'avait dit, marmonna-t-il.

— Elle a sauvé votre présidence, lui lança Arminius. Nous attendons vos remerciements.

Mais N'Ganga alla se rasseoir, le visage contracté, sans articuler un mot. Les cris de la foule parvenaient toujours de l'extérieur. Dix minutes plus tard, un silence relatif était revenu dans la pièce. Les secrétaires avaient fini d'installer le micro au balcon. L'un d'eux ouvrit une porte-fenêtre ; l'air chaud dissipa un peu l'odeur de sang qui flottait dans la pièce climatisée. Un domestique lavait le tapis avec une éponge.

— Sortez avec moi, ordonna N'Ganga à ses visiteurs.

Il s'avança sur le balcon ; ils se tinrent derrière lui. Des huées montèrent de la foule. Il leva les bras, les clameurs s'atténuèrent, comme sous la baguette d'un chef d'orchestre. Sans doute des rumeurs avaient-elles filtré à l'extérieur et les manifestants attendaient-ils une annonce.

— La volonté du peuple est accomplie, déclara-t-il, comme je l'ai toujours garanti. Le chef de l'état-major vient d'être démis de ses fonctions…

Des acclamations montèrent.

21

De la terrasse de l'hôtel Intercontinental de Port-Saint-Ignace, la vue sur le delta du fleuve et la mer au loin semblait surgie de l'imagination d'un cinéaste intoxiqué de lyrisme. Les moustiques et les insectes de nuit grillaient discrètement dans les lampadaires de la balustrade. Les glaçons d'eau minérale tintaient dans les verres et une bande sonore moelleuse comme un *spaghetto* sans fin dévidait de la musique d'ascenseur. Là-bas, des lumières scintillantes se dédoublaient dans l'eau…

Philippine, Arminius, Barbara McGaith, Hank Galindez et Georges Gantier sirotaient des *long drinks* en attendant de se rendre à la salle à manger.

— Je ne le répéterai jamais assez, déclara Barbara McGaith, sans votre présence d'esprit et votre œil d'aigle, nous ne serions pas là ce soir.

— J'ai aussi sauvé ma vie et celle de mon mari et de M. Galindez. Cette brute ne nous aurait pas épargnés.

— Comment avez-vous deviné que ce porc galonné allait tenter de nous tuer ?

— Cela me paraissait évident. N'Ganga ne pouvait faire autrement que de le démettre, l'humiliation risquait de le rendre fou. À ses yeux, nous étions responsables du scandale. Comme nous refusions le simulacre de démenti demandé par N'Ganga, il fallait nous éliminer.

— Vous vous déplacez toujours avec un revolver ?

— Dans certaines circonstances seulement, répondit Philippine avec un sourire.

Les rires d'Arminius détendirent l'atmosphère. À l'évidence, l'Américaine ne connaissait pas l'histoire de Philippine. Georges, si ; il s'en tint à un sourire discret. Philippine, elle, se félicita une fois de plus d'avoir emporté son vieux Bulldog ; elle l'avait enveloppé avec des munitions dans du papier d'aluminium et fourré au fond de son bagage de soute. Sans cela, il était probable que Bwolo les aurait tués tous les quatre, puis aurait menacé de tuer également N'Ganga lui-même s'il ne faisait pas disparaître les cadavres. Ensuite, il aurait pris le pouvoir et déclenché une répression sanglante.

— Le résultat de cet affreux après-midi est en tout cas positif, avança Arminius. Pendant un certain temps, je pense que les livraisons de vivres iront entièrement aux populations.

— Un certain temps seulement ? s'étonna Galindez.

— Il faut être prudent dans les prévisions.

— La prudence nous incite en tout cas à ramener Georges en France, dit Philippine.

Le jeune homme parut stupéfait.

— Avant deux jours, tout le monde saura que c'est toi qui as monté le coup des conteneurs vides et des caméras. L'armée a beaucoup de partisans. Je ne donnerais pas cher de ta vie si tu restes ici.

Philippine n'avait fait que formuler l'évidence.

— Je crois que Mme Wennergren a raison, dit Barbara McGaith. Vous devez quitter le pays le plus rapidement possible. Dès que l'état-major se sera ressaisi, il tentera de se venger. Je ne serai rassurée que lorsque l'avion qui vous emmènera avec nous aura décollé d'ici.

Georges soupira.

— J'aurais pu être utile…

— Vous le serez encore plus vivant, dit Galindez.

— Nous avons besoin d'hommes comme vous, dit Barbara McGaith. Vous avez été chargé d'une mission temporaire, mais je suis maintenant décidée à vous faire engager de manière permanente.

Le visage de Georges s'éclaira.

— C'est votre neveu, si j'ai bien compris ? reprit l'Américaine, s'adressant à Philippine et à Arminius. Quelle famille ! Je bois à votre santé !

Ils se levèrent et se retournèrent pour admirer une dernière fois le paysage nocturne de Port-Saint-Ignace. Quelques heures plus tôt, ils avaient évité de justesse la mort. Peut-être cette ville leur avait-elle porté chance.

Philippine ne parvenait pas à oublier le geste de la mère qui lui avait tendu son enfant lors du premier voyage.

— Tu as gagné.

Le constat d'Arminius était doux à l'oreille, mais il décrivait mal ce qu'elle ressentait : ce n'était pas elle qui avait gagné, mais quelque chose d'autre. La seule satisfaction qu'elle retirait de l'expédition africaine était que Georges s'était enfin trouvé une occupation qui le passionnait : dès que la vice-présidente McGaith lui avait confirmé par télégramme son engagement permanent à HH International, il était parti pour les États-Unis. Et c'était les yeux mouillés qu'il avait pris congé de Philippine et d'Arminius ainsi que de ses cousins. Il parlait peu :

— Je ne l'oublierai jamais, avait-il simplement dit.

Quant à la victoire en question, elle était à double tranchant. Les incidents de Port-Saint-Ignace avaient évidemment fait le tour des chancelleries du monde occidental et de l'Afrique de l'Ouest ; HH International avait été accueilli dans les États voisins avec une méfiance égale à la chaleur des populations. Un journal de Basington, capitale du Wasutoland, avait même écrit que les organisations humanitaires étaient des instruments des anciennes puissances coloniales, affublés des oripeaux de la compassion, et des pieuvres démagogiques visant à s'attirer la sympathie des populations en remplissant leurs ventres plutôt que leurs têtes. À l'évidence, le président Bakémé n'avait pas apprécié que HH International se fût imposé en dépit de ses préventions personnelles.

À Paris, l'attitude de Favre-Denfert, jusqu'alors amicale, fût-elle colorée de réserves ironiques, changea. À l'occasion d'une rencontre au CNPF, il s'en expliqua et déclara aux époux Wennergren :

— Je veux bien croire que votre différend avec Leferrier ait été dû à des conflits de caractères. Mais je dois admettre qu'il avait raison : avec cette organisation humanitaire que vous avez réussi à fonder grâce à des appuis américains, et que les Américains dominent d'ailleurs, vous avez ouvert la porte à leurs intérêts. Nous affrontons désormais une concurrence d'une âpreté inconnue jusqu'à ce jour.

— Les organisations humanitaires ne sont pas des entreprises commerciales, rétorqua Philippine. Et rien n'interdisait à M. Leferrier d'en prendre l'initiative. Mais il a cru bon de sacrifier l'humanitaire à l'amour-propre de quelques roitelets locaux avec qui il est de mèche et qui ne souffrent pas qu'on vienne en aide à leurs populations, parce que cela nuirait à l'image de leurs pays.

La riposte fut sans doute rapportée à Leferrier, car une campagne fut lancée dans la presse sur « ces Français qui soutiennent la concurrence étrangère dans le monde » et des « organisations humanitaires qui se mêlent de ce qu'elles ne connaissent pas ». Arminius et Philippine y furent nommément cités.

Un quotidien national vint les interroger. Ils répondirent de concert que le seul but d'une organisation telle que HH était d'aider des populations affligées. Ils déplorèrent que les anciens territoires de l'empire colonial français fussent considérés comme le pré carré de certains réseaux politiques ; ceux-ci ne traitaient qu'avec des chefs bénéficiant de subsides considérables, tandis que les populations étaient chroniquement exposées à la disette et aux maladies. Seule l'ouverture de ces pays à la concurrence internationale permettrait d'y remédier.

Le discours fut mal perçu en haut lieu. La rumeur parisienne dauba sur la « milliardaire rouge » qui trahissait son parti de fait, la droite. Anton se fit rembarrer d'une *party* organisée par des amis de bon ton qui lui conseillèrent d'aller plutôt manger du caviar soviétique à la fête de l'Huma ou des hot-dogs à l'ambassade des États-Unis. Marc conserva son sang-froid et son esprit caustique.

— La France est un pays de loups, dit-il un soir, si l'on ne hurle pas avec une bande, on fait partie des chasseurs.

Il avait trouvé un emploi dans un institut de sondage, où il s'était distingué par son talent dans la formulation des questions et l'interprétation des résultats selon les catégories sociales supposées des sondés. Il avait ainsi établi que les petits-bourgeois votaient plus à droite que les grands bourgeois.

Désenchanté du communisme, Jeaubert, quand il venait à Paris, ce qui advenait environ deux fois par mois, se divertissait beaucoup de la situation, à l'amusement très relatif de Philippine.

Puis la traque commença. Quel autre nom aurait-on pu lui donner ?

La France venait de s'installer dans un mode de régime dont elle semblait décidément friande, celui de la présidence monarchique, également dite monarchie constitutionnelle, dont le règne du « roi bourgeois », Louis-Philippe, ne semblait pas l'avoir déprise. Le premier citoyen élu, Valéry Giscard d'Estaing, laissait d'ailleurs courir sur son compte des rumeurs selon lesquelles il descendait de Louis XV par la petite porte. Il se pouvait, en effet, qu'une ascendance bourbonienne fût plus agréable aux locataires du Palais éponyme, qui se dressait à quelques centaines de mètres du lieu où Louis XVI fut décapité.

Du meurtre obscur à l'incident bouffon, la vie publique était émaillée de ces mystères et anecdotes, sanglantes, piquantes ou gluantes, qui sont le pain et le beurre des mémorialistes.

Encore secoués par leur excursion en Afrique, Arminius et Philippine partirent s'apaiser l'âme à Venise, avec la jeune Marion. Anton était chez des amis dans le Midi et Marc s'apprêtait à rejoindre un couple à Sylt, l'île nudiste de la mer du Nord. Sur ses conseils, décidément avisés, ils choisirent leur hôtel, non dans la ville même, mais au Lido, à brève distance en vaporetto de la Sérénissime et des exhalaisons de ses canaux.

— Je pense que ça vaudra mieux pour Marion, suggéra-t-il. Les plages du Lido sont plus gaies.

De fait, après trois musées et une douzaine d'églises, Philippine se trouva rassasiée de beauté.

— J'ai l'impression de manger un dessert après l'autre, dit-elle.

La dernière visite d'église, celle des Frari, avait d'ailleurs valu un choc mémorable à Marion : elle s'était soudain retrouvée en face d'un squelette de bronze levant sa faux et elle n'avait pu retenir un cri. Ce *memento mori* ornait, pour ainsi dire, un monumental tombeau de marbre, et Philippine elle-même en avait été désagréablement impressionnée. Les visiteurs s'étaient empressés de déguerpir et de se rasséréner en dégustant des sorbets au café Quadri.

— Pourquoi l'art est-il toujours aussi sombre ? Et pourquoi la mort y est-elle toujours aussi présente ? demanda Philippine.

— Notre idée de l'art, répondit Arminius, n'est pas la même que celle des gens qui ont bâti Venise. Pour eux, c'était une illustration des valeurs éternelles, et seule la religion servait de consolation au fait que la vie est courte.

— Mais je n'aime pas non plus l'art moderne, objecta-t-elle.

Lors de la visite d'une exposition, à Paris, elle avait été révulsée par des peintures de Picasso.

— C'est tout ce que j'ai combattu toute ma vie, avait-elle dit : la brutalité. Et elle est encore plus pénible quand elle est contrefaite.

Elle regarda la foule qui déambulait sur la Piazzetta, les pigeons qui marchaient par terre et les chevaux qui caracolaient au fronton de la basilique Saint-Marc.

— Ces gens ne sont pas vraiment à Venise, dit-elle : ils se disent qu'ils sont à Venise.

Au bout de dix jours, Arminius et elle convinrent de lever le camp.

— Je crois que, même quand tu vieilliras, tu ne seras jamais une vieille dame, lui dit-il dans le train.

Arminius avait toujours entretenu des rapports cordiaux avec le directeur d'agence de sa banque. Il fut cependant surpris quand celui-ci exprima au téléphone le désir de le voir « à l'occasion ». Il ne posa pas de questions, mais se rendit rapidement à l'agence. Il fut à peine annoncé que le directeur vint à sa rencontre, la main tendue, le visage souriant et lui proposa d'une voix plus basse que de coutume d'aller prendre un café au bistrot voisin. Cela devenait de plus en plus intrigant, car l'agence possédait une machine à café.

— M. Wennergren, pardonnez ces mystères, mais étant donné les liens de confiance qui nous lient, je dois vous informer de certains faits. Par deux fois, des agents de la brigade financière sont venus exiger des copies de vos comptes et de ceux de votre épouse, et de toutes les opérations boursières effectuées par notre entremise. Leur détermination était évidente : ils ont longuement interrogé votre chargé de patrimoine et ils sont ensuite allés au siège.

Arminius était confondu.

— Que cherchent-ils ?

— Je l'ignore. Et, à mon avis, ils l'ignorent eux-mêmes. Ils n'avaient pas de fil conducteur, parce qu'ils se sont intéressés aussi bien aux versements effectués sur vos comptes qu'aux transferts sur d'autres comptes. Quelqu'un ou quelques-uns dans le gouvernement vous cherchent la petite bête.

Le nom de Leferrier vint à l'esprit d'Arminius.

— Eh bien, laissez-les chercher, dit-il en achevant de boire son café, et faites-leur le meilleur accueil. Je n'ai absolument rien à cacher. Je vous remercie de votre confiance.

Mais le directeur ne semblait pas avoir soulagé sa conscience ; son expression signifiait : « Ce n'est pas aussi simple que vous semblez le croire. » Arminius s'en avisa. Il attendit la suite.

— Quand je leur ai demandé ce qu'ils cherchaient exactement, ils ont répondu : « Les preuves de sa filouterie et de celle de sa femme. »

— Vous voulez dire qu'on est en train de monter un complot contre ma femme et moi ?

— C'est ce que je crains.

— On verra bien.

— Un dernier mot, M. Wennergren. Si j'étais vous, je ferais chercher des micros dans votre bureau.

Arminius fut interloqué.

— Des micros ?

— J'ai quelque raison de croire que votre ligne téléphonique est écoutée. Quand ces gens sont décidés à vous nuire, et ils le paraissent, ils n'hésitent pas à installer aussi des micros.

Le banquier devenait-il paranoïaque ?

— Il existe des entreprises spécialisées dans la détection de micros, reprit le banquier. Je peux vous en fournir l'adresse.

— Qu'est-ce qui me vaut exactement votre confiance ? demanda Arminius.

— La peur de vous perdre, tout simplement, répondit le banquier avec un demi-sourire.

Au moins cet homme-là était franc.

Joël Pisan négligeait ostensiblement les accoutrements ordinaires des citoyens fonctionnaires, employés, entrepreneurs, bref, ces costumes couleur de muraille et ces chaussures que le sens civique et le respect de l'autorité, sans parler des habitudes du service militaire, imposent de cirer impeccablement tous les matins ; ses jambes étaient couvertes d'un jean et son torse d'un chandail avachi et défiant toute tentative de remise en état. L'épaule gauche avait été meurtrie par un sac porté en bandoulière. Le tout flattait sans doute sa silhouette dégingandée. Quant à ses pieds, ils étaient enfilés dans des baskets fatiguées par les heures de marche. À la surprise contenue d'Arminius, il opposa un regard narquois, détaillant le costume de cachemire, la cravate d'un bon goût éclatant à force de discrétion et les chaussures de bon faiseur. À la fin, il amusa Arminius. C'était l'artisan indiqué par le directeur de la banque.

— Vous avez donc un problème ? lâcha-t-il.

— Je n'en suis pas sûr, répondit Arminius, de plus en plus amusé.

— On va voir ça.

Bizarrement, il ouvrit la fenêtre et le bruit du trafic emplit la pièce, puis il se tourna vers Arminius et mit son doigt sur sa bouche. Celui-ci, étonné, le laissa faire. Pisan souleva le rabat de son sac, en tira un appareil de la dimension d'un transistor et en dégagea une petite antenne. Il s'accroupit devant le bureau d'acajou et promena l'antenne çà et là. Soudain, un grésillement retentit. Pisan tordit son cou de manière acrobatique et détacha alors de sous le plateau central du meuble un petit boîtier noir, du diamètre d'une pièce de dix francs, le contempla et se tourna vers Arminius avec un sourire de chat. Celui-ci s'apprêtait à émettre un cri de surprise, mais de nouveau le doigt sur la bouche du jeune homme lui ordonna de se taire. Il glissa le micro dans un paquet de gitanes qu'il laissa tomber dans le sac.

Pisan reprit sa position à quatre pattes et promena alors son détecteur le long des plinthes. La secrétaire étant entrée sur ces entrefaites, ce fut au tour d'Arminius de lui imposer le silence.

— Oui, Brigitte ? dit-il à voix haute.

— Un coursier a déposé ces deux plis pour vous il y a quelques minutes, répondit-elle, se prêtant au jeu, mais sans détacher son regard de l'étrange visiteur.

— Je vous remercie.

Pisan s'était arrêté, ou plus exactement il y était tombé en arrêt, à l'angle opposé de la pièce. Il indiqua du doigt un classeur et Arminius l'aida à le faire glisser sur le parquet. Là, l'objet du délit était visible comme une mouche sur la crème. Pisan le détacha, puis signifia qu'il cherchait un autre endroit où le déposer. Arminius lui indiqua une boîte à cigares, Pisan hocha la tête et l'y laissa tomber.

Il parcourut ensuite la pièce du regard et commença à fureter, soulevant les tableaux, examinant les encadrements des fenêtres et de la porte, inspectant le poste de télévision, puis il demanda à voix basse un escabeau ; quand on le lui eut apporté, il monta examiner le luminaire central et, soudain, saisit un objet minuscule, invisible du sol, le fourra dans sa poche et redescendit. Pendant que le planton remportait l'escabeau, Pisan referma la fenêtre, rangea son détecteur, le remit dans son sac, s'assit dans un fauteuil, croisa les jambes et alluma une cigarette.

— Trois, dit-il. Je crois que c'est tout.

L'amusement d'Arminius s'était dissipé.

— Trois ? répéta-t-il.

— Des émetteurs récepteurs. Modèle coûteux. Portée mille à mille cinq cents mètres. Il y a probablement un relais dans cette rue, pas très loin d'ici.

— Mais qui les a installés ?

Pisan haussa les épaules.

— N'importe qui pendant la nuit. Un type de l'équipe de nettoyage, par exemple. D'après leur état, je dirais qu'ils sont en place depuis trois ou quatre mois.

Arminius était abasourdi. Le regard de Pisan errait sur le bureau.

— Que cherchez-vous ?

— Une boîte vide.

Arminius vida un paquet de cigarettes et le lui tendit ; Pisan y glissa les trois micros puis la rendit à Arminius.

— Pièces à conviction, dit-il. Si vous vouliez vous venger, j'ai un truc amusant.

— Amusant ?

— Je branche l'un des micros à un enregistreur à bandes. Il passera en boucle des sketches de Fernand Raynaud. Celui du plombier les rend fous.

Il en rit lui-même. Mais Arminius n'était pas disposé aux facéties.

— De toute façon, reprit Pisan, vous n'êtes pas sorti de l'auberge.

Comme Arminius fronçait les sourcils, l'autre poursuivit, avec un geste du menton en direction du téléphone.

— Il y a certainement une bretelle.

— Une bretelle ?

— Le téléphone aussi est probablement branché. Je peux vous le débrancher, mais ça dépend de votre stratégie. En enlevant les micros, vous avez déclaré la guerre. Normalement, vous devriez débrancher vos écoutes téléphoniques. Quelqu'un qui sait qu'il y a des micros dans son bureau sait aussi que son téléphone est sur écoute. Ça ne les étonnerait donc pas que vous le débranchiez.

Arminius était confondu.

— Mais ils ne tarderaient pas à les réinstaller, faites-moi confiance. En revanche, si vous laissez la bretelle, ça signifie : « Allez-y, les gars, je sais que vous m'écoutez, mais je n'ai rien à cacher. » Tout dépend, je vous l'ai dit, de votre stratégie. Déclaration de guerre totale ou avertissement sans frais, c'est à vous de choisir.

C'était inimaginable : ce clampin expliquait à un chef d'industrie tel qu'Arminius une situation que ce dernier n'aurait jamais imaginée quelques heures auparavant.

— Vous semblez avoir de l'expérience dans ce métier, dit-il enfin.

— C'est bandant de jouer des niches à des gens qui se croient tout-puissants, au-dessus des lois et du reste de l'humanité. Et qui sont souvent malfaisants, cons, bêtes et moches.

— Vous parlez des services secrets ?

— Je parle de tous les gens de pouvoir. Le pouvoir est l'école de la crapulerie.

Vaste problème, dont Arminius n'était pas disposé à débattre dans ces circonstances.

— Vous n'avez jamais de problèmes avec eux ?

— Tout le temps. Des intimidations. Des contrôles fiscaux, surtout pour savoir qui m'emploie. Et pour m'inciter à arrêter mon métier. Ils m'ont même proposé de travailler pour eux. Ils voudraient que je les prévienne de mes interventions et moyennant rémunération, je ferais seulement semblant d'enlever les micros.

Il rit.

— Et alors ?

— Je leur ai dit non. Je ne suis pas un flic. Je suis seulement un anarchiste. Vous ne savez pas ce que c'est jouissif de faire chier les cons.

L'absurdité de cette grossièreté fit sourire Arminius.

— Voulez-vous que je vous paie en liquide ?

— Pas la peine, ils sauront de toute façon que c'est moi qui ai fait le travail, car ils ont certainement enregistré votre appel téléphonique. Mais vous pouvez ajouter un pourboire.

Celui-ci fut généreux. Joël Pisan, satisfait, s'en alla de sa démarche dégingandée. Arminius, pensif, se rassit à son bureau.

22

Déplorée par les amants, l'intermittence du cœur n'est pas toujours un fléau ; elle permet de reconstituer les forces dilapidées par un sentiment trop violent, amour ou colère. L'exaspération de Philippine quand Arminius lui raconta la découverte des micros et l'entretien avec Joël Pisan ne dura qu'une soirée et s'acheva sur ces mots :

— Tu as bien fait de maintenir les écoutes téléphoniques. Ils enrageront de constater que nous n'avons rien à cacher.

D'autres soucis pesaient sur l'horizon : l'avenir d'Anton et le projet de rachat de Family Foods, l'un des sept conglomérats mondiaux qui distribuaient les vivres sur la planète et commandaient donc les prix des denrées, du blé aux pommes, du bœuf à la banane, du lait au café, du cacao aux crevettes. Arminius et Philippine avaient longuement étudié l'organigramme de la firme, et ses ramifications leur avaient donné le vertige. Elle coiffait une cascade de holdings asiatiques, sud-américains, européens et même français, qui étaient à première vue totalement indépendants, mais en fait assujettis à la même autorité suprême. Family Foods était de ces puissances quasi célestes qui contrôlent la vie quotidienne de la planète, indifférentes à la disette alimentaire chronique de certains pays et à la pléthore étouffante des autres. La politique du conseil d'administration était insensible à la famine comme au risque d'obésité : elle ne connaissait qu'une seule loi, celle du profit, et il eût été vain d'en discuter avec les administrateurs et de plaider pour un aménagement quelconque ; il en découlait que certains pays pauvres étaient contraints de vendre la totalité de leur production agricole à cette firme et que leurs populations n'avaient alors plus les moyens de se nourrir. Arminius et Philippine avaient découvert des paradoxes déconcertants : ainsi, la totalité de la production d'arachides d'un pays tel que le Wasutoland, dont ils revenaient, était depuis de nombreuses années vendue à un prix déterminé à une filiale de Family Foods, mais le prix d'un litre d'huile d'arachide équivalait au salaire d'une semaine de travail sur le marché local et il était donc hors de portée de la population. Cela les avait indignés.

Les deux époux ne possédaient qu'un peu moins de 2 % des actions de Family Foods, achetées à l'époque où la distribution des produits de Sunlove Cosmetics avait été menacée d'asphyxie ; au fil de conversations entre eux et avec des gens d'affaires, depuis leur retour d'Afrique, ils avaient décidé d'en acquérir 34 %, pourcentage qui leur assurerait un pouvoir de décision. Pareil investissement dépassait cependant leurs capacités : il représentait quelque 300 millions de dollars. Arminius s'en ouvrit au directeur de sa banque. Celui-ci ne parut pas enthousiaste.

— M. Wennergren, je ne voudrais pas vous faire perdre de temps. Je pense que votre demande n'aboutira ni dans cette banque ni dans aucune autre en France. Ce n'est pas que la somme soit trop élevée…

L'explication ne suivit pas. Arminius écouta sans mot dire. La même puissance ténébreuse, sans doute Leferrier, avait donné des consignes en haut lieu. Il fallait bloquer l'action subversive des Wennergren.

— Vous avez été satisfait des services de Joël Pisan ? demanda le directeur.

Le cheminement de sa pensée était éloquent.

— Vous faites souvent appel à ses services ? demanda Arminius, conscient de l'insolence de sa question.

— Moi pas. Certains clients, parfois. Il existe dans tout système des circuits clandestins, M. Wennergren. Leur efficacité tient justement au fait qu'ils sont clandestins.

Comme la Résistance, songea Arminius.

Mais qu'ai-je jamais fait d'autre que résister ? se demanda-t-il en regagnant son bureau.

— J'avais cru avoir quitté Villardon, lui confia Philippine, le soir, quand il lui rapporta son bref entretien avec le directeur de la banque. J'ai l'impression que je vais partir cette nuit avec des sacs de plastic, des détonateurs et mon revolver pour faire sauter un pont ou un entrepôt.

— Mais nous allons quand même quitter Villardon, répondit Arminius. Fais ta valise.

— Nous emmenons Marion ?

— Non. Nous ne serons absents que deux ou trois jours.

L'Allemagne fédérale de 1974 était un pays à la face aussi lisse que les façades des immeubles neufs qui s'élevaient sur les anciens champs de ruines. Elle avait perdu le sens du spectacle et avait relégué au placard le paraître, si souvent confondu avec l'être. Symptôme révélateur : il n'existait quasiment plus de cinéma allemand ; les studios de la UFA qui produisaient autrefois des films mémorables, comme *Nosferatu le vampire* ou *Le Cabinet du docteur Caligari*, films d'épouvante bien sûr, avaient disparu. D'un tacite accord, les Allemands ne se flattaient plus l'imaginaire – ils se contentaient de regarder les superproductions américaines. Dès qu'un pays fait du cinéma au sens propre, on doit craindre qu'il en fasse au figuré. *Le Cuirassé Potemkine* et *Ivan le Terrible* annonçaient les convulsions à venir du régime soviétique déjà en place, et quelques décennies plus tard, *La Guerre des étoiles* augurait les étoiles en guerre. L'Allemagne fédérale ne faisait que de la musique.

Arminius avait, de Paris, obtenu un rendez-vous avec le directeur de la plus grosse banque allemande, Karl Kahlhoff, et y emmena donc Philippine, qui détenait le pouvoir décisionnaire, comme on dit dans les bons milieux. Le directeur était un homme aux cheveux gris, vêtu de gris, dans un bureau grisâtre. Les fenêtres offraient un paysage également gris piqué d'immeubles modernes qui, esthétiquement parlant, étaient gris, bien qu'ils fussent généralement blancs.

Kahlhoff écouta Arminius, étonnamment concis. Un long silence passa et le banquier demanda simplement :

— Et les Français ?

— Ils sont contre, répondit simplement Arminius. *Sie sind gegen.*

— Nous allons faire un tour de table, déclara Kahlhoff.

Philippine s'émerveilla : sa maîtrise de l'allemand s'était certainement étendue depuis son mariage, mais elle demeurait limitée ; là, elle avait tout compris.

Le lendemain à 17 heures, les trois cents millions de dollars étaient réunis. L'OPA, offre publique d'achat, pouvait commencer.

Arminius emmena Philippine dîner, non dans un restaurant, mais dans un de ces bistrots typiquement allemands où l'on sert de la nourriture, pas des « plats », du poulet, des saucisses, des côtes d'agneau. Ils partagèrent une choucroute, arrosée d'un vin du Rhin. Düsseldorf était une des villes les plus riches d'Allemagne et sans doute d'Europe ; c'était un grand centre d'affaires financières et industrielles, mais rien ne pouvait être plus éloigné de Paris, fastueux, coquet et disert. Philippine regarda autour d'elle, surprise. Elle ne connaissait quasiment pas le pays de son mari. Elle se le représentait comme une contrée de discoureurs véhéments ou de poètes échevelés.

— C'est de la prose, ce pays, dit-elle, rien que de la prose.

— Nous ne confondons pas la prose et la poésie, répondit-il.

Elle le considéra une fois de plus, comme elle n'avait cessé de le faire depuis tant d'années : ancré dans la réalité comme il l'était, il avait, en fait, assuré sa fortune, leur fortune, depuis le transfert des lingots en Amérique jusqu'à l'administration de Sunlove Cosmetics. Cet homme était pour elle incompréhensible. Peut-être la poésie gisait-elle au cœur de la prose, comme dans ces sonates pour violoncelle seul de Bach, qui paraissaient presque ennuyeuses à force de discipline et de retenue, mais dont elle avait appris à apprécier la rigueur. Mais, à la fin, tant de constance rendait Arminius parfois énigmatique.

— Dis-moi, lui demanda-t-elle à leur retour à Paris, tu n'as jamais éprouvé la tentation de me tromper ?

— Ce serait me trahir moi-même. Tu fais partie de moi.

— Jamais ?

— Jamais. Je ne vois pas qui pourrait me tenter.

Les Allemands appartenaient-ils à une autre humanité ? Ou bien les femmes ne comprenaient-elles pas les hommes ?

Des notes de piano résonnèrent dans la maison. Elles provenaient du salon de musique, au rez-de-chaussée. Marc. Il s'exerçait régulièrement, pour son seul plaisir et sur les conseils occasionnels d'Arminius. Depuis qu'il avait, dans son enfance, entendu le petit thème de bienvenue composé pour lui par son père, sa fascination n'avait pas faibli. Il avait appris le solfège et s'était entraîné sans jamais faillir. Le morceau qu'il interprétait frappa Philippine par sa violence et sa révolte. Un questionnement obstiné se heurtant à un mur invisible. Puis un reproche déchirant, teinté de nostalgie. Était-ce un aveu ?

— *Étude* op. 8 n° 2 de Scriabine, murmura Arminius. Je ne l'ai jamais entendue interprétée comme ça.

Puis :

— Il cache bien sa révolte.

— Pourquoi serait-il révolté ?

— La découverte des limites… De l'amour, de l'effort, de la vie…

— De nos deux fils, c'est lui qui te ressemble le plus. Il frime parfois, mais il est tout intériorisé.

— Et Anton, lui, ressemble à Gilles.

— Pas entièrement, j'espère.

— Je me demande parfois à qui ressemble Marion.

Philippine tressaillit. Était-ce vraiment une question que posait Arminius ?

L'OPA sur Family Foods ne pouvait être qu'hostile : quel que fût son volume, comme on dit, Sunlove Cosmetics n'était pas du gabarit de sa proie. Comme en témoignèrent les articles des journaux spécialisés, *The Wall Street Journal* ou *The Financial Times*, les pontes des milieux boursiers et bancaires s'étonnèrent, puis s'inquiétèrent. « Déraisonnable », jugea un gourou. « Échec assuré », affirma un autre. « Jonas veut avaler la baleine », ironisa un troisième. Mais Sunlove Cosmetics fit une offre supérieure à celle du marché : 35 dollars l'action au lieu de 34.

Rien n'illustre mieux le schéma darwinien du *struggle for life* que le marché financier. Le trouble s'installa au conseil d'administration de Family Foods, comme la panique chez les singes qui ont vu arriver des prédateurs aériens ou terrestres. L'assemblée générale extraordinaire tenue pour la circonstance s'acheva dans la confusion. De petits paquets d'actions avaient d'abord été vendus en douce. Puis les agents de change enregistrèrent des mouvements importants : un mois plus tard, fin septembre 1974, Sunlove Cosmetics était propriétaire de 8 % des actions.

L'hebdomadaire satirique *Chantecler*, celui qui s'était gaussé des mésaventures amoureuses du député Cassevert, révéla alors le détail de la confrontation mouvementée qui avait eu lieu dans le bureau du président N'Ganga, quelques mois plus tôt, sous le titre « Les exploits africains de la Môme Revolver ». La description en était à peu près exacte ; comme ce n'était ni Arminius, ni Barbara McGaith, ni Galindez qui l'avaient fournie, elle ne pouvait provenir que d'un rapport que N'Ganga avait fait à ses tuteurs français, et nommément Leferrier. Le président africain n'avait-il pas lancé à Philippine : « Leferrier m'avait bien prévenu que vous étiez une emmerdeuse » ? Ce dernier s'efforçait donc de compromettre celle qu'il tenait pour une intruse dans la gestion de son pré carré. L'objectif en était de déconsidérer les patrons de Sunlove Cosmetics et leur tentative de conquérir une minorité de blocage dans Family Foods, qui accroîtrait dangereusement leur pouvoir dans certains pays d'Afrique. Les journaux étrangers reprirent évidemment l'article de *Chantecler*. L'un d'eux publia une photo de Philippine : « La place d'une femme qui élimine ses ennemis au revolver est-elle parmi les grands actionnaires de Family Foods ? »

La Môme Revolver ! La résurgence de ce vieux surnom, qui datait de la Résistance, aurait amusé Philippine, n'eût été qu'elle l'avait entendu chuchoter chez son coiffeur, puis deux ou trois fois dans les boutiques d'Auteuil où elle était allée faire des courses. Comment ne pas voir l'ombre de Leferrier dans la traque qui s'organisait ?

— Dans huit jours, on n'en parlera plus, commenta Kahlhoff au téléphone. Le monde est bien trop occupé par la succession de Nixon.

La France était aussi bouleversée par l'attentat au Drugstore de Saint-Germain-des-Prés. Mais, pour le moment, cela n'empêchait pas de parler de cette Française qui avait tiré sur un chef d'état-major dans un bureau présidentiel africain. On broda et on jacta dessus à l'envi. Marc et Anton avouèrent que leurs amis les interrogeaient sans grande discrétion sur leurs parents. À l'école, des fillettes lancèrent à Marion :

— Il paraît que t'es la fille de la Môme Revolver ?

À La Pomme de Terre, un club très privé d'hommes d'affaires, boulevard Saint-Germain, auquel appartenaient Arminius et Favre-Denfert, celui-ci déclara, à portée de voix d'Arminius, à qui il battait désormais froid :

— C'est le combat du pot de terre contre le pot de fer.

Entre-temps, le cours des actions tant convoitées de Family Foods n'avait cessé de grimper. Un lundi matin de septembre, il dépassa 40 dollars ; il devint évident que, dans ces conditions, les Wennergren n'atteindraient pas les 34 % visés.

L'humeur de Philippine ne s'en ressentit pourtant pas.

— On dirait qu'elle s'aiguise au contact des difficultés, confia un soir Arminius à Galabert, devant l'intéressée.

— Les êtres humains changent, les situations aussi, observa-t-elle. Il advient toujours un moment où ça devient plus mou.

— Mme Wennergren ?

L'appel était presque chuchoté. Philippine se retourna : un homme en imperméable gris foncé, visage encore jeune, plutôt aimable, anxieux.

— Oui ?

— Vous ne me reconnaissez évidemment pas. David. Le paletot rouge. Nationale 44. David Faurillon*.

Elle le dévisagea.

— Mon Dieu ! murmura-t-elle. C'est vous !

Elle sourit. Il se détendit.

— Je peux vous offrir un café ?

— Bien sûr, dit-elle.

Elle se dirigea vers son café habituel.

— Non, pas là, dit-il.

Elle fut surprise, mais accepta de faire quelques pas de plus avec David Faurillon pour entrer dans un autre café de l'avenue Raymond-Poincaré.

— Mes parents sont morts, annonça-t-il tandis qu'ils touillaient le sucre dans leur café.

---

* Voir *Les Années de fer.*

— Je suis navrée.

Un temps :

— Je travaille à Paris, au ministère de l'Intérieur, dit-il d'un ton chargé de sous-entendus, comme si son travail avait un rapport avec elle.

Elle devina quelque chose d'insolite et attendit la suite.

— Je travaille aux Renseignements généraux, lâcha-t-il en la regardant intensément. Madame, vous m'avez sauvé la vie, poursuivit-il d'un ton pathétique. Je devais... Je ne pouvais pas... Vous êtes la cible d'une surveillance suivie, peut-être de pire...

Il tira une liasse de papiers de sa poche intérieure. Des photocopies. Il les tendit à Philippine :

> AFFAIRE GEORGES CARRÈZE. *Non élucidée. Fortune mystérieuse, d'origine non établie. Elle et son premier mari, Émile Jeaubert, devenu membre du comité central du PCF, ont été victimes d'enlèvements destinés à leur faire avouer ce qu'ils avaient fait des trois cents lingots d'or dérobés aux SS par Beaudouin de Percy. Rôle probable dans l'assassinat de Percy.*

Elle leva les yeux et rencontra ceux de Faurillon.

— Lisez, dit-il.

— Je ne vais pas lire toutes ces saletés ici et maintenant, répondit-elle.

— Vous pouvez emporter les photocopies. Je serai damné si on découvre que je les ai faites et que je vous les ai données. Lisez les dernières feuilles.

> *Deux fils et une fille. L'aîné, Marc, diplômé de Sciences Po, contestataire, a été beaucoup vu au Quartier latin en Mai 68. Deux amis trotskystes, Benoît Lavalette et Bob Cadino. Travaille dans un institut de sondage, Opinio, suspect d'infiltration gaucho. Le cadet, Anton, fêtard, fume du hasch et participe aux Ateliers politiques, rendez-vous de contestataires généralement drogués. Achète de la dope, hasch et coke, place de Stalingrad et à Barbès. A. S.*

Elle s'arrêta, prise de nausée.

— Ça veut dire quoi, A. S. ?

— À surveiller. Ils espèrent un incident.

— Leferrier ?

Faurillon hocha la tête.

— Lui et d'autres. Vous verrez dans les copies. Votre tentative d'achat de cette boîte américaine…

— Family Foods ?

— C'est ça. Ça les rend dingues.

Elle rumina ces révélations.

— Vous m'attendiez à la porte ?

— On sait que vous sortez de chez vous vers 10 heures.

— On me suit ?

— Oui.

— C'est pour ça que vous n'avez pas téléphoné ?

— Oui.

— Et aujourd'hui, on ne me suit pas ?

— C'était moi qui étais en planque.

Un silence.

— Vous m'avez sauvé la vie, jadis…

Elle hocha la tête. La phrase de son père lui revint à l'esprit : « Nos actes nous suivent. » Même les bons.

— Je vous remercie, David.

— Madame, j'ai peur pour vous…

— On ne peut pas vivre dans la trouille.

— Ils sont fous de rage après vous…

Elle haussa les épaules.

— Je vous remercie de me le confirmer. Je tâcherai de garder l'œil plus ouvert que d'habitude.

La guerre ne s'arrêterait-elle donc jamais ?

Philippine décida de se séparer moins souvent de son Bulldog. Elle avait bien fait de renouveler son permis de port d'arme, bien qu'elle ne fût pas certaine d'avoir le droit d'en porter une sur elle.

23

— Tu serais gentil de cesser d'acheter de la dope à Barbès et à Stalingrad.

Ce regard idiot du garçon pris la main dans le pot de confiture. Marion était couchée, on pouvait parler.

— Pas la peine de me servir des salades, prévint Philippine. J'ai les rapports de police. Je n'aime déjà pas l'idée que tu te drogues régulièrement mais, par-dessus le marché, tu nous causes du tort à ton père et à moi. Tu nous fragilises. On n'en a pas besoin.

Le regard d'idiot avait fait place à un regard ahuri.

— Hein ? Des rapports de police ?

— Tu n'es pas sourd. Et qu'est-ce que c'est que ces Ateliers politiques ?

Marc dressa l'oreille, inquiet.

— Tu vas aux Ateliers politiques ? demanda-t-il à son frère, comme s'il apprenait que celui-ci fréquentait des clubs pédophiles.

Regard morveux d'Anton.

— Réponds, s'impatienta Philippine, tandis qu'Arminius observait la scène.

— Ben, c'est des réunions de gens…

Comme la vraie réponse se faisait attendre, Marc la fournit :

— C'est une sorte de club d'extrémistes de tous bords, nihilistes, anarchistes, trotskystes et j'en passe.

— Et, comme de bien entendu, il y a là-dedans des indics qui t'ont repéré, commenta Arminius.

— Mais qu'est-ce que c'est que cette histoire ? s'énerva Anton. On est en démocratie ou pas ?

— On nous a communiqué des fiches de police sur vous deux, entre autres. Quant à la démocratie, elle a aussi sa police, et elle est bien renseignée. Toxicomane et affilié à des milieux subversifs, tu ne nous rends vraiment pas service, Anton.

— Et vous avez des fiches sur moi aussi ? demanda Marc, incrédule.

— Et tes copains trotskystes, Bob Cadino et Benoît Lavalette, répondit Philippine.

Les deux frères étaient consternés de voir déballer des activités qu'ils dissimulaient soigneusement à leurs parents. Marc était abasourdi par les précisions sur ses amis.

— Mais nous vivons dans un régime de terreur !

— Faut foutre ce régime par terre ! renchérit Anton. C'est pire que l'URSS !

— Ça existe partout au monde et comme nous sommes sur la sellette, vous ne nous rendez pas service tous les deux. Je vais vous prier de cesser de fréquenter ces gens et ces lieux.

— Que se passe-t-il ? demanda Marc.

— Il y a des gens du gouvernement qui ne sont pas contents de ce que nous avons fait en Afrique.

— On s'en doutait. Mais ça va jusqu'à nous espionner, vous et nous ?

— La preuve. Maintenant, Anton, si tu ne cesses pas de te droguer, je te fais mettre en cure de désintoxication.

— Pour une fumette de temps à autre ?

— Et la coke.

Le regard ironique que Marc lança à son frère en disait plus long qu'un discours.

— Par la même occasion, Anton, ajouta Philippine, je voudrais que tu perdes ce genre que tu t'es donné depuis un certain temps.

— Hein ? Quel genre ?

— Le cure-dents au coin de la bouche, cette façon de traîner les pieds et de répondre « Hein ? » chaque fois qu'on te parle.

— C'est *cool*, dit Marc, goguenard.

Philippine se félicita que les deux garçons habitassent encore à la maison, sinon seul dans un studio Anton aurait déjà sombré dans ce qu'elle appelait la foutraille, drogues, histoires de police, filles de peu ou de rien, tapage et maladies vénériennes.

Morne soirée pour les deux jeunes gens. Et les parents. La lecture des fiches avait été consternante. Un ramassis de ragots dans lequel il était difficile de démêler le vrai du faux, ce qui faisait que le faux passait pour le vrai. Ainsi, Georges Gantier était-il accusé d'être un « terroriste formé par la CIA ». Ils avaient même interrogé Mme Brice, l'ancienne gouvernante.

— C'est fou ce que ça ressemble à l'Occupation ! dit Philippine en dépouillant les photocopies fournies par David Faurillon.

— C'était la même chose de l'autre côté, observa Arminius d'un ton morne. Ça a toujours été comme ça partout.

Pour se changer les idées, ils emmenèrent Yves Galabert et son amie intermittente, une actrice sur le retour, Odette Pictet, manger des huîtres au Wepler, place de Clichy. Ce n'était pas très loin de là que Philippine avait fait échouer son kidnapping, peu après la fin de la guerre. Mais Paris fourmillait de souvenirs, plus ou moins aimables, et elle s'efforça de ne pas assombrir sa géographie parisienne.

Odette Pictet raconta son premier rôle, en 1943 ; c'était au théâtre, dans *L'Hôtel du Libre-Échange* de Feydeau, pièce qui perpétuait les fantasmes allemands de l'époque sur la folie chronique de coucheries des Français.

— Un officier allemand est venu me voir dans ma loge après le spectacle, raconta-t-elle, espérant sans doute continuer la pièce avec moi. Je lui ai répondu : « Monsieur, l'hôtel est fermé. » Il a rétorqué : « Je vais le faire rouvrir. Appelez-moi le directeur. » La maquilleuse lui a alors lancé : « Certainement, monsieur, c'est le mari de madame ! » Il est resté comme deux ronds de flan, puis est parti.

Arminius rit et rappela que c'était Philippine qui lui avait appris à parler un français un peu moins scolaire.

— Un jour, elle m'a dit, à propos d'un vieux monsieur, qu'il sucrait les fraises. Je lui ai dit : « Mais ce n'est pas la saison ? »

Les convives se quittèrent donc de bonne humeur et, après avoir raccompagné ses invités, Arminius reprit le chemin de la rue du Conseiller-Collignon. Il se gara à brève distance de la maison. Philippine remarqua alors, du coin de l'œil, deux ombres qui venaient de bouger au coin de la rue. Deux hommes, l'un en manteau, l'autre en blouson. Elle fut instantanément dégrisée et alerta Arminius.

— Et j'ai oublié d'emporter le Bulldog, dit-elle.

— Je peux démarrer et on va coucher ailleurs ?

— Non. Ça ne fera que retarder l'échéance.

Elle descendit tranquillement de la voiture, et Arminius ferma les portières à clé. Les deux hommes étaient maintenant postés de part et d'autre de la grille de ferronnerie du jardin. Elle feignit de ne pas les voir, non plus que les armes qu'ils tenaient à hauteur de la ceinture et braquées sur le couple ; ils avaient sans doute cru que leur simple vue l'emplirait de terreur. Des bourges qui s'affoleraient, pousseraient des cris. Que comptaient-ils faire ? Les dévaliser ? Les assassiner sur-le-champ ? Une voiture qui passa lentement, cherchant une place de stationnement, contraria leur plan. Philippine introduisit prestement la clé dans la serrure de la grille. Son calme déconcerta sans doute les agresseurs.

— Pas si vite, dit l'homme à gauche, celui qui était en blouson.

Faisant un pas en arrière, Philippine ouvrit brutalement la porte et la lança de toutes ses forces contre le malfrat. Le geste prit celui-ci de court. Récemment graissée, la porte pivota sans peine et, plus haute qu'un homme, elle était lourde ; elle le heurta au front, il saigna soudain, le sang coula dans ses yeux et, instinctivement, il repoussa d'une main cette masse de fonte en tiges. Il perdit l'équilibre et lâcha un juron. Immédiatement, Philippine écarta un peu la grille et la lança encore plus violemment sur l'homme, qui se retrouva plaqué entre la grille fixe et la porte, comme un pigeon à griller au-dessus d'une lèchefrite. Cette fois, il hurla de douleur, un barreau lui ayant écrasé le nez et un coude. Philippine réitéra sa manœuvre. Aveuglé par le sang, il tenta encore de la repousser. Elle entendit des os craquer. Le revolver tomba sur le trottoir. Elle saisit alors l'homme par les cheveux et lui cogna la tête contre les barreaux. Cette fois, il s'écroula. Simultanément, Arminius avait profité de la surprise du complice pour lui faire un croche-pied et le renverser. L'autre gueula, un coup de feu partit, Arminius lui décocha un coup de pied chaussé de Weston dans la figure.

L'homme essaya de s'accroupir pour se redresser. Deuxième coup de pied dans le visage. L'homme s'étala sur le dos. Arminius le releva et lui donna un coup de poing dans le foie. L'autre tourna de l'œil. Arminius le jeta en travers de la chaussée.

Philippine, elle, venait de finir son travail. Son bonhomme gisait par terre, derrière la grille, geignant doucement. Elle ramassa le revolver, fouilla les poches des nervis, prit leurs papiers d'identité de ses mains gantées, puis referma la grille à clé derrière elle.

Une fois dans leur chambre, ils se regardèrent et s'étreignirent. Il l'embrassa avec fougue. Ils eurent à peine le temps de se déshabiller. Deux bêtes en rut. C'est quand les corps sont surchargés d'adrénaline que les hormones sont le plus volatiles ; elles se bousculent dans le sang, transfigurent la pupille des yeux, imprègnent la salive et bourdonnent furieusement dans les oreilles. C'est alors que les seins, les fesses, les épaules, les pectoraux, les sexes revêtent leur caractère le plus dangereux : ils sont comme moulés en plastic, un plastic irrigué de sang brûlant.

Ces amants-là ont vingt ans.

Leur chambre donnait sur une cour, à l'arrière de la maison, mais ils avaient été tirés de leur sommeil par une agitation confuse. Ils perçurent les voix de Marc et d'Anton dans le corridor. Puis un coup de sonnette. Il était 3 heures passées. Arminius enfila sa robe de chambre et descendit. Il croisa ses fils, dont les chambres donnaient sur la rue.

— Y a du ramdam, dit Marc. Deux cars de flics sont là.

Arminius ouvrit la porte : deux policiers attendaient à la grille.

— Bonsoir, monsieur, vous n'avez rien remarqué d'anormal, cette nuit ? demanda l'un d'eux par-dessus la grille.

— Non, qu'est-ce qu'il y a d'anormal ?

Le policier indiqua les corps des deux nervis.

— Des alcooliques ? demanda-t-il.

— Non, ils ont été salement tabassés.

— Ils sont morts ?

— Non. Comme c'était devant votre maison… Vous n'avez rien entendu ?

— Non. Ma chambre donne de l'autre côté.

— Et vous ? demanda-t-il à Marc et Anton qui se tenaient derrière leur père et inspectaient les parages du regard.

Ils secouèrent la tête.

— Non, dit Marc, il m'a semblé entendre une moto qui avait des ratés…

Le policier hocha la tête. Une ambulance arriva, des infirmiers chargèrent les blessés.

— Je vous remercie, messieurs.

Le matin, Philippine, en robe de chambre, enfila ses gants et examina les papiers d'identité des nervis. Ils ne faisaient pas partie de la police : sans doute des voyous engagés pour une mission spéciale. L'un était domicilié dans le XVIIIe, l'autre à La Garenne-Colombes. Elle en fit des photocopies recto-verso, dans le bureau d'Arminius, puis elle demanda à celui-ci où il rangeait ses enveloppes kraft. Elle en prit une, y glissa les papiers d'identité et la referma. Puis elle inscrivit, en lettres capitales, le nom de Bertrand Leferrier et l'adresse de son ministère. Arminius l'observait avec un léger sourire.

— Pourquoi uses-tu de tant de précautions ? Même s'il ne retrouve pas tes empreintes digitales, il saura de toute façon que c'est nous qui lui renvoyons les papiers de ses exécuteurs.

— J'aime bien brouiller les pistes. Rien de plus réjouissant que de dire la vérité aux gens quand ils sont sûrs que c'est un mensonge.

Il émit un petit rire.

— Et d'où vas-tu la poster ?

— D'un autre arrondissement, bien sûr.

— Tu vas le rendre fou de rage.

— C'est déjà fait. Il aura une bonne crise de foie et il sera bon pour une cure à Vichy.

Était-ce une allusion ?

— J'ai réfléchi, tu sais, dit Arminius, je crois que ces types ne voulaient pas vraiment nous tuer.

— Non ?

— Non. Ils ont été trop maladroits. Ça n'aurait servi à rien.

— Qu'est-ce qu'ils voulaient, alors ?
— Nous faire peur. Peut-être nous amocher.
— C'est le même prix.
Il se leva, emportant sa tasse de café vide à la cuisine.
— Pour nous, dit-il, la guerre ne sera jamais finie.
Le constat la saisit.
— Pourquoi ?
— Parce que nous sommes toujours en guerre contre le pouvoir dominant. Pour vivre en paix, il faudrait que nous soyons complaisants, ce qui n'est pas le cas.
— Pourquoi, selon toi ?
— Parce que nous ne vieillissons pas.
— Les autres, ce sont des vieux ?
— Non, ceux qui détiennent le pouvoir sont des faibles. Des ambitieux, des jouisseurs, des naïfs et donc des crapules. C'est pour cela que le pouvoir nous est odieux. Tout pouvoir.

Un peu plus tard dans la matinée, elle se munit d'une éponge mouillée et inspecta la grille sous couvert d'examiner les troènes du jardin. Elle enleva discrètement, hypocritement auraient dit certains malveillants, les traces de sang et empocha l'éponge. Il y avait quelques taches sombres par terre ; elle les frotta du pied jusqu'à ce qu'elles eussent disparu. Ou presque.

Dans l'après-midi, un commissaire de police se présenta rue du Conseiller-Collignon et demanda à voir M. et Mme Wennergren. Philippine était seule à la maison ; elle le reçut dans le salon. La quarantaine banale, sur le déclin, mal rasé, cheveux noirs en brosse, civilisé, mais juste ce qu'il fallait. Il montra sa carte : Lionel Deregozin.
— Vous êtes au courant des deux personnes que nous avons trouvées dans la rue devant votre maison ? demanda-t-il en s'asseyant.
— Mon mari et mes fils m'en ont vaguement parlé.
— Savez-vous que c'est contre vous qu'ils en avaient ?
Elle fit l'ahurie.
— Contre nous ?

— Ils sont passés aux aveux. Ils devaient vous attaquer, vous dévaliser et vous blesser.

— Mais quand ?

— Hier soir, évidemment.

— Ils sont décidément bien maladroits. Nous sommes rentrés hier un peu après minuit et nous n'avons vu personne. Ils seront arrivés trop tard.

— Ils disent que vous les avez battus et assommés, que vous avez pris leurs papiers d'identité et un de leurs revolvers.

Elle regarda le commissaire et éclata de rire. Elle savait que son rire était irrésistible.

— Parce qu'ils avaient des armes ? s'écria-t-elle, maîtrisant son hilarité. Et mon mari et moi aurions maîtrisé deux hommes armés et les aurions assommés ? Monsieur le commissaire, ne me dites pas que vous croyez à cette histoire de brigands, c'est le cas de le dire ?

— C'est, en effet, difficile à croire. Mais je ne vois pas d'autre raison pour laquelle ils se seraient retrouvés dans l'état où ils étaient.

Un temps :

— Vous avez des gardes du corps ?

— Pour quoi faire ? Non.

Il la regarda longuement.

— Écoutez, monsieur le commissaire, dit-elle, nous avons autre chose à faire, mon mari et moi, que de dévaliser les honnêtes gens dans les beaux quartiers.

— Ce ne sont pas d'honnêtes gens, répliqua le commissaire. Ils ont un casier judiciaire garni. Et vous ne les avez pas dévalisés, vous le savez bien, ajouta-t-il avec une pointe d'impatience.

À ces derniers mots, elle s'avisa que sa comédie n'avait pas aussi bien fonctionné qu'elle l'avait espéré.

— Comment ça, je le sais bien ?

— Parce que vous le savez bien. Écoutez-moi bien, Mme Wennergren, je ne suis pas aussi bête que vous le croyez. Et je ne suis pas venu ici pour vous chercher des crosses. Ces gars sont maintenant sous la protection des Renseignements généraux. Vous avez compris ?

Elle ne répondit pas et se fit un masque indéchiffrable.

— Nous, à la police, on en a marre de ces combines ! s'écria-t-il.

— Je ne vous comprends pas. Je ne suis informée d'aucune combine.

— Leferrier, madame, ça vous dit quelque chose ?

Elle répondit d'abord par un silence, puis :

— Que voulez-vous au juste ?

— Que vous cessiez de me prendre pour un con.

C'était raide.

— Monsieur le commissaire, je ne me le permettrais pas.

— Ces deux gars, ils avaient vos noms, ils savaient que vous sortiez dîner et même où, je vais vous le dire, au Wepler, où vous aviez réservé une table pour quatre. Ils ne pouvaient le savoir que par les RG, parce que vous avez probablement fait une réservation par téléphone et que vous êtes sur écoute. Ils avaient chargé ces conards de vous intimider ou de vous éliminer. Ils ont craché le morceau parce qu'ils pensaient qu'ils avaient été largués par les RG. Maintenant, ils doivent s'en repentir. Ce que j'attends de vous, c'est que vous me confirmiez que vous savez de quoi il s'agit, parce que vous avez Leferrier sur le dos, pour une sombre combine dont je ne veux rien savoir, parce que je m'en fous. La police nationale ne fonctionne que sur le territoire.

La colère du commissaire finissait par lui être sympathique ; il en avait marre de la guerre avec les services secrets. Il en avait aussi marre des embrouilles et magouilles qui s'ensuivaient. Il faisait probablement partie d'un des syndicats de la police.

— C'est bien Leferrier qui les a envoyés ?

— Et qui d'autre ?

Elle quitta la pièce pour demander à la gouvernante de préparer du café et d'apporter deux tasses.

— Puisque vous le savez, dit-elle, pourquoi me posez-vous tant de questions ?

— Parce que je veux être sûr que c'est bien ça. Si vous portez plainte, vous aurez accès au dossier et aux confessions des deux lascars.

— Porter plainte ?

— Contre X.

Elle pesa le pour et le contre d'une telle action en justice. Elle savait qu'ils en sortiraient couverts de boue, Arminius et elle.

— Si vous voulez la peau de Leferrier, dit-il.

C'était quand même un comble : un policier qui venait la presser de déclarer la guerre aux services secrets. La gouvernante déposa le plateau avec la cafetière, les deux tasses et le sucrier.

— Autrement, n'en doutez pas, reprit-il, il va recommencer.

Elle servit le café. Un doute : et si ce commissaire était lui-même un agent provocateur envoyé par Leferrier ?

— C'est vous qui avez esquinté les deux zigs ?

— Vous m'en croyez capable ?

— Oui. Je connais votre histoire. C'est presque une légende. Leur récit était trop riche en détails. La façon dont vous avez rabattu la porte de la grille sur l'un d'eux, Gostin. Vous êtes quand même une sacrée bonne femme.

Admiratif. Mais ça ne suffisait pas pour emporter le morceau.

— Tout ça, ce serait pour vous rendre service, à vous et à votre syndicat, sans doute ? déclara-t-elle. Mais vous pourriez aussi être un agent provocateur envoyé par Leferrier. Je ne vous connais pas, je n'ai aucune preuve de vos intentions.

— Vous ne connaissez visiblement rien à la police.

Elle lui resservit du café.

— Écoutez, reprit-il, je n'ai aucun gage à vous offrir qui puisse vous prouver que je ne suis pas un agent provocateur. Vous avez fait la Résistance. Ce qu'il y a dans le fond d'un cerveau est inviolable, vous le savez. Tout ce que j'ai à vous dire est que je ne suis pas un agent de Leferrier, vous me croyez ou pas. Cette occasion est la meilleure pour se débarrasser de lui. Elle nous rendra service, à nous, la police. Mais elle vous évitera aussi de faire d'autres mauvaises rencontres la nuit.

Une lassitude s'empara de Philippine. Voilà trente ans que durait cette guerre. Les mots d'Arminius lui revinrent en tête : « Nous sommes toujours en guerre contre le pouvoir. »

— Bon, dit-elle, que voulez-vous que je fasse ?

— Je vous le répète : porter plainte contre X. Je fais disparaître les fausses déclarations de votre mari et de vos fils de la nuit dernière.

Elle soupira, ce qui pouvait signifier une acceptation résignée. Il sortit de sa poche quelques feuillets pliés en quatre et les tendit à Philippine.

— Pour faire avancer votre réflexion, voici les photocopies des déclarations des gugusses.

Encore des photocopies. Il en pleuvait, ces temps-ci. Elles constituaient en tout cas une preuve de la sincérité du policier.

— Vous avez dit que Gostin et Ramirez vont se rétracter ? rappela-t-elle.

Le commissaire Deregozin esquissa un sourire.

— Vous connaissez donc le nom de l'autre. Ça n'a pas d'importance qu'ils se rétractent. Leurs aveux sont trop circonstanciés pour être contestés. À propos, qu'avez-vous fait de leurs papiers ?

— Je les ai envoyés à Leferrier.

Le commissaire s'esclaffa. Il tendit la main, elle la serra. Il la regarda de nouveau, admiratif, peut-être plus, qui sait ?

— Et vous avez aussi lavé les traces de sang sur la grille ?

Elle soutint son regard sans répondre. Il s'en alla en secouant la tête.

Mis au fait de l'entretien, Arminius réfléchit un moment, puis jugea qu'une plainte contre X devenait inévitable et inciterait certainement Leferrier à la prudence.

— Ça lui fera un cadeau de Noël, dit Philippine.

L'avocat, sceptique, estima que la plainte ne viendrait en jugement que beaucoup plus tard.

— Le jour n'est pas encore venu où Leferrier comparaîtra devant un tribunal, estima-t-il.

La situation se complexifia et les événements prirent une tournure menaçante.

Un journaliste français en Afrique fut assassiné dans des circonstances évidemment qualifiées de « mystérieuses », alors qu'elles étaient d'une clarté éclatante : il avait envoyé en France des photocopies des pièces bancaires prouvant un virement inexplicable de fonds des Meuneries de l'Atlantique SA au ministre de l'Agriculture du Katyélo : 450 000 francs étaient ainsi tombés dans l'escarcelle de Sam Mandaraki. Cela révéla la corruption du ministre, mais également le rôle corrupteur des Meuneries de l'Atlantique, le tout au détriment de la population du pays. La pseudo-enquête de justice du Katyélo n'aboutit à rien : le ministre Mandaraki accusa les Meuneries d'avoir exécuté le journaliste scandaleux, celles-ci lui renvoyèrent la balle. La presse de gauche française donna un grand retentissement au meurtre d'un confrère et à la corruption qui faisait force de loi en Françafrique ; la presse de droite en parla à peine. Le cours des actions des Meuneries de l'Atlantique subit le contrecoup et perdit 5 % de sa valeur en une seule séance. Or, bien que française, cette société appartenait à l'un des holdings dépendant de Family Foods. La péripétie illustra la nécessité d'assainir l'action de cette société. Mais Arminius renonça à aller tenir en Amérique un discours que personne n'écouterait.

Le 22 décembre 1974, Bertrand Leferrier annonça qu'il prenait sa retraite pour raisons de santé. Les Wennergren l'apprirent par le petit transistor de Philippine, à Courchevel, où ils venaient d'arriver en vacances avec Marion. Anton aussi était à la neige, mais chez des amis qui avaient loué un chalet à Megève. Marc était resté à Paris, où il semblait entrevoir une amourette.

Noël à la montagne fut une vraie fête grâce à la présence de Marion. Elle seule dans ce monde torturé, vérolé et vermoulu représentait l'innocence et la fraîcheur aux yeux d'Arminius et de Philippine. La joie de vivre émanait de ses treize ans comme la lumière d'une lampe. Son père lui avait offert une montre-bracelet de marque, ornée d'un diamant, et Philippine, une robe de fête, en taffetas bleu moiré. Elle attirait déjà les regards des autres clients de l'hôtel et, dans la salle à manger, elle vola la vedette aux autres enfants.

— Une petite fée ! s'écria une cliente, qui demanda la permission de la photographier.

Les autres enfants la courtisèrent aussi. Philippine, elle, vivait une nouvelle jeunesse grâce à elle.

Mais la réalité exhala ses miasmes jusqu'en altitude. Le 27, l'avocat des Wennergren, Me Rafin, téléphona pour dire qu'il avait reçu un appel de celui de Leferrier, suggérant un échange.

— Un échange ? demanda Arminius.

— Vous retirez votre plainte contre X et il égarera celle du président N'Ganga pour usage d'arme à feu dans le palais présidentiel.

— Parce qu'il y avait une plainte de N'Ganga ? s'indigna Arminius.

— On en parlera à votre retour.

À Paris, Me Rafin détailla les événements de la semaine écoulée :

— Leferrier a profité de la trêve des confiseurs pour s'esquiver. Il semble avoir fait une boulette grave : il a fait espionner un grand industriel ami du président, qui est entré dans une colère noire. La police, qui est depuis longtemps en rogne contre lui, a profité de l'agression dont vous avez été victime pour donner un coup de boutoir ; elle juge inadmissible qu'une police parallèle recoure aux bons services de voyous pour régler les comptes de M. Leferrier. En dépit des consignes qu'il a reçues, le Parquet n'est pas disposé à noyer notre dossier et il a fait entendre au ministre de l'Intérieur que si Leferrier était innocenté, il ferait appel *a minima.* Ça, c'est la crème du bouillon de sorcière.

— La crème ?

— Leferrier a commis, ces dernières années, bien d'autres abus et indiscrétions, et ses ennemis, sentant le vent tourner, ont sonné l'hallali. Le pouvoir en a assez et ne veut surtout pas d'un scandale, sinon d'un chapelet de scandales. Leferrier, lui, souhaiterait quitter la scène sans trop de casseroles à sa traîne. C'est pourquoi il nous offre ce marché.

La placidité bonhomme avec laquelle s'exprimait l'avocat finit par gagner Arminius.

— Et qu'est-ce que c'est que cette plainte de N'Ganga ?

— Oh, Leferrier a dû lui suggérer ça pour vous intimider.

— Et vous, qu'en pensez-vous ?

— Je crois vous connaître un peu, monsieur Wennergren, mais je ne peux deviner vos dispositions. À votre place, moi, j'éviterais d'apparaître comme le tombeur de Leferrier. Il garde des amitiés et son successeur ne pourra que chausser ses bottes, reprendre ses amitiés et ses inimitiés. Vous savez sans doute ce que sont les réseaux. Ils survivent au-delà du temps et de l'espace.

Arminius hocha la tête. Pour les connaître, il les connaissait !

— Eh bien, retirons notre plainte.

24

Un certain désenchantement envahit Philippine quand Arminius lui annonça sa décision. Elle ne pouvait qu'approuver la sagesse de ce retrait, mais c'était la première fois qu'elle jetait l'éponge avant la fin du combat.

— Je sais, dit Arminius, tu aurais aimé avoir vaincu Leferrier, mais il a d'autres ennemis. Mettons que nous ayons remporté une victoire collective. Il est hors jeu.

— Il sera remplacé par quelqu'un de la même farine.

— Peut-être celui-ci sera-t-il plus prudent.

Il observa un silence, puis :

— Et nous, nous ne sommes plus seuls. Imagine un instant ce qui serait advenu si l'un de nous avait été tué quand nous avons été attaqués ? Ou si nous étions morts tous les deux ? Nous aurions laissé Marc, Anton et Marion orphelins.

L'idée fit frémir Philippine. Non, elle n'avait pas envisagé l'impensable. Elle s'agita soudain, se tordit les mains et tourna vers Arminius un visage pathétique.

— De plus, nos ennemis sont pervers. Ils pourraient s'en prendre à nos enfants, les kidnapper, ou pire.

Un temps s'écoula, Philippine assimila les risques insoupçonnés que venait de lui décrire Arminius.

— Nous ne sommes plus seuls, reprit-il. Nous n'avons plus vingt ans, nous ne sommes pas invincibles, nous ne pouvons pas écraser tous nos ennemis une fois pour toutes. Surtout quand ce sont des services secrets et des États.

— Alors, nous sommes hors jeu, nous aussi ? Le combat est fini ?

— Les corps à corps, oui. Tillmore, la Veriaguine et son Cathcart, les gens qui voulaient t'arracher le secret des lingots, l'enlèvement à New York, tout ça, c'est du passé. Nous avons eu une chance folle de nous en sortir entiers. Nous avons été tous les deux d'une témérité extrême en allant en Afrique. Si le sort de Georges n'avait pas été en jeu, ç'aurait même été de la folie. Imagine un seul instant que tes qualités de tireuse t'aient fait défaut... Bwolo nous aurait tous tués.

Une fois de plus, elle fut épouvantée. Elle n'y avait jamais pensé. Son propre aveuglement la consterna. Elle aurait laissé ses trois enfants orphelins. Tout ça à cause de... Mais elle ne savait pas de quoi.

— Tu veux dire que j'ai été jusqu'ici une folle aventurière ?

Arminius perçut l'angoisse de la question.

— Jusqu'à un certain point, tu ne pouvais pas faire autrement, et je ne pouvais pas te laisser prendre des risques toute seule. Après l'agression des deux voyous, il m'est apparu urgent de changer de cap. C'est pourquoi j'ai pris la décision de retirer notre plainte.

Elle regarda Arminius longuement. Il avait toujours été son ange gardien. Depuis leur rencontre dans le métro. Il l'avait aidée à transporter les lingots en Amérique, il l'avait conseillée, l'avait soutenue. Et maintenant, toujours dans son rôle de protecteur, il prenait les décisions pour elle. Est-ce le rôle éternel de l'homme ? Elle s'en voulut de n'avoir pas été celle qu'elle croyait, la gardienne du foyer.

— Tu penses que j'ai perdu la tête ? demanda-t-elle.

— Je t'ai déjà répondu. Je pense que la vie a fait de toi un garçon manqué. Tu as continué sur ta lancée. Maintenant, ta nature biologique doit accepter de changer de vie.

Un silence.

— Tu me parles de ma mort ? demanda-t-elle.

— Je te parle de ta vie. Tu as donné naissance à trois enfants. Ils dépendent de toi, de nous, comme jadis ton frère a dépendu de toi. Tu n'es plus maîtresse de ton seul destin. Tu commandes aussi partiellement ceux de Marc, d'Anton et de Marion.

Philippine pressentit qu'il lui faudrait, cette fois-ci, plus de quelques minutes de conversation pour assimiler ce changement radical dans sa vie. Elle ne s'était jamais considérée comme une mère de famille.

— On laisse tout tomber ?

Sourire un peu excédé d'Arminius.

— Il y a des saisons dans la vie. Nous approchons de la fin de l'été. Les moissons vont commencer et l'on récolte déjà les fruits. On vivra l'hiver sur le blé et les confitures.

Elle aurait cinquante ans en juin ; l'âge était symbolique. Lui en avait cinquante-cinq.

— Nous sommes, reprit-il, quasiment propriétaires de Sunlove Cosmetics, qui marche très bien et fait de nous des gens riches. Nous avons lancé HH, qui est devenu HH International. L'organisation fonctionne à peu près correctement, grâce à de nombreux accommodements avec les gouvernements africains locaux. Nous ne sommes atteints d'aucune maladie grave. Il y a quelque temps, nous avons essayé de prendre le contrôle de Family Foods. C'est une entreprise beaucoup plus vaste que nous l'imaginions. Je pense qu'il est temps de nous demander si nous voulons vraiment maîtriser une société aussi gigantesque, aussi tentaculaire.

— Nous voulions remédier aux injustices de la distribution alimentaire dans le monde.

— Philippine, Family Foods contrôle cent vingt et une sociétés dans le monde. Si nous en prenons le contrôle, nous cesserons d'avoir une vie normale. Nous aurons à peine le temps de nous voir, nous n'aurons plus de dîners tranquilles, nous serons sans cesse en voyage, nous passerons un temps incommensurable avec des politiques, des financiers, des avocats, des intermédiaires et des gens de pouvoir. Est-ce que tu es préparée à tout cela ?

Elle soupira.

— Non, évidemment. Je n'y avais pas pensé non plus.

— De plus, nous n'aurions presque plus de rapports avec nos enfants. Marc me paraît aller bien, il peut se débrouiller, mais comme tant de cadets, Anton me semble immature. Il a besoin de surveillance et de conseils. Quant à Marion, elle a cessé d'être une petite fille, comme tu me l'as annoncé. Nous ne laissons pas tomber, nous faisons une pause et nous prenons du recul.

Marion rentra justement de l'école, l'air lasse comme d'habitude. Avec sa jupe écossaise et son chandail bordeaux, elle faisait plus que son âge, même si sa poitrine n'était qu'ébauchée.

— Salut, dit-elle en entrant.

Salut. C'est comme ça que les jeunes disent bonjour et bonsoir. Elle embrassa son père, puis sa mère. Elle posa son cartable et regarda ses parents :

— Qu'est-ce que vous avez l'air sérieux !

— La vie l'est parfois, lui répondit son père.

Elle était au début de son printemps, songea sa mère, l'âge des plaisirs et des graines gaspillées. De qui tomberait-elle amoureuse ? Qui rendrait-elle malheureux ? Elle avait, en tout cas, surmonté la panique de ses premières règles : Philippine l'avait emmenée chez le gynécologue, qui l'avait aidée à remettre de l'ordre dans ses idées. Non, non, cent fois non, elle n'avait pas achevé sa jeunesse, elle la commençait tout juste. La puberté est la sortie de l'enfance. « C'est fou ce qu'ils tiennent à leur idée de jeunesse ! », avait ironisé le médecin lorsqu'il s'était entretenu en aparté avec Philippine. En tout cas, Marion était rassurée : à quatorze ans, elle n'était pas encore « une vieille ».

Philippine évoqua ses propres souvenirs, l'épouvante puis la culpabilité quand, un matin, elle avait découvert ses draps tachés de sang. Elle en avait été comme paralysée, et c'était d'une voix étranglée qu'elle avait dû en faire l'aveu à sa mère.

— Ah bon ? avait simplement dit celle-ci.

Puis elle s'était levée, avait été fouiller dans un placard, en avait tiré deux serviettes hygiéniques et avait ordonné à Philippine de les mettre « là où il faut, à l'intérieur de la culotte, sans quoi il faudra tout laver tous les jours ».

— Mais qu'est-ce que c'est ? avait demandé Philippine, interdite.

— Ça s'appelle les règles, parce que ça revient à des périodes régulières. Tous les vingt-huit jours environ, lui avait simplement répondu sa mère.

— Mais qu'est-ce que c'est ? avait répété Philippine, désemparée.

Elle n'avait pas obtenu de réponse, soit parce que Cécile Gantier le savait et trouvait trop compliqué de l'expliquer, soit parce qu'elle l'ignorait. Celle-ci s'était contentée de laisser tomber :

— C'est quand ça s'arrête que c'est grave.

— Pourquoi ?

— Parce que ça signifie qu'on est enceinte.

Un regard perçant avait accompagné l'avertissement. D'où l'idée tenace que les hommes étaient des faiseurs de filles mères.

Philippine n'avait éclairci le mystère que bien des années plus tard, quand elle était tombée, chez un revendeur de Châlons-sur-Marne, sur une encyclopédie médicale. Les temps avaient bien changé.

— C'est ce soir qu'on va voir la nouvelle fiancée de Marc ? demanda Marion en s'asseyant.

Le ton de la question déplut secrètement à Philippine. « Nouvelle fiancée », ce n'était pas méchant, mais cela sous-entendait que Marc les collectionnait et que le mot « fiancée » n'avait plus de sens. Le cynisme qui teintait ses propos était contrariant, mais ça ne servait à rien de relever. D'autres occasions se présenteraient pour rappeler Marion à un plus grand respect des sentiments, en tout cas ceux des autres. Quant à Anton, chacun savait qu'il dînerait dehors, car il allait au cinéma avec des copains ; peut-être ne rentrerait-il qu'au petit matin. Il en prenait un peu trop à son aise et ses parents ne faisaient pas assez usage de leur autorité. Le désarroi pointa alors dans les réflexions de Philippine : les adultes étaient-ils vraiment les plus aptes à éduquer les jeunes ? Leurs références respectives n'étaient plus les mêmes : les aînés voulaient perpétuer le monde d'hier et s'ils parvenaient à les imposer aux cadets, ils feraient de ceux-ci des gens mal adaptés à leur époque. Déjà, Gilles avait reproché à sa sœur d'être vieille France. Que devait-on enseigner aux jeunes, grand ciel ?

Après la leçon de sagesse que venait de lui administrer Arminius, ces réflexions n'étaient guère propres à lui exalter le cœur.

Mais il y aurait Émile Jeaubert. Il était devenu pour Philippine comme un frère jadis incestueux. Dépouillé du fanatisme de son communisme d'antan, désenchanté au point qu'il évoquait parfois la possibilité de quitter le PC, il laissait mieux apparaître sa nature affectueuse. Sa rigueur morale était en tout cas appréciée d'Arminius : il avait commencé à rembourser sa dette selon les échéances qu'il avait lui-même fixées. Seule ombre au tableau : son célibat qui s'endurcissait ; il ne semblait avoir aucune liaison. En cacherait-il une ? Sur quoi Philippine se ressaisit et se scandalisa de la pointe de jalousie qu'elle avait détectée en elle.

Dieu que les rapports avec les autres sont compliqués ! songea-t-elle.

Le dîner ne les clarifia guère. La pseudo-fiancée de Marc, Marie-Ève – quel prénom ! La Vierge et la Pécheresse réunies ! –, une grande maigriotte en pantalon et chandail de marin, auréolée d'une tignasse crêpelée en forme de tête-de-loup, observait tout le monde d'un œil méfiant, telle une chatte dans un repas de chiens. Elle faisait, annonça-t-elle, des études d'attachée de presse et lisait Michel Foucault et Roland Barthes.

— Que vous ont-ils appris ? demanda Émile Jeaubert.

— Que le langage est truqué.

— Imaginez ce que ce serait si on était sourds-muets ! s'écria Émile.

Marion s'esclaffa.

— Je ne comprends pas ce que ça veut dire que « le langage est truqué », dit Philippine.

— Par exemple, quand quelqu'un dit à une personne « je t'aime », ça peut signifier des tas d'autres choses, « je veux coucher avec toi », « je veux que tu restes avec moi », « je veux que tu m'aimes », mais pas ce que les mots « je t'aime » sont d'abord censés exprimer.

— Ce sont aussi des aspects du sentiment amoureux, observa Philippine.

— Oui, mais ça n'empêche pas que les mots qui l'expriment sont dénaturés. C'est de la fausse monnaie.

— Ce ne sont pas les mots qui sont dénaturés, intervint Émile, ce sont les idées de celui ou de celle qui parle.

Les fois où l'on entendait Émile se lancer dans une conversation savante étaient rares, et ses familiers prêtèrent donc une oreille attentive.

— N'empêche que c'est de la fausse monnaie, rétorqua Marie-Ève. Vous vous contentez de la fausse monnaie ?

— Mieux vaut ça que pas de monnaie du tout. D'ailleurs, si tout le langage est truqué, ça veut dire qu'il n'y a pas de monnaie authentique. Donc qu'on ne peut pas faire autrement que se servir de la fausse.

Marc observait cette partie de ping-pong sans s'en mêler. Arminius, lui, intervint :

— Si le langage est truqué, les mots qui servent à le dénoncer sont alors eux-mêmes truqués.

Marie-Ève, désemparée, cherchait sa réplique quand Émile lui lança :

— Et qui donc fournit le détecteur de fausse monnaie ? Le dénonciateur ? Je flaire là un détournement d'autorité.

— En tout cas, nota Marion, pour des faux-monnayeurs, vous avez tous l'air de vous être bien compris.

Ce qui fit rire tout le monde, sauf Marie-Ève, à qui ses compagnons de table venaient d'arracher ses hochets. Philippine s'interrogea alors sur les rapports de Marc avec sa compagne. Elle ne détecta qu'un copinage trop intime.

— Je ferai un jour une géographie parisienne de la résistance aux concepts nouveaux, dit Marie-Ève.

— Tu veux dire que, dans les beaux quartiers, on est rétrograde ? demanda Marc.

— Je ne viens pas des beaux quartiers, rétorqua Émile, devançant la réponse de Marie-Ève et sensible à toute allusion sociale. Je suis communiste depuis ma jeunesse et artisan menuisier. Ni Philippine ni Arminius ne sont nés non plus avec une cuiller d'argent dans la bouche. Mais nous avons tous pratiqué le bon sens. Les idées, c'est très joli, mais ça ne dure pas toujours. Le bon sens, si.

— Vous êtes donc anti-intellectuel ? objecta Marie-Ève, se haussant toujours du col.

— Je suis anti-rien. Je me méfie juste des formules qui prétendent tout expliquer. Quand vous nous dites que le langage est truqué, comme si vous aviez découvert une vérité nouvelle, vous ne faites que dire ce qu'on sait depuis des siècles : que la manière de parler change ce qu'on dit.

— Vous, un communiste, vous seriez hostile aux idéologies ? feignit de s'étonner Marie-Ève.

— Pas du tout. D'ailleurs, les idéologies, c'est comme le climat. Personne n'y échappe, même ceux qui prétendent ne pas en avoir. Mais les idéologies, ça se discute. Et puis, ajouta-t-il avec un petit sourire perfide, comme Arminius vous l'a fait remarquer, comment pourriez-vous avancer des idées nouvelles sans vous servir de mots, puisqu'ils sont truqués ?

Marie-Ève ne releva pas l'observation. Philippine était épatée par le sens logique d'Émile qu'elle n'avait pas souvent mis à l'épreuve ; les discussions du Parti l'avaient probablement aiguisé. Elle douta qu'on revît la jeune idéologue aux dîners de famille.

Le lendemain, de fait, Marc lui rapporta avec un sourire en coin que sa copine avait trouvé le dîner « pesant » et qu'elle n'avait pas d'affinités avec des « bourges » qui ne croyaient à rien et qui étaient hostiles à toute remise en question ; c'était la fameuse « contestation » de Mai 68 qui montrait le bout de sa queue. Le différend sonna sans doute pour Marc la fin prématurée d'une liaison mal enracinée :

— Marie-Ève est une radicale et elle me trouvait déjà mou, confia-t-il. Je suis peut-être plus vieux que mon âge, mais elle appartient à cette jeunesse qui croit qu'il existe des formules pour tout, les rapports humains, la politique, l'éducation des enfants, le sexe et la sexualité. Elle lit beaucoup, c'est vrai, mais je me demande si elle n'interprète pas ce qu'elle lit, parce que je n'ai pas trouvé ce qu'elle avance dans Barthes et Foucault.

— Ça te fait de la peine ?

— Ce qui me fait de la peine, c'est qu'à vingt-cinq ans je me demande si je ne vais pas devoir me contenter d'une solution de commodité.

Il n'avait pas dit « de facilité », mais c'était pire.

Il noua et dénoua ses doigts, semblant chercher ses mots pour exprimer sa perplexité.

— Je me demande parfois, maman, ce que c'est qu'une femme. Quand j'étais enfant et que je te regardais, quand je regardais les autres femmes autour de nous, je croyais savoir. Maintenant, je ne sais plus. Les jeunes, celles de mon âge, me paraissent inachevées. Elles me tiennent des discours sur le plaisir, la fin de l'esclavage, la féminité, l'avortement... Elles veulent sortir apparemment de la condition de femme et, quand je le leur dis, elles me répliquent que je parle comme un vieux, parce que j'aurais été marqué par les idées d'autrefois sur la condition féminine. Marie-Ève a même soutenu qu'on devrait implanter des utérus aux hommes pour qu'ils puissent mener à bien une grossesse et même allaiter, puisqu'ils ont des tétons !

Il émit un grognement sarcastique qui ressemblait au rire, mais Philippine n'y avait pas le cœur. Les propos d'Arminius, l'invitant à assumer sa condition biologique, lui revinrent à la mémoire.

— Alors, poursuivit Marc, je ne sais même plus ce que c'est qu'être un homme, en tout cas aux yeux des femmes. Est-ce que je suis par définition une brute, un macho, un salaud qui prétend imposer aux femmes la grossesse et la servitude du foyer ? Et, parfois, je pense à oncle Gilles. Je me moquais de lui et de son mode de vie, là-bas, en Californie, mais il a choisi la solution du confort. Ce n'est pas la mienne, ne t'inquiète pas, mais, en moi-même, je ne me moque plus de lui.

— Ce ne sont ni les modes ni les discours qui changeront le fait qu'une femme n'est pas un homme ni l'inverse, dit-elle. Nous n'avons jamais eu ces problèmes, ton père et moi. Et quand Émile, qui a été mon premier mari, comme tu sais, est devenu trop autoritaire, je l'ai quitté.

— Il a dû changer depuis ?

— Oui. Mais maintenant, je suis avec ton père.

— En tout cas, il a magistralement démonté Marie-Ève. Elle l'a traité de « vieux macho coco ».

Un temps, puis :

— Je ne sais pas comment vous avez fait, papa et toi, pour construire un couple comme le vôtre.

Ces mots piquèrent un point sensible dans l'esprit de Philippine : avait-elle donné aux hommes qui l'entouraient une image trop idéale de la femme ? Après Gilles, Marc ? Et peut-être Anton ? Et ce couple trop beau qu'ils formaient ne représentait-il pas un idéal inaccessible pour eux ?

Elle s'en ouvrit, le soir, à Arminius :

— Je me demande parfois si l'image de notre couple n'a pas influencé les garçons. Ils cherchent peut-être un bonheur impossible…

Il replia le journal qu'il était en train de lire :

— Imagine l'influence que nous aurions eue si nous avions été un couple désaccordé. Et toi, est-ce que tu as été la fille d'un couple heureux ? Est-ce que ça t'a empêchée d'être celle que tu es ? Peut-être même que ça t'a donné plus de cran. On a fait, on fait et on fera toujours des discours sur l'influence des parents sur les enfants, mais on n'a jamais trouvé de modèle satisfaisant, pour la simple raison que les enfants ne sont pas de la cire molle, mais qu'ils ont leur propre personnalité. Cesse de te poser des questions sans fin, tu n'es pas la maîtresse des destins de tes enfants. Ils existent indépendamment de nous. Nous faisons et ferons ce qu'il faut, mais ils ont leur autonomie.

— Tu m'as expliqué une fois l'influence que j'ai eue sur Gilles. Il a toujours cherché à trouver une femme comme moi... Et comme il ne l'a pas trouvée...

— Tu ne pouvais pas le savoir à l'époque, mais d'un frère aîné, qui aurait dû être ton protecteur, tu as fait un cadet. Un frère et une sœur dont les âges sont proches tendent à faire un couple, c'est inévitable et même souhaitable. Quand tu t'es mariée, il a essayé de reconstituer ce couple à l'extérieur. Mais je ne crois pas que ce soit le cas ni de Marc ni d'Anton.

— Marc essaie de t'imiter. Il te ressemble, d'ailleurs... J'ai l'impression que les enfants tendent à imiter leurs parents...

— Ou à les rejeter, comme tu as rejeté ta mère.

Philippine n'était qu'à moitié convaincue. Elle était certaine qu'elle portait en elle, malgré les années, des brins d'Émile et de Don.

— Nous nous reconstruisons sans cesse dans notre tête, dit Arminius, comme s'il entendait ses pensées. Et nous reconstruisons aussi les gens et le monde. Nous n'en sommes même pas conscients. Nous ne savons pas quelle part d'eux subsiste et si elle est vraiment à eux. Cela peut prendre des années ou se faire en quelques secondes. Nous ne sommes pas des machines. Crois-tu que tu sois la même que j'ai aperçue jadis dans la cuisine de ta maison, à Villardon ?

— Non ? s'étonna-t-elle.

— Pas plus que je ne suis le même petit soldat. Nous nous sommes enrichis l'un l'autre. Nous avons créé un clan. Un petit clan, mais un clan tout de même.

25

Arminius et Philippine s'étaient retirés de la guerre, mais elle se poursuivait autour d'eux. Une sourde résistance qui n'était plus la leur commettait des attentats qui leur paraissaient odieux. On attaqua des avions israéliens à Orly, Carlos tua trois policiers à Paris, on tua deux gendarmes en Corse, on assassina le ministre Jean de Broglie, on lança une bombe contre le QG de Le Pen, on assassina un gréviste, puis le gardien de l'Amicale des Algériens, puis le même groupe Delta qui l'avait tué assassina un intellectuel exilé, Henri Curiel, puis une bombe explosa chez Fauchon, une autre au Château de Versailles, une autre encore au Bazar de l'Hôtel de Ville, puis Pierre Goldman fut abattu… Meurtres et bombes, il existait plusieurs mouvements clandestins qui ne connaissaient que la violence. Dans l'air du temps, comme on dit, celle-ci semblait être le mode d'expression, verbal ou physique, ordinaire de l'époque. Philippine l'avait pensé cent fois, Arminius avait eu raison : lui et elle avaient eu une chance insolente, mais, à la fin, un ennemi aurait fini par les atteindre. Quand les actions des Meuneries de l'Atlantique, secouées par le scandale, étaient tombées à leur plus bas niveau, Arminius avait refusé d'en acquérir, fût-ce une. Les crédits mobilisés par Kahlhoff s'étaient mis en quête d'une autre proie que Family Foods.

De coup d'État en coup de théâtre, la vie du monde avait tissé son incohérente tapisserie. Un prince communiste avait pris le pouvoir en Afghanistan et un pape était mort dans des circonstances obscures, un mois après avoir été élu. À Paris, des « autonomes » avaient pillé quatre-vingts magasins dans le quartier de

Saint-Lazare, à Téhéran, le chah avait été renversé par des religieux, en Corse et en Bretagne, des manifestants s'étaient colletés avec les forces de l'ordre. En octobre 1979, le ministre Robert Boulin s'était suicidé dans des circonstances bizarres, quatre mois plus tard, le ministre Joseph Fontanet avait été assassiné dans la rue et les circonstances étaient tout aussi mystérieuses...

Non, la guerre n'était pas finie.

Mais les Français savouraient goulûment les fruits de ce qu'on appellerait les Trente Glorieuses. Confiants dans l'avenir, ils achetaient de plus en plus de biens à crédit, appartements, résidences secondaires, voitures, électroménager. Au Racing, où elle allait de temps en temps tromper une solitude inavouée, Philippine n'entendait parler que de vacances et de destinations de plus en plus exotiques : Mexique, Thaïlande, Seychelles, Bermudes, Égypte... Intriguée par cette folie d'évasion et se disant qu'elle passait peut-être à côté de merveilles, elle emmena Arminius et Marion en Thaïlande pour les vacances de Pâques. L'agence de voyages avait soigneusement organisé leur séjour : à Bangkok, ils descendraient à L'Oriental, puis au Dusit Laguna, à Phuket. Le premier, un vieil hôtel du temps de l'empire des Indes, était somptueux et le service, impeccable jusqu'à l'obséquiosité. Mais excepté le bazar, où les voyageurs avaient découvert que les Thaïlandais mangeaient des cigales, et le temple du Bouddha d'émeraude, peut-être aussi la Pagode de porcelaine, leur principal plaisir consista à se dire qu'ils étaient ailleurs. Ils étaient contents de se retrouver pour un *drink*, le soir, sur la terrasse qui dominait le Chao Phraya, la « rivière des rois ».

— Presque aussi beau que la Garonne à Toulouse, dit Arminius.

Ce qui fit pouffer Marion.

— Le poulet rôti est bon, admit Philippine à la salle à manger.

— Presque aussi bon qu'à la maison, assura Marion, qui avait adopté l'humour froid de son père.

À Phuket, l'accueil fut délicat, exquis, raffiné, subtil, prévenant, bref, aux franges de l'assommant. Ce fut surtout la végétation qui séduisit Philippine : exubérante, somptueuse, variée à l'infini, elle représentait pour elle le plus grand luxe qui justifiait le déplacement. Les plages étaient belles, certes, mais on n'y voyait que des étrangers qui semblaient coloniser le pays une seconde fois. Arminius, qui avait vu des méduses, conseilla de ne pas s'éloigner du rivage. Aussi les deux femmes restèrent-elles sur la terrasse, à considérer le paysage humain. À dix-neuf ans, svelte comme une sylphide et jolie comme une orchidée de serre, Marion capta les regards de quelques célibataires américains, allemands ou hollandais en goguette, qui tentèrent de faire les galants, mais en vain.

— Voyager pour observer d'autres gens qui voyagent est vraiment paradoxal, dit Arminius. Nous n'avons pas appris un traître mot de la langue du pays, et je pense qu'il serait même exagéré de prétendre que nous avons été en Thaïlande. Pour être exact, nous avons été dans des hôtels en Thaïlande, dotés de plages où l'on aperçoit le moins possible d'autochtones. Je suppose que ce n'est pas différent des autres destinations suggérées par l'agence de voyages.

— Ce n'est pas pour observer les voyageurs qu'on voyage, mon cher Arminius, c'est pour être hors de soi, répondit Philippine sur le même ton.

— Je pense que le plus grand plaisir de ce genre de voyages, enchaîna Marion, est de se dire qu'on a dépensé de l'argent, beaucoup plus d'argent que le commun.

— Nous aurons pris le soleil, voyons, résuma Arminius. Ce n'est pas le même qu'en Corse.

Marion sortit alors de son répertoire une phrase de Pascal :

— « Tout le malheur de l'homme vient de ne savoir demeurer en repos dans sa chambre. » Des vacances pareilles, on devrait pouvoir les lyophiliser pour lcs rcconstituer à la maison en y ajoutant un peu d'eau.

Ils rirent donc de leur mésaventure, seul parti qu'ils pussent prendre. Et c'est sans excessive nostalgie qu'ils regagnèrent l'aéroport le dernier jour. Mais, au retour, les amis, terme ordinaire pour « connaissances », s'extasieraient et envieraient leur fortune : « Ah, vous étiez à L'Oriental ! Quelle merveille ! Ce luxe, ce service ! Savez-vous que Joseph Conrad y est descendu ? Ah, le crépuscule sur le Chao Phraya ! Et Phuket ! Ah, la mer d'Andaman ! » Philippine s'en voulait presque d'avoir choisi la Thaïlande comme destination car elle avait l'impression de s'être commise dans les fantasmes bon marché de ces âmes de second ordre.

Le voyage présenta cependant un intérêt inattendu : il révéla la maturité d'esprit de Marion. Elle n'était pas disposée à courir après les délices présumées qui faisaient rêver ses contemporains. Quand Anton lui demanda, « Alors, la Thaïlande ? », elle lui répondit : « Un vrai bonheur, les vacances des Bidochon. »

Cependant, de retour dans ses meubles, Philippine fut secrètement troublée : les gens qui partaient pour ces destinations fabuleuses, comme on entrerait dans un livre d'images, fuyaient le quotidien. Or, elle aussi était effrayée de le retrouver. Elle ne se l'avouait qu'à moitié, mais elle se sentait prisonnière de son petit monde familial. Par moments, elle étouffait. Quoi, la vie ce n'est que cela ? se disait-elle. Et même Arminius n'emplissait pas ce vide qui, elle le pressentait, précédait la mort. Elle s'en voulait d'éprouver cette rancœur, mais elle ne savait se mentir.

Puis le temps s'en mêla. Plus léger, plus rapide que jadis. Et le moindre objet alentour vint le rappeler. Ce cadre en argent, avec les photos des enfants, mon Dieu, il avait été acheté en 1954. Vingt-six ans déjà. Cette paire de chaussures marron qui prenait la poussière dans le fond du placard, incroyable, elle la portait lors de sa dernière rencontre avec Françoise de Gazan... Son regard intérieur se perdit dans des perspectives oubliées. Tout à coup, Philippine vit une jeune fille qui avançait à grandes enjambées dans la forêt de la montagne de Reims, frissonnant dans un paletot qu'elle serrait contre elle, un gros foulard noué autour du cou et un béret élimé rabattu sur le front. C'était elle ! Aucune photo n'avait pourtant été prise, mais la tête devait être dotée d'un Kodak qui se déclenchait sans qu'on pût le contrôler. À l'extrémité opposée de ce souvenir, elle distingua du noir, des arbres, la nuit, des tombes... Elle fit un effort, se ressaisit et détourna les yeux du dedans. Mais il n'y a pas que la tête, le corps aussi se rappelle au souvenir. Quand on est assis, on ne se relève plus avec la promptitude à laquelle on était habitué. On s'avise qu'on a des articulations et que le genou gauche fait un peu souffrir. Les jambes ont gardé leur galbe, mais les muscles ne sont plus aussi élastiques. On traverse les avenues en attendant sagement le feu vert pour les piétons. La toilette est devenue un moment contrariant. La peau entre les seins se plisse, il faut la masser avec une crème nourrissante. Nourrir les seins ! Le paradoxe se passe de commentaires. Les genoux aussi. Et le cou. Et les mains.

Alouette, gentille alouette… Et nul ne peut le contester, les joues tendent à s'affaisser et à creuser des rides aux commissures de la bouche. Oui, un lifting pourrait y remédier, mais allez savoir comment il sera fait, et rien que l'idée d'y recourir est en elle-même offensante. Et comme il paraît que les os se fragilisent avec l'âge, Philippine adopta une prudence qu'elle ne se connaissait pas. Elle avait suffisamment entendu parler de ces femmes d'un certain âge qui s'étaient pris un pied dans le tapis et avaient souffert d'une fracture du col du fémur… Plus de talons hauts.

La photo dans la forêt s'imposa soudain une nouvelle fois ; pourquoi ? Comportait-elle une signification secrète ? Cette jeune fille seule dans l'immense forêt. Puis le sens caché lui sauta au visage : elle, Philippine, n'avait pas d'importance, pas plus qu'un écureuil dans les bois. Sur cette photo, il n'y avait ni Arminius ni les enfants, c'était la Philippine éternelle qui avait été fixée. Seule. Était-elle donc seule ? Mais non, elle avait Arminius. Et les enfants. Mais alors, pourquoi se sentait-elle seule ? Parce qu'elle était en train de vieillir et s'apercevait qu'elle était mortelle, comme tout le monde. Eh oui, la petite Jeanne d'Arc finirait un jour entre quatre planches. Elle s'intima l'ordre d'arrêter sa divagation. Non, elle n'arrêterait pas. Elle finirait par devenir une vieille emmerdeuse. Et qu'est-ce que ça serait à la ménopause ! La ménopause…

Et Arminius qui abordait l'âge de la retraite… Ils allaient faire un joli couple de vieux. Philippine se ressaisit avec une grimace d'impatience. La ménopause, oui. On disait que ça pouvait rendre folle. Et, à cinquante-cinq ans, elle n'en était pas loin.

Ce genre de crises tendait à se répéter ces derniers temps. Et elle ne pouvait en parler avec personne. Fallait-il consulter un psy ?

— Qu'est-ce que Madame souhaite manger pour le déjeuner ?

— Que suggérez-vous ?

— Je pensais à des paupiettes de veau avec des petits pois.

— Très bien. Et faites-nous des œufs à la russe comme entrée.

— Ce sera fait. Merci, Madame.

Était-ce ça, la réalité ? Ou bien existait-il deux niveaux d'existence ?

Un soir qu'il était d'humeur gaie – ça arrivait –, Anton se mit à chanter le tube de Régine :

Quand vient l'mardi, la grande Zoa
Met ses bijoux, ses chinchillas...
Elle va chez Henry
Pour boire un Coca
Et demande un whisky
Pour son boa...

Il se tortillait en agitant les bras, déchaîné, à l'ahurissement de ses parents et d'Yves Galabert, qui dînait à la maison ce soir-là, et à la joie de Marion. Il avait vingt-sept ans et il avait tendance à l'embonpoint. Il ne se prenait plus la tête ; l'épisode de l'avortement de Marie-France avait été enfoui dans sa mémoire, dans la case « Erreurs de jeunesse ». Il entretenait avec une jeune Italienne, employée à l'Unesco, une liaison à peu près stable, qui semblait les satisfaire tous les deux. Il avait accepté de se laisser placer par son père au département marketing de Sunlove Cosmetics ; il avait participé au lancement de la nouvelle eau de toilette pour hommes, *Cartouche*. Marc n'assistait pas au numéro improvisé de son frère : il était marié depuis quelques mois à une fille de bonne famille, comme on disait jadis, Lorraine, journaliste à la télévision ; ils attendaient leur premier enfant.

L'avenir des garçons semblait assuré ; ils avaient un métier et des compagnes relativement sérieuses ; ils ne feraient pas de ces embardées alarmantes et même affligeantes, comme Gilles. Restait Marion ; mais enfin, on ne peut pas tout faire à la fois. C'était une fille posée, cultivée, qui saurait bien choisir un compagnon le moment venu.

Tel était le portrait collectif qu'on pouvait brosser avec une bonne dose d'optimisme et une myopie avancée.

Demeurait le fait que le numéro de clown d'Anton tendait à se répéter. À Noël dernier, par exemple, il s'était grimé en facteur, avec une grosse moustache, et était venu demander ses étrennes ; la gouvernante ne l'avait pas reconnu et, surprise, lui avait répondu que Madame avait déjà donné les étrennes des postiers deux semaines auparavant. Il avait alors élevé la voix et menacé de faire « du grabuge ». Alarmée, la gouvernante avait appelé Philippine, qui avait écouté pendant un bon moment des vitupérations contre ces richards qui chipotent sur les étrennes du prolétariat ; Anton s'était aussi contrefait la voix avec talent. Puis un soupçon avait pris Philippine :

— Anton, tu es parfaitement ridicule.

Un énorme éclat de rire et le farceur avait pris sa mère dans ses bras et l'avait embrassée avec fougue.

Anton pratiquait la dérision comme moyen d'expression. Il se servait des mots comme d'objets absurdes, au sens inversable ou alternatif. Jeaubert ayant parlé un soir à table de la moralité de l'État, Anton avait lâché : « Moralité, mort à l'État ». Jeaubert avait bien saisi l'à-peu-près et s'en était amusé.

— C'est juste un jeu de mots ou c'est autre chose ? avait-il demandé.

— C'est juste autre chose. L'État n'est plus que l'instrument des riches. Il faut l'abolir.

Philippine avait tendu l'oreille.

— Tu es anarchiste ? avait demandé Jeaubert.

— Surtout pas, c'est une idéologie.

— Tu es contre les intellos, alors ? C'est du fascisme !

— Tout le contraire : ce sont les intellos qui ont soutenu Robespierre, Lénine, Staline, Hitler, Mussolini, Mao, etc.

Long regard de Jeaubert.

— Faudra qu'on en cause, avait-il dit.

— À tes ordres, camarade !

La « causerie » avait eu lieu. Jeaubert en était ressorti stupéfait :

— On est pas d'accord, mais y a de la tête, ça, y a de la tête.

Une autre fois, Galabert ayant usé devant le garnement de l'apophtegme latin *Sic transit gloria mundi*, Anton avait répété un peu plus tard, *Sic transit intestinal*. Galabert avait éclaté de rire, Marion n'avait pas compris.

— C'est simple, avait expliqué Anton, Yves voulait dire que la gloire du monde est fugace. En bon français, ça veut dire que c'est de la merde qu'on va finir par chier.

L'explication était de loin plus subversive que le mot.

Pour avoir été joué avec autant de soin et de talent, le numéro du facteur révélait une longue préméditation. Une des farces d'Anton avait failli mal tourner : il avait téléphoné à des centaines de gens à Paris et dans le reste du pays, se présentant comme chargé d'une enquête pour le compte d'un institut de sondages, justement celui pour lequel travaillait Marc, et il leur avait demandé combien de fois par mois ils faisaient l'amour. Certains avaient répondu de bonne foi, d'autres s'étaient indignés et avaient même porté plainte. Leurs lignes avaient été mises sur écoute, mais Anton ne les avait évidemment pas rappelés.

— Il ne s'est pas mis à niveau, avait jugé Marc. Il ferait péter tous les thermomètres, baromètres et manomètres. C'est un détecteur de conneries ambulant.

À Janson-de-Sailly, il s'était déjà distingué par un esprit frondeur. Son professeur ayant cité un jour le dicton « L'union fait la force », Anton avait marmonné assez haut pour que tout le monde pût l'entendre : « Et la force fait les cons. » Même le professeur en avait ri, mais il ne s'en était pas moins inquiété : Anton était un esprit subversif.

Anton était visiblement mécontent du monde tel qu'il était, mais il était conscient qu'il ne pouvait pas le changer. Alors, il s'en moquait. Rien n'échappait à sa verve. Arminius et Philippine avaient ainsi appris par Marion, sa confidente, qu'il écrivait à l'occasion des articles acides dans *Chantecler*, et elle leur avait fait lire le plus récent, sur la fête de l'Huma. Sous le pseudonyme de « Bonhomme Richard », il y dépeignait les vedettes du spectacle, des richards – « Pas mes frères ! » – qui venaient se refaire une réputation sous les bannières du prolétariat, les quelques communistes qu'on reconnaissait çà et là, « empruntés pour la soirée aux collections du musée Grévin », et les visiteurs, des bourgeois venus frayer avec les ennemis de classe d'antan, comme leurs grands-parents de l'autre siècle allaient au zoo voir les fauves. Un article précédent tournait en dérision les marques de luxe qui faisaient fabriquer leurs produits par une main-d'œuvre misérable dans les pays du tiers-monde pour les revendre à des prix astronomiques aux gogos occidentaux. Ni la droite ni la gauche ne trouvaient grâce à ses yeux.

Philippine et Arminius ne savaient comment s'y prendre pour sonder le malaise de leur fils.

— Peut-être ne faut-il pas chercher à le sonder, estima Arminius. Cela lui donnerait le sentiment que nous le considérons comme malade, alors qu'il est simplement en crise.

— Mais la crise n'est-elle pas une maladie ? demanda Philippine.

— Non, c'est l'état normal d'un être sensible en révolte contre le monde. Si les jeunes ne sont pas en révolte contre le monde, c'est qu'ils ne sont plus jeunes.

— Mais Marc, lui, n'est pas en révolte ?

— En sommes-nous sûrs ? Il s'est marié un peu vite, il me semble, comme on entre dans les ordres. Il s'est retranché du monde. Il y a des hommes qui se marient pour se protéger des femmes.

Idées confondantes pour Philippine, d'autant plus qu'elles la rejetaient dans le sentiment d'impuissance qui la minait. Elle retrouva cette solitude qui l'enveloppait comme un linge mouillé et froid.

Puis une visite la tira de son marasme.

26

Comme il avait l'habitude de le faire quand il était de passage à Paris, ce qui advenait deux ou trois fois par an, Georges Gantier ne manqua pas de téléphoner rue du Conseiller-Collignon. Sa gratitude à l'égard de Philippine et d'Arminius était sans faille. À chaque visite, l'un et l'autre mesuraient la transformation qui s'était opérée chez le jeune homme depuis sa mémorable expédition africaine. Le vétéran du Viêtnam égaré dans un labyrinthe brumeux était un beau jeune homme au visage affermi par sa charge dans HH International. Le hâle entretenu par ses nombreuses missions à l'étranger relevait l'éclat limpide de son regard. Il ne boitait presque plus. Rien qu'à le voir, Arminius et Philippine éprouvaient la satisfaction de ceux qui ont sauvé un naufragé ; c'était la célèbre gratitude du sauveteur à l'égard de son obligé, illustrée par Eugène Labiche dans *Le Voyage de Monsieur Perrichon.*

Le soir où Philippine l'invita à la maison, Émile Jeaubert et Yves Galabert étaient également présents. Ils l'interrogèrent sur ce travail qui lui faisait accomplir chaque année un petit tour du monde. Il raconta des anecdotes pathétiques, grotesques ou révoltantes, comme celle de ce fonctionnaire qui lui avait soutenu que les envois de vivres dédouanés lésaient les intérêts de son pays.

— J'ai l'impression de remplir un tonneau sans fond, dit-il. Ce ne sont pas des vivres et des médicaments qu'il faut envoyer dans ces pays, ce sont des moyens de contraception. Ces gens ne connaissent rien du contrôle des naissances. L'expansion démographique du tiers-monde est double ou triple de celle de l'Occident.

— Mais les médecins qui accompagnent nos missions ? demanda Philippine.

— Leur tâche n'est pas facile. Tout ce qu'ils peuvent faire, c'est enseigner aux femmes la méthode Ogino, ce qui ne sert pratiquement à rien, parce que les femmes ne peuvent pas se refuser à leurs maris, fût-ce une semaine par mois. Ça ne ferait que les exposer à de mauvais traitements, au viol ou à la répudiation. Toute entrave à la sexualité est perçue comme une contrainte odieuse et un retour au colonialisme de la pire espèce. Il n'est pas question de demander aux hommes de se servir de préservatifs ; d'abord, ils ne sauraient pas le faire convenablement, ensuite ça leur paraîtrait malsain ou honteux. Ce qui fait que la plupart des femmes sont à peine rétablies d'une grossesse qu'elles commencent la suivante. Beaucoup meurent en couches, ou bien avortent dans des conditions épouvantables et en meurent.

Les convives écoutaient, consternés.

— Et alors ? demanda Philippine.

— Et alors, ce qu'il faut faire, c'est distribuer la pilule.

— Et pourquoi on ne le fait pas ? interrogea Galabert.

— Ah ça, c'est encore plus compliqué que d'expédier des vivres ! Déjà, dès qu'on parle de la méthode Ogino, les chefs des missions religieuses poussent les hauts cris et deviennent menaçants. Ils tiennent des discours selon lesquels nous enseignons à enfreindre la loi de Dieu. Certains accusent même nos missions de corrompre la population et d'acheter les consciences au nom de Satan. L'un d'eux, un pasteur, est même allé dans une mission pour demander à contrôler les médicaments que nous distribuions. Il s'est fait envoyer sur les roses et a été se plaindre au chef de district. Heureusement, celui-ci l'a aussi envoyé promener, sans quoi nos stocks auraient été détruits. Mais ça ne s'est pas arrêté là : le pasteur a envoyé une lettre de protestation à HH International, à New York, et au département d'État…

— Au département d'État ? s'écria Arminius.

— Oui. Il a prétendu que, sous couvert d'aide humanitaire, l'organisation se livrait à des activités immorales, contrevenant à la loi de Dieu. Résultat : nous avons reçu des instructions du QG de New York nous ordonnant de ne pas nous occuper du contrôle des naissances.

— Owen Tillmore est-il au courant de ça ? demanda Philippine.

— Bien sûr. C'est lui qui a signé les instructions.

La consternation fit place à la révolte.

Jeaubert, Arminius, Galabert, Philippine, Anton, Georges et Marion se regardaient les uns les autres, secouant la tête et levant les yeux au ciel.

— Il est impossible qu'on ne puisse rien faire, reprit Philippine.

— Croyez-moi, répondit Georges, il y a peu d'espoir d'obtenir de l'aide de la part du gouvernement américain. Les républicains, qui incarnent la droite morale, sont farouchement hostiles à n'importe quelle initiative qui ressemble de près ou de loin à un contrôle des naissances, à l'étranger aussi bien que chez eux. Et les démocrates répugnent à soutenir une telle initiative, parce qu'elle servirait d'argument à leurs adversaires républicains. Dès qu'on touche au sexe, l'Amérique devient plus pudibonde qu'un couvent de nonnes.

— Nous n'avons qu'à agir seuls, suggéra Jeaubert.

— HH France dépend de HH International, fit observer Arminius. Ça me paraît être une tâche énorme que de monter pareille opération.

— Le problème que Georges expose est celui de la cause des femmes, intervint Marion. La solution est de mobiliser les femmes des pays riches et de réunir assez d'argent pour envoyer là bas des instructrices et la pilule. Ça ne doit pas coûter des milliards, beaucoup moins cher en tout cas que les vivres et les médicaments que distribue HH International.

Les propos de Marion surprirent le petit auditoire par leur réalisme et leur clarté.

— Bravo ! lui dit Émile.

— Il y a un autre problème, fit remarquer Georges, c'est que, sur place, nous allons nous heurter à l'hostilité des missions américaines qui sont très actives là-bas. Leurs chefs risquent d'aller protester auprès des chefs d'État africains.

Philippine parlait peu. Elle avait son idée. Elle revit la scène où une villageoise lui avait tendu son enfant en la suppliant de le prendre, parce qu'il serait plus heureux avec elle. Souvenir insoutenable. Une mère ne peut donner son enfant qu'aux portes de la mort. Arminius l'observait, intrigué. Il la connaissait assez pour deviner que la Philippine de toujours, « l'épée », avait retrouvé son ressort. Elle ruminait un projet, mais il peinait à deviner lequel. Elle ne pouvait se résoudre à une retraite paisible.

La conversation se poursuivit au salon et Philippine remarqua que les échanges de regards entre Georges et Marion étaient intenses. Une jolie fille, un beau garçon, tous deux libres, rien de plus naturel. L'ennui était qu'ils étaient cousins germains.

Cher Monsieur,

Des projets divergents nous ont opposés. L'histoire, cependant, est plus grande que nous. Elle se poursuit et j'ai besoin de votre aide. Me feriez-vous l'honneur d'accepter un déjeuner avec moi, à votre convenance ?

La petite rustaude de Villardon avait appris à s'exprimer. Et à écrire. La lettre était manuscrite, avec l'adresse gravée en relief, en haut à gauche, sur papier ivoire. Elle fut livrée à domicile par le chauffeur.

La réponse ne tarda pas : elle arriva dans l'après-midi même, par un coup de téléphone :

— J'ai reçu votre invitation. Je vous en remercie.

— L'acceptez-vous ?

— Elle est tellement surprenante qu'elle en est irrésistible.

Ils convinrent de déjeuner le lendemain chez Lapérouse.

C'était ainsi que Philippine allait se retrouver à déjeuner avec son ennemi intime, Bertrand Leferrier. L'homme qui lui avait adressé les deux voyous qu'Arminius et elle avaient estourbis. Qui avait fait installer des micros dans le bureau d'Arminius, qui les avait fait espionner, elle et sa famille, avec l'ignominie ordinaire des services secrets et des services de basse police.

Elle avait réservé un salon particulier ; le flic des flics déclara d'entrée de jeu qu'il y était sensible. Il ne cessa de la dévisager, sans doute surpris par la ténacité de son adversaire et la force de caractère qui lui permettait pareil retournement. Elle lui exposa d'emblée le problème : l'hostilité des Américains à tout projet de contrôle des naissances en Afrique.

— Vous avez fait entrer le loup dans la bergerie, dit-il.

— J'ai fait entrer des vivres et des médicaments en m'assurant que les potentats locaux en prélevaient le moins possible, répliqua-t-elle.

Il hocha la tête.

— Mais vous vous êtes servie pour cela de l'aide américaine.

— Qui veut la fin veut les moyens.

— Je le vois. N'Ganga est obsédé par vous : il vous vénère et vous déteste. Vous l'avez défié et vous avez sauvé son régime.

Elle redressa la tête d'un geste brusque, comme un cheval qui renâcle.

— C'est pour cela que vous m'avez envoyé deux nervis devant ma maison ? C'était pourquoi ? Pour m'intimider ou bien nous assassiner, mon mari et moi ?

La brutalité de la question prit Leferrier de court. Ce vieux loup qui avait traité avec les gens de pouvoir du monde entier baissa la nuque, pris en faute :

— Je ne suis pas maître de tous mes services. Vous passiez pour un agent américain. Vous nous emmerdiez. Il fallait vous faire entendre raison. Un de mes chefs a eu l'idée de vous calmer un peu. D'accord, ça m'a coûté mon poste, mais vous avez mis un bémol.

— Vos services sont-ils tellement bornés, rétorqua-t-elle, qu'ils soient incapables de concevoir que les gens qui ne sont pas d'accord avec vous ne sont pas des gens stipendiés par l'étranger ?

— Vous avez fait votre fortune aux États-Unis.

— Je l'ai faite contre eux. Je vous raconterai ça un jour. Maintenant, il faut que vous m'aidiez à réaliser mon projet.

— Je ne suis plus en poste.

— Vous avez gardé vos gens en place, M. Leferrier.

Il faisait tourner son verre de vin entre deux doigts.

— Vous êtes une sacrée bonne femme, vous savez, Mme Wennergren ?

— Il ne s'agit pas de moi, il s'agit du projet. Il s'agit de contrer l'hostilité américaine au contrôle des naissances en Afrique occidentale.

Il acheva son gratin de langoustines d'un air pensif.

— Il n'y a pas un seul chef d'État africain qui ne soit convaincu de la nécessité de contrôler l'expansion démographique délirante de son pays, dit-elle.

— Sans doute, mais ça sera délicat. Les Américains ont gagné de l'influence là-bas. Vous n'avez pas de capitaux, je suppose ?

— Non. Juste ce qu'il faut pour payer les instructrices et les contraceptifs.

— Offrez-leur une ristourne sur les vivres expédiés par HH International.

— Je n'en ai pas le pouvoir, vous savez bien.

— En somme, vous n'avez rien et vous voulez tout ?

— Je ne veux rien pour moi. Il n'y a pas un sou à gagner dans cette affaire. Mon projet est dans l'intérêt de ces États. Vu le taux actuel des naissances, il n'y aura jamais assez de vivres pour les nourrir. Vos amis africains ne fonctionnent donc qu'avec de l'argent ?

Le serveur remplit le verre de Leferrier. Celui-ci se tourna vers Philippine :

— Ce que je vais vous dire va peut-être vous surprendre. Le seul chef d'État africain qui soit capable de déclencher un mouvement en votre faveur est N'Ganga.

Ce fut au tour de Philippine d'être prise de court.

— Allez le voir, dit Leferrier. Si vous l'emballez, il donnera le signal. Les autres chefs d'État ne pourront que suivre son exemple.

Ils commandèrent tous les deux des pêches flambées au marasquin.

La suggestion de Leferrier frisait l'absurde : aller revoir N'Ganga, l'homme qui l'avait traitée avec autant de mépris ? Et pourtant, l'absurdité même du défi excita des neurones toujours aux aguets dans la tête de Philippine.

— Si vous en êtes d'accord, prévenez-moi et, à mon tour, je le préviendrai.

— Vous croyez qu'il me recevra ?

— Sans aucun doute, répondit Leferrier.

Philippine n'était guère impatiente de retourner au Haut-Tawélé, même avec Arminius. Trop de forces hostiles l'environneraient, peut-être d'anciens partisans du général Bwolo...

— Il ne vient jamais en France ?

— Il y sera le mois prochain. Vous pourrez déjà faire avancer votre projet.

— Alors, je vais vous demander d'organiser ce rendez-vous.

Leferrier ne put s'empêcher de sourire.

— Il a un hôtel particulier dans le XVIe.

Il marqua une pause, puis reprit :

— Qu'est-ce qui vous fait fonctionner, comme disent les Américains ? J'ai un peu reconstitué votre biographie, que je ne connaissais pas. Chapeau. Vous êtes entrée dans la Résistance à seize ans et demi, c'est vrai ?

— Oui.

— Pour rejoindre votre frère ?

— On peut le dire ainsi. Oui.

— Dix missions. Et vous n'en êtes pas sortie jusqu'à la Libération. Pourquoi n'avez-vous jamais demandé de médaille ?

— Pour quoi faire ? répliqua-t-elle en haussant les épaules. Je ne savais même pas qu'il y aurait un jour des médailles.

— Vous n'avez jamais rencontré le Général ?

— Si, une minute, à Carlton Gardens.

Elle raconta l'épisode, qui n'avait pas laissé de traces immarcescibles dans l'Histoire.

— Mais qu'est-ce qui vous fait tenir et avancer? répéta-t-il, au café.

— Je ne sais pas, M. Leferrier. L'espoir, peut-être.

— L'espoir de quoi ?

— Je ne sais pas.

— « L'espoir des hommes, c'est leur raison de vivre et de mourir. »

— C'est vous qui le dites ?

— Non, Malraux. Savez-vous que vous êtes gaulliste de naissance ?

— Non, je ne le savais pas, répondit-elle en riant.

Puis la rue les engloutit. Un regard sur la Seine. Philippine songea qu'elle lui ressemblait ; elle coule au pied des monuments figés.

La surprise d'Arminius quand Philippine lui rapporta le déjeuner avec Leferrier fut totale.

— Pourquoi ne m'en avais-tu rien dit ?

— J'ai pensé que tu en aurais désapprouvé l'idée, et j'avais besoin d'un maximum de confiance en moi.

— Qu'est-ce qui t'a fait croire ça ?

— Ton attitude de l'autre soir.

En réalité, elle avait pensé qu'Arminius aspirait à une fin de vie paisible, en famille, et quel que fût l'amour qu'elle lui portait à lui et à leurs enfants, elle ne pouvait s'y résoudre. Il ne répondit pas, pensif. Ce fut l'une des rares fois où elle fut déçue par son mari. Il s'était attribué un rôle de protecteur, dont elle n'avait eu qu'à se féliciter jusqu'alors. Mais, cette fois-ci, il semblait avoir projeté de rengainer l'épée dans son fourreau. Était-ce par égoïsme, pour se réserver son épouse à lui seul ? Ou par excès de sollicitude ? Toujours était-il que sa décision était prématurée. Pour elle, le temps de dételer n'était pas venu.

— Maintenant, reprit-elle, il faut réunir des capitaux.

Elle projeta, dans un premier temps, d'alerter les dix-sept actionnaires de HH France et d'organiser ses plans en fonction de leur réaction. Son discours fut bref et simple : l'esclavage existait encore dans le monde et il se perpétuait là même où l'on croyait l'avoir éliminé – l'Afrique. Faute d'instruction, faute de moyens, la femme africaine était soumise à l'esclavage sexuel ; il était exercé et entretenu par la suprématie du mâle, car la loi de la nature était celle de la jungle. Une femme devait se soumettre à la sexualité masculine et subir, c'était le mot, de nombreuses grossesses. Le résultat en était un nombre de naissances qui excédait de très loin les capacités économiques du pays et entretenait la misère ; une autre conséquence en était la détérioration de la santé des femmes et des enfants. L'aide alimentaire n'était qu'un palliatif : c'était l'aide médicale qui primait.

Son éloquence calme, sans effets oratoires, valut à Philippine des applaudissements sans doute sincères.

Mais la première réunion ne fut guère concluante : seuls cinq des actionnaires, quatre femmes et un homme, avaient accepté sans réserve le projet de Philippine. Les autres avaient avancé comme arguments qu'il ne correspondait pas à la mission d'HH France, qu'il s'immisçait dans les affaires d'États africains d'une façon qui pourrait paraître contraire à leur culture et que les missions évangéliques américaines leur donneraient du fil à retordre.

Owen Tillmore Jr., qui avait été alerté promptement, on ne savait par qui, arriva à Paris deux jours plus tard. Il se montra d'abord conciliant :

— En tant qu'organisation américaine, déclara-t-il, nous sommes censés refléter les idéaux humanitaires américains, et ce programme de contraception massive nous vaudrait une vive hostilité de la part des milieux politiques...

— C'est bien pourtant un programme humanitaire, répliqua Philippine. Il vise à alléger la condition des femmes africaines, à réduire le nombre de naissances indésirables et donc à élever le niveau de vie général.

— Je comprends votre interprétation. Elle est typiquement française. Mais, pour nos milieux politiques, c'est de la contraception, un point c'est tout. Les républicains et les démocrates sont déjà extrêmement prudents en ce qui touche à l'éducation sexuelle. Alors distribuer massivement la pilule contraceptive susciterait un tollé. En ma qualité de président de HH International, je ne peux y souscrire. Je vous demande d'y réfléchir.

— C'est tout réfléchi.

Tillmore Jr. semblait contrarié. Arminius ne disait mot.

— Dans ce cas, Philippine, vous m'obligez à vous demander votre démission.

— Dans ce cas, Mr Tillmore, c'est fait. Vous recevrez ma lettre demain.

Il parut consterné.

— HH était votre idée, et vous l'abandonneriez comme ça ?

— Ce n'est pas la première fois, Owen, que je me trouve en conflit direct avec la culture de votre pays. Cette fois-ci, je me demande comment vous ne rougissez pas de honte quand vous me dites que la sexualité est sacrée dans votre pays. Parce que vous êtes assez informé et intelligent pour savoir que c'est de la pure hypocrisie. J'ai vu vos boîtes de striptease et vos annonces sexuelles dans la presse.

— Il s'agit de minorités urbaines...

— Et votre cinéma, il est aussi pour les minorités ? Et *Playboy* et les revues du même genre ?

Tillmore Jr. battit en retraite. Il devina que Philippine était en colère. Il craignait sans doute d'en entendre plus qu'il n'y était préparé et, en particulier, un rappel des tentatives criminelles de son père.

— Je ne peux pas changer mon pays, murmura-t-il. Mais j'espère que vous ne me retirez pas votre amitié ?

Elle hocha la tête et ravala la perfidie qu'elle allait lui lancer. Pauvre garçon, fils d'un assassin et victime d'un système.

— Et l'usine de désalinisation qui commençait à marcher si bien…, dit-il tristement.

Il s'en alla, désemparé.

27

Boiseries laquées couleur champagne à rechampis d'or, appliques et chandeliers de cristal, tapisseries des Gobelins ou d'Aubusson, meubles français d'époque – surtout du Louis XV –, tableaux anciens… Philippine ne s'attendait certes pas à trouver rue du Ranelagh la reconstitution d'une case du Haut-Tawélé, avec bananiers, singes et serpents, mais le contraste entre ce décor de ci-devant d'avant la Révolution et son occupant, président d'un État qui avait dû attendre l'aide occidentale pour avoir de l'eau potable dans son plus vaste district, était renversant.

Elle fut introduite dans un salon du même tonneau que le vaste hall. Quelques instants plus tard, Jean-Albert N'Ganga la rejoignit. Costume de cachemire gris perle, chemise rose à rayures, cravate lie-de-vin et chaussures si admirablement cirées qu'on aurait pu se coiffer dans leurs reflets.

— Bienvenue, Mme Wennergren ! s'écria-t-il, solennellement.

Il lui tendit la main et garda la sienne quelques secondes de plus que le protocole l'aurait conseillé.

Ils s'assirent. Il la regarda longuement, visiblement content.

— Vous êtes une femme extraordinaire, déclara-t-il. Non, laissez-moi parler, lui ordonna-t-il alors qu'elle s'apprêtait à lui répondre. Vous avez un courage d'homme. Dans mon pays, vous seriez la déesse de la Guerre. Je n'ai pas pu vous le dire lors de notre dernière rencontre, j'étais bouleversé par les événements…

Elle se retint de lui rétorquer qu'il l'avait traitée d'emmerdeuse.

— Vous avez joué un rôle providentiel dans l'histoire du Haut-Tawélé. Bwolo était fermement décidé à faire un coup d'État. Vous avez dérangé ses plans. Ses partisans ont été pris de court. Ils ont essayé d'envahir le palais pendant que je prononçais mon discours. Ils voulaient nous bombarder...

— Sa main a-t-elle cicatrisé ?

N'Ganga parut surpris par la question :

— Bwolo ? Sa main ? Il aurait fallu que sa tête aussi cicatrise, dit-il avec un petit rire. Il a eu une attaque dans la soirée.

Probablement pendant que Philippine, Arminius, Barbara McGaith et Georges sirotaient leurs *long drinks* sur la terrasse, au crépuscule.

— Leferrier m'a tout dit, reprit-il. Vous avez son soutien entier. Et le mien. Votre projet est la meilleure chose qui puisse advenir aux pays d'Afrique. Il va nous débarrasser de ces sauterelles des missions évangéliques. Ce sont elles qui sont responsables de notre surdémographie.

Surdémographie, où avait-il pêché ce mot ?

— Que comptez-vous faire ?

— Créer des dispensaires d'hygiène avec une instructrice gynécologue et une assistante. Donner quatre cours très simples chaque jour sur la manière de prévenir les grossesses indésirables. Et distribuer la pilule contraceptive.

— Les gynécologues, toutes des femmes ?

— Oui.

— Parfait, des hommes, on les soupçonnerait du pire. Pas d'avortements, hein ?

— Il n'en est pas question.

— Très bien. Les avortements, quand elles les font, c'est très mal vu des hommes. Vous aurez la protection inconditionnelle de l'armée.

— Pourquoi faut-il une protection ? À cause des missions ?

— Elles vont soulever des gens contre vous. Il faut leur inspirer le respect. Mon ami Ouali Bakémé sera demain en France. Leferrier l'a prévenu, mais je lui en toucherai aussi un mot. Ce serait bien que vous alliez le voir.

— Très volontiers.

Il la dévorait des yeux. Elle commençait à s'en inquiéter, quand entra Mme N'Ganga, suivie de deux enfants de cinq ou six ans.

— Mon mari m'a beaucoup parlé de vous, dit-elle.

— Je suis très heureuse de faire votre connaissance.

Mme N'Ganga n'était pas du tout la mémère qu'on eût cru. Elle savait très bien, déclara-t-elle à la visiteuse, le rôle que celle-ci avait joué dans le coup d'État avorté. Et elle ne se faisait aucune illusion sur les difficultés de la tâche que Philippine avait entreprise. Son influence sur son président de mari n'était probablement pas étrangère au revirement de N'Ganga.

Pendant qu'elles parlaient, Philippine revit la mère qui lui avait tendu son enfant.

L'entretien avec Ouali Bakémé eut lieu à l'hôtel Meurice, à Paris, étape du séjour présidentiel en France avant que le président-potentat gagnât son château de Saint-Ambert, pour l'ouverture de la chasse. Il fut chaleureux et conventionnel. Sans doute était-ce dû à la présence d'Arminius, ou bien à la personnalité plus austère du président, un grand homme au regard impérieux qui semblait avoir tout oublié des premiers et désagréables rapports de Philippine avec son ambassadeur. Leferrier et N'Ganga avaient préparé le terrain. Les approches préliminaires avec les trois autres pays où La Vie désirée comptait s'implanter, l'Aranda, le Bamon et le Baleng, furent menées par courrier et rendez-vous fut pris avec leurs ambassadeurs.

Marc fut désigné comme conseiller de la campagne de presse destinée à recueillir les fonds publics nécessaires à l'association Loi de 1901 dont il avait trouvé le nom, La Vie désirée, donc. Ce fut également lui qui organisa le recrutement des gynécologues volontaires et de leurs assistantes dans les facultés de médecine françaises et européennes.

L'initiative de Philippine fut noyée dans le tumulte qui suivit l'arrivée de la gauche au pouvoir avec la victoire de François Mitterrand aux élections de 1981 et le couronnement du Programme commun. L'espace français était empli d'un gigantesque brouhaha où l'on avait peine à discerner le verbiage des idées nouvelles.

Émile Jeaubert paraissait reprendre peu à peu confiance dans le PC, et Galabert mijotait un scénario pour un film comique qui s'appellerait *Les poires sont dans les pommes*. Le réalisateur et lui cherchaient un comédien qui serait assez fin pour incarner le héros à l'air balourd qui déclenchait des catastrophes en croyant faire le bonheur de sa famille.

En septembre, les fonds commençaient à entrer. Arminius trouva un local modeste dans le XVe arrondissement et quatre premières candidatures arrivèrent : une d'Angleterre, une d'Allemagne et deux de France : toutes d'étudiantes en quatrième année de médecine ou en première année d'internat, animées d'un esprit humanitaire, assurées d'un salaire honorable et désireuses d'exotisme ; elles parlaient toutes quatre français et anglais, comme requis. C'était assez pour ouvrir quatre centres. Le premier serait dans la banlieue de Port-Saint-Ignace, le deuxième non loin de l'unité de désalinisation de HH International, le troisième à Sao-José-de-Parais, le grand port du Wasutoland, le quatrième, peut-être à Gabo, capitale de l'Aranda, cela serait décidé dans les semaines à venir.

Arminius semblait de plus en plus égaré par ces préparatifs. L'initiative lui en échappait et il perdait son rôle de maître conseiller. Le crépuscule le rendait mélancolique : il avait décidé de prendre sa retraite de Sunlove Cosmetics en 1982 et ne voyait personne comme successeur. La tendresse de Philippine lui rendait parfois un certain dynamisme, mais ses absences pensives se faisaient plus fréquentes et plus longues.

La naissance du premier enfant de Marc et de Lorraine, début octobre, ranima ses esprits animaux. Dès que sa belle-fille fut remise de ses couches, il décida de donner une grande fête à la maison. Philippine était certes ravie de la naissance d'un petit-fils, Jean-Marc, mais elle s'étonna un peu, lors d'un tête-à-tête avec Anton, de l'exubérance de son mari.

— L'angoisse de la mort, commenta-t-il.

Philippine tressaillit ; cela était dit sans méchanceté, mais avec cette froideur dont les enfants sont capables à partir d'un certain âge.

— Mais il est jeune…

— Il est loin de son pays, il se sent vieillir et il pense à la fin. Si tu vas en Afrique, même pour de courts séjours, il se sentira encore plus seul.

Pour la première fois, Philippine aborda la possibilité de la disparition d'Arminius. Mais ce serait un tel séisme, qu'elle la rejeta aussitôt. Non, Arminius était en bonne santé, il ne fallait pas imaginer des choses comme ça… Cependant, elle s'étonnait parfois de son insistance à se réconcilier avec Gilles.

— Vois-tu, les années passent et distendent les liens. Je serais heureux que tu pardonnes à ton frère.

La fête, en tout cas, en fut bien une. Arminius exécuta un morceau de sa composition pour saluer l'arrivée au monde d'un petit Wennergren et il en offrit solennellement la partition à sa belle-fille. Puis il se tourna vers Anton et sa compagne, Althea, et leur lança, goguenard :

— Eh, on vous attend !

— Eh, on n'est pas des lapins, papa !

Ce fut à Anton que revint l'honneur de clore la soirée, mais d'une façon bien à lui. Il se présenta aux invités éberlués travesti dans une robe noire moulante, coiffé d'une perruque-tignasse pour épouvantails, maquillé à outrance et les sourcils circonflexes :

— Mesdames, Mesdemoiselles, Messieurs et les autres, vous ne me connaissez pas. Je suis Mylène Piaf, la fille de l'autre. Je suis plus grosse, je sais, mais c'est rapport au marché noir quand j'étais petite. Mon papa, il était BOF, alors on se régalait pendant la guerre, mais maman, elle était déjà grande, alors ça ne lui a pas beaucoup profité. Je vais vous interpréter un de ses airs favoris.

Et, d'une voix de basse, elle-même une parodie de Chaliapine, il entonna :

Si un jour la vie t'arrache à moi,
Si tu meurs, que tu sois loin de moi,
Peu m'importe si tu m'aimes
Car moi je mourrais aussi…

Le petit public rit tant qu'Anton eut de la peine à achever sa parodie. Même Arminius rit.

— Il ne respecte rien, murmura-t-il.

Était-ce à la mémoire de Piaf qu'il faisait allusion, ou bien à la solennité compassée qu'il avait tenté de conférer à la fête ? Il était décalé par rapport aux circonstances.

Le soir du jour où la loi sur la nationalisation fut promulguée, il rentra épuisé.

— Nous l'avons échappé belle, soupira-t-il. Nous avons frôlé le couperet.

Avait-il vraiment cru que Sunlove Cosmetics serait nationalisé ? Philippine lui servit un whisky, point trop tassé.

— Les syndicats s'y attendaient, expliqua-t-il. Mais l'entreprise ne présentait heureusement pas un intérêt national.

L'anxiété d'Arminius avait une explication évidente : il était désormais attaché à préserver tout ce qui appartenait à la sphère familiale, biens matériels et immatériels. Le jugement d'Anton était cruel mais juste. Arminius avait ainsi passé un temps fou à recoller une statuette de Sèvres sans grande valeur, mais qu'il était habitué à voir sur une certaine étagère de la bibliothèque. Il était devenu maniaque. Il était de plus en plus sensible, pour ne pas dire vulnérable à tout ce qui s'écartait de la routine, comme si l'existence était une partition de Telemann ou de Bach.

Aussi fut-il désarçonné lorsqu'un soir Galabert annonça, au dîner, qu'Anton serait l'acteur principal du film dont il écrivait le scénario.

— Nous avons fait des bouts d'essai : ce garçon est un acteur né. Bornier, le producteur, est enthousiasmé. Anton sait faire la gourde comme personne depuis Fernandel ou Bourvil.

— Acteur ? répéta Arminius en tendant le cou vers son fils. Toi ?

— La preuve, papa, c'est que tu ne t'en étais pas aperçu.

— Mais sous quel nom ?

— Anton Vénard, papa, ne t'inquiète pas.

Sa compagne, Althea, rayonnait de gaieté.

— Anton, dit-elle, a le génie de capter le ridicule de tout le monde et de toutes les situations. Il enregistre tout, et puis ça sort, tout à coup, comme si ça avait été filmé avec la bande sonore.

— Mais alors, il faudra te trouver un remplaçant à la société ? s'alarma Arminius.

Un éclat de rire général salua ce constat. Arminius s'avisa, mais trop tard, de sa bourde. Il feignit de rire de sa propre bévue. Seule Philippine fut sensible au pathétique de la scène. Un regard de Marc et un autre de Jeaubert lui signalèrent que le décalage n'était pas passé inaperçu.

Le soir, au lit, Arminius reprit le sujet :

— Je ne me ferai pas de sitôt à l'idée qu'Anton puisse être acteur.

— Tu étais plus rapide autrefois à deviner les changements autour de nous.

— Je vieillis, sans doute.

Il en était donc conscient. Ce qui n'y changeait rien.

En mars, la première clinique de La Vie désirée pouvait être inaugurée, dans la banlieue de Port-Saint-Ignace. Arminius n'était pas impatient de retourner en Afrique et prétexta sa réaction au vaccin contre la fièvre jaune.

Philippine partit avec Georges Gantier, Isabelle Fourment, une des deux jeunes gynécologues françaises, et Philippe Donado, le garçon qu'elle avait engagé pour tenir les comptes de l'organisation. La gynécologue était une Picarde, une fille bien bâtie qui semblait avoir la tête sur les épaules, désireuse d'enrichir sa connaissance du monde et d'échapper à ce qu'elle appelait « l'égocentrisme franchouillard ».

— Je n'arrive pas, expliqua-t-elle dans l'avion, à m'habituer à la myopie humaine. C'est la cause fondamentale de l'égoïsme, donc de la bêtise, donc des erreurs.

Ses opinions énergiques enchantaient Philippine. Il était rafraîchissant de vérifier que le monde n'était pas constitué de jeunes évaporées qui cherchaient l'Amour dans les nuits blanches. La semaine suivante, Georges et elle iraient accueillir la volontaire anglaise à l'aéroport, pour installer la deuxième mission.

Ils furent accueillis sur le tarmac, à la descente d'avion, par un délégué de la présidence, qui leur présenta les souhaits de bienvenue et de succès du président N'Ganga, abrégea les formalités douanières et policières et emmena son monde déjeuner à l'hôtel Intercontinental. Après le déjeuner, tout le monde partit dans une grande Jeep pour prendre possession du premier poste de La Vie désirée. Il se trouvait aux Cocoteraies d'Abel, dans la banlieue de la capitale.

Banlieue est un terme occidental, déjà chargé de connotations incertaines. Les Cocoteraies d'Abel étaient un bidonville. Le poste préparé par les soins de N'Ganga était l'un des rares bâtiments en dur de ce village de huttes et de masures. Le seul aussi à avoir l'électricité et l'eau courante. Un rez-de-chaussée et un étage, un jardinet derrière, ce n'était certes pas une résidence de luxe, mais ce modeste édifice en avait l'apparence en comparaison. Un panneau tout neuf au-dessus de la porte annonçait en lettres blanches sur fond bleu : « Clinique La Vie désirée ». Lorsque la Jeep des visiteurs s'arrêta devant, un petit attroupement se forma, d'abord des gamins, puis des gens plus âgés, qui observèrent les occupants du véhicule descendre avec leurs bagages. Une douzaine de militaires montaient la garde et les tenaient en respect. N'Ganga avait bien fait les choses. Le délégué commença par présenter le responsable de l'intendance et interprète, un jeune homme habillé à l'occidentale, au nez chaussé de lunettes à monture d'acier, Clément Sinématiali, puis fit visiter les lieux. C'était spartiate mais propre. Du carrelage au sol, des sanitaires convenables, un réfrigérateur, un téléphone. Trois chambres à coucher, chacune équipée d'un lit, d'un placard et d'un lavabo. Un boy monta à l'étage les bagages de ceux qui seraient donc les résidents de la clinique.

— Vous vous y ferez ? demanda Philippine à Isabelle Fourment et Philippe Donado.

— Nous sommes ici pour nous y faire, répondit la gynécologue avec un petit sourire résolu.

Donado ne séjournerait sur les lieux que quelques jours, le temps d'évaluer la gestion de la clinique, puis serait remplacé par l'assistante promise à la gynécologue. Philippine retourna à Port-Saint-Ignace avec Georges ; elle reviendrait le lendemain pour assister à la mise en service de la clinique et aux quatre premiers cours. Ils regagnèrent l'hôtel Intercontinental comme des astronautes leur base lunaire.

— Nous ne saurons comment la clinique est accueillie que dans quelques jours. Le temps que les missions s'avisent de son existence, dit Georges.

— L'armée la protège.

— Un détail, dit Georges. Les missionnaires sont coriaces.

— Nous reviendrons.

Georges sembla n'en penser pas moins.

— Combien de cliniques comptes-tu faire installer ?

— Je ne sais pas. Ça dépendra de nos moyens. Une vingtaine.

— Je me demande si tu te rends compte de la partie que tu as engagée. D'une certaine manière, c'est comme si, à toi toute seule, tu avais déclaré la guerre aux États-Unis.

Elle fit tinter les glaçons dans son verre.

— Rien de moins. Tu n'exagères pas un peu, parfois ?

— À peine. Les missions ont le gouvernement américain derrière elles.

Le lendemain, à 11 heures, eut lieu l'inauguration du centre, en présence du ministre de la Santé. Philippine et Georges prirent place dans la voiture même du ministre, escortée de six autres, dont deux camions chargés de militaires. Le ministre expliqua que le président tenait à signifier à la population l'intérêt qu'il accordait à la mission de La Vie désirée. Une estrade avait été dressée devant la clinique et un haut-parleur attendait le ministre. Aussi un véritable attroupement, au moins cinq mille personnes, s'est-il formé alentour. La presse avait également été mobilisée. Le discours du ministre fut clair, ferme et bref.

— Cinq enfants, déclara-t-il, c'est bien si on peut les nourrir, mais c'est mal si on ne le peut pas. Il faut fonder une famille en rapport avec ses moyens. La médecine moderne le permet. Et le président N'Ganga appelle de ses vœux le succès du premier centre de La Vie désirée.

Des haut-parleurs installés aux coins des rues répandaient la parole officielle. Une claque donna le signal des applaudissements. Le ministre présenta ensuite l'inspiratrice de La Vie désirée et lui passa la parole. Cinq mille regards convergèrent vers elle. Elle raconta l'épisode de la femme qui avait voulu lui donner son enfant et l'émotion qu'elle avait ressentie.

— Elle voulait me confier son bébé parce qu'elle ne pouvait pas le nourrir. Elle avait déjà trop d'enfants. Cela est injuste et j'ai résolu, avec l'aide du président N'Ganga, de remédier au problème des familles trop nombreuses. Mes collaborateurs et moi sommes venus ici pour que chaque nouvelle naissance parmi vous soit désirée et que la santé des femmes soit protégée.

Les applaudissements furent encore plus nourris que pour le ministre, des femmes dansèrent, les bras levés. Le ministre sourit, serra la main de Philippine, de Georges, de la gynécologue, de Philippe Donado et du jeune Clément Sinématiali, puis remonta dans sa voiture. Philippine et les autres restèrent sur place ; ils voulaient assister au premier cours d'instruction et aux premières consultations. La foule se pressa à la porte ; deux militaires contrôlaient les entrées. Une cinquantaine de personnes, presque toutes des femmes, en boubou, prirent place dans la salle commune. Isabelle Fourment accrocha au mur deux affiches qui montraient, l'une la rencontre d'un ovule et d'un spermatozoïde, l'autre, un fœtus dans le ventre de sa mère. Elle expliqua en français avec des termes simples la fécondation et la grossesse. Sinématiali fit fonction d'interprète lorsque quelqu'un qui n'avait pas compris posait une question. Fourment expliqua ensuite l'action de la pilule contraceptive, qui inhibait l'ovulation et prévenait donc la grossesse. Même les mouches semblaient s'être immobilisées pour écouter la gynécologue.

Une femme se leva pour parler.

— J'ai un enfant dedans, depuis deux mois. Il faut que vous me l'enleviez.

Isabelle Fourment secoua la tête.

— Non, on n'intervient pas sur les grossesses en cours.

— Mais vous avez dit qu'on ne doit pas avoir plus d'enfants qu'on peut ?

— On n'intervient pas sur les grossesses en cours, répéta la gynécologue.

La femme parut dépitée et sortit.

— C'était un piège, murmura Georges.

Un homme se leva à son tour :

— Qui c'est qui prend la pilule ?

— La femme, bien sûr, répondit Isabelle Fourment.

— Alors ma femme peut décider de ne pas avoir d'enfants quand je la nique ?

Fourment ne releva pas les termes de la question :

— Si elle estime que sa famille est déjà assez nombreuse, elle peut prendre la pilule.

— Alors je ne suis plus le chef ?

— Un enfant, cela se fait à deux. Vous pouvez discuter avec votre femme du désir que vous avez ou non d'avoir un enfant supplémentaire. Si une naissance de plus dépasse vos moyens financiers, la pilule s'impose.

— Mais l'argent, ça ne regarde que le chef !

— Ça regarde aussi la femme, puisqu'elle est la mère. Vous n'êtes pas content, je suppose, de voir votre enfant avoir faim ? Elle non plus.

— Alors je dois dire à ma femme combien d'argent j'ai pour que je la nique et qu'elle ait des enfants ? C'est très mal, ça ! Le mari, c'est le chef !

— Avant d'être chef, vous êtes mari et père, intervint Philippine, et votre compagne a autant de droits et de devoirs que vous envers l'enfant à naître. Mais l'enfant aussi a des droits.

L'homme la regarda d'un œil torve, comme si elle parlait une langue inconnue.

— C'est quoi ça, l'enfant a des droits ? rétorqua-t-il. L'enfant, il est à moi, c'est tout !

— L'enfant a le droit de vous tenir pour responsable si vous ne le nourrissez pas et s'il tombe malade, répliqua Philippine avec fermeté. Il n'est pas votre esclave. Votre femme non plus n'est pas votre esclave. L'esclavage, c'est fini.

L'homme lui lança un regard mauvais.

— C'est quoi ça ? répéta-t-il. Les femmes et les enfants vont faire la loi, ça va pas ! On est pas des sans-couilles !

— Si vous n'êtes pas d'accord, allez le dire au président.

Des invectives fusèrent contre le fâcheux. Deux ou trois femmes s'énervèrent et haussèrent la voix. Il quitta la salle en agitant les bras. On l'entendit protester dehors avec véhémence, et les soldats le forcèrent à s'éloigner.

Les femmes étaient impatientes d'obtenir la pilule miracle et demandèrent ce qu'il fallait faire pour cela. La gynécologue leur répondit qu'elle allait les recevoir chacune en consultation et gagna son cabinet.

Par la fenêtre, Philippine observa un groupe d'hommes discutant avec animation.

— Ça ne va pas passer facilement, murmura Georges.

— Pourquoi vous nous prenez pas en consultation, vous ? demanda une des femmes à Philippine. Vous nous donnez les pilules et on s'en va.

— Je ne suis pas médecin, répondit Philippine. Seule le docteur peut vous prescrire la pilule. Si vous êtes pressée, vous pouvez revenir demain.

— Mais pour ce soir ? s'écrièrent plusieurs femmes.

Elles étaient décidément pressées de passer à l'acte. Philippine secoua la tête. La première patiente sortit du cabinet de la gynécologue, serrant dans sa main le remède miracle contre la grossesse, et trois autres s'élancèrent vers la porte.

— Une à la fois, dit la gynécologue.

À l'extérieur, une sorte de garde semblait s'être montée ; une demi-douzaine d'hommes surveillaient la clinique du regard. Il était presque 13 heures, la température était montée de plusieurs degrés, Sinématiali accéléra le ventilateur et demanda à Philippine, Georges et Donado s'ils voulaient des rafraîchissements ; Georges lui murmura qu'il serait plus délicat de les servir à l'extérieur, dans le jardin, et non devant ces femmes qui devaient, elles aussi, avoir soif. À ce moment-là sortit la deuxième patiente. Dès qu'elle fut à l'extérieur, des cris de querelle s'élevèrent. La femme était prise à partie par les hommes qui attendaient. Étaient-ce des parents ? La femme fut malmenée et Sinématiali demanda aux soldats d'intervenir. Les militaires séparèrent les belligérants, mais ceux-ci ne l'entendirent pas de cette oreille et appelèrent d'autres hommes en renfort. Les militaires donnèrent l'ordre aux récalcitrants de se disperser. Personne ne comprenait exactement ce qui se passait : apparemment, des partisans de la femme étaient accourus, non au secours des mécontents, mais à leur assaut. Une empoignade commença à quelques mètres de la clinique. Des femmes s'en mêlèrent et distribuèrent coups de poing et horions. Le sergent-chef tira alors deux coups de feu en l'air et les combattants s'immobilisèrent. Des militaires armés apparurent sur le toit de la clinique. Muni d'un porte-voix, le sergent-chef ordonna à la foule de déguerpir sous peine d'une arrestation immédiate. Le rappel à l'ordre fut efficace. Le calme revint sur la petite place.

— Que s'est-il passé ? demandèrent Philippine et la gynécologue, qui avait quitté son cabinet.

Sinématiali leur expliqua et assura que ce n'était qu'un incident sans importance, et d'ailleurs prévisible.

— Il y a toujours quelques fortes têtes qui veulent imposer leur autorité.

Philippine, ébranlée, sortit siroter son Coca dans le jardin en compagnie de Georges et de Donado. Une voiture les emmena ensuite déjeuner à Port-Saint-Ignace.

28

L'assistante d'Isabelle Fourment était arrivée : une Antillaise décidée et dotée d'une solide expérience médicale, ayant travaillé dans un hôpital de Pointe-à-Pitre. Elle fut conduite aux Cocoteraies d'Abel et installée dans ses meubles.

Aucun autre incident n'étant advenu au bout de quelques jours, Philippine et Georges décidèrent de s'occuper du deuxième centre de La Vie désirée, à Bonté, localité toute proche de l'usine de désalinisation d'HH International. La gynécologue qui serait en charge de ce centre était l'Anglaise dont la candidature avait été retenue ; Audrey Camberly, jeune femme de vingt-neuf ans, qui maîtrisait à peu près le français. Dans son curriculum vitae, elle se déclarait une fibre humanitaire. Elle fut accueillie à son arrivée à Port-Saint-Ignace par Philippine, Georges et Donado, ainsi que par le délégué de la présidence. Puis ce petit monde prit place dans l'une des trois voitures qui les conduiraient à Bonté, à quatre heures de route de là, si on pouvait appeler « route » des segments de macadam entrecoupés de pistes. Le cortège traversa en trombe le village où une mère avait offert son enfant à Philippine ; celle-ci décida qu'elle y reviendrait plus tard.

Bonté avait jadis été coquet. Mais il ne restait de l'ancien centre de villégiature pour riches planteurs d'antan qu'une poignée de villas rococo, sur la côte, le long d'une corniche piquée de réverbères antiques et de vasques de plantes fleuries. Quelques années auparavant, les maisons étaient encore occupées par les dignitaires du premier régime postcolonial. Puis, la manne du pétrole succédant à celle de l'uranium, ceux-ci avaient découvert les charmes de la Riviera française, du bord des lacs Léman et de Genève et autres lieux prisés de la jet-set internationale. Les résidences de Bonté étaient désormais désertées, et ce ne serait pas l'unité de désalinisation toute proche qui y ramènerait les favoris et séides du président N'Ganga. Les villageois, installés à deux ou trois kilomètres de l'ancien bord de mer, près des champs de manioc, de canne à sucre et de maïs, ne s'y aventuraient guère ; ils en auraient d'ailleurs été chassés à coups de feu par les gardiens demeurés sur place, au cas où. Les cinq ou six mille âmes dont La Vie désirée était censée s'occuper restaient donc chez elles, dans leur village.

Le centre avait été installé par la présidence dans un *guest-house* aujourd'hui plus proche du village que du bord de mer : un panneau, identique à celui des Cocoteraies d'Abel, l'annonçait. Jadis réservée aux voyageurs qui faisaient halte dans la région, cette version coloniale de l'auberge avait été évacuée et rafraîchie. La maison était entourée de terrains vagues où la broussaille desséchée par l'hiver commençait à peine à se régénérer. Une terrasse y donnait sur la mer. Sept de ses quinze chambres avaient été agréablement rénovées et trois domestiques accueilleraient les visiteurs qui passeraient là quelques nuits ou s'installeraient pour une plus longue période. Audrey Camberly trouva les lieux charmants. Le silence de Georges intrigua Philippine ; elle lui en demanda la cause.

— Tu ne connais pas l'endroit, répondit-il. Nous sommes beaucoup trop près de la Mission évangéliste du Christ rédempteur et de la Mission des frères de la charité. Sans parler de l'usine de désalinisation.

— Et alors ?

— Et alors, je ne crois pas qu'ils seront contents de nous voir débarquer. Et N'Ganga le sait. Tu n'as pas remarqué que le nombre de militaires qui nous protègent est double de celui qu'il y avait aux Cocoteraies ?

Peut-être Georges était-il devenu excessivement anxieux. Le dîner sur la terrasse – salade de cœurs de palmier, poisson grillé aux ignames et mangue en dessert –, à la lumière des lampes tempête, était des plus paisibles et même plaisant ; on se serait cru en vacances, comme le nota Audrey Camberly.

Gagnant sa chambre après un dernier *drink* sur la terrasse, un café glacé à la liqueur de scotch, Philippine s'étonna de la sollicitude de N'Ganga : les lits et les draps étaient neufs, le personnel, cuisinier compris, était payé par la présidence. La liqueur de scotch également. Elle se coucha sans y accorder trop d'importance.

Dans la nuit, elle fut réveillée par des éclats de voix à l'extérieur ; elle alla à la fenêtre et aperçut trois militaires malmenant des indigènes ; elle consulta sa montre-bracelet : 2 h 30. Pourquoi des indigènes rôdaient-ils si près du nouveau centre ? Elle l'apprit le matin : les militaires avaient surpris les malandrins en train de crever les pneus des voitures.

Au petit déjeuner, une visite agaça Philippine : un Américain déboula sur la terrasse et dévisagea les visiteurs sans grande aménité ; son regard s'attardait sur Philippine quand Georges lui dit :

— *Hello*, Ben. Quelle plaisante surprise !

Puis il présenta le butor :

— Ben Pealking, directeur de HH International au Haut-Tawélé.

— *Hello*, Georges. Nous avons appris que tu es de retour. J'espère que tu ne comptes pas nous rendre visite, parce que tu viens d'être licencié de HH International, ordre de New York. Tu n'as pas le droit de travailler pour une autre organisation humanitaire, c'est dans ton contrat.

— *Who says so ?* demanda Georges.

— Tillmore.

Georges n'en sembla pas excessivement ému.

— Envoie-moi une copie.

— *Sure*, dit l'autre.

Et il tourna les talons sans autre cérémonie. Georges se fendit d'un sourire sarcastique :

— Ils sont vite informés, non ?

Philippine était atterrée, mais pas seulement par la grossièreté de l'intrus : une fois de plus, depuis sa démission de la présidence de HH France, elle se trouvait dans le camp ennemi d'un Tillmore. Le fils avait repris le combat du père. Ce ne pouvait être un hasard : les valeurs qu'elle défendait étaient opposées à celles d'une certaine Amérique, ce qu'elle avait déjà fait remarquer à Tillmore. Mais elle n'avait pas encore les idées très claires sur ce point.

À 10 heures, le bourdonnement d'un hélicoptère annonça un visiteur de marque, sans doute le ministre de la Santé, comme aux Cocoteraies d'Abel. L'engin se posa à brève distance et, quelques minutes plus tard, le ministre apparut sur la terrasse, impeccable, presque rayonnant. Il salua son monde. Des villageois, certainement alertés par le téléphone de brousse, s'approchaient déjà de la maison, curieux, circonspects. Un haut-parleur avait été installé du côté de la porte principale, mais les trois marches qui menaient au perron n'étant pas de la hauteur de l'estrade qui avait été installée aux Cocoteraies d'Abel, le ministre allait devoir s'adresser à ses concitoyens d'égal à égal. Pour la première fois, Philippine s'avisa de ces détails auxquels, le mois précédent, elle n'aurait accordé aucune importance. La foule s'amassa lentement sur la petite place qui s'étendait devant la maison, cerclée de cocotiers. Le ministre s'éclaircit la voix et prit la parole. Il tint à peu près le même discours que la fois précédente. Puis il se tourna vers Philippine et, alors qu'elle s'apprêtait à expliquer les raisons de sa présence, une rumeur monta de l'assistance ; elle s'interrompit et fit face à la foule.

— Vous voulez dire quelque chose ? demanda-t-elle, incisive.

— Oui, répondit d'un ton provocateur un homme barbu en soutane beige qui s'avança. Je suis un frère de la Charité et je représente ici l'enseignement du pape et de l'Église de Rome. Vous êtes venus propager la contraception. Elle contrevient aux lois morales de la nature et de l'Église. Je dois en déduire que vous êtes des ennemis moraux de ce peuple et du christianisme.

Le religieux avait ponctué son discours de gestes furieux de la main. Le visage du ministre se convulsa de colère ; on pouvait craindre le pire. Philippine prit d'emblée l'initiative de répondre au contestataire, dont l'invective risquait d'influencer la population et appelait une ferme réfutation.

— L'ennemi de ce peuple, répliqua-t-elle avec vigueur, c'est vous. Votre enseignement dogmatique pousse les couples à engendrer plus d'enfants qu'ils ne peuvent en nourrir. Vous êtes le pourvoyeur de la famine, de la maladie et de la misère !

— Comment osez-vous…

— J'ose parce que je suis une femme et que je sais ce que vous ne saurez jamais, car vous n'avez connu aucune femme, que vous êtes un être stérile et que vous n'avez engendré que des mots que vous répétez comme un perroquet ! Vous êtes l'ennemi du progrès de ce peuple !

Des clameurs, les unes d'approbation, les autres de protestation.

— Vous êtes une mécréante, une païenne, un suppôt de Satan...

— Taisez-vous, cria le ministre. Votre mission est désormais interdite au nom de la santé de mon pays.

— C'est un scandale ! Vous défiez...

— Saisissez-le !

La rumeur qui montait de la foule était assourdissante. Un groupe de femmes se détacha et vint danser une sorte de farandole devant le centre, en battant des mains. La gynécologue était effarée.

— Vive le minist' ! Vive le p'og'ès !

Des soldats avaient déjà emmené le frère de la Charité, qui hurlait : « Au secours ! » Un homme lui cracha au visage. Des manifestants accoururent en poussant des cris confus. Les danseuses les repoussèrent. Des claques et des horions volèrent. Les militaires firent reculer ces combattants à coups de bâton. Un calme relatif semblait être revenu et Philippine en profita pour prendre le micro. Elle raconta la même anecdote de la femme qui voulait lui donner son enfant, mais elle fut de nouveau interrompue :

— C'est moi ! C'est moi ! cria une femme. Que Dieu vous bénisse !

La femme arriva devant le centre en traînant un jeune enfant.

— C'est lui que je vous ai donné ! Maintenant, nous ne donnerons plus nos enfants sous prétexte que nous ne pouvons pas les nourrir !

Une autre clameur monta de la foule. Philippine leva les bras :

— Je suis venue pour vous aider à avoir des familles harmonieuses et heureuses ! déclara-t-elle. Pour que tous vos enfants soient des enfants désirés.

Autre clameur. Les Tawélais de Bonté étaient décidément beaucoup plus émotifs et démonstratifs que ceux des Cocoteraies d'Abel.

Épuisée par cette séance, Philippine cria enfin :

— La clinique sera ouverte cet après-midi à partir de 14 heures !

Un secrétaire coupa le micro. Le ministre se tourna vers Philippine :

— Quelle énergie ! Vous avez fait taire ce religieux ! Quand je raconterai ça au président…

— Il était déchaîné.

— Il sera expulsé immédiatement vers son pays.

— Lequel ?

— La France.

— Reste la mission américaine, observa Georges.

Le ministre le regarda longuement, un demi-sourire sur les lèvres ; il semblait sur le point de parler, mais ne dit rien. Le cuisinier vint proposer du café, mais le ministre était visiblement pressé de regagner la capitale. Il serra les mains et s'en alla vers l'hélicoptère, entouré de militaires.

La gynécologue était abasourdie par les événements. Philippine, Georges et Donado allèrent reprendre leurs esprits sur la terrasse en buvant leur café.

— Ce sont les frères qui ont essuyé les plâtres, observa Donado. Soyez sûrs que les missionnaires protestants n'auront pas perdu une miette de ce qui vient de se passer. Ils éviteront tout conflit frontal.

Philippine voulait aller visiter le village, mais Georges le lui déconseilla :

— Tu ne pourras pas faire un pas sans être assaillie. Demain, peut-être.

Elle alla téléphoner à Arminius :

— Tu as bien fait de ne pas venir. C'est assez mouvementé.

— Mais tu vas bien ?

— Jusqu'ici, oui.

— Quand rentres-tu ?

— Dans quatre ou cinq jours. Je te rappellerai.

Baisers téléphoniques. Après avoir raccroché, Philippine songea que c'était son combat à elle. Arminius s'en était exclu. Leur union parfaite comportait donc aussi ses failles.

Déjeuner sur la terrasse, dans le parfum des frangipaniers. Audrey Camberly alla préparer la clinique ; des femmes attendaient déjà devant la porte. Audrey rangea les boîtes de pilules dans une armoire de son cabinet et Donado aligna les flacons de désinfectant sur une étagère – il n'y avait évidemment pas d'autoclave, les spéculums seraient désinfectés et non stérilisés.

— Un bain de cinq minutes devrait suffire, estima-t-elle en examinant les instruments tout neufs.

Elle disposa sur la table qui servirait de bureau une boîte contenant des calendriers qu'elle avait fait imprimer exprès pour la circonstance.

— Même en Europe, les femmes ne savent pas toujours déterminer leur période de fertilité, expliqua-t-elle.

Les villageoises entrèrent dans la pièce principale, à peu près de la même taille que celle des Cocoteraies d'Abel ; quatre ou cinq d'entre elles portaient leur dernier-né dans les bras. Georges et Donado quittèrent les lieux, pour éviter tout ragot graveleux. Audrey commença sa leçon en annonçant que le but de La Vie désirée était d'offrir la possibilité d'avoir une famille équilibrée et heureuse par le contrôle des naissances ; ce n'était pas un centre d'éducation sexuelle ni de conseil conjugal.

— Et aucun avortement n'y sera pratiqué, précisa-t-elle, prévenue par Georges des questions pièges que des femmes envoyées par les missionnaires ne manqueraient pas de poser pour pouvoir qualifier le centre d'officine d'avortements.

Les femmes étaient impatientes d'obtenir le médicament miracle.

— La pilule, quand on a un tout petit fœtus, ça le coupe ? demanda l'une d'elles.

Audrey comprit la question : non, la pilule n'était pas un abortif. Quand on était déjà enceinte, elle ne servait à rien.

— Pas pour la prochaine fois ?

Non, et Audrey de préciser à quel moment il fallait commencer à la prendre : le premier jour des règles.

Une autre femme intervint :

— Mon mari, je sais jamais quand ça le prend, alors quoi, il faut que je prenne la pilule tout de suite avant ?

— Non, la pilule doit être prise quotidiennement pendant vingt et un jours, puis interrompue pendant sept jours, expliqua Audrey.

— Mais mon mari ça le prend souvent le matin…

— Le moment de l'acte sexuel n'a aucune importance du moment que la prise se fait au même moment de la journée.

Ces échanges engendrèrent chez Philippine des réflexions mélancoliques sur l'amour. Serait-ce un mythe réservé aux pays riches ?

Audrey passa alors dans son cabinet pour recevoir sa première patiente, une très jeune femme portant son bébé dans les bras. Quel âge avait-elle ? Seize ans ? Dix-sept ? Elle était en tout cas mère de famille.

L'après-midi s'écoula sans incident. Les militaires de garde se promenaient nonchalamment autour de la maison. Philippine fut tentée d'aller prendre un bain de mer, mais répugna à s'éloigner de la clinique. Ce bâtiment de rien symbolisait sa deuxième victoire sur l'indifférence bétonnée du monde au destin des déshérités et sur les idéologies obtuses qui voudraient asservir les femmes, dernières esclaves au monde, à une prétendue loi de la nature, en fait celle du plaisir des mâles.

Elle soumit à Georges la nécessité d'organiser les prochains voyages à Sao-José-de-Parais, au Wasutoland, puis à Gabo, capitale de l'Aranda ; il répondit calmement, mais l'œil pétillant :

— Patience. J'ai fait circuler l'information que tu es ici pour au moins un mois.

— Un mois ? Mais tu es fou ! Il n'est pas question...

— C'est pour ne pas perdre de temps. Ils attendent que tu partes pour donner l'assaut. Quand ils apprendront que tu t'installes ici, ils vont changer leur fusil d'épaule et passer tout de suite à l'action.

Philippine assimila la ruse de Georges comme on mâche un nougat.

— Ils sont contents de s'être débarrassés des Frères de la Charité qui sont des catholiques, donc des rivaux, expliqua-t-il. Mais ils n'en sont pas moins inquiets pour leur compte, car l'éviction des Frères signifie un revirement du gouvernement N'Ganga en ce qui touche au contrôle des naissances. Ils avaient, en effet, obtenu du président qu'il ne soutienne d'aucune façon le planning familial.

— Mais nous ne leur causons pas de tort...

— Tu as vu la façon dont le directeur de HH International m'a signifié mon licenciement tout à l'heure. Les missions protestantes ont partie liée avec lui, et notamment la Mission évangélique du Christ Rédempteur, qui possède un centre à trois kilomètres d'ici, auquel on accède par une belle route asphaltée. Sois sûre qu'ils sont sur le qui-vive depuis l'installation de la première clinique près de Port-Saint-Ignace. Ce ne sont pas seulement des intérêts religieux qui sont en jeu, mais des intérêts industriels aussi.

Il sirota un Coca et reprit :

— Tu le sais bien, voyons : l'implantation de HH, qui s'est faite grâce à toi, a permis l'ancrage des intérêts américains dans le pays. L'usine de désalinisation, par exemple, a été confiée à une firme américaine. C'était une tête de pont pour les industries minières. Et c'est la raison pour laquelle Leferrier était furieux contre toi et Arminius. Maintenant, les Américains se demandent ce qui se passe.

— Et, à ton avis, ils vont attaquer rapidement ? On ne va pas attendre comme ça indéfiniment ?

— Je ne sais pas. Tout ce que je sais est qu'ils vont attaquer, pour signifier à N'Ganga qu'ils n'entendent pas être concurrencés sur ce qu'ils considèrent comme leur territoire.

— Mais comment vont-ils attaquer ? Ils vont nous envoyer des clergymen pour nous insulter ?

— Je ne sais pas, Philippine, soupira-t-il. Si tu veux voir leur QG, on peut aller y faire un tour.

Le chauffeur les y emmena en quelques minutes, mais Georges décida qu'on ne descendrait pas de la voiture. Philippine examina donc, à distance, le siège de ses ennemis présumés : une grande église blanche, toute neuve, un presbytère et un bâtiment annexe, entourés de pelouses impeccables et de plates-bandes fleuries. Des tulipiers déjà en fleurs et des faux acacias ménageaient de vastes zones d'ombre. Dix ou douze coquettes villas s'échelonnaient le long de la route bordée de flamboyants.

— Les maisons du personnel, expliqua Georges. Ils sont une cinquantaine d'Américains installés là depuis l'implantation de HH International et la construction de l'usine. Ils ont de gros moyens, les Églises américaines sont très riches : elles sont exemptées d'impôts.

On se serait cru dans une petite ville américaine du Sud. Il y avait même un Starbucks à une centaine de mètres de là.

— Et ce grand bâtiment, là-bas ?

— Leur école primaire.

— Ils ont une école ?

— Ben voyons. Mais seuls les enfants des membres de l'Église évangélique peuvent y aller. Pas d'animistes, pas de musulmans, pas de cathos ni autres. Les uniformes sont offerts.

La voiture ne pouvait stationner trop longtemps sans risquer d'attirer l'attention et Georges donna donc l'ordre de rentrer à la clinique. Le chauffeur bifurqua et longea les dernières maisons du village, sans aucun rapport avec la petite enclave aristocratique de la Mission évangélique du Christ Rédempteur.

— Et nous, nous sommes à peine quatre ou cinq dans des bâtiments d'occasion, observa pensivement Philippine.

— Et encore, N'Ganga a fait un effort en faisant retaper le centre des Cocoteraies d'Abel et ce *guest-house*.

Crépuscule, ciel indigo, moustiques, papillons de nuit, cigales, scotch sur la terrasse en compagnie de Georges, de Donado et d'Audrey, qui résuma son après-midi en peu de mots : dix-sept consultations, trois refus de prescription à des femmes déjà enceintes, qui l'ignoraient ou le prétendaient. Dîner. Philippine se retira avec un roman d'Agatha Christie, mais, au bout de six pages, éteignit sa lampe de chevet et s'endormit.

Le matin, elle admira les nuages roses à l'est et se demanda si Georges n'était pas paranoïaque. Sur quoi, tout en faisant sa toilette, elle songea qu'ils devraient lever le camp. La clinique de Bonté ne serait sans doute pas attaquée comme il l'imaginait ; il y aurait tout juste quelques anicroches, mais Audrey était parfaitement capable de s'en sortir toute seule, avec l'aide de Donado et de l'assistante qui arriverait tout à l'heure.

— Je ne peux pas être partout à veiller au grain, marmonna-t-elle en se coiffant.

La langueur des tropiques commençait aussi à lui porter sur les nerfs. Au petit déjeuner, elle annonça sa décision à Georges et Donado.

— Moi je reste, répliqua Georges.

Cette obstination irrita Philippine ; elle avait besoin de sa présence pour l'étape suivante, à Sao-José-de-Parais, et il le savait.

— De toute façon, expliqua-t-il, l'avion qui amène l'assistante n'atterrit qu'à 11 heures et le seul vol pour Sao-José-de-Parais est à midi. Il faut quand même que tu l'accueilles et que tu l'installes dans ses fonctions. Je ne vois pas comment cela serait possible, alors que l'aéroport est à trois heures d'ici.

Raisonnement imparable, mais l'irritation de Philippine subsista ; elle avait le sentiment que c'était Georges qui dirigeait les opérations.

— Bon, alors je partirai demain, déclara-t-elle. Je ne vais pas rester ici indéfiniment dans l'attente d'une hypothétique attaque des missions.

Georges accueillit la décision d'un air placide.

La journée promettait d'être identique à la précédente, mais alors que Philippine et Georges s'apprêtaient à monter dans la voiture pour se rendre à l'aéroport, vers 8 heures, Audrey accourut :

— J'ai besoin de votre aide. Il y a un homme qui exige que je lui donne la pilule pour sa femme. C'est impossible…

Philippine et Georges se dirigèrent vers la salle d'attente. Un homme, grand, la trentaine, dans une robe bleu pâle et une toque brodée de la même couleur, les dévisagea d'un air mécontent. Les patientes dans la salle observaient la scène sans en perdre une miette.

— Je demande pilule pour ma femme et celle-là veut pas donner ! s'écria-t-il, indiquant Audrey d'un geste de mépris.

— Veuillez ne pas parler du docteur Camberly en ces termes, riposta Philippine. Le centre ne distribue pas la pilule aux hommes. Le docteur Camberly applique notre règlement.

— Ça veut dire quoi ça, règlement ? Le chef, c'est l'homme, c'est lui qui donne pilule ou pas ! Je veux pilule ! insista le fâcheux avec véhémence.

— Vous n'avez rien compris à notre action, lui dit Georges d'un ton calme mais ferme. La pilule n'est pas un remède magique. C'est à la femme de la prendre ou pas, en accord avec son mari. Mais nous ne délivrons pas la pilule aux hommes.

L'homme s'avança alors vers Georges d'un air menaçant.

— Le minist', il a dit que c'est pour faire familles harmonieuses. C'est moi le chef de famille ! Tu me donnes la pilule ou bien…

Donado appela les militaires de garde et pointa le doigt vers le bonhomme :

— Vous mettez cet individu dehors et je ne veux pas qu'il remette les pieds ici.

Le trublion avait saisi Georges par le col de sa chemise et les militaires intervinrent juste avant qu'une bagarre éclatât.

— Vous êtes des menteurs ! hurla l'homme. Sales Blancs français menteurs ! Minist' menteur !

Les militaires le jetèrent dehors sans ménagement. Il continuait à vitupérer d'une voix tonitruante. Une patiente sortit alors pour l'invectiver d'une voix aiguë :

— Tu es un protestant, Nelson, tu as été envoyé par les missions pour faire du grabuge ! Et la pilule, tu veux la revendre, on le sait ! Reviens pas ici ou nous, on te fait ta fête !

Avec son boubou rouge qui bougeait de façon saccadée, elle évoquait un perroquet en colère.

— Vous le connaissez ? lui demanda Philippine cependant que le fâcheux agonissait la femme d'injures.

— Bien sûr, répondit la femme en regagnant sa place. C'est un chouchou des missions.

Les accusations furent efficaces : le nommé Nelson s'éloigna en agitant le poing.

— C'est un problème auquel on n'avait pas pensé, dit Philippine. Le trafic de médicaments.

— Moi si, répliqua Audrey. Je tiens un cahier avec les dates et les noms. Comme ça elles ne viendront pas deux fois de suite m'en demander.

Philippine et Georges montèrent enfin dans la voiture.

L'humanitaire n'est pas toujours ce qu'on pense. Mais elle ne « faisait pas de l'humanitaire » ; elle avait suivi son indignation. Distribuer des vivres sans contrôler les naissances n'était pas une solution.

29

Le soleil était devenu trop chaud. Et ces gens qui criaient... Ils criaient tant qu'ils la réveillèrent.

— Philippine ! Debout ! Y a le feu !

Une main qui la secouait. Georges. À travers les stores, du rouge qui flamboyait. Le toit aussi brûlait, il craquait, des lattes enflammées tombèrent par terre. Elle saisit ses vêtements, ses chaussures et la mallette qui contenait ses papiers et l'argent. Georges l'entraîna à l'extérieur. Les soldats bramaient. Audrey, son assistante, traînant la valise qu'elle n'avait sans doute pas encore défaite, Donado et les domestiques, tous couraient dans la même direction, le long du chemin qui menait à la plage. Ils serraient contre eux les quelques effets qu'ils avaient pu sauver des flammes. Des brindilles incandescentes filant dans la brise nocturne se plaquaient contre eux. Les broussailles qui environnaient la maison flambaient comme de l'étoupe. Un peu trop vite, quand même. Les soldats aussi prenaient la fuite en poussant des cris incompréhensibles. Là-bas, une Jeep militaire et la voiture avaient pris feu et explosèrent l'une après l'autre. Les terrains herbeux autour de la clinique étaient un vaste brasier. Une fumée épaisse se répandait sur le paysage au moment où les rescapés atteignirent la plage. Mais elle se rabattit aussi sur eux, les aveugla et les suffoqua.

— Par là ! cria Georges, entraînant ce monde qui se rhabillait en courant.

Il indiqua la corniche, à un kilomètre au nord. Ils couraient sur la plage, chaussures à la main, dans le sens opposé au vent.

Une fois à l'abri de la nappe de fumée, aussi dangereuse que les flammes, ils reprirent haleine.

— Il n'y avait pas de pompe à incendie ? demanda Philippine, après s'être lavé le visage à l'eau de mer.

— J'ai posé la question aux soldats. L'arrivée d'eau avait été fermée, répondit Donado.

Un complot, donc. Organisé avec la complicité de l'usine de désalinisation. Philippine consulta sa montre : 4 h 10. Elle se retourna : on distinguait à peine les brasiers dans la fumée. Il ne restait sans doute rien de la clinique de La Vie désirée.

— Mais comment est-ce arrivé ? demanda-t-elle.

— Quelqu'un est venu répandre de l'essence. Les soldats dormaient probablement.

— Qu'est-ce que c'est que ce bruit ?

Un bourdonnement continu dominait le bruit des vagues. Georges leva la tête, regarda autour de lui :

— Là !

On le repérait à ses feux de position : un hélicoptère longeait la côte à une centaine de mètres et à très basse altitude.

— C'est l'hélico de HH, dit Georges.

— À cette heure-ci ? s'étonna Donado.

Des lumières scintillaient au nord : on reconnaissait les réverbères de la corniche. Philippine marcha dans leur direction d'un pas décidé. L'hélico avait fait demi-tour et semblait suivre les fuyards. Les militaires étaient intrigués. Le bourdonnement devint insistant : l'hélico les survolait à une cinquantaine de mètres de haut et un phare balayait la plage.

— Ils veulent savoir combien de nous ont survécu, dit Georges.

Ayant sans doute obtenu les informations qu'il cherchait, le pilote de l'appareil prit de l'altitude, s'éloigna vers la mer et disparut.

Au bout d'une demi-heure, le groupe, une vingtaine de personnes, arriva à hauteur des villas. Philippine gravit les marches d'un escalier creusé dans la roche et examina les demeures obscures. Il y en avait une dont deux fenêtres étaient éclairées. Probablement un gardien. Elle se dirigea vers la grille, qui était entrouverte. Le groupe la suivit d'instinct. Elle semblait savoir où elle allait et ce qu'elle voulait. Elle sonna à la porte. Au bout d'un moment, un jeune Noir, torse et pieds nus, en braies, vint ouvrir, stupéfait.

— Qu'est-ce qu'il y a ?

Il écarquilla les yeux devant ces gens hagards et parut surpris par la présence des militaires qui se tenaient derrière eux. Il aperçut aussi les lueurs de l'incendie.

— Qu'est-ce qu'il y a ? Qu'est-ce qui se passe ? Je sais rien, moi…

— Il y a un téléphone dans la maison ? coupa Philippine.

— Oui… Là…

Et il courut allumer le chandelier de cristal. Ils pénétrèrent dans un vaste salon. Un téléphone blanc siégeait sur un guéridon.

— Georges, tu sais comment faire. Appelle la présidence.

Les militaires, intimidés par cette femme qui osait appeler la présidence à cette heure-ci, se tenaient immobiles. Philippine s'assit dans un fauteuil rose. Georges décrocha le combiné et obtint le central de Port-Saint-Ignace. Là, sa tâche devint plus difficile ; à l'évidence, l'opératrice hésitait à donner le numéro demandé.

— Mademoiselle, c'est une urgence nationale ! cria Georges d'une voix que la fumée avait rendue rauque.

À la fin, il obtint l'un des numéros du palais présidentiel, peu importait le service.

— Monsieur, dit-il enfin à son interlocuteur, ici Georges Gantier. Je vous passe Mme Wennergren.

Le nom dut réveiller des souvenirs dans la tête de l'interlocuteur. La bonne femme qui avait paralysé le général Bwolo… Philippine s'empara du combiné :

— Monsieur, il faut informer immédiatement le président que la clinique de La Vie désirée vient d'être incendiée et que ses occupants et les militaires qui la gardaient ont pu s'enfuir de justesse. C'est un complot. Nous sommes sans voiture, sans abri, sans rien. Oui, merci, j'attends.

Un temps qui sembla infini s'écoula.

— Demande de l'eau pour moi et les autres, souffla-t-elle à Georges.

L'attente devenait insoutenable.

— Oui, monsieur le président ? Pardonnez-moi de vous appeler si tôt, mais un incendie criminel a détruit entièrement la clinique de Bonté et nous en avons réchappé de justesse… Oui, il y a un peu plus d'une heure. Non, l'usine nous avait privés d'eau… Oui, c'est un complot, tout l'indique. Nous sommes sans voiture, sans rien. Tout a brûlé… Je vous remercie. La maison où nous sommes est sur la corniche – elle se tourna vers le Noir qui les avait reçus : Comment s'appelle-t-elle ? Villa Belvédère, monsieur le président… Oui, je vous remercie, nous attendons.

Elle raccrocha : les Noirs la regardaient comme si elle était le futur Premier ministre. Elle tendit la main vers sa mallette, en tira un billet de cinquante dollars et le tendit au majordome improvisé, toujours torse nu :

— Pouvez-vous nous préparer du café et quelque chose à manger, pour nous et les militaires, s'il vous plaît ?

Il prit le billet et sortit de la pièce.

— Nous attendons les envoyés de la présidence, annonça Philippine.

Georges lui adressa un long regard chargé. L'aube se levait. Il alla ouvrir les fenêtres du salon et la brise marine charria une forte odeur de brûlé.

Peu avant 10 heures, le vacarme d'un hélicoptère emplit le ciel. Quelques minutes plus tard, trois hommes, dont deux gradés de l'armée, pénétrèrent dans le salon de la villa Belvédère : ils se dirigèrent vers Philippine. Le ministre de l'Intérieur, Joseph Adrien, lui serra la main, s'inclina devant les autres et présenta les militaires qui l'accompagnaient, le général Zerma, chef d'état-major, et son aide de camp, le lieutenant-colonel Hassania. Philippine lui fit le récit des événements, sans omettre le mystérieux hélicoptère de HH International et le fait que l'eau avait été coupée par l'usine et qu'ils n'avaient donc pas pu éteindre l'incendie.

— Des véhicules vont arriver de la capitale, annonça le ministre.

De fait, une heure plus tard, un convoi de Jeep et de limousines s'arrêta devant la villa. Tout le monde embarqua et se rendit sur les lieux du sinistre. Il n'en restait que des cendres noires. Une foule de villageois consternés considéraient le théâtre du désastre. Un homme en robe bleu pâle, coiffé d'une toque de la même couleur, pérorait devant. Les militaires le reconnurent et s'élancèrent vers le trublion de la veille. Il tenta de fuir ; il fut rattrapé, maîtrisé et passablement malmené.

— C'est lui ! C'est lui ! crièrent des voix.

Une femme renifla ses mains et cria :

— Il sent encore la benzine !

Retour à la villa Belvédère. Philippine, épuisée, piqua un somme. Elle rêva qu'elle ne parvenait pas à sortir d'un cauchemar. À 16 heures, le ministre de l'Intérieur vint lui demander si elle voulait qu'il la ramenât à Port-Saint-Ignace.

— Je ne veux pas quitter le personnel de la clinique, répondit-elle. Il a été si éprouvé...

— Je comprends. Vous pouvez rester ici. La villa Belvédère a été réquisitionnée. Vous pouvez y demeurer aussi longtemps que vous le voudrez. Le président m'a demandé de vous informer que l'usine de désalinisation sera nationalisée demain.

Elle en demeura interdite.

— Son directeur, Pealking, a d'abord nié que la fourniture d'eau ait été coupée, mais le technicien l'a reconnu. Les vannes ont été fermées la veille. Pealking n'a pas pu non plus expliquer la sortie de l'hélicoptère à l'heure de l'incendie. Quant à la mission évangélique, le président décidera demain de son sort. L'homme qui a été appréhendé par les militaires assignés à votre garde a avoué avoir reçu d'elle mille dollars pour répandre de l'essence et y mettre le feu.

— Ce n'est pas possible, murmura-t-elle.

— Ce sont les faits. Le président vous annonce qu'il fera reconstruire la clinique dans les plus brefs délais.

Après le départ du ministre et du général, Philippine entra dans un état second. La guerre, elle n'en sortirait donc jamais ? Passait qu'elle eût réchappé d'un incendie dans lequel elle aurait pu finir carbonisée ou asphyxiée, voire les deux, mais qu'elle eût failli être la victime d'un conflit d'idéologies, qui semblaient pourtant si voisines, et d'un calcul machiavélique était impensable.

Elle était, l'informa Georges, en état de choc.

— Tu as gagné, lui dit-il.

Elle avait déjà entendu ces mots, mais les mots avaient peut-être perdu leur sens. La clinique ne devant être reconstruite qu'un mois plus tard, Philippine jugea que sa présence à Bonté n'était plus indispensable. Elle confia à Georges la responsabilité de la mission et reprit l'avion pour Paris.

Entre-temps, Ben Pealking avait été arrêté et le pasteur Theodore I. Wollaston et trois de ses adjoints avaient été expulsés du pays.

Quand il l'accueillit à Orly, Arminius s'inquiéta de son état. Physiquement, elle avait une mine superbe mais, psychiquement, elle était livide. Atone.

Un grand dîner familial avait été organisé pour son retour, avec Marc, Lorraine et leur enfant, Anton, Althea, Marion et, en prime, Jeaubert et Galabert. La chaleur qui l'entoura la ranima un peu, mais elle puisa dans ses dernières réserves d'énergie pour ne pas inquiéter son monde. Peut-être s'en aperçurent-ils, mais n'en soufflèrent mot.

— Qu'as-tu ? lui demanda Arminius, le soir, au lit.

— La guerre m'a finalement blessée.

— L'Afrique ?

— Peut-être. L'idée que je ne suis pas assez intelligente.

— Toi ?

— J'ai été piégée par N'Ganga, il s'est servi de moi pour se débarrasser des Américains.

Elle comprit alors la sollicitude avec laquelle le président avait fait aménager les centres et les emplacements qu'il avait choisis. Aux Cocoteraies d'Abel, La Vie désirée ne risquait pas d'entrer en conflit avec les missions, trop éloignées, mais à Bonté, fortes de l'appui d'HH International, celles-ci ne pouvaient pas manquer de réagir.

— Je t'avais dit que tu étais entrée dans l'Histoire, lui rappela Arminius.

— Je n'ai jamais vraiment compris ce que ça voulait dire.

— Que tu avais pénétré dans les cercles du pouvoir, d'abord par ton action dans la Résistance, puis par ton argent.

— Je n'ai jamais cherché le pouvoir.

— Ça ne change rien. Quand on en a, on est contraint de jouer le jeu.

Le lendemain, au petit déjeuner, elle annonça :

— Je ne pourrai pas retourner en Afrique. C'est trop dur.

— C'est aussi ce que je pense. Laisse Georges s'en occuper. Tu seras plus à même de diriger les opérations d'ici. Tu ne peux pas être tout le temps sur le terrain.

À 11 heures, Leferrier téléphona :

— Félicitations, dit-il d'emblée.

Et, à ce moment-là, elle s'avisa qu'elle avait été aussi manipulée par ce vieux renard. Et qu'à propos de renard elle s'était jetée dans la gueule du loup.

— Je vous ai été utile, il semble.

Petit rire.

— C'est évident. Vous avez mis en échec l'omniprésence américaine au Haut-Tawélé.

— Je ne retournerai pas en Afrique. Je ne peux pas revivre au Wasutoland, à l'Aranda et dans les autres pays ce que j'ai enduré à Bonté, ou pire.

Un silence, puis :

— Vous ne laissez pas tomber La Vie désirée, quand même ?

— Non. Georges Gantier prend ma relève, du moins je l'espère.

— Bien. Nous avons un problème en attendant.

— Ce « nous » désigne qui ?

Autre petit rire :

— Vous, entre autres. En représailles à la nationalisation de l'usine de désalinisation et à l'arrestation de son chef de station à Bonté, HH International a suspendu ses envois de vivres au Haut-Tawélé.

Philippine accusa mal le choc : une bonne action en annulait une autre.

— Ça sera mal perçu par les autres pays, observa Leferrier.

— C'est un chantage.

— Évidemment. Mais il est efficace.

La rage envahit Philippine.

— Mais je ne peux pas remettre HH en marche, répondit-elle. J'ai démissionné.

— J'ai un plan. Est-ce que nous pouvons nous voir pour en parler ?

— Venez donc ici.

— Je viendrai avec mon successeur, si vous le permettez.

Les mots d'Arminius résonnaient encore aux oreilles de Philippine, « Quand on en a, on est contraint de jouer le jeu », lorsque les deux visiteurs arrivèrent.

Le successeur de Leferrier était un quadragénaire aux tempes argentées et au masque trop souriant pour être honnête. Il se nommait Maurice de Basiliew.

Après les civilités d'usage, Leferrier attaqua :

— Postulat : nous ne pouvons pas laisser nos amis africains dans les griffes de HH. Nous pouvons monter la même organisation sans eux.

— Mais avec qui ? demanda Philippine. Quand j'ai annoncé le lancement de La Vie désirée, très peu de gens de HH France m'ont suivie...

— Le planning familial a toujours effrayé les bons esprits. Mais Maurice et moi connaissons assez de monde pour les convaincre de financer le projet.

— Et HH France ?

— Un peu de rivalité ne fait de mal à personne. De toute façon, HH France est en capilotade depuis votre départ. Les Américains ne lui laissent plus aucune initiative et ils ont visiblement l'intention de l'étouffer, puis de la dissoudre.

— Tout aurait été tellement plus simple si vous ne m'aviez pas mis des bâtons dans les roues depuis le début, dit-elle. Je ne me serais pas adressée aux Américains.

— Exact, répondit Leferrier. Mais vous avez voulu faire cavalier seul, ce qui était imprudent, et vous ne connaissiez rien à l'Afrique. Je vous renvoie donc votre reproche. De toute façon, les Américains ont défriché le terrain.

— Et comme vous êtes devenue une grande figure de l'humanitaire international, poursuivit Basiliew, je vous demande donc de prendre la direction de ce projet.

— Je l'ai dit à M. Leferrier, je ne retournerai plus en Afrique. J'y risque ma vie.

— Il ne s'agira plus de faire du travail de terrain. Vous n'iriez là-bas que pour une inauguration de temps en temps.

Elle hésita.

— Si vous voulez sauver La Vie désirée, c'est la seule solution, ajouta Basiliew.

Si elle renâclait, tout serait donc fichu. Tant d'efforts n'auraient servi à rien… Comme dans la Résistance, elle s'était battue, puis quand sa valeur avait été reconnue, elle avait été enrôlée.

— Bien, répondit-elle à la fin. Avez-vous trouvé un nom pour cette nouvelle association ?

— Je songeais à un mot simple, dit Basiliew. Que pensez-vous de Pain ?

Pas mauvais. Simple, traduisible dans toutes les langues.

— Je vais y songer.

Ils se levèrent et prirent congé. Elle aurait voulu en parler à quelqu'un, mais ses hommes étaient partis travailler. Elle s'assit et alluma la radio. Le poste était réglé en permanence sur France Musique. Elle reconnut les grondements menaçants de *La Mer* de Debussy. Elle s'y plongea, comme une baigneuse solitaire.

Une fois dans l'eau, songea-t-elle, un baigneur est toujours solitaire.

30

Le film dont Anton était la vedette avait changé de titre. Nommé *Pauvre Baptiste !*, il sortit en salle en mars 1983 et connut un succès immédiat. Les Français avaient besoin de rire, et ils se tordirent les côtes avec cette histoire d'un benêt malchanceux. Ainsi, voulant creuser un puits artésien pour aider ses parents cultivateurs, Baptiste tombait sur une nappe de gaz dont le premier jet l'envoyait à cinq mètres en l'air et se cassait une jambe en retombant. Les terrains étaient expropriés et les parents achetaient un grand domaine. Une fois rétabli, Baptiste était courtisé. Il achetait une belle auto. Mais le premier soir qu'il emmenait sa promise en balade, un sanglier fonçait sur le véhicule et la promise était blessée dans l'accident. Elle était transportée à l'hôpital. Quand Baptiste lui rendait visite, deux jours plus tard, le chirurgien le recevait d'un air soucieux et lui posait des questions indiscrètes. Baptiste découvrait alors que sa belle avait changé de sexe à la suite du choc et il essuyait les commentaires goguenards des voisins de lit de l'ex-Dorothée, quand, le visage ombré d'une barbe de deux jours, celle-ci l'accueillait d'un viril : « Salut, mon amour ! » Ce boulet intégral possédait un chien, un labrador nommé Mousse. Un matin qu'il dormait auprès de sa nouvelle conquête et que celle-ci le réveillait, il lui susurrait passionnément : « Mousse mon chéri ! » Et ainsi de suite.

Fût-il provisoire, ce film fut le remède idéal pour un pays qui commençait à déchanter des lendemains chantants promis par les élections de 1981. Il exorcisa le mal de vivre de gens qui étaient de plus en plus désarmés devant la *fatalitas* et ce qu'ils appelaient « le

Système », sans bien savoir ce qu'ils entendaient par là. La France avait changé et, de surcroît, elle se sentait seule. Le monde commençait à s'encombrer d'individus saisis par cette folie soudaine et meurtrière que les Malais appelaient *amok* : alors qu'Anton extériorisait son mécontentement par la dérision, eux le faisaient avec des bombes ou des armes à feu, le caractère artisanal de l'arme blanche ne correspondant plus à cette époque fondue de technologie. Dans la seule année 1982, un légionnaire avait été tué en Corse, un attaché militaire américain assassiné, un ancien directeur de caisse maladie s'était tué bizarrement de deux balles, deux CRS avaient été tués au Pays basque, une bombe avait fait cinq morts dans le train Le Capitole, un secrétaire de l'ambassade d'Israël avait été assassiné, l'explosion d'une voiture piégée avait fait un mort et soixante-trois blessés rue Marbeuf, des coups de feu avaient été tirés sur la Bank of America, un attentat d'Action directe avait visé l'école américaine de Saint-Cloud, puis le Fonds monétaire international, une bombe posée par un mystérieux Groupe Orly avait fait quinze blessés boulevard Saint-Michel et une autre, deux blessés au Pub Saint-Germain, des Arméniens avaient tenté un coup de force au consulat de Turquie à Lyon et avaient fait quatre blessés, une fusillade avait fait six morts et vingt-deux blessés au restaurant juif Goldenberg, rue des Rosiers, une voiture avait explosé devant l'ambassade d'Irak, un haut responsable de l'Organisation de Libération de la Palestine avait trouvé la mort dans une voiture piégée, deux policiers avaient été tués avenue de La Bourdonnais par une bombe qu'ils essayaient de désamorcer, une voiture avait explosé devant le lycée Carnot et fait six blessés… Action directe, Groupe Charles-Martel, Groupe Orly et autres, Syriens, Israéliens, Irakiens, Corses, Basques, se livraient à une guerre souterraine à laquelle se mêlaient les services secrets. Et il ne s'agissait que de la France. Dans le reste de l'Europe, on émergeait à peine, en Italie, des années de plomb, hantées par les Brigades rouges, et en Allemagne, du cauchemar de la Rote Armee Fraktion. En Grande-Bretagne, c'était l'IRA qui menait la danse.

La Résistance, en comparaison, avait été bien plus simple. Qui ou que voulaient libérer ces kamikazes ? On l'ignorait. Ils cherchaient probablement à manifester leur colère par des actions spectaculaires. Par le spectacle.

Arminius avait beau avoir prévu cette situation, on se serait dispensé de ces illustrations. Et le talent humoristique d'Anton – Vénard pour le public – servait d'échappatoire non seulement à une France saoule de violence physique et verbale, mais aussi au foyer de Philippine et d'Arminius. La légèreté n'y avait pas souvent été pratiquée ; elle aurait exigé de la distance et, durant ces quelque quarante ans de vie adulte, les tumultes ne l'avaient pas souvent offerte aux fondateurs. Cette vie tourmentée les avait même souvent menacés du pathétique, c'est-à-dire du ridicule, pour ne pas dire de l'insignifiant. Anton arrivait là où on ne l'attendait pas. Il était difficile d'être morose quand on avait un rigolo dans la famille. *Pauvre Baptiste !* avait cimenté les liens d'une famille qui se disloquait doucement, éclairé le naturel paysan de la reine du clan, Philippine, que sa légende héroïque commençait à défigurer, et atténué le côté parfois sentencieux du Père – avec une majuscule –, Arminius. Le film avait adouci le personnage résigné et même cynique de Marc et enchanté Marion, désormais libérée par son funambule de frère de son profil de « jeune fille moderne », c'est-à-dire vide, enfiévrée et poseuse, du XXe siècle finissant.

Anton était une récompense céleste. Il était l'accomplissement d'un couple qui s'était battu contre les tyrannies. Il était leur prolongement inespéré autant qu'imprévisible : il leur avait appris les vertus du rire, qui est l'expression de la distance que les esprits supérieurs prennent à l'égard d'individus et d'événements indignes d'eux.

Le mérite de la révélation revint à Galabert, qui avait décelé l'aspect comique d'Anton dans ses colères froides et corrosives ; aussi était-il plus souvent invité rue du Conseiller-Collignon avec son amie Odette Pictet. Ils y discutaient du prochain film ; les scénarios pleuvaient.

Philippine dirigeait désormais Pain et La Vie désirée plus sereinement.

La surprise de Georges Gantier, quand il revint d'Afrique, quelque trois mois plus tard, fut donc totale. Dégagé des étuves torpides de l'Afrique, nouvelle arène des convoitises internationales,

Amérique et Chine, sans parler des mouvements révolutionnaires post-guévaristes, qui disputaient son pré carré à la France, il s'attendait à retrouver le décor intellectuel qu'il avait quitté : une aire de tension morale et psychologique dominée par Philippine. Il débarqua dans une maison dont les habitants observaient désormais le monde d'un œil froid, mais non moins attentif pour autant.

Tel est, en effet, l'un des apanages de l'expérience : elle rend aristocratique. Issus du peuple ou de la horde des seigneurs, les historiens n'y ont guère songé. La supériorité concédée pendant des siècles et consentie sans chipotage ni hargne aux chefs depuis les Lumières s'explique et se justifie par le fait qu'ils en savent plus long que ceux qu'ils commandent. La petite paysanne de Villardon avait assez frayé avec les puissants pour en savoir l'aune. Du millionnaire américain au potentat africain, en passant par les petits chefs de la Résistance, elle avait fait ses classes, et Arminius avec elle.

Pendant les trois mois écoulés depuis la mémorable attaque de la clinique de Bonté, Georges s'était employé à mettre sur pied les organisations sœurs, Pain et La Vie désirée, sous la supervision de Basiliew et selon les instructions transmises par les diverses ambassades de France. Haut-Tawélé, Wasutoland, Aranda, Bamon et Baleng étaient à présent dotés d'antennes des deux organisations ; l'échec du coup de force des missions contre La Vie désirée, à Bonté, avait été largement répercuté et amplifié par les gouvernements de ces pays, et l'influence américaine était bridée. Georges avait, pour cela, dû cumuler les rôles d'intendant, de comptable, de commis voyageur, de diplomate et de bricoleur, rectifiant les plans des cliniques, prenant l'avion sans cesse, vérifiant les budgets, négociant avec les autorités locales, voire ajustant des portes dégondées ou réparant des circuits électriques mal branchés. On aurait peiné à reconnaître dans cet homme bruni par le soleil de la brousse le petit GI orphelin qui ne pouvait marcher qu'avec une canne.

— Tu as bien fait de te retirer des opérations de terrain, dit-il. Tu as réussi ce que tu voulais faire dès le début mais, maintenant, nous sommes aux mains des gouvernements locaux et de la France secrète. Je ne fais plus que du travail d'exécution.

Elle ne pouvait lui résumer la philosophie apprise tout au long d'une vie, où elle n'avait été, somme toute, que la tâcheronne de l'insoumission. Le devinait-il ? Qu'importe, aucun être humain ne peut lire tout le texte d'un autre. Georges percevait en tout cas l'affection de Philippine. Elle ignorait s'il était comme elle un insoumis, mais elle avait mesuré son endurance et son caractère.

Elle fut cependant prise de court quand il lui déclara un matin qu'ils étaient seuls :

— Philippine, je te demande la main de Marion.

Elle avait déjà remarqué l'attirance réciproque des jeunes gens, mais n'y avait plus pensé.

— Mais c'est ta cousine, objecta-t-elle mollement.

La réponse mit du temps à venir :

— Si peu.

Choc. Que sous-entendait Georges ? Regards croisés.

— Comment, si peu ?

Un autre silence.

— Tu le sais. Et mon père aussi.

Il fallut une longue minute à Philippine pour affronter cette vérité dont elle avait pressenti la résurgence tôt ou tard.

— C'est Gilles qui te l'a dit ?

Georges hocha la tête.

— Mais tu ne l'as pas dit à Marion, j'espère ?

— Non.

— De toute manière, ça ne change rien, tu es quand même son cousin germain.

Moue dubitative de Georges.

— Elle se doute de quelque chose, Philippine. Elle m'a dit : « C'est bizarre, je ne ressemble pas à mes frères. Parfois, je me pose des questions. »

— Mais pourquoi est-ce que ton père t'a dit ça ?

— Je lui ai demandé un jour pourquoi vous aviez si peu de rapports. Il m'a répondu qu'Arminius et toi donniez toujours des leçons de morale et que, comme tous les donneurs de leçons, vous étiez des hypocrites. Pardonne-moi de te le répéter. C'est alors qu'il m'a révélé sa quasi-certitude que Marion n'était pas la fille d'Arminius.

— Et tu penses aussi que je suis une hypocrite ?

Regard candide de Georges.

— Non. Je pense qu'un être humain n'est pas une machine.

— J'ai essayé d'arracher Gilles à un mode de vie que je juge artificiel et où l'on perd le sens de ce qu'on est et de ses responsabilités. La preuve est que même moi je n'y ai pas résisté. Peut-être me suis-je trompée, mais je n'étais pas hypocrite.

— Il faudra un jour te réconcilier avec lui. Il t'aime beaucoup, malgré tout. Et il est malade.

— Malade ?

— Oui, une maladie bizarre que personne ne connaît et qui est mortelle. Elle détruit le système immunitaire. On pense que c'est une maladie à virus. Elle n'atteint pour le moment que les homosexuels.

— Mais pourquoi ne me l'as-tu pas dit plus tôt ? s'écria Philippine, alarmée.

— Je l'ai appris par Sheila lors d'une conversation téléphonique que nous avons eue il y a deux semaines, et je ne suis arrivé qu'il y a trois jours. Je ne suis pas pressé d'annoncer les mauvaises nouvelles. Surtout quand personne n'y peut rien.

— Rien ?

— Rien. On ne sait offrir que des soins palliatifs.

— Depuis quand est-il malade ?

— Les symptômes sont apparus il y a un an.

— Quels symptômes ?

— Diarrhée, bronchites à répétition, et une tumeur de la peau, le sarcome de Kaposi.

Deuxième choc, celui-là bien plus profond. Les larmes jaillirent des yeux de Philippine, puis elle sanglota. De toute son âme. Georges se leva et lui mit la main sur l'épaule.

— Pardonne-moi, mais je ne pouvais pas te le cacher plus longtemps.

— Je vais aller le voir, dit-elle en se mouchant.

— C'est une bonne idée. Le voyage le fatiguerait. J'irai avec toi.

— On part demain. Fais, je t'en prie, les réservations tout de suite.

Le sujet de la main de Marion fut oublié.

— Veux-tu que je t'accompagne ? Tu vas être très éprouvée.

Si la famille accourait tout à coup après des années de silence, l'effet en serait sinistre : une visite au chevet du mourant. Mais Arminius avait raison : Philippine aurait besoin de réconfort, surtout le soir. Car elle ne logerait pas à la villa Goldfinch.

— Oui, viens. Mais ne te montre pas tout de suite à la villa. Pas le premier jour.

American Airlines. Escale à New York. Arrivée à Los Angeles à 17 heures, ce 2 juin 1983. Georges loua une voiture à l'aéroport. Arminius découvrit la ville, ses boulevards, ses voitures de luxe, sa population de Martiens heureux. Il ne vit évidemment que les palmiers et les plates-bandes fleuries, pas les quartiers latinos et noirs de South Los Angeles. Hôtel Château-Marmont. Avant même qu'il eût défait ses bagages dans sa vaste suite, Georges téléphona à la villa Goldfinch.

— *Hi, Sheila, yeah, it's me, Georges, I've just arrived with Philippine... What ? WHAT ?*

Le combiné au bout du bras, il regarda Philippine et Arminius d'un œil vitreux. Son visage brun était cendreux. Ils comprirent.

— Ce matin, vers 6 heures, laissa-t-il tomber.

Et il fondit en larmes dans les bras de Philippine, qui elle-même était en pleurs.

Gilles était parti comme s'il avait voulu éviter une explication pénible. Oui, Philippine avait eu raison de vouloir l'arracher à une machine à plaisirs aussi écrasante que celle des vertus. Toutes deux broient les âmes tendres.

Réunion le lendemain au *funeral parlour*, salon de beauté pour les morts. Un cadavre impeccablement habillé et maquillé dans un cercueil capitonné de satin blanc. Ses cheveux étaient devenus gris et il portait la moustache. Musique d'harmonium. Non, pas d'office religieux, car le catholicisme était hostile à la crémation. Trois heures plus tard, le chargé de cérémonie tendit solennellement à Georges une urne. Puis l'avocat accompagna la famille, Sheila, veuve officielle, et Sophie comprises, au port de Malibu ; ils embarquèrent sur une vedette à moteur et, à quelques kilomètres au large, l'avocat s'empara de l'urne et en vida le contenu dans la mer, selon les volontés du défunt, Georges s'en étant déclaré incapable. Les cendres furent dispersées sur le Pacifique, qui vira au noir.

31

Marc, Lorraine et leur enfant, Anton et Althea et, bien sûr, Marion étaient présents à la maison pour accueillir Philippine, Arminius et Georges à leur retour à Paris. Tous avaient deviné l'ampleur du séisme qui frappait Philippine et Georges. Cependant, la solennité même de la réunion la rendit périlleuse : le vieux précepte *De mortuis nil nisi bonum* fit que la moindre réflexion hors conventions risquait de passer pour une gaffe. Des morts, il ne sied de dire que du bien. Peu importait que Gilles eût été, depuis des années, banni du cercle familial parce qu'il menait une vie sotte autant que fausse et avait négligé ses devoirs de père, la décence interdisait toute critique. La réunion risquait donc d'être étouffante ou empruntée, en tout cas hypocrite.

Le silence gêné qui présida aux premiers moments du repas fut sans doute à l'origine de la réaction de Georges.

— Bon, nous sommes tristes, mais on ne va pas faire des têtes d'enterrement toute la soirée. C'était mon père, mais il n'a pas été un père. Ce que je ressens, c'est le regret qu'il n'ait pas mené une vie plus intéressante. Et aussi qu'il ait tant souffert de sa maladie.

On respira plus librement, et chacun sut gré à Georges d'avoir brisé les tabous ordinaires.

— C'était donc un exemple de ce qu'il ne fallait pas faire, dit Marc.

— Non plus. Pour moi, il a été victime.

— Victime ?

— Oui, d'abord de l'infidélité de ma mère. Ça l'a déboussolé plus que sa mort. Sophie et moi étions gosses, bien sûr, mais on a bien vu qu'il était déprimé. Les enfants n'ont pas la même façon de ressentir la réalité que les adultes, ils n'ont pas de schémas d'interprétation tout prêts. Ils voient ce qu'ils voient et pas beaucoup plus loin. Même si ce que je raconte a été reconstruit plus tard, c'est fondé sur des souvenirs directs. Son caractère devenait impossible. Comme il avait besoin de compagnie féminine, il s'est marié avec Sheila. Il s'entendait bien avec elle, même après qu'ils ont cessé de coucher ensemble. Elle avait un problème, je ne sais pas lequel, mais je l'ai entendue un jour dire que le sexe la crispait.

Ce n'était vraiment plus un repas de funérailles ; chacun mangea de meilleur appétit. Philippine écoutait sans mot dire.

— Et puis il y avait Steve et Don, avec qui elle s'entendait d'autant mieux qu'ils n'essayaient pas de coucher avec elle. Nous ne savions évidemment pas à l'époque ce qu'était l'homosexualité, Sophie et moi, mais nous percevions que ces jeunes hommes n'étaient pas tout à fait comme les autres. Je ne sais pas ce qui s'est passé entre mon père et Steve, mais Sophie et moi, nous nous sommes aperçus qu'ils étaient liés comme mari et femme. Deux ou trois fois, nous avons surpris Steve dans le lit de notre père, le matin.

Le silence se fit. Georges ouvrait publiquement une boîte à secrets que personne n'avait jamais essayé de forcer. Philippine déplora par-devers elle le peu d'égards de son frère défunt pour la sensibilité de ses enfants. Sophie avait à l'époque huit ans et Georges, sept.

— Mais Gilles n'en était pas gêné ? demanda-t-elle.

— Non, il avait l'air de nous dire que c'était tout à fait normal.

Puis Georges reprit son récit :

— Quelque temps plus tard, quand exactement, je ne sais plus, Don a pris la place de Steve. J'en ignore la raison. Je me suis dit après que mon père avait voulu éviter un lien de dépendance à l'égard de Steve, mais ce n'est qu'une hypothèse. Puis on a vu arriver de plus en plus de gens, des jeunes, filles et garçons, qui étaient beaux comme dans les revues de cinéma. Quelques-uns passaient la nuit à la maison, on ne les voyait pas partir parce qu'on était à l'école. De toute façon, nos chambres étaient du côté de la maison qui ne donnait pas sur la piscine. Nous prenions nos repas à part. Nous étions couchés à 21 heures, c'était l'heure à laquelle, eux, ils commençaient à vivre. Nous ne voyions et n'entendions quasiment rien.

— Vous alliez à l'école ? demanda Marion.

— Oui, mon père nous a fait donner des leçons d'anglais par une institutrice privée pendant six mois. Comme nous connaissions déjà l'allemand, ça n'a pas été trop dur. Puis quand nous avons baragouiné assez d'anglais, il nous a fait inscrire dans une école de Beverly Hills, bien sûr, où il n'y avait que des enfants de riches. C'était Sheila, Steve ou Don qui s'occupaient de nous, en plus de notre père.

Cette façon de désigner Gilles comme « notre père » était glaçante. Philippine aurait difficilement supporté ces souvenirs en tête à tête, mais là, elle se fit violence pour ne pas interrompre Georges.

— Je pense, reprit Georges, que mon père avait exclu de sa vie les liens conjugaux ou paraconjugaux. Il n'a jamais cicatrisé la blessure que lui avait causée ma mère. C'est en cela qu'il était victime. Il a ensuite succombé à un certain style de vie typiquement californien. Ça lui a servi de pansement ou de béquilles, comme on voudra.

— Mais tout le monde en Californie ne vit pas comme ça ? observa Lorraine.

— Non, pas tout le monde, mais beaucoup de gens riches. Le luxe et la facilité dispensent de vivre. Dans ce monde-là, on ne se dispute jamais, ça fait pauvre. On n'est jamais malade, ça voudrait dire qu'on n'a pas un bon médecin ou qu'on va mourir.

Le dessert était achevé et, sur ces constats paradoxaux, qui avaicnt fait rirc Anton, on passa au salon prendre le café.

— Je n'ai pas cherché à dire la vérité de mon père, nul ne la connaîtra jamais sans doute, mais la réalité que j'ai vécue, conclut Georges. Il fallait que vous la sachiez. Sophie s'est émancipée très tôt, elle est devenue mannequin, puis starlette. Pour ma part, dès que j'ai pu, je suis parti faire mon apprentissage à New York et je me suis engagé dans l'armée.

— Sophie en voulait à ton... à votre père ? demanda Marc.

— Non, il y a tellement de couples divorcés aux États-Unis et en particulier en Californie que notre situation était banale. Et notre père ne nous a pas marchandé son affection quand nous vivions avec lui. Mais la maison n'était pas un foyer. Plutôt une sorte de club.

— Et toi, tu en veux à Gilles ? demanda Arminius. Tu as pleuré quand tu as appris sa mort…

— Non, répondit Georges en secouant la tête. Je n'éprouve pour lui que de la pitié. Il ne s'est jamais rendu compte qu'il n'était pas fait pour la vie qu'il avait choisie. C'était un sentimental qui s'était mutilé. J'ai été soulagé par sa mort. Après avoir souffert dans sa tête, il souffrait dans son corps. Cette clause de son testament, où il demandait que ses cendres soient dispersées sur la mer, c'était sa façon de chercher l'oubli.

— Quelle était sa maladie ? demanda Althea.

— On l'appelle maintenant Sida, répondit Georges. Syndrome d'immunodéficience acquise.

Seul Arminius connaissait l'intensité des liens qui avaient uni Philippine à son frère. Ils n'appelaient pas de révélations.

— Je n'oublie pas, moi, qu'il a fait la Résistance et qu'il a été très courageux, dit Philippine. Nous avons accompli ensemble des missions dangereuses. La paix ne lui a pas réussi.

L'essentiel avait été dit. Marc et Anton et leurs épouses prirent congé.

— Tu as eu du courage de dire ce que tu as dit, murmura Marc à Georges.

Quand Philippine et Arminius montèrent se coucher, Georges et Marion restèrent au salon, face à face. Étaient-ils déjà amants ? Philippine calcula l'itinéraire entre leurs chambres et des souvenirs de Villardon lui revinrent à la mémoire : elle avait, longtemps avant leur mariage, reçu les visites nocturnes d'Émile Jeaubert. Qui était-elle pour faire de la morale ? De toute façon, elle ne pouvait pas entendre des pieds nus sur le tapis du couloir.

Tôt ou tard, ce problème-là ressurgirait. Le monde pullule de spectres qu'aucun placard n'est assez étanche pour enfermer à jamais.

Ce spectre-là, en tout cas, ne tarda pas à s'évader de son réduit. La veille de son retour à Port-Saint-Ignace, qui lui servait de base d'opérations, Georges demanda à Philippine :

— Es-tu hostile à ce que je demande la main de Marion ?

— Tu sais combien je t'estime et je t'aime. Mais je te l'ai dit, vous êtes cousins germains, c'est… c'est délicat. Arminius risque de s'y opposer.

— Tu t'inquiètes pour la consanguinité ?

— Comment ça ?

— L'autre moitié de son capital génétique est étrangère à la famille.

Philippine se trouva atteinte en plein vol. Le trouble que cette menace lui causait allait croissant ; une machine infernale qui s'emballait. Mais Georges lui opposait un visage placide. Elle s'efforça de ne pas céder à une crise de nerfs.

— Je te disais ça à toi, en privé, précisa-t-il, pour le cas où tu te serais inquiétée des risques pour nos enfants.

Nos enfants ! Mais il s'y croyait déjà !

— D'abord, Marion en est-elle informée ?

— Oui.

Le léger sourire de son neveu exaspéra encore plus Philippine. Et par-dessus le marché, c'était l'homme à qui elle avait confié ce qu'elle tenait pour l'œuvre de sa maturité, Pain et La Vie désirée ! Elle lui portait de l'affection et, lui, il la mettait dans une situation qui lui paraissait intolérable : elle apparaissait comme une hypocrite qui s'opposait à l'amour de deux jeunes gens – et quels jeunes gens ! Elle risquait d'y apparaître odieuse, voire de finir par se mépriser elle-même. De surcroît, Georges était le fils d'un frère qui l'avait jadis taxée d'hypocrisie. Une nouvelle appréhension la contraignit à se maîtriser : elle devait éviter à tout prix un conflit, car la vérité risquait encore plus d'y exploser ; Georges pourrait, dans un moment de colère, révéler à Marion qu'elle était la fille d'un amant de son oncle, et Dieu savait ce que pourraient alors faire les deux jeunes gens : aller clamer les faits à la face d'Arminius, ou bien prendre la clé des champs. Marc et Anton s'indigneraient du manque de cœur de leur mère… Un désastre total. Elle finirait sa vie rejetée de tous, comme sa propre mère, la vicomtesse Rouiller de Laclos.

— Georges, dit-elle posément, as-tu songé que ta vie en Afrique n'est pas l'idéal pour une jeune Européenne comme Marion ?

— Je ne vais pas passer toute ma vie en Afrique. D'ici à quelques mois, toute la structure sera en place et rodée. Je reviendrai en Europe. Philippe Donado pourra prendre ma relève. Il aime l'Afrique, il y a vécu toute sa vie.

Elle avait tenté de botter en touche. Raté.

— Ce ne serait pas la première fois que des cousins germains se marient, reprit-il. Si l'on veut se marier à l'église, on peut demander une dispense. Pour un mariage civil, on n'en a évidemment pas besoin.

Le dicton de Robert Gantier – « Nos actes nous suivent » – revint une fois de plus à l'esprit de Philippine. Elle n'avait plus qu'à plaider la cause des fiancés auprès d'Arminius. Peut-être s'était-elle fait une montagne d'une taupinière. La seule évocation de la vraie paternité de Marion réveillait en elle la terreur.

— Je m'en doutais.

De quoi s'était-il douté ? Philippine s'alarma.

— Ça me paraît être une excellente nouvelle. Georges est un garçon solide et Marion est une fille qui a de la tête. Ils sont cousins germains, mais ce n'est pas la fin du monde. Il faut beaucoup plus de consanguinité que cela pour que des risques apparaissent.

Arminius regarda Philippine avec une expression satisfaite.

— Non, je ne crois pas qu'ils mettront au monde des crétins goitreux.

Le poids qui l'étouffait depuis des jours s'envola de la poitrine de Philippine. Elle avait vécu la mort de Gilles, le jour même où elle avait pris l'avion pour se réconcilier avec lui, comme une vengeance perverse. Il la laissait ainsi avec un remords ineffaçable. Elle ne l'avait pas assez aimé pour lui pardonner sa vie imbécile. Parce qu'elle l'aimait selon ses termes à elle, elle s'était arrogé le droit de le juger. Elle qu'il avait aidée à dérober ces lingots d'or dans la forêt, qui avait couché avec un de ses amants et en avait conçu une fille. Mais cette fille, c'était leur enfant symbolique à eux, comment ne l'avait-elle pas compris ? Il s'était dérobé à leur ultime rencontre, il était parti, une volée de cendres sur la mer, en la tenant pour une hypocrite. Mais qu'était donc l'amour ? Une tyrannie ?

Elle éclata en sanglots.

— Pourquoi pleures-tu ?

Arminius la prit dans ses bras. Elle secouait la tête.

— Il y a un secret que tu ne veux pas me révéler et il est douloureux.

Elle appuyait sa tête sur son épaule, comme certains poulains le font avec leur entraîneur quand ils ont été séparés de leur mère.

— Quoi que ce soit, dit-il, je t'aime. Je serai là tant que je serai en vie.

Mais elle ne disait toujours rien.

— On ne pleure que parce qu'on n'est pas aimé ou qu'on est coupable, reprit-il. Sache qu'on n'est jamais assez aimé et qu'on est toujours coupable.

— Tu es coupable, toi ?

— Je te l'ai dit, j'ai tué l'homme que j'aimais. Je ne l'ai jamais oublié.

32

… On apprend que le directeur des missions humanitaires Pain et La Vie désirée, Georges Gantier, et son épouse, ainsi que le sous-directeur Philippe Donado, ont été enlevés hier par les rebelles kurumbas. Ils seraient détenus dans la jungle dans le nord de l'Aranda, à la frontière du Wasutoland…

Philippine regarda le poste de radio et craignit que son cœur ne s'arrêtât de battre. 9 heures. Elle courut à son bureau, saisit son répertoire téléphonique et composa le numéro de Leferrier. Occupé. Au troisième rappel, vingt minutes plus tard, elle l'obtint enfin.

— Je viens d'avoir le Quai, déclara-t-il. C'est en fait un nouvel épisode de la guéguerre que se livrent l'Aranda et le Wasutoland. Les rebelles sont soutenus par Ouali Bakémé, le président. Il conteste les frontières établies après la décolonisation.

— Que faut-il faire ?

— Je ne peux vous le dire encore. Nous n'avons pas toutes les informations. Dès que nous aurons obtenu l'état de la situation, je vous appellerai.

L'attente donc. Cette lame aiguisée qui incise lentement, indéfiniment, le cœur et le cerveau. Philippine ne s'éloigna pas du téléphone. Elle revoyait la cérémonie de mariage et les visages épanouis de Marion et de Georges. Il avait décidé d'aller à Gabo pour leur voyage de noces…

Appels d'Anton, de Marc, de Galabert, de Jeaubert, de tous les amis. Philippine les abrégea, pour ne pas manquer un appel de Leferrier. Il arriva à 16 heures :

— Notre ambassadeur au Wasutoland a demandé à Bakémé d'intervenir pour faire libérer les otages. Celui-ci a exigé que la demande lui soit faite par le président de l'Aranda en personne, Clément Kono, qui est son ennemi juré. Notre ambassadeur à Gabo est actuellement chez Kono, pour le convaincre de faire cette démarche. Voilà où nous en sommes.

Arminius rentra du bureau ; il avait repoussé de quelques mois son départ, mais il ne s'y rendrait plus à partir du 15 septembre prochain. Il était aussi accablé que Philippine. Anton et Marc étaient venus, seuls, pour ne pas imposer trop de présences à leurs parents. La soirée fut rythmée par l'écoute des bulletins d'information. Rien de neuf. On verrait demain. En attendant, les otages passeraient leur première nuit de captivité dans la jungle.

Le lendemain à midi, Leferrier informa Philippine que l'ambassadeur de France avait eu toutes les peines du monde à dissuader Kono de lancer une opération militaire pour libérer les otages, ce qui mettrait leur vie en danger.

— Nous n'avons pas d'autres moyens d'action? demanda Philippine.

— Si, mais pour le moment, la diplomatie est le seul recours si on ne veut pas envenimer et prolonger la situation. Et il y a une inconnue : l'attitude des Américains.

— Je ne comprends pas?

— On se demande au Quai si l'enlèvement du chef des organisations humanitaires françaises est un hasard. Et les Américains ne l'ont pas encore condamné.

La guéguerre entre les deux pays africains se superposait donc à l'ancienne, entre l'Amérique et la France. Au journal de 20 heures, le journaliste rapporta que la plupart des pays de la région avaient déploré l'enlèvement et qu'on attendait la condamnation des États-Unis.

Au troisième jour de captivité de Georges et Marion, Philippine reçut un appel de Basiliew vers 10 heures :

— Bertrand Leferrier m'a suggéré de vous appeler pour vous livrer les nouvelles fraîches : Clément Kono a enfin téléphoné à Ouali Bakémé pour lui demander d'intervenir afin de faire libérer votre fille, votre gendre et leur compagnon. Par ailleurs, les États-Unis ont enfin condamné l'enlèvement. Tout cela pour vous dire que l'espoir est permis.

— Je vous remercie.

Rien dans la soirée, même pas une mention dans les bulletins d'information. Un atlas géographique était ouvert en permanence sur le bureau, à la page « Afrique occidentale ». La carte était gravée dans la tête de Philippine, avec l'Aranda coincé entre le Wasutoland au nord et le Haut-Tawélé au sud.

Rien non plus le lendemain matin. Ni dans l'après-midi. À 17 heures, Philippine appela Leferrier ; elle apprit que les rebelles kurumbas avaient répondu à Bakémé qu'ils demandaient l'autonomie de leur territoire. Kono ne l'accepterait certainement pas, parce qu'il était évident que la zone passerait sous le contrôle de Bakémé.

— Je ne vous cache pas que la situation peut s'éterniser.

— Est-ce qu'on a une idée de la région où les otages sont retenus ? demanda-t-elle.

— Oui, c'est le village d'Ouatakam, dans la jungle.

— Ça ressemble à quoi ?

— D'après ce que j'ai appris, ça se résume à une trentaine de maisons en pisé au milieu d'un terrain défriché d'un ou deux kilomètres de diamètre. Pourquoi ?

— Pour me faire une idée.

Après avoir raccroché, Philippine réfléchit un moment. Un long moment. Elle alluma la radio cinq minutes avant l'heure des nouvelles. Une chanson américaine, déjà vieille, favorite d'Anton, en jaillit :

> *In the clearing stands a boxer, and a fighter by his trade,*
> *And he carries the reminders of every glove that laid him down or cut him*
> *Till he cried out in his anger and his shame*
> *« I am leaving, I am leaving », but the boxer still remains…*

Simon and Garfunkel. Elle fit une grimace. Elle était comme ce boxeur qui ne veut pas quitter la scène. Puis elle appela Jeaubert :

— Est-ce que tu peux me trouver le moyen d'entrer en contact avec Jack Foussier ?

— Quoi ?

— Tu as bien entendu.

Un silence. Jeaubert était assez malin pour avoir deviné la raison pour laquelle Philippine voulait approcher cette tête brûlée de Foussier, ancien para qui avait participé à trop de coups fourrés et d'expéditions à donner la chair de poule pour être dans les bonnes grâces officielles du gouvernement. À cinquante-deux ans, Foussier avait été prié de prendre sa retraite et de se tenir coi. Il devait s'ennuyer. Jeaubert laissa échapper un rire bref et répondit :

— Je vais essayer. Je te rappelle.

Ce qu'il fit une heure plus tard. Il avait obtenu le numéro de téléphone et l'adresse de Foussier ; le baroudeur habitait une petite maison à Moisseulles, en région parisienne.

— Il paraît qu'il s'emmerde comme un rat mort.

Le lendemain, Philippine avait quitté son siège près de la radio. Elle occupa le chauffeur à plein temps. Trois jours plus tard, elle dit à Arminius :

— Je pars en mission. Je pense être absente une dizaine de jours.

Il la regarda longuement avant de répondre :

— Je le craignais. Tu ne peux pas faire autrement. Prends soin de toi. Pour moi.

Sur un terrain à l'écart de l'aéroport de Port-Saint-Ignace, ce matin de mars 1984, un hélicoptère Bell AH-1 Huey Cobra chauffait au soleil du petit matin, sous les regards de Philippine, de Foussier et d'un pote de ce dernier, Lou Gerardini, un Corse d'une trentaine d'années à la mine constamment goguenarde. Un délégué de l'African Mining Co. attendait le chèque de Philippine et sa signature sur les actes d'achat, d'enregistrement et d'assurance. L'appareil militaire, aujourd'hui désarmé, avait appartenu à cette compagnie minière américaine, qui s'en séparait pour en acheter un plus moderne. C'était Foussier, qui disposait toujours de ses réseaux de vieux baroudeurs, qui l'avait trouvé. Fred Bourest, le pilote venu de

France avec Philippine et Foussier, avait effectué un vol d'essai aux commandes et s'en était déclaré satisfait.

Ils étaient tous au bar de l'aéroport et Philippine signait donc les papiers sous le regard épaté du délégué.

La veille, elle avait obtenu un entretien avec N'Ganga. Il s'était déclaré consterné par l'enlèvement, mais n'avait pu faire fléchir Bakémé ; ce dernier était bien décidé à s'emparer d'une bande de territoire dans le nord de l'Aranda et ne désavouerait pas les rebelles.

— Donnez-moi carte blanche, avait demandé Philippine.

— Qu'allez-vous faire ?

— Je vais libérer moi-même les otages.

— Vous ?

Regard incrédule de N'Ganga.

— Comment ?

— J'ai mon plan. Prévenez les autorités que j'emporte des armes et donnez-moi un sauf-conduit. Et, si vous le pouvez, prévenez le président Clément Kono d'en faire autant. Si je réussis, ce sera une victoire pour Kono. Il pourra alors lancer une offensive contre les rebelles.

N'Ganga avait hoché la tête, admiratif.

— C'est donc pour ça que vous êtes venue avec ce démon de Foussier. Si vous réussissez, ce que je vous souhaite de tout cœur, revenez ici, que nous l'annoncions au monde.

Il voulait sa part de gloire. Elle la lui devait, en dépit de la façon dont il l'avait manipulée dans l'affaire de Bonté.

— C'est promis.

Quatre passagers : Philippine, le pilote Bourest, Foussier et Gerardini. Foussier avait embarqué un matériel militaire appréciable : trois fusils-mitrailleurs américains M 16, qui tiraient de 650 à 750 coups par minute à près de cinq cents mètres. Plus une caissette de grenades, des fumigènes, cinq Colt 45 et des munitions. Ce serait bien assez pour venir à bout des Kurumbas qui se montreraient agressifs et qui étaient, eux, équipés de kalachnikovs fournis en douce par l'armée de Bakémé. Deux caisses de bouteilles d'eau d'Évian, une pharmacie, deux bouteilles de scotch et des vivres. Philippine hissa à bord son sac de voyage, contenant quelques vêtements de rechange et des affaires de toilette, et un autre sac dont seul Foussier connaissait le contenu.

Quand elle avait exposé son plan à ce dernier, la veille au soir, il avait été pris d'une crise de fou rire tellement sonore que les clients de l'hôtel s'étaient retournés.

— Si je ne savais pas qui vous êtes, avait-il ensuite dit, je ne me serais jamais embarqué dans une pareille équipée.

La porte fut refermée. Le pilote prévint la tour de contrôle et les échanges, noyés dans les crachotements, furent bientôt couverts par le vrombissement des pales. L'appareil s'éleva et atteignit l'altitude de croisière de trois mille pieds. L'expédition commençait. En trois sauts de puce de quatre cents kilomètres chacun, le commando atteindrait l'Aranda et passerait la nuit au poste-frontière de Boissaké. De là, après une escale pour refaire le plein, il mettrait le cap sur Ouatakam, dans le territoire des rebelles kurumbas.

Une demi-heure après le décollage, le pilote reçut un message radio qu'il s'empressa de communiquer à Philippine et Foussier : « Laissez-passer total accordé par le président Kono. » Philippine hocha la tête. Elle regarda par la vitre les troupeaux de buffles dans la savane boisée. Puis elle s'assoupit. Elle rechargea ainsi ses batteries.

Au poste-frontière, le commandant réserva au commando un accueil plein de prévenances ; il lui avait fait préparer un agneau grillé à la broche, des ignames à la graisse de buffle et comme dessert, des mangues et des bananes. Nul doute que N'Ganga était fidèle à sa parole.

À l'aube, ciel limpide, vent très faible. Le sort semblait favorable au plan de Philippine.

❧

— Nous arrivons, annonça le pilote.

Philippine s'empressa de prendre place sur le siège du copilote et scruta le paysage. La jungle. À trois kilomètres de là, on distinguait une tache rose dénudée, piquée de petits objets : Ouatakam, QG des rebelles. C'est là qu'étaient détenus Marion, Georges et Donado.

Foussier et Gerardini observaient aussi le théâtre de l'intervention. Trois Jeep et un camion militaire étaient garés à l'ouest du village, près d'une piste qui s'enfonçait dans la jungle et menait sans doute à la route transfrontalière. Quelques antennes de télévision surmontaient les maisons. Ces gens-là se tenaient informés. L'altimètre indiquait la descente de l'appareil.

— Trois cents pieds, annonça le pilote, alors qu'ils atteignaient la lisière du village. Une vingtaine d'hommes s'étaient groupés sur la place au-dessous, fusils dressés. Ils observaient cet hélicoptère qui n'avait pas été annoncé et qui n'était visiblement pas militaire.

Foussier et Gerardini ouvrirent la porte de l'hélicoptère. Attachée par une sangle, Philippine s'avança au bord et ouvrit la fermeture éclair du mystérieux sac. Elle en tira une poignée de dollars et les jeta au vent. Gerardini, stupéfait, nota que le sac en était bourré. Les coupures tourbillonnèrent furieusement dans le vent des pales, mais finirent par retomber de façon capricieuse, sous les regards intrigués des villageois au sol. Une agitation soudaine s'empara d'eux et ils s'empressèrent de les ramasser.

— Tu fais lentement le tour, mais tu restes à la lisière, ordonna Foussier au pilote.

Philippine lâcha une deuxième poignée de dollars. Cette fois, la bonne nouvelle semblait s'être répandue dans le village, parce que les femmes sortirent des cases, suivant du regard cette manne miraculeuse. Même les hommes armés se penchèrent pour les ramasser. On les reconnaissait à leur tenue quasi militaire : des shorts, des marcels et des rangers kaki ; quelques-uns portaient une sorte de casquette de base-ball de même couleur. Philippine et Foussier en dénombrèrent une bonne cinquantaine.

Troisième poignée de dollars. Les habitants se ruèrent vers la jungle pour ramasser les billets tombés dans les branches. On en voyait qui secouaient les arbres, d'autres qui y grimpaient. Les enfants s'en mêlèrent, une première bousculade s'ensuivit.

— Il faut déterminer maintenant dans quelle maison sont les otages, dit Foussier. Probablement au centre.

Perchée sur un toit, une vigie, kalachnikov à l'épaule, suivait du regard l'hélicoptère et l'étrange déluge de dollars qui tombait du ciel. Puis elle disparut, sans doute résolue à prendre sa part du butin. Philippine aussi l'avait remarquée.

— Ça doit être dans cette maison-là, dit-elle. Il n'y a aucune raison qu'ils aient des sentinelles sur les toits.

À la dixième dispersion de dollars, la folie collective s'était emparée d'Ouatakam. Les Kurumbas couraient dans tous les sens, sautaient en l'air pour attraper des billets. Philippine distingua même des hommes armés dans les arbres. Mais, surtout, elle repéra la manière d'accéder à la maison qui était gardée et qui ne l'était sans doute plus.

Ce fut alors que se produisit l'extraordinaire : un Blanc sortit, en pantalon et chemise, sur la terrasse de la maison où la sentinelle faisait le guet. Philippine le reconnut tout de suite, c'était Donado. L'instant d'après, Marion et Georges apparurent près de lui. Les passagers de l'hélicoptère agitèrent les bras. D'en bas, on ne les voyait sans doute pas. Avaient-ils compris ce qui se tramait ? Avaient-ils reconnu Philippine ? Leur neuvième jour de captivité serait-il le dernier ?

— Dis à Bourest de passer au bord de la jungle, demanda Philippine à Foussier.

Le sac à malice était encore à moitié plein. Philippine jeta deux grosses poignées, l'une après l'autre. Le pilote avait déjà entamé son troisième tour d'Ouatakam. Il ne restait probablement plus un seul habitant à l'intérieur des maisons. Un unijambiste appuyé sur une béquille, une vieille qui se traînait, une femme avec son enfant dans les bras, ils étaient tous dehors à guetter le grisbi volant. Ils ne se doutaient pas qu'à part les billets d'un dollar tous les autres étaient faux : c'étaient des photocopies recto-verso de vrais billets de dix, vingt et cinquante dollars, réalisées avec l'aide de la secrétaire d'Arminius. Ce qui était le plus intéressant était que les Kurumbas se dispersaient de plus en plus aux abords de la jungle, c'est-à-dire loin du village.

— On se pose dans cinq minutes, prévint le pilote.

Il accéléra et perdit lentement de l'altitude.

— Dis-lui de se poser à l'entrée de la rue qui mène à la maison des otages, comme ça, il en bouchera l'accès, ordonna Philippine, lâchant une dernière poignée de dollars.

— Toi, commanda Foussier à Gerardini, tu vas bloquer l'accès de la rue de l'autre côté.

L'air papillotait de coupures vertes, que la rotation des pales faisait danser follement. Philippine ferma le sac, se détacha de la sangle et s'empara d'un M 16 qu'elle passa à l'épaule. Elle avait aussi son vieux Bulldog en poche, sa patte de lapin à elle.

L'hélicoptère fut à peine posé qu'ils sautèrent à terre. Foussier protégerait l'appareil ; Philippine et Gerardini s'élancèrent dans la ruelle où se trouvait la maison. Marion en était déjà sortie, Georges se battait avec un homme armé, qui ne s'était donc pas joint à la meute. Philippine abattit le Kurumba de deux balles de Bulldog. Georges enjamba le cadavre et entraîna Marion vers l'hélicoptère ; Donado les suivit. Des coups de feu éclatèrent : Gerardini, qui couvrait l'arrière, lâcha une rafale de M 16 sur les hommes armés qui, s'étant avisés de la ruse, accouraient à l'extrémité de la rue, à une trentaine de mètres de là. Effet garanti : la première vague fut fauchée net. Pour décourager la suivante, Gerardini lança dans sa direction une grenade, puis deux fumigènes et une deuxième grenade, et se rapprocha à reculons de l'hélicoptère. Des cris de douleur et des coups de feu jaillirent de la deuxième vague de rebelles qui espéraient, en effet, prendre le commando à revers. Dans la ruelle étroite, les fumigènes avaient créé un brouillard dense, que le souffle des pales à l'autre extrémité rabattait vers les rebelles. Un Kurumba en surgit quand même, le visage grimaçant de haine. Il épaula et visa ; Philippine, revenue à la rescousse, l'abattit sur-le-champ. Un autre apparut. Idem. Des cris assourdissants montèrent de la foule, sur la place. Foussier battit en retraite vers l'appareil après avoir lancé trois grenades en éventail, sur la place. Hurlements suraigus, pareils à des cris d'hyène dans la savane.

— On décolle fissa, dit-il au pilote, ils tirent sur l'appareil.

Ce n'était pas le plus grand danger : un guerrier s'était mis au volant d'une Jeep et fonçait sur l'hélicoptère, en kamikaze. Deux autres guerriers sautèrent à l'arrière de la Jeep et épaulèrent. Foussier visa en maître : il lança une grenade, la Jeep explosa à mi-chemin, trois corps furent projetés en l'air et le véhicule se changea en une boule de feu, à quelques mètres de l'appareil. Les pales qui tournaient de plus en plus vite projetèrent des fragments de métal incandescent vers les Kurumbas qui se préparaient à reprendre l'assaut. Un guerrier fut décapité, les hardes de quelques autres prirent feu ; ils se roulèrent par terre. Des chargeurs explosèrent et déchiquetèrent deux ou trois rebelles. Après une dernière rafale de M 16, Foussier monta dans l'appareil.

Philippine était auprès des trois rescapés. Au moment où elle s'apprêtait à faire glisser la porte, un Kurumba s'agrippa d'une main à la carlingue, tentant de se faufiler à l'intérieur, et, de l'autre, prétendit la mettre en joue. Gerardini poussa brutalement la porte, la main fut sectionnée, le fusil bloqué. L'enragé tira quand même, une balle alla se loger au plafond. Les deux turbomoteurs actionnèrent les rotors à pleine vitesse et l'appareil s'éleva, emportant le rebelle qui hurlait.

— Ils vont tirer par-dessous, dit Foussier.

Il rouvrit la porte, le corps pantelant du Kurumba et son kalachnikov firent une chute d'une quinzaine de mètres. Foussier donna un coup de botte dans la main coupée et l'envoya bouler dans le vide. L'Uzi de Philippine arrosa la foule de haut. Foussier et Gerardini lâchèrent des grenades à toute volée. Des chocs métalliques indiquèrent que quelques balles avaient atteint l'appareil.

La dernière image que les membres du commando et les trois rescapés emportèrent d'Ouatakam fut celle d'un espace rose jonché de cadavres et de dollars. La fumée noire, jaillie du brasier de la Jeep, tourbillonnait de plus en plus haut, comme un mauvais génie qui danse.

La radio de bord crépita. Les voyageurs étaient trop sonnés pour y prêter attention.

— Mission accomplie, dit le pilote. Destination Port-Saint-Ignace. Et se tournant vers les passagers : C'était la présidence de l'Aranda. Elle voulait savoir où nous en étions.

Marion, Georges et Donado biberonnaient chacun une bouteille d'Évian ; ils n'avaient, pendant leurs neuf jours de captivité, accepté de boire que du café, tant ils se méfiaient de l'eau qui leur était proposée. Ils étaient donc déshydratés. Ils n'avaient pas beaucoup mangé non plus, et ils avaient déjà dévoré chacun un paquet de petits-beurre.

Cinq heures plus tard, peu avant la dernière escale, ils croisèrent trois hélicoptères militaires, des Bell 47, qui filaient dans le sens opposé. L'armée de l'air arandaise allait sans doute finir la besogne.

33

Après une brève halte à Gabo, pour y récupérer leurs effets, Georges et Marion, poursuivis par une meute de journalistes africains et étrangers, regagnèrent l'aéroport et, dans le même hélicoptère, prirent la direction de Port-Saint-Ignace. Philippine entendait, en effet, tenir sa promesse à N'Ganga. Dès l'atterrissage, ils furent accueillis par des envoyés de la présidence. Des reporters du monde entier assiégèrent le palais ; cela changea des manifestants qui tentaient, quelques années plus tôt, d'en forcer les grilles. À peine furent-ils introduits dans la grande salle de réception que N'Ganga se pressa vers Philippine, Foussier, Bourest, Gerardini, Georges, Marion et Donado, dépenaillés, recrus de fatigue, hâves. Derrière lui accoururent un petit homme sec et vif que Philippine reconnut d'emblée pour l'avoir vu en photo, Clément Kono, président de l'Aranda, puis l'ambassadeur de France.

Et, enfin, Arminius.

Philippine s'élança vers lui. L'indiscrétion aveuglante des éclairs de magnésium des photographes – le spectacle – ne changea rien à l'étreinte. Marion serra aussi son père dans ses bras.

N'Ganga rayonnait ; c'était pour lui un jour de gloire.

Kono rayonnait au moins autant :

— Vous avez libéré mon pays d'un chantage indigne, déclara-t-il à Philippine.

L'ambassadeur de France s'avança enfin :

— Vous avez énormément surpris M. de Basiliew, dit-il d'un ton entendu, après les félicitations d'usage.

Philippine ne savait comment il fallait l'entendre ; la formule semblait signifier : « Vous avez encore une fois agi sans concertation », autrement dit que Basiliew n'en retirerait pas beaucoup plus que des miettes de gloire.

— Vous lui transmettrez, je vous prie, mon regret d'avoir contrevenu aux usages de la diplomatie.

Mme N'Ganga arriva, éperdue d'émotion, prit les deux mains de Philippine et s'écria, extatique :

— J'aurai vécu pour vous connaître.

Ce fut elle qui décida que le commando et les rescapés avaient besoin de repos ; elle annonça peu après à Philippine que la présidence mettait à leur disposition la villa Eugénie, réservée aux hôtes de marque. Philippine la remercia, mais répondit qu'elle n'y resterait pas longtemps, car elle projetait de rester plusieurs jours à Port-Saint-Ignace et se disposait à louer une maison à son compte.

— Je m'en occupe, promit Mme N'Ganga.

Quand l'agitation qui suivit la libération de Marion, de Georges et de Donado fut apaisée, Philippine proposa aux nouveaux mariés de poursuivre leur lune de miel à Port-Saint-Ignace. Elle-même n'était guère impatiente de rentrer à Paris ; elle entrevoyait la traque des journalistes, la fureur de révélations inédites, voire les remous politiques ; elle préférait s'en tenir à l'écart. Elle avait besoin de repos mental autant que physique. Arminius souscrivit à son désir.

Elle emmena Foussier et Gerardini à la villa Eugénie ; le pilote Bourest préféra pour sa part rentrer tout de suite en France. Ils furent tous trois généreusement rémunérés pour leur participation à ce coup de force.

— Combien ça a coûté ? demanda Georges, par curiosité.

— Une dizaine de millions avec l'hélico, répondit Philippine. Je n'ai pas fait les comptes.

— Une paille pour me libérer, laissa tomber Marion. Mais ton courage, lui, n'a pas de prix. Tu as risqué ta vie.

Tout avait recommencé, comme jadis. Jadis, c'était quarante ans auparavant.

Sur la terrasse de la villa Eugénie, où un domestique en caftan blanc ceinturé de soie rouge servait les hôtes du président, Foussier dit :

— J'avais lu l'histoire de Mme Wennergren dans un journal, mais je n'y ai cru que lorsque l'hélico a atterri à Ouatakam et qu'elle m'a lancé un regard aussi calme que si elle entrait au cinéma ! Elle voulait vérifier que moi, j'étais prêt ! raconta-t-il en riant.

— Et quand elle s'est approchée du Kurumba avec qui vous vous battiez, ajouta Gerardini, s'adressant à Georges : une balle dans le ventre.

— C'est sa nature, dit simplement Georges.

— Et qui a eu l'idée de la ruse ? demanda Marion.

— Elle ! s'écria Foussier, indiquant Philippine du pouce.

— Si on parlait d'autre chose ? suggéra l'intéressée.

La conversation dériva sur la colère de Bakémé, le président du Wasutoland, apprenant l'exploit du commando et la destruction du village d'Ouatakam, qui lui servait d'avant-poste. Un secrétaire de N'Ganga avait apporté à Philippine, une heure auparavant, « à titre d'information », *L'Indépendant Wasuto*, journal officiel du pays, qui affichait la manchette suivante :

> *L'Aranda livré à des pirates français. Des légionnaires français massacrent la population d'un village kurumba pour délivrer leurs concitoyens et préparer les exactions de l'armée.*

— Rien de moins ! ricana Georges.

Arminius ne disait mot : tout commentaire révélerait de la distance par rapport aux exploits de Philippine, alors qu'il partageait chacun des moments de sa vie, comme s'ils n'avaient qu'un cerveau pour deux. Il était visiblement fier d'elle et content de retrouver sa fille saine et sauve ; le reste, c'était des mots.

Quant à Philippine, elle goûta sa première nuit de sommeil paisible depuis qu'elle avait appris l'enlèvement.

Le lendemain, Mme N'Ganga vint avec deux voitures de la présidence aider les hôtes de l'État à gagner la villa louée par ses soins, sur ce qu'on appelait la Riviera de Port-Saint-Ignace.

— C'est mon cadeau, dit-elle à Philippine. Je vous demande de l'accepter, cela me fait plaisir.

Elle s'était changée en groupie de celle qu'elle surnommait désormais le Commandant Philippine.

— Maintenant, il faut que je vous rapporte, entre nous, une conversation que mon mari a eue ce matin avec Bakémé. Ouali lui a déclaré qu'il allait fermer les deux organisations dont vous êtes présidente. Jean-Albert lui a répondu : « Si tu fais ça, Ouali, tu es foutu. Cette femme, c'est une magicienne ou une sorcière. Elle a la baraka. Si tu l'emmerdes, elle te foutra la poisse. Si tu l'aides, elle te portera chance, je l'ai vérifié. Méfie-toi, elle est capable de prendre un avion et d'aller bombarder ton palais... »

Arminius et Philippine ne purent s'empêcher de pouffer.

— Elle peut te faire empoisonner pendant ton sommeil. Ne touche pas à Pain ni à La Vie désirée, tu entends ? Maintenant, Ouali Bakémé, il a peur de vous. Il est très superstitieux, vous savez ? Non, vous ne savez pas. Il porte des grigris attachés à ses caleçons, c'est une de ses anciennes maîtresses qui me l'a dit. Il ne touchera ni à vous, ni à votre famille, ni à vos organisations.

En prenant congé de ses hôtes, elle demanda à Philippine si elle pouvait l'embrasser. Bien sûr ! Elle l'étreignit puissamment et lui colla un bécot sur la joue, que Philippine lui rendit.

— Je m'appelle Marie-Béatrice, dit celle-ci. Appelez-moi comme ça, je vous en prie. Et appelez si vous avez besoin de n'importe quoi, à n'importe quelle heure.

Pendant deux semaines, le monde fut composé des parfums des frangipaniers et des gardénias, des goyaves, des ananas, des mangues, de la terre grasse d'Afrique, qui exhalait au crépuscule une senteur de femelle en chaleur. Aubes roses et crépuscules indigo, baignades chaudes et rencontres avec des poissons-lunes.

Rien d'autre à signaler qu'une statuette coloriée du « Commandant Philippine », que Marion avait rapportée du marché.

— Il y en avait cinq, rapporta Georges.

— On les achètera, dit Arminius que cette curiosité amusa infiniment.

Mais, le lendemain, il n'en restait plus.

Ah oui, il y avait eu une visite de l'ambassadeur de France. Amusé, intrigué, dépassé, recueillant peut-être des souvenirs pour ses futurs mémoires :

— Ni Basiliew ni le Quai ne savent plus quoi penser de vous, dit-il. Il paraît que vous inspirez une trouille blanche à Ouali

Bakémé. Après avoir menacé notre ambassadeur de fermer toutes vos cliniques et tous vos centres, il s'est ravisé. Vous devriez travailler avec nous.

— Ou fonder une secte, suggéra Marion, avec une ironie qui dérouta l'ambassadeur.

Enfin, des journalistes étaient venus d'Europe interviewer, photographier et filmer Philippine, son mari, sa fille, son gendre, Foussier, Gerardini. Étaient-ce des informations qu'ils étaient venus recueillir ? Ou plutôt matière à mythologie ? Ni Philippine ni les siens n'auraient su le dire. L'information se résumait à peu de chose : un groupe de gens décidés et convenablement armés avaient libéré des otages en créant la surprise et en profitant de ses effets. Ils avaient abrégé ainsi une captivité qui menaçait de s'éterniser et de sombrer dans le marécage d'une diplomatie fangeuse. Mais les médias allaient tisser une saga héroïque dans laquelle Philippine était certaine qu'elle ne se reconnaîtrait pas plus que le fantôme de Britannicus ne se retrouverait dans la pièce de Racine qui portait son nom. Arminius et elle connaissaient les canevas de la broderie journalistique : *petit a*, une femme décidée à prendre sa revanche contre un monde de brutalité et de violence gouverné par les hommes ; *petit b*, une héroïne romantique moderne, comparable à la Penthésilée de Kleist, éprise de la gloire épique d'autrefois – ne l'avait-on pas surnommée la « Petite Jeanne d'Arc » ? ; *petit c*, touche moderniste, une femme insatisfaite – peut-être mal baisée –, animée d'une mystérieuse vindicte contre le monde – vérifier si elle ne serait pas lesbienne. *Petit d*, facultatif : une folle aventurière éprise de sensations fortes, comme en témoigne son association avec ce forcené de Jack Foussier – son amant ? Arminius détailla un soir les scénarios, au restaurant L'Échiquier – ils en avaient tous un peu marre des dîners romantiques sur la terrasse – pour le bénéfice de Marion, Georges, Foussier et Gerardini, et la tablée fut saisie d'une hilarité sans fin. Les nouvelles vedettes pouvaient seulement espérer que les récits et les images qui paraîtraient ne modifieraient pas leur propre réalité, comme c'est souvent le cas.

Adieux et au revoir, bagages, aéroport, le français sans accent du personnel d'Air France, Roissy, Paris, le périphérique, la rue du Conseiller-Collignon. Georges ne retournerait pas en Afrique.

Marion et lui allaient chercher un appartement. Retrouvailles avec Marc et Anton. Larmes, etc.

Ni l'époque, ni l'Europe, ni la France, ni les États-Unis, ni rien d'ailleurs n'incitaient guère à l'emballement. En France, les ivresses de l'élection de Mitterrand s'étaient dissipées dans une variante psychologique de la gueule de bois. Le PCF se délitait doucement, comme un vieux qui se débilite. Les attentats odieux avaient succédé aux attentats imbéciles. René Audran, fonctionnaire au ministère de la Défense, fut assassiné par Action directe : le meurtre ignoble d'un poinçonneur des Lilas. Les magasins Marks & Spencer, déjà plastiqués deux fois, le furent une troisième ; pourquoi ne pas plastiquer aussi la crémière du coin ? Un vigile fut tué : certainement un valet du capitalisme, un traître de la lutte des classes. Mort aux vipères lubriques ! Un attentat contre le cinéma Rivoli-Beaubourg, à l'occasion d'un festival du film juif, fit dix-huit blessés. Philippine fut interviewée par une radio périphérique :

— Qu'est-ce que vous en pensez, vous qui avez fait la Résistance et qui êtes considérée comme une héroïne des actions directes du XXe siècle ?

— Qu'on a inventé une nouvelle forme du crétinisme.

— Vous êtes contre l'action ?

Cette question !

— Je suis contre l'action contre-productive. Un terroriste ne produit que de la haine.

— Quel châtiment proposez-vous ?

— Qu'on fasse écouter aux criminels, en boucle, les cris d'un cochon qu'on égorge.

La Gauche unie, dont l'odeur commençait à indisposer sérieusement le voisinage, fut enfin enterrée. Pour la vingtième fois, figure de style, Émile Jeaubert, proche de la dépression nerveuse, se demanda s'il n'allait pas quitter le PCF.

Des bombes continuaient d'éclater partout, à l'archevêché, aux Galeries Lafayette, au Printemps...

Le 26 avril 1986, un accident prémonitoire advint en URSS, dont la classe politique se défaisait, comme un chandail qui a accroché un clou lisse son porteur tout nu : la centrale nucléaire de

Tchernobyl tomba en quenouille. Les voisins furent irradiés et on vit des lièvres à trois oreilles et un nombre extraordinaire d'enfants difformes et de cancéreux dans la région. Même les légumes dans les potagers furent toxiques. Évacuation générale. Mais les grands augures, en France, assurèrent que les nuages radioactifs s'étaient arrêtés aux frontières, moins chanceux que les immigrants clandestins.

Philippine commença à se déprendre de l'actualité. Quand elle chercha en elle une consolation, elle vit le visage de Sylvie, premier enfant de Georges et de Marion.

— La haine générale est en train de s'installer dans le monde, dit-elle un soir, après que la télévision avait annoncé l'arrestation de terroristes. Tout le monde a d'excellentes raisons de haïr tout le monde et donc de plastiquer sa voiture, sa boutique, son chien.

— Pourquoi, selon toi ? demanda Marc.

— Parce que les gens voient de moins en moins la réalité et de plus en plus l'idéal. Toute personne qui n'a pas le même idéal que son voisin est un ennemi.

— L'idéal est donc destructeur ?

— Il détourne de la réalité.

Le 19 septembre 1986, la Bourse de New York dévissa : moins 30 % en une séance. Les actions Sunlove Cosmetics accusèrent le coup, comme presque toutes les autres, mais cela ne sembla guère émouvoir Arminius.

— Il reste deux cent un lingots dans les coffres de la First Boston, dit-il à Philippine.

— Deux cent un ? répéta-t-elle, abasourdie.

— Oui, répondit-il goguenard, nous nous sommes débrouillés toutes ces années avec quatre-vingt-onze lingots. Alors, on pourra toujours se nourrir avec le reste.

La conversation avait lieu devant Anton, arrivé seul et avant l'heure pour le dîner. Sa mère et lui échangèrent un regard, effarés. Il plongea le nez dans son scotch :

— De quoi qu'on cause ? lâcha-t-il.

— De fric, lui répondit Arminius.

— Bonne occasion. Vous m'avez très mal élevé, tous les deux. Vous m'avez appris à ne pas en avoir besoin. Pas des cinq sous pour sortir draguer, non, du fric.

Philippine attendit la suite.

— Je n'aime pas le fric. C'est-à-dire l'argent avec le sentiment d'en avoir. Ça, c'est pour les pauvres. Seuls les pauvres aiment le fric. Vulgarité de gorets. Vous m'avez vraiment élevé comme un gosse de riches. Il ne pense pas à l'argent. Il est content d'être chauffé, propre et d'avoir de quoi bouffer. Merci. Vous êtes vraiment les plus merveilleux mauvais éducateurs du monde.

Arminius rit, puis Philippine. Anton se leva et les embrassa. Ce fut, pour Philippine, l'un des moments les plus rémunérateurs de sa vie.

— Je ne sais pas ce que c'est que ces lingots, mais je dois vous dire, sincèrement, que je m'en tape le troufignon. Quand je casserai ma pipe, ce à quoi je penserai, ce sera à vos caractères de cochon. Toi, papa, avec ton air de juge glacé, toi, maman, avec tes mines de gouvernante excédée. Ça m'a suffi pour comprendre ce qu'il y a à comprendre. C'est grâce à ça que je suis maintenant un acteur qui gagne bien sa vie.

— Joli cadeau que tu nous fais, dit Arminius d'un ton rêveur.

— Les cadeaux, ça se prépare longtemps à l'avance. Maintenant, il faut que je sois à la hauteur de mon rôle, ou bien que ma vie soit à sa hauteur.

— Tu vois ta vie comme une pièce de théâtre ? demanda Arminius.

— Oui, mais c'est moi qui dois l'écrire. Rassure-toi, j'en suis le seul spectateur. Je connais tes idées sur le spectacle et ce n'est pas pour le bénéfice des autres que je joue, mais d'abord pour le mien.

Comme Arminius ne semblait pas convaincu par ces propos, Anton ajouta :

— Si ma mère n'avait pas toujours agi selon l'idée qu'elle se fait d'elle-même, elle ne serait pas ce qu'elle est.

— Et qu'est-ce qu'elle est ? demanda Philippine, intriguée.

— Une insoumise, maman. Toujours fidèle à elle-même et prête à agir selon ses sentiments.

Philippine fut surprise par l'attention avec laquelle son cadet l'avait donc observée tout au long de ses jeunes années. Elle le compara instinctivement à Marc, qui s'était retranché, très tôt, dans une attitude de spectateur détaché et critique. Et elle conclut qu'Anton était son fils et Marc, celui d'Arminius.

Le sentiment diffus qu'elle retira de cet avant-dîner fut que tout n'était pas toujours perdu, et en tout cas pas pour toujours. Anton avait effacé la dette impayable qu'elle ressentait à l'égard de Gilles.

À partir d'un certain âge, les événements de la chronique finissent par se fondre dans une fantasmagorie d'autant plus irréelle que chacun chasse l'autre à un rythme accéléré. L'accident retentissant de la veille est supplanté par la catastrophe du lendemain et on se demande si on n'aurait pas rêvé l'un, l'autre ou le suivant. Les gouvernements se succèdent, les ministres valsent, certains politiciens sont soupçonnés, parfois inculpés pour leur participation dans des « affaires » tellement ténébreuses que les ragots foisonnent comme champignons après la pluie et deviennent l'ordinaire de la vie publique. L'information prolifère dans la prospérité et vaporise la réalité.

Le seul événement véritable qui retint l'attention d'Arminius fut, le 9 novembre 1989, la chute du mur de Berlin. La télévision, la presse, des parents et des amis en Allemagne prodiguèrent images et témoignages de l'effondrement d'un symbole qui s'était figé dans la mémoire du monde : l'enceinte de la citadelle communiste qui avait commencé à s'ériger en 1917.

— C'est comme si ce mur s'était effondré en moi, murmura Émile Jeaubert. Maintenant, nous, les communistes, nous ne sommes plus qu'une idée.

Pour Philippine, ces propos firent écho à ce qu'avait dit Anton, un soir récent : les gens suivent d'abord leurs émotions, puis se justifient avec la tête.

Les tourbillons des récentes années s'éloignèrent et les enfants arrivèrent, comme des angelots dans un tableau ancien. D'abord, ce fut le premier d'Anton et d'Althea, une fille qui se prénommerait… Philippine ! Puis le deuxième de Marc et Lorraine, Robert, en hommage au grand-père. Puis le deuxième de Georges et de Marion : à la surprise de Philippine et d'Arminius, le prénom choisi fut Jean-Gilles. Quelle intention avait motivé ce choix ?

— Le pardon, expliqua Georges. Il a raté sa vie, mais ce n'est pas un crime.

Paradoxalement, les cliniques de La Vie désirée se multipliaient en Afrique. Il y avait à présent moins d'enfants dont la naissance était accueillie comme une fatalité et plus dont elle était saluée comme un cadeau.

Était-ce une coïncidence ? Le 9 août 1995, au lendemain du cinquantenaire de la capitulation allemande, Arminius Franz Wennergren rendit les armes. Il avait soixante-quinze ans.

Il rentrait d'une petite promenade dans les environs de Mougins, où Philippine et lui avaient loué une maison et comptaient passer le mois d'août, quand il s'était laissé tomber lourdement dans un fauteuil. Sa tête avait basculé sur le côté. Il avait râlé pendant quelques minutes, puis s'en était allé, la bouche ouverte, comme sous le coup d'un grand étonnement. En homme courtois, il avait épargné à Philippine une plus longue agonie, prélude possible d'une hémiplégie comme on sait, donc d'une infirmité pénible pour tous.

Une heure plus tard, un médecin signait le constat de décès. Philippine avait décidé que le corps serait transporté à Paris. Les obsèques auraient lieu deux jours plus tard, dans l'intimité, au cimetière d'Auteuil. Marc et Lorraine, accourus de leur lieu de vacances, dans les Landes, s'occupèrent de prévenir le reste de la famille, Anton et Althea, qui étaient à Rimini, Georges et Marion, à Courchevel.

À la messe funèbre, qui fut célébrée à Saint-Albert-le-Grand, n'avaient été conviés que la famille et les deux domestiques. Trois personnes en plus s'y présentèrent cependant, Émile Jeaubert, Yves Galabert et Bertrand Leferrier. L'un était venu par affection, l'autre par courtoisie et fidélité, mais le troisième ? Au regard interrogateur de Philippine, à la sortie, il répondit simplement :

— L'estime, madame, vaut amitié. Croyez que je partage votre peine.

La mort lissait donc la vie.

Philippine n'avait pas prêté attention à deux autres hommes et ne le fit que lorsqu'ils s'avancèrent pour s'incliner. Pas des Français : un Nord-Africain d'une bonne soixantaine d'années et un jeune homme.

— Vous ne me reconnaissez peut-être pas ? murmura-t-il.

— Pardonnez-moi, non.

— Vous et votre mari m'avez sauvé la vie, il y a longtemps. Rue Lalo. Vous m'avez donné des papiers. Hilmi. J'avais perdu votre trace. J'ai lu la nouvelle par hasard dans le journal. Je regrette d'arriver si tard. Je voulais vous dire combien…

Il avait sans doute oublié la formule qu'on lui avait apprise ; il enchaîna :

— C'est mon fils aîné.

Le fugitif algérien qui souffrait d'une bronchite. Philippine se rappela qu'en effet Arminius et elle avaient préféré ne pas figurer dans l'annuaire.

« Nos actes nous suivent. »

Remuant les lèvres, mais n'osant parler dans un lieu de culte chrétien, le jeune homme dévisageait la femme qui avait sauvé son père.

Ce fut alors que Philippine dut retenir ses larmes.

34

— Tu ne peux pas rester seule dans la maison, avait dit Althea le lendemain. Viens avec nous à Rimini.

Philippine avait secoué la tête.

— Non, Althea, je ne cherche pas à oublier. Au contraire, je voudrais tout me rappeler. Reprenez vos vacances, croyez-moi. Je reste ici.

L'Italienne avait-elle deviné l'héroïsme qu'il faut pour se coucher désormais seule dans un lit qu'on a partagé cinquante ans avec le même homme ? Les draps sont alors un linceul. Et l'infirmité du veuvage ? On était deux, on n'est plus qu'un, comme si on avait perdu une jambe.

— Tu crois qu'on peut prendre des vacances quand on te sait seule ici avec tes souvenirs ? Arminius t'aurait dit qu'il faut continuer à vivre en souvenir de lui. Et tu te souviendras de lui partout.

Où avait-elle appris ces mots ? Anton, Marc, Lorraine, Marion et Georges attendaient avec anxiété la réponse de Philippine ; elle céda donc et partit en compagnie des vivants, et d'un fantôme, pour la cité de Sigismond Malatesta, le guerrier fou amoureux de sa femme, Isotta degli Atti. L'union qu'elle avait formée avec Arminius n'avait pas besoin de démonstrations telles que le spectacle du chagrin et du renoncement. D'ailleurs, il n'était pas mort ; il était simplement absent. Il avait été convoqué autre part et elle devait s'y habituer.

Levée tôt, comme toujours, elle était la première sur la terrasse de l'hôtel, face à l'Adriatique, où elle commanda un *doppio espresso*, du pain, du beurre et de la confiture, et regarda la mer. C'est curieux que les mots désignant les notions fondamentales de la vie commencent tous par la même lettre, qui se traduit par une vibration sourde de la gorge : mer, mort, mère, manger, manquer, mariage, mystère. Aimer, c'est user de *m*. Elle s'en fit la réflexion un matin.

Puis le jour vint de quitter Rimini et ses charmes, qui s'accrochaient aux visiteurs comme des rubans sans fin. Le retour à la maison fut aussi raide qu'un diagnostic de maladie chronique. L'inventaire. Le notaire. Le partage. Philippine découvrit qu'Arminius avait organisé les finances de leur couple de telle sorte qu'à sa mort elle devînt la propriétaire absolue de tout ce qu'ils avaient bâti ensemble. Il ne s'était réservé que des sommes modestes à léguer à des neveux et petits-neveux, car les gens croient souvent qu'on les a oubliés quand on ne leur laisse rien. Mais cette montagne d'argent excédait de très loin les besoins de Philippine ; alors que ses contemporains s'endettaient chaque jour davantage, elle vivait comme les bourgeois du temps de son père, c'est-à-dire du revenu du revenu. Aussi fit-elle des donations à ses trois enfants. Elle était désormais assurée qu'ils en feraient bon usage, en d'autres termes qu'ils traiteraient l'argent comme un serviteur et non comme un maître.

Peu après la fin des vacances, les trois couples s'invitèrent simultanément à dîner et Philippine soupçonna une intrigue. À leurs mines, quand ils arrivèrent à la maison, elle devina qu'elle serait plaisante. Après le repas, Marc tira de son sac un disque, l'introduisit dans le tiroir de l'électrophone et, après avoir demandé le silence, appuya sur un bouton. Aux premières notes, car c'était de la musique, Philippine reconnut l'air : *Espoir*, le morceau qu'Arminius avait jadis composé pour elle et interprété sur les orgues de Saint-Eustache.

— *Das Lied ist aus, die Melodie verklungen*, murmura Georges, quand le morceau fut achevé.

C'était la première fois depuis longtemps que Philippine l'entendait parler allemand.

— Il m'avait demandé de l'enregistrer à ton intention, expliqua Marc, pour te le donner quand il ne serait plus là.

Un testament.

— Ce n'est pas le seul morceau que j'ai enregistré, poursuivit Marc. Il y a aussi *Jésus, que ma joie demeure* et plusieurs morceaux de piano.

— Mais c'était un grand musicien, s'étonna Lorraine. Pourquoi ?

La question demeura en suspens.

Chacun en avait saisi la fin : pourquoi n'avait-il pas cherché la renommée ? Sans doute la trouvait-il ennuyeuse.

Arminius n'avait composé qu'un poème, dédié à Philippine, et il s'appelait *Espoir*.

Philippine comprit alors qu'il n'y aurait pas de deuil.

Soixante-dix ans, l'âge où l'on marche beaucoup plus avec des fantômes qu'avec des vivants. D'abord Robert Gantier, Gilles, Tatophie, Gros Hans, le père Thibier, Armandet, Félix, Ted Ambler, son tendre mentor anglais qui avait été si discret… Françoise de Gazan, Édouard Janvier, Henri Viançay…

Des souvenirs qui n'étaient pas particulièrement significatifs lui revenaient à la mémoire. Le dîner de réveillon à Reims avec Georges Carrèze et les bouchons de champagne qui sautaient en même temps que les bombes explosaient. Ce déjeuner à Londres au *Prospect of Whitby*, sur la Tamise. L'odeur des tartes aux fruits de tante Sophie.

À part ses enfants et les amis proches, Philippine éprouvait de moins en moins d'appétence pour la compagnie de ceux qui étaient quand même ses contemporains.

Les causes de cet *estrangement*, pour employer un terme anglais sans équivalent en français, pouvaient à première vue paraître superficielles : l'accoutrement de ces gens l'agaçait. Ils s'attifaient de frusques absurdes, hardes ruineuses de marques à la mode, dont elle savait le prix, et qu'elle aurait enlevées sur-le-champ et jetées à la poubelle si elle avait encore eu l'âge de les porter et si elle avait cédé à la tentation de les acheter. Les hommes étaient affublés de jeans délavés et déchirés, de chemises mal coupées dont ils laissaient flotter les pans hors de la ceinture, sous des blousons de traîne-misère, et chaussés de croquenots improbables, généralement souillés ; leurs cheveux étaient apparemment coupés avec des couteaux ébréchés ou bien figés par le gel dans des coiffures défiant tout espoir de séduction ; et, pour compléter le tout, ils feignaient de n'avoir pas eu le temps de se raser de trois ou quatre jours et traînaient le pas comme des marlous malchanceux. Les femmes et les filles – le terme de « jeune fille » étant jugé ringard – se perchaient sur des échasses leur conférant une démarche de sarcelles ivres, ou bien se chaussaient de bottes de hussard par-dessus des jeans injurieux à force d'être moulants ; le plus consternant était qu'elles se maquillaient au ripolin et se coiffaient comme des évadées d'institutions psychiatriques : les cheveux en rideau sur le visage ou bien modelés en bouclettes d'animaux en peluche, rouges ou verts. L'été aggravait le panorama, hommes et femmes étalant des chairs livides ou poilues, tatouées aux endroits les plus incongrus, prématurément flapies par la consommation quotidienne de sottise, aliment toxique entre tous, dans l'espoir fou d'attiser les concupiscences. En toute saison, ces créatures se paraient de colifichets pour enfants, boucles d'oreilles pareilles à des heurtoirs de porte, anneaux dans le nez, la lèvre, le nombril ou l'arcade sourcilière, maillots de corps en strass, et les hommes portaient un diamant à une oreille, voire aux deux. Que la race se reproduisît encore était un miracle explicable par la lubricité ambiante, qualifiée d'érotisme, la bestialité des nuits blanches ou des tournantes des banlieues.

Partout dominait l'enfermement dans un ego infantile, fou de consommation, fouetté par une époque ivre d'endettement, d'exhibitionnisme et de jouissance immédiate. De gaspillage aussi.

« Tu ne comprends pas, maman, avait commenté Anton d'un ton facétieux, c'est *fun* ! »

Philippine ne pouvait s'empêcher, en comparaison, de songer aux populations qu'elle avait vues en Afrique et pour lesquelles une paire de chaussures était un bien précieux à conserver pendant des années. Elle jugeait alarmant que la jeunesse d'un pays prospère se donnât l'apparence de ces échappés de prison d'après la révolution russe, les *besprizorny*, dont elle avait vu les photos dans un livre d'histoire, ou encore des déshérités du *Lumpenproletariat* d'après la défaite allemande de 1918. Car ce n'étaient pas les immigrés chômeurs qui, faute de moyens, se fringuaient ainsi, mais les enfants des quartiers riches, dont

Auteuil. Un comble, une nouvelle mode masculine consistait à porter les jeans à mi-fesses, à l'imitation des prévenus à qui, aux États-Unis, la police confisquait leur ceinture pour éviter qu'ils ne se pendent.

La jeunesse avait donc divorcé de son pays.

Ce désastre silencieux, qui gagnait apparemment l'ensemble de la population en âge de se reproduire, révélait sa gravité si l'on prêtait attention aux échanges verbaux, désormais rendus publics par l'usage croissant des téléphones portables. Elle était ainsi demeurée stupide devant une fille gesticulant seule sur la place du Trocadéro, portable à l'oreille, tout en déversant un torrent de propos décousus, d'une voix que l'émotion, colère, humiliation ou déception, avait propulsée aux limites de l'aigu. Était-ce une folle ? Ne risquait-elle pas de commettre un acte désespéré ? Fallait-il appeler le Samu ? Philippine regarda autour d'elle : aucun des consommateurs assis à la terrasse d'un café, aucun passant ne semblait s'en émouvoir. Elle s'avisa qu'elle sortait peu souvent de chez elle et qu'un tel spectacle était sans doute devenu banal. Un peu plus loin, un quadragénaire qui exécutait une figure de danse inconnue, un pas en avant, un de côté, un autre dans le sens opposé, une volte-face et ainsi de suite, en agitant le bras gauche de manière erratique, confirma son intuition. Tout cela était simplement courant. Les gens étalaient leur vie privée au vu et au su de tous, mais surtout dans l'indifférence générale. Ils téléphonaient dans la rue, dans l'autobus, dans le métro, n'importe où, et les conversations, si on pouvait ainsi appeler ces échanges, commençaient presque toujours par une onomatopée nouvelle, « Téou ? », contraction inversée de : « Où es-tu ? » Comment faisait-on donc auparavant ?

Marc admit que le but de ces communications était surtout de persuader les appelés qu'ils existaient, mais tenta néanmoins de convaincre sa mère de l'utilité d'un tel appareil, en cas d'urgence.

— Je ne conduis plus seule sur les routes, la nuit, et je mourrai donc comme on le faisait autrefois, mon petit Marc.

Pendant ce temps, les affaires allaient leur train : attentats, meurtres, détournements d'avions, incendies de voitures. À Papeete, les indépendantistes mirent l'aéroport à sac, à Nîmes, des agriculteurs détruisirent un hypermarché. Mais de leur empyrée, forts du pouvoir exécutif et du soutien de leurs armées, les hommes politiques poursuivaient leurs augustes mascarades, certains que le monde allait comme toujours. Aux Amériques ou en Asie, en France en tout cas, les rois et les présidents n'avaient jamais vu leur peuple. De mémoire de citoyen, personne n'avait jamais vu un président attendre un taxi ni un Premier ministre faire ses courses. Ils ne savaient rien des haines, des angoisses et des espoirs de ceux qui les avaient juchés si haut.

Émile Jeaubert, qui dînait souvent à la maison, ne cachait pas son étonnement :

— Serais-tu devenue anarchiste ? demanda-t-il un soir.

— Tu me poses toujours la même question depuis des années, Émile. Tu évoques un curé qui débusque l'hérésie. Qu'importent les mots. Je n'ai que le parti du bon sens. Et mon âge me permet de voir que tout va dans le mauvais sens.

L'an 2000 arriva sur cette lancée et quelques étourdis s'empressèrent, à l'approche de la Saint-Sylvestre 1999, de célébrer, un an à l'avance, l'avènement du XXIe siècle.

— S'ils avaient conservé un peu de sens paysan, observa ironiquement Philippine, ils sauraient qu'on n'a payé ses dix francs qu'au dernier sou.

Elle se félicita que le clan, comme l'appelait Arminius, se fut élargi et consolidé : les trois couples et leurs sept enfants constituaient une petite tribu à laquelle se joignaient leurs amis, et quand ils se retrouvaient pour leurs fêtes, ils animaient la maison d'une vie qui emplissait aussi le cœur de Philippine. Aussi son petit-fils Jean-Marc, l'aîné de Marc et Lorraine, qui avait à présent dix-neuf ans, avait-il une amie de cœur. Bientôt, sans doute, Philippine serait-elle arrière-grand-mère.

Pour le dernier réveillon du XXe siècle, ils organisèrent avec l'assentiment de Philippine une fête maousse, comme disait Jean-Marc. Près de cinquante personnes.

Philippine attendit l'aube avec eux.

Elle attendait toujours l'aube.

Puis un midi de septembre 2001, alors qu'elle déjeunait avec Galabert et Odette dans un bistrot de Montparnasse, elle nota soudain un émoi extraordinaire dans l'établissement. Des clients semblaient en état de choc. Elle s'informa auprès du serveur : un effroyable attentat avait détruit deux gratte-ciel à New York et une aile du Pentagone à Washington. Trois avions de ligne détournés s'y étaient écrasés. Les victimes se comptaient par milliers.

Le refrain qu'elle avait repris tant de fois depuis un demi-siècle s'imposa à elle : la guerre ne finit jamais.

Anton, Althea et la jeune Philippine regardaient la télévision, hypnotisés par les images du désastre qui passaient en boucle.

— Le XXe siècle a vraiment pris fin, murmura-t-elle. Nous nous pensions d'une autre race.

La jeune Philippine interrogea sa grand-mère du regard, elle ne comprenait pas.

— On n'est jamais moderne, lui expliqua sa grand-mère. On se croit supérieur pendant quelques années, puis la réalité vous rattrape. On comprend qu'on est comme tout le monde. C'est alors que l'espoir devient vital.

DU MÊME AUTEUR
CHEZ LE MÊME ÉDITEUR

LES ANNÉES DE FER

UN ESPOIR AUSSI FORT *

Villardon, bourg de la Marne, est plongé dans les ténèbres. Il fait frais, ce soir de septembre 1941, en zone occupée. De retour à la maison, Philippine Gantier n'a eu le temps que de cacher dans une gouttière le fusil de chasse de son père. À seize ans, elle vient d'abattre deux Allemands avec un sang-froid de tireur d'élite.

Son geste, la jeune paysanne sait très bien l'expliquer. Elle a voulu sauver son frère, dix-huit ans. Elle l'a déjà fait une fois, quand Gilles, comme tant de jeunes, a voulu passer en zone libre. Elle l'en a dissuadé : « Tu vas être tout seul et me laisser toute seule. » À cette heure-ci, il serait enrôlé dans les Jeunesses du Maréchal.

Philippine ne sait pourtant rien du monde. Elle n'a aucune notion politique. Comment devinerait-elle que son bon cœur, son courage et son unique talent – la précision au tir – viennent de l'engager dans une aventure clandestine qui reste à inventer : la Résistance ? La violence, la mort, la trahison, mais aussi l'amour, l'honneur, la victoire sont au bout de la révolte. N'est-ce pas une raison de braver un destin de fer ? N'est-ce pas une raison de vivre ?

Fausse ingénue, vraie Antigone, Philippine apprend à se battre pour la liberté, mais découvre aussi quelles rivalités déchirent ses partisans. Communistes, gaullistes, délateurs et aventuriers de tous bords sont aussi les acteurs de ces *Années de fer*, premier volet d'une trilogie qui conduira la jeune femme jusqu'aux années 2000.

ISBN 978-2-8098-0195-8 / H 50-6502-4 / 374 pages / 21 €

LES ANNÉES D'ARGENT

UN ESPOIR AUSSI FORT **

Une série de coïncidences. D'abord, trois ans après la Libération, l'enquête ouverte par la veuve Carrèze sur la disparition de son mari, un jour de 1944, en forêt de Reims : ce partisan a-t-il sauté avec ses explosifs, ou ses camarades l'ont-ils abattu ? Puis la révélation, dans un article vengeur, qu'une partie de la tonne d'or prise aux Allemands, lors de l'attaque d'un convoi, serait cachée dans les environs. Enfin, la disparition de Jeaubert, le mari de Philippine et le dernier homme à avoir vu Carrèze vivant...

« Nos actes nous suivent », a beau répéter le père de Philippine. Mais des actes, celle que l'on appelait la « petite Jeanne d'Arc » en a commis tant dans la Résistance ! Lequel pourrait-elle bien regretter ? Pour les membres du réseau Tulipe, soudés par la fraternité des armes, il ne fait aucun doute que Jeaubert a été enlevé. Et qu'un combat douteux s'est engagé pour ravir un trésor de guerre, mais aussi confisquer aux communistes l'aura conquise dans la clandestinité.

Les héros et les traîtres préfèrent la pénombre. De là vient-il qu'ils se confondent parfois ? Cette nouvelle bataille, Philippine ne pourra faire autrement que de la livrer jusqu'en Amérique, elle qui n'aspirait qu'à la paix et la tranquillité. Mais que peut le fer contre l'argent ? Que peut l'espoir contre la rancune ? À moins que, d'aventure, l'amour trouve à y gagner...

ISBN 978-2-8098-0210-8 / H 50-6517-2 / 374 pages / 21 €

DU MÊME AUTEUR

(suite de la page 4)

Tycho l'Admirable, Julliard, 1996.
Coup de gueule contre les gens qui se croient de droite et quelques autres qui se disent de gauche, Ramsay, 1995.
29 jours avant la fin du monde, Laffont, 1995.
Ma vie amoureuse et criminelle avec Martin Heidegger, Laffont, 1994.
Histoire générale du diable, Laffont, 1993.
Le Chant des poissons-lunes, Laffont, 1992.
Matthias et le diable, Laffont, 1990.
La Messe de saint Picasso, Laffont, 1989.
Les Grandes Inventions du monde moderne, Bordas, 1989.
L'Homme qui devint Dieu :
- 1. *Le Récit,* Laffont, 1988.
- 2. *Les Sources,* Laffont, 1989.
- 3. *L'Incendiaire,* Laffont, 1991.
- 4. *Jésus de Srinagar,* Laffont, 1995.

Requiem pour Superman, Laffont, 1988.
Les Grandes Inventions de l'humanité jusqu'en 1850, Bordas, 1988.
Les Grandes Découvertes de la science, Bordas, 1987.
Bouillon de culture, Laffont, 1986 (avec Bruno Lussato).
La Fin de la vie privée, Calmann-Lévy, 1978.
L'Alimentation-suicide, Fayard, 1973.
Le Chien de Francfort, Plon, 1961.
Les Princes, Plon, 1957.
Un personnage sans couronne, Plon, 1955.

Cet ouvrage a été composé
par Atlant'Communication
aux Sables d'Olonne (Vendée)

Impression réalisée par

CPI
Brodard & Taupin

La Flèche (Sarthe)
en octobre 2009
pour le compte des Éditions de l'Archipel
département éditorial
de la S.A.S. Écriture-Communication.

Imprimé en France
N° d'impression : 54698
Dépôt légal : novembre 2009